〔宋〕釋惠洪 撰
周裕鍇 校注

石門文字禪校注

四

上海古籍出版社

卷九

排律

次韻曾侯見寄〔一〕

客食石門寺，而今僅兩年〔二〕。衰遲嗟我老，邂逅識君賢〔三〕。聖域人稱亞〔四〕，儒林秀譽先。未揎攀桂手〔五〕，已許買山錢〔六〕。壟麥秋期近〔七〕，庭槐晝影圓。方思歸去日，忽得寄來篇。意合蒙推奬〔八〕，情親出愛憐。格幽凌雪勁，詞錦照人鮮。把玩欣無厭，行吟却悵然。句追工部袂，氣拍翰林肩〔九〕。世已驚殊異，名宜改半千〔一〇〕。永懷風露重，遶徧舊池蓮。

【注釋】

〔一〕政和五年四月作於筠州新昌縣石門寺。曾侯：當指曾孝序之子曾訏。政和四年春惠洪自海南歸返筠州新昌，嘗途經袁州，見知州曾孝序。參見本集卷二六題靈源門榜。錯按：孝序年長惠洪二十一歲，而此詩有「衰遲嗟我老」、「未揎攀桂手」、「名宜改半千」諸句，非酬對長者語氣，當爲曾訏而發。

〔二〕「客食石門寺」二句：政和四年惠洪坐夏新昌石門寺，至此將近兩年。僅，幾乎，接近。輿地紀勝卷二七江南西路瑞州：「度門院，在新昌縣北三十里。舊曰石門，有樞密聶山讀書堂。」

〔三〕邂逅：謂不期而遇。

〔四〕聖域人稱亞：此句以曾參稱譽曾訏家世。曾參爲孔子弟子，名位次於孔子，爲聖人之亞。蓋元以前才智、名位次於聖人者，均稱亞聖。

〔五〕未揎攀桂手：謂尚未獲取科第功名。揎：捋袖出臂。攀桂：喻科舉登第，此泛指取得功名。錯按：孝序此前嘗授顯謨閣待制知潭州，不得言「未揎攀桂手」，故此當指其子曾訏。

〔六〕已許買山錢：指買山歸隱，語本雲溪友議卷上符載山人乞買山錢事。參見本集卷六贈周廷秀注〔一三〕。

〔七〕蘡麥秋期近：農曆四月，爲麥收季節。禮記月令孟夏之月：「靡草死，麥秋至。」漢蔡邕月令章句：「百穀各以其初生爲春，熟爲秋。故麥以孟夏爲秋。」

〔八〕意合蒙推獎：杜甫秋日荆南述懷三十韻：「昔承推奬分，愧匪挺生材。」

〔九〕「句追工部袂」二句：稱曾侯詩句法近杜甫，而氣韻似李白。廓門注：「文選郭景純游仙詩『左挹浮丘袖，右拍洪崖肩』之句法也。工部謂杜工部；翰林謂韓退之。」錯按：廓門言句法甚是，而言「翰林謂韓退之」則謬。蓋凡言詩者稱翰林，均指李白是也。

〔一〇〕名宜改半千：譽曾訏爲五百年一遇之英才。新唐書員半千傳：「半千始名餘慶，生而孤，爲從父鞠愛，羈丱通書史。客晉州，州舉童子，房玄齡異之，對詔高第，已能講易、老子。長與何彥先同事王義方，以邁秀見賞。義方常曰：『五百歲一賢者生，子宜當之。』因改今名。」

王舍人路分生辰〔一〕

貴出賢王裔〔二〕，宗連母后因〔三〕。秋容漱毛骨，春色照簪紳。報國忠誠著〔四〕，驚人句法新〔五〕。慣看青禁月㊀〔六〕，屢夢玉關塵〔七〕。博古知無敵，窮經亦絶倫。後宵通七夕，今日是生辰。佳氣凌湘浦，非煙壓楚闉〔八〕。緑醽浮白蟻〔九〕，綺席繞花輪〔一〇〕。壽綴諸天獻〔一一〕，詞容野客陳〔一二〕。不凋蟾窟桂〔一三〕，難老海山春〔一四〕。已作瞻雙闕〔一五〕，行看據要津〔一六〕。功名先入手，圖畫在麒麟〔一七〕。

【校記】

㊀青：廓門本作「清」。古今禪藻集卷一一作「青」。

【注釋】

〔一〕宣和七年七月五日作於湘陰縣。詩有「後宵通七夕」句，故繫於七月五日。王舍人路分：即王宏道，名不可考。參見本集卷五題王路分容膝軒注〔一〕。舍人：此指閤門宣贊舍人，爲武官名。路分：路分兵馬鈐轄之簡稱，爲武職名。

〔二〕貴出賢王裔：據宋史王審琦傳，審琦嘗追封琅琊郡王。宋初王姓將帥追封爲王者，唯審琦一人，王宏道當爲其後裔。

〔三〕宗連母后因：謂其與徽宗王皇后同宗。東都事略卷一四世家二：「徽宗顯恭皇后王氏，德州刺史藻之女也。」

〔四〕報國忠誠著：本集卷一九王宏道舍人贊：「馳至金城，而忠款乃著。」

〔五〕驚人句法新：杜甫江上值水如海勢聊短述：「爲人性僻耽佳句，語不驚人死不休。」

〔六〕慣看青禁月：王宏道爲閤門宣贊舍人，故言其常在禁省中夜直。青禁，指皇宮，漢時宮門鏤刻青色圖紋，故稱。唐王勃九成宫東臺山池賦：「酌丹池之曉暇，候青禁之宵餘。」鍇按：廓門本作「清禁」，注曰：「李白詩第十四卷：『出入清禁中。』注：『漢霍光傳：出入禁闥二十餘年。』東坡詩十六卷：『沙漠回看清禁月。』注：『清禁月，言子由之念禁省。』」清禁，亦指皇宮。

〔七〕屢夢玉關塵：宏道爲武將，故謂其常夢想赴邊關報效朝廷。王宏道舍人贊：「罷歸玉關，而功名自至。」　玉關：玉門關，此泛指邊塞。唐李嶠道：「玉關塵似雪，金穴馬如龍。」

〔八〕非煙：代指卿雲，即慶雲。史記天官書：「若煙非煙，若雲非雲，郁郁紛紛，蕭索輪囷，是謂卿雲。卿雲見，喜氣也。」張守節正義：「卿音慶。」　楚闉：猶言楚城，此指長沙。

〔九〕緑醽：酒名，亦作「緑酃」。文選卷五左思吴都賦：「飛輕軒而酌緑酃。」李善注：「湘州記曰：『湘州臨水縣有酃湖，取水爲酒，名曰酃酒。』」　白蟻：喻酒面漂浮之白沫。山谷内集詩注卷一三次韻李任道晚飲鎖江亭：「酒杯未覺浮蟻滑。」任淵注：「張平子南都賦曰：『酒則甘醴，十旬兼清；醪敷徑寸，浮蟻若萍。』」　鍇按：此詩作於湘陰，故以湘州緑醽代指酒。

〔一〇〕繞花輪：謂如花之紅粧美女圍繞環立。參見本集卷七吴子薪重慶堂注〔一〇〕。

〔一一〕壽綴諸天獻：謂衆天神爲之獻舞祝壽。　綴：樂舞者之位置。禮記樂記：「屈伸俯仰，綴兆舒疾，樂之文也。」鄭玄注：「綴，謂酇舞者之位也。」此代指舞。　諸天：佛教指護法衆天神。佛經言欲界有六天，色界之四禪有十八天，無色界之四處有四天，其他有日天、月天、韋馱天等諸種天神，總稱之曰諸天。

〔一二〕野客：惠洪自稱。

〔一三〕不凋蟾窟桂：謂其家族中當有人科舉及第。東坡詩集注卷二五八月十七日天竺山送桂花分贈元素：「鷲峰子落驚前夜，蟾窟枝空記昔年。」注：「言元素中甲科時也。」

〔一四〕難老海山春：祝壽之辭，謂其如東海南山，青春不老。

〔一五〕瞻雙闕：指在京城爲官。雙闕，宫殿兩側高臺上之樓觀。曹植贈徐幹：「聊且夜行游，游彼雙闕間。」

〔一六〕據要津：佔據顯要之職位。古詩十九首：「何不策高足，先據要路津。」此化用其語。

〔一七〕圖畫在麒麟：恭維其將成爲帝王股肱之臣，建立豐功偉業。漢書蘇武傳：「甘露三年，單于始入朝。上思股肱之美，廼圖畫其人於麒麟閣。」顔師古注引張晏曰：「武帝獲麒麟時作此閣，圖畫其像於閣，遂以爲名。」三輔黄圖：「麒麟閣，蕭何造，以藏秘書，處賢才也。」

閻資欽提舉生辰〔一〕

節序春將半，風光過上旬。人間識英物〔二〕，地上見麒麟〔三〕。涷雨晴還暗，非煙夜達晨〔四〕。懽聲動湘楚，和氣滿簪紳。孝友疑無比，恢疏亦絶倫〔五〕。一身渾是德〔六〕，終日不違仁〔七〕。夢已游青禁〔八〕，行當侍紫宸〔九〕。立朝知大體，博古見全醇。詩妙終聯鼎〔一〇〕，文高類過秦〔一一〕。公廉清似玉，剛正凛如神。幙下名流集，堂中綺宴陳。貫珠歌白雪〔一二〕，浮蟻皺紅鱗〔一三〕。自幸承顔舊〔一四〕，仍容造膝頻〔一五〕。何時渡弱水，同看十洲春〔一六〕。

【注釋】

〔一〕宣和七年二月中旬初作於湘陰縣。閻資欽提舉：閻孝忠，字資欽，時提舉荆湖南路鹽香茶礬事。據宋會要輯稿選舉三三之三九，宣和七年四月二日，奉議郎、尚書駕部員外郎閻孝忠直祕閣。則其爲提舉在四月二日前。此詩言「夢已游青禁，行當侍紫宸」，當是孝忠將赴京官任之時，詩稱「節序春將半，風光過上旬」，當作於二月中旬初。

〔二〕人間識英物：晉書桓温傳：「桓温，字元子，宣城太守彝之子也。生未朞，而太原温嶠見之，曰：『此兒有奇骨，可試使啼。』及聞其聲，曰：『真英物也。』彝以嶠所賞，故遂名之曰温。」

〔三〕麒麟：古之瑞獸。亦作「騏驎」，指良馬。杜甫驄馬行：「近聞下詔喧都邑，肯使騏驎地上行。」喻指傑出人材。黄庭堅送范德孺知慶州：「阿兄兩持慶州節，十年騏驎地上行。」此化用其意。

〔四〕非煙：即卿雲，慶雲，五色祥雲。已見前注。

〔五〕恢疏：寬宏，開朗。山谷内集詩注卷四送謝公定作竟陵主簿：「胸中恢疏無怨恩。」任淵注：「老子曰：『天網恢恢，疏而不失。』此摘其字用之。」

〔六〕一身渾是德：蘇軾次韻舒教授寄李公擇：「怪君一身都是德，近之清潤淪肌骨。」此借用其語。

〔七〕終日不違仁：論語里仁：「君子無終食之間違仁，造次必於是，顛沛必於是。」又論語雍也：

「子曰：『回也，其心三月不違仁。其餘則日月至焉而已矣。』」此化用其語。

〔八〕青禁：指皇宫。漢時宮門鏤刻青色圖紋，故稱。義同「清禁」。廓門注：「『青』當作『清』，見前。」參王舍人路分生辰注〔六〕。

〔九〕紫宸：本爲宮殿名，此代指宮廷。錯按：閻孝忠以駕部員外郎兼直祕閣，祕閣掌管禁中圖書之府，故曰「行當侍紫宸」。

〔一〇〕聯鼎：指韓愈石鼎聯句。參見昌黎先生文集卷二一石鼎聯句詩序并詩。

〔一一〕過秦：指賈誼過秦論。參見文選卷五一賈誼過秦論。

〔一二〕貫珠：禮記樂記：「故歌者上如抗，下如隊，曲如折，止如槀木，倨中矩，句中鉤，纍纍乎端如貫珠。」孔穎達疏：「言聲之狀，纍纍乎感動人心，端正其狀，如貫於珠，言聲音感動於人，令人心想形狀如此。」白雪：古曲名。宋郭茂倩樂府詩集卷五七白雪歌序：「琴曲曰：白雪，師曠所作，商調曲也。」文選卷四五宋玉對楚王問：「客有歌於郢中者，其始曰下里巴人，國中屬而和者數千人。……其爲陽春白雪，國中屬而和者，不過數十人。」此代指高雅歌曲。

〔一三〕浮蟻：酒之代稱。九家集注杜詩卷二六正月三日歸溪上有作簡院内諸公：「蟻浮仍臘味。」注：「謂酒也。南都賦：『醪敷徑寸，浮蟻若萍。』釋名：『酒有沉齊，浮蟻在上。』周庾信謝賜酒詩：『浮蟻對春開。』」紅鱗：本指魚。蘇軾渼陂魚：「紅鱗照坐光磨閃。」此似喻指酒面浮蟻如紅魚鱗片閃動，用法同本集卷八任价玉館東園十題如春軒「杯面吹紅鱗」句，參見其注。

〔一四〕自幸承顏舊：建中靖國元年惠洪與閻資欽相識於南昌，此後有詩唱酬，故稱「承顏舊」。參見本集卷二贈閻資欽、次韻見寄二首。

〔一五〕造膝：猶促膝，至於膝前，形容親近。三國志魏書高堂隆傳：「今陛下所與共坐廊廟治天下者，非三司九列，則臺閣近臣，皆腹心造膝，宜在無諱。」

〔一六〕「何時渡弱水」二句：謂望資欽提攜，或可同至祕閣藏書處一游。海内十洲記：「漢武帝既聞王母説八方巨海之中有祖洲、瀛洲、玄洲、炎洲、長洲、元洲、流洲、生洲、鳳麟洲、聚窟洲。有此十洲，乃人跡所稀絶處。」又曰：「鳳麟洲在西海之中央，地方一千五百里，洲四面有弱水繞之，鴻毛不浮，不可越也。」錯按：十洲爲仙境，亦蓬萊道山之類，喻帝王圖書之府。本集卷二贈三性之有「他年攜我渡弱水，傍倖一看瀛洲春」二句，即此意。

陳奉議生辰〔一〕

華國生賢俊，江山孕秀靈。鴨頭淦水緑〔二〕，螺髻玉笥（筒）青㊀〔三〕。敏捷收科第，奇豪見典刑。咲談回暖律〔四〕，詩句挾風霆〔五〕。官偶求彭澤〔六〕，才宜在漢庭〔七〕。麒麟横逆氣〔八〕，鸑鷟斂修翎〔九〕。民訟多閒日，棠陰自滿亭〔一〇〕。浪傳書課奏〔一一〕，須看鼎彝銘〔一二〕。仲夏逢佳節，非煙聚杳冥〔一三〕。數蓂餘一葉〔一四〕，推道問千齡〔一五〕。阡陌登豐後，笙歌爛熳聽。綺筵環妙麗，壽斝捧娉婷〔一六〕。歡洽連更燭，情高促畫屏。九衢花照夜〔一七〕，萬井月開扃。風颭銀河動〔一八〕，天驚玉露零。三台星密處〔一九〕，旁有老人星〔二〇〕。

【校記】

㊀ 笥：原作「筒」，誤，今改。參見注〔三〕。

【注釋】

〔一〕宣和五年五月二十九日作於潭州善化縣。陳奉議：即善化縣令陳思忠，官奉議郎，正八品。參見本集卷六次韻思忠奉議民瞻知丞唱酬佳句注〔一〕。鍇按：據詩中「淦水」、「玉笥」二詞，可知陳奉議爲江西臨江軍新淦縣人。據江西通志卷四九選舉志，崇寧五年丙戌蔡嶷榜有陳堯道，新淦人。其籍貫及科第時間，與此陳奉議相吻合。疑陳堯道字思忠，俟考。

〔二〕淦水：太平寰宇記卷一〇九江南西道七吉州新淦縣：「淦水在縣北一百里，西流達於贛水。」方輿勝覽卷二一臨江軍：「淦水，漢書地理志：『豫章郡宜春南水，東至新淦入湖。』」

〔三〕螺髻：螺狀髮髻，喻如螺髻高聳之山巒。宋韓維南陽集卷一〇和景仁探春：「山色青螺髻，清波緑鴨頭。」玉笥：太平寰宇記卷一〇九：「玉笥山，在（新淦）縣南六十里。道書云：玉笥山，福地山也。有水東流，山數十里，地宜稻穀肥美。陶弘景玉匱書云：山有玉笥。」方輿勝覽卷二一臨江軍：「玉笥山，在新淦縣。上有羣玉峰、九仙臺、金牛坡、白龍巖、棲霞谷。山中有蕭子雲宅。」底本「笥」作「筒」，涉形近而誤。

〔四〕咲談回暖律：謂其笑談能退寒回暖，令人如坐春風。太平御覽卷三四引劉向别録：「燕有寒谷，五穀不生。鄒衍吹律以暖之，乃生禾黍，因名黍谷。」此化用其意。

〔五〕詩句挾風霆：化用杜甫寄李十二白二十韻「筆落驚風雨，詩成泣鬼神」之意。

〔六〕官偶求彭澤：謂其爲善化縣令如陶淵明偶官彭澤令。南朝梁蕭統陶淵明傳：「謂親朋曰：『聊欲絃歌，以爲三徑之資，可乎？』執事者聞之，以爲彭澤令。」

〔七〕才宜在漢庭：謂其才宜作朝官。漢庭，代指朝廷。

〔八〕麒麟：喻傑出人才。晉書顧和傳：「族叔榮雅重之，曰：『此吾家麒麟，興吾宗者，必此人也。』」　逆氣：違逆不順之氣。

〔九〕鸑鷟：鳳之别名。國語周語上：「周之興也，鸑鷟鳴於岐山。」韋昭注：「三君云：鸑鷟，鳳之别名也。詩云：『鳳皇鳴矣，于彼高岡。』其在岐山之脊乎？」喻傑出人材。新唐書薛收傳附薛元敬傳：「收爲長雛，德音爲鸑鷟，元敬年最少，爲鵷雛。」已見前注。

〔一〇〕棠陰自滿亭：喻良吏惠政。詩召南甘棠：「蔽芾甘棠，勿翦勿伐，召伯所茇。」鄭箋：「茇，草舍也。召伯聽男女之訟，不重煩勞，百姓止舍小棠之下而聽斷焉。國人被其德，説其化，思其人，敬其樹。」

〔一〕書課奏：謂書載官員政績考核。文選卷四六任昉王文憲集序：「出爲義興太守，風化之美，奏課爲最。」李善注：「漢書曰：『倪寬爲司農都尉，大司農奏課聯最。』韋昭曰：『聯得第一也。』」劉良注：「課，考也。最，第一也。」

〔二〕鼎彝銘：鼎彝上所刻紀功德之文字。鼎彝，祭器。文選卷四六王文憲集序：「前郡尹温太真、劉真長，或功銘鼎彝，或德標素尚。」李善注：「禮記曰：『鼎有銘，銘者，論譔其先祖之德，美功烈勳勞，而酌之祭器。』左氏傳：『臧武仲曰：大伐小，取其所得，以作彝器，銘其功，以示子孫。』」歐陽修晝錦堂記：「可謂社稷之臣矣，其豐功盛烈，所以銘鼎彝而被絃歌者，乃邦家之光，非閭里之榮也。」

〔三〕非煙：卿雲，慶雲，祥雲。已見前注。

〔四〕數蓂餘一葉：蓂之蓂莢，瑞應之草。竹書紀年卷上：「有草夾階而生，月朔始生一莢，月半而生十五莢；十六日以後，日落一莢，及晦而盡。月小，則一莢焦而不落。名曰蓂莢，一曰曆莢。」又見晉皇甫謐帝王世紀。鍇按：前有「仲夏逢佳節」句，仲夏即五月，此言「數蓂餘一葉」，則爲二十九日。故知陳奉議生辰爲五月二十九日。底本「葉」本當作「莢」，然本集用此事皆作「葉」，如卷一三劉彭年知縣生辰：「瑞應草餘雙葉在。」卷二八生辰四首：「瑞應草之迎春，方開八葉。」又云：「八葉瑞蓂，冠三春之淑景。」姑仍其舊。

〔五〕推道閒千齡：恭維語，謂推算天道，間隔千年纔一出此英才。此猶勝於「半千」之譽，參見前次韻曾侯見寄注〔一〇〕。

〔一六〕壽斝：祝壽之酒器。詩大雅行葦：「或獻或酢，洗爵奠斝。」毛傳：「斝，爵也。夏曰醆，殷曰斝，周曰爵。」　娉婷：姿態美好貌，此指侍女。

〔一七〕九衢：繁華都市。楚辭天問：「靡蓱九衢，枲華安居？」王逸注：「九交道曰衢。」鍇按：潭州治長沙、善化二縣，爲大藩，故曰九衢。

〔一八〕颭：風吹物動。廓門注：「退之詩『雪颭霜翻看不分』，東坡詩二十二卷『浪颭風回豈復堅』之類也。」

〔一九〕三台星：晉書天文志上：「三台六星，兩兩而居，起文昌，列抵太微。一曰天住，三公之位也。在人曰三公，在天曰三台。」

〔二〇〕老人星：史記天官書：「狼比地有大星，曰南極老人。老人見，治安；不見，兵起。」張守節正義：「老人一星，在弧南，一曰南極，爲人主占壽命延長之應。常以秋分之曙見於景，春分之夕見於丁。見，國長命，故謂之壽昌，天下安寧；不見，人主憂也。」李白與諸公送陳郎將歸衡陽：「衡山蒼蒼入紫冥，下看南極老人星。」

次韻曾伯容哭夏均父〔一〕

青松傲霜雪，事悞亦迍邅〔二〕。或脱斧斤厄〔三〕，則遭藤蔓纏。比梁（北渠）材砢礌㊀〔四〕，聳壑色芳鮮〔五〕。不作千楹楝〔六〕，終爲萬斛船〔七〕。那知過華屋，長慟摇空鞭〔八〕。增擊疑仙去〔九〕，超摇棄我先〔一〇〕。但餘殷枕淚〔一一〕，無復對牀眠〔一二〕。憶昨游溢浦〔一三〕，曾同上紫煙〔一四〕。春光隨杖履，笑響落雲泉。尚想登臨處，仍哦唱和篇。暗驚生死隔，默數十三年〔一五〕。臺憲登羣彦〔一六〕，秋風吹一鶚〔一七〕。誅姦志未舍，謀國疏空傳。醉馭毛車度〔一八〕，誰推日轂旋㊁〔一九〕。歲時嗟易得，才（力）命古難全㊂〔二〇〕。報施徒云爾〔二一〕，功名信偶然。清忠光竹帛〔二二〕，英氣斂山川〔二三〕。哭子如臨敵，當勾失短鋋㊃〔二四〕。

【校記】

㊀比梁：原作「北渠」，誤，今改。參見注〔四〕。

㊁誰：四庫本作「雅」。

㊂才：原作「力」，誤，今改。參見注〔一七〕。

㊃勾：武林本作「句」。

【注釋】

〔一〕建炎元年秋作於襄州。曾伯容：曾紘字伯容，南豐人。曾鞏從兄弟曾阜之子。寓居襄陽，自號臨漢居士。宣和特科進士，累官文林郎致仕。放浪江湖，與子思賦詩爲樂，時人稱其五言秀出天然，原委山谷。與夏倪諸詩人游從唱和，有臨漢居士集。事具楊萬里誠齋集卷八三江西續派二曾居士詩集序。鍇按：曾紘居襄陽，饒節多與之唱和，倚松詩集卷二有寄曾伯容、用曾伯容韻贈不愚兄、贈伯容、送曾伯容還漢上、和曾伯容梅詩二首可參見。　夏均父：夏倪，字均父。參見本集卷五予頃還自海外夏均父以襄陽別業見要使居之後六年均父謫祁陽酒官余自長沙往謝之夜語感而作注〔一〕。能改齋漫録卷一〇江西宗派：「蘄州人夏均父，名倪，能詩，與呂居仁相善。既没六年，當紹興癸丑二月一日，其子見居仁嶺南，出均父所爲詩，屬居仁序之。序言其本末尤詳。已而居仁自嶺外寄居臨川，乃紹興癸丑之夏。因取近世以詩知名者二十五人，謂皆本於山谷，圖爲江西宗派，均父其一也。然則居仁作宗派圖時，均父没已六年矣。」紹興癸丑即紹興三年（一一三三），據此上推六年，則夏倪卒於建炎元年（一一二七）。詩有「秋風吹一鶚」之句，當作於此年秋。

〔二〕「青松傲霜雪」二句：喻夏倪人品高潔，如傲雪青松，然其命運多舛。　迍邅：難行貌。漢蔡邕述行賦：「途迍邅其蹇連，潦汙滯而爲災。」迍，通「屯」。易屯卦：「六二，屯如邅如，乘馬班如。」王弼注：「屯難之時，正道未行，與初相近而不相得，困於侵害，故屯邅。屯時方屯難，正道未通，涉遠而行，難可以進，故曰乘馬班如也。」　鍇按：以下六句皆就青松之喻而形容演繹。

〔三〕斧斤厄：蘇軾萬松亭：「天公不救斧斤厄，野火解憐冰雪姿。」此借用其語。

〔四〕比梁材砢礧：喻其人如松，可作棟梁之材。世説新語賞譽：「庾子嵩目和嶠：『森森如千丈松，雖磊砢有節目，施之大廈，有棟梁之用。』」藝文類聚卷八八引晉袁宏詩曰：「森森千丈松，磊砢非一節。雖無榱桷麗，較爲棟梁桀。」　砢礧：即礧砢，同「磊砢」。　錯按：比梁，即「較爲棟梁桀」之意。底本作「北渠」，與松無關，不知所云，當涉形近而誤。

〔五〕聳壑：喻其人如松，其色青蒼，定可聳壑昂霄。新唐書房玄齡傳：「吏部侍郎高孝基名知人，謂裴矩曰：『僕觀人多矣，未有如此郎者。當爲國器，但恨不見其聳壑昂霄云。』」

〔六〕千楹棟：指廣廈大殿。陸機陸士衡文集卷八七徵：「豐居華殿，奇搆磊落。萬宇雲覆，千楹林錯。」

〔七〕萬斛船：容量極大之船。九家集注杜詩卷一一三韻三篇之二：「蕩蕩萬斛船，影若揚白虹。」注：「釋名：『船二百斛曰舠，三百斛曰艇。』趙王石虎造萬斛之舟。」

〔八〕「那知過華屋」二句：謂過夏倪故居而傷心。晉書謝安傳：「羊曇者，太山人，知名士也。爲安所愛重。安薨後，輟樂彌年，行不由西州路。嘗因石頭大醉，扶路唱樂，不覺至州門，左右白曰：『此西州門。』曇悲感不已，以馬策叩扉，誦曹子建詩曰：『生存華屋處，零落歸山丘。』慟哭而去。」

〔九〕增擊：高飛遠舉。文選卷六〇賈誼弔屈原文：「鳳凰翔于千仞兮，覽德輝而下之；見細德之險徵兮，遥曾擊而去之。」李善注：「鄭玄曰：『擊音攻擊之擊。』李奇曰：『遥，遠也。曾，益也。』」曾，通「增」。

〔一〇〕超摇：猶超遥，高遠，遥遠。皎然杼山集卷二酬薛員外誼苦熱行見寄：「安得奮輕翮，超摇出雲征。」

〔一一〕殷枕淚：謂浸濕枕頭之淚。殷，本謂以血染紅，本集借謂以淚染濕。參見本集卷四懷忠子注〔六〕。

〔一二〕對牀眠：喻朋友相聚之歡樂。韋應物示全真元常：「寧知風雪夜，復此對牀眠。」白居易雨中招張司業宿：「能來同宿否？聽雨對牀眠。」

〔一三〕憶昨游湓浦：政和五年春，惠洪自太原歸筠州，途徑江州，與夏倪交游。參見本集卷一二招夏均父注〔一〕。湓浦，即湓水，東流經九江，名湓浦港，北流入長江。此代指江州。

〔一四〕曾同上紫煙：謂曾同登廬山。廓門注：「九江府，紫煙樓在府治，取唐李白詩『日照香爐生紫煙』之句爲名。」錯按：紫煙，本李白望廬山瀑布詩，代指廬山，非指紫煙樓，廓門注殊誤。蓋後文「春光隨杖履，笑響落雲泉」二句，乃寫游山之況。

〔一五〕默數十三年：自政和五年（一一一五）同登廬山，至建炎元年（一一二七）夏倪卒，前後共計十三年。

〔一六〕臺憲登羣彦：謂諸多英俊人才任御史臺官。新唐書王源中傳：「源中上言：『臺憲者，紀綱地，府縣責成之所。』」宋釋文瑩玉壺清話卷五：「真宗聞之，謂宰臣曰：『（王著）善規益者也，宜居臺憲。』後終於殿中侍御史。」

〔一七〕秋風吹一鶚：謂獨夏倪不幸早卒，終未實現立朝之志。一鶚，猶言一鶚，喻出類拔萃鯁直之臣，宜作御史者。鶚，猛禽。後漢書禰衡傳載孔融上表薦衡曰：「鷙鳥累百，不如一鶚。使衡立朝，必有可觀。」此以「鶚」代「鶚」，爲押韻故也。鍇按：吕本中紫微詩話：「彦實送均父作江守詩云：『平時袞袞向諸公，投老猶推作郡公。未覺朝廷疏汲黯，極知州郡要文翁。』均父每諷誦之。」以鯁直之臣汲黯喻夏倪，謂其未得立朝，而如文翁作州郡之官。或即此詩所惜。

〔一八〕醉馭毛車度：博物志卷二：「漢武帝時，弱水西國有人乘毛車以渡弱水來獻香者。」

〔一九〕推日轂：喻輔佐帝王。日如車輪，故稱日轂，喻帝王車駕。王安石韓忠獻挽詞二首之一：「獨斡斗杓環帝座，親扶日轂上天衢。」

〔二〇〕才命古難全：謂自古以來才能與命運難以兩全，多爲懷才不遇，命運不濟。韓愈駑驥：「喟余獨興歎，才命不同謀。」李商隱有感：「中路因循我所長，古來才命兩相妨。」此化用其意。底本「才」作「力」，乃涉形近而誤。廓門注：「列子有力命篇。」乃爲誤字所累。

〔二一〕報施徒云爾：廓門注：「左傳僖公二十四年曰：『報者倦矣，施者未厭。』」

〔二二〕清忠光竹帛：文選卷三七曹植求自試表：「觀古忠臣義士，出一朝之命，以殉國家之難。身雖屠裂，而功銘著於景鍾，名稱垂於竹帛。」此化用其意。

〔二三〕英氣斂山川：謂其卒後還英氣於山川。朱弁曲洧舊聞卷五載李廌祭東坡文，中有「名山大川，還千古英靈之氣」二句；本集卷二七跋李豸弔東坡文作「名山大川，還千載英靈之氣」，此化用其意。斂，猶還。

〔二四〕「哭子如臨敵」二句：謂臨到弔唁夏倪之時，却難以寫出佳句，如同臨陣對敵，却失去兵器。此亦以戰喻詩。　勾：同「鈎」。漢書韓延壽傳：「延壽又取官銅物，候月蝕鑄作刀劍鈎鐸，放效尚方事。」顏師古注：「鈎亦兵器也，似劍而曲，所以鈎殺人也。」　短鋋：鐵柄小矛。史記匈奴列傳：「其長兵則弓矢，短兵則刀鋋。」裴駰集解：「韋昭曰：『鋋形似矛，鐵柄。』」

五言律詩

湘上閒居〔一〕

夜清暑雨過，四壁草蟲鳴〔二〕。一枕幽人夢，半窗閒月明。摧頹弘法志〔三〕，老大住山情。忽憶陳尊宿，編蒲度此生〔四〕。

【注釋】

〔一〕作年未詳。

〔二〕四壁草蟲鳴：歐陽修秋聲賦：「但聞四壁蟲聲唧唧，如助予之歎息。」

〔三〕摧頹：摧折，困頓。

〔四〕「忽憶陳尊宿」二句：禪林僧寶傳卷一韶州雲門大慈雲弘明禪師傳：「游方，初至睦州，聞有老宿飽參，古寺掩門，織蒲屨養母，往謁之。老宿名道蹤，嗣黄檗斷際禪師，住高安米山寺。以母老，東歸。叢林號陳尊宿。」已見前注。

西齋晝卧〔一〕

餘生已無累〔二〕，古寺寄閑房。睡足無來客，窗空又夕陽。叢蕉高出屋〔三〕，病葉偶飄廊㊀。起探風簷立，飛蚊鬧晚涼㊁〔四〕。

【校記】

㊀偶：石倉本作「忽」。

㊁鬧：石倉本作「避」。

【注釋】

〔一〕作年未詳。

〔二〕餘生已無累：唐劉長卿江中晚釣寄荆南一二相識：「一身已無累，萬事更何欲。」此借用其語。

〔三〕叢蕉高出屋：蘇軾種德亭：「山茶想出屋，湖橘應過牆。」此借用其語。鍇按：本集卷一三夏日偶書：「出屋毶蕉終百齡。」游太平古寺讀舊題用惠上人韻：「叢蕉出屋小軒幽。」

〔四〕飛蚊鬧晚涼：蘇軾次韻黄魯直見贈古風二首之一：「君看五六月，飛蚊殷廻廊。」

秋夕示超然〔一〕

夜色已可掬，林光翻欲流。一鈎窺隙月，數葉攪眠秋。清境扶歸夢，殘釭替客愁㊀〔二〕。搜詩時畫席〔三〕，忽覺此生浮〔四〕。

【校記】

㊀ 釭：武林本作「盧」，誤。

【注釋】

〔一〕作年未詳。超然：惠洪法弟希祖，字超然。本集卷一一有秋夕示超然七律一首。

〔二〕殘缸：殘燈。缸，通「釭」。

〔三〕搜詩時畫席：席上比劃搜索詩句。參見本集卷八晚歸自西崦復得再和二首注〔三〕。

〔四〕忽覺此生浮：莊子刻意：「其生若浮，其死若休。」蘇軾孟震同游常州僧舍三首之一：「年老轉覺此生浮。」此用其語意。

早春〔一〕

山中春尚淺，風物麗煙光。澗草殷勤緑，巖花造次香〔二〕。浮根爭附絡〔三〕，細葉正商量。好在幽蘭徑，無人亦自芳〔四〕。

【注釋】

〔一〕作年未詳。

〔二〕造次：率意，隨意。廓門注：「造次，論語字。」鍇按：論語里仁：「造次必於是，顛沛必於是。」

〔三〕附絡：依附連絡。鍇按：上聯「殷勤」、「造次」與此聯「附絡」、「商量」，均用擬人法寫春之花草。

〔四〕「好在幽蘭徑」二句：孔子家語在厄：「且芝蘭生於深林，不以無人而不芳。」黄庭堅幽芳亭記：「蘭生深林，不以無人而不芳；道人住山，不以無人而不禪。」

送僧還長沙〔一〕

去袂不容挽〔二〕，子規真滑唇〔三〕。煙村相送處，風物更撩人。麥浪空翻日，花房尚鎖春。遥知到湘浦，盧（蘆）橘恰嘗新㊀〔四〕。

【校記】

㊀盧：原作「蘆」，誤，今從四庫本。武林本作「釭」，誤。

【注釋】

〔一〕作年未詳。

〔二〕去袂不容挽：謂難以挽留。袂，衣襟。古以解袂爲分别，挽袂爲挽留。

〔三〕子規真滑唇：子規啼聲如唤「不如歸去」，此詩送僧歸去，故云。梅堯臣禽言四首子規：「不如歸去，春山云暮。萬木兮參雲，蜀天兮何處？人言有翼可高飛，安用空啼向高樹。」滑唇，圓滑婉轉之鳥語。

〔四〕盧橘：枇杷之别稱。恰嘗新：春夏之交枇杷熟，故云。蘇軾食荔支二首之二：「羅浮山下四時春，盧橘楊梅次第新。」參見本集卷八再和復答注〔八〕。

次韻真覺大師瑞香花〔一〕

淺色鬧花堂㊀〔二〕，清寒熏夜香。應持燕尾剪〔三〕，破此麝臍囊〔四〕。有恨成春睡〔五〕，無人見洗粧。故山煙雨裏〔六〕，寂寞爲誰芳？

【校記】

㊀ 鬧花：石倉本作「映華」。

【注釋】

〔一〕元祐年間作於開封府。真覺大師：法名志添，嗣法東林常總禪師，爲臨濟宗黄龍派南嶽下十三世。元祐中賜號真覺大師。事具建中靖國續燈録卷一九、續傳燈録卷二〇。瑞香花：清異録卷上睡香：「廬山瑞香花，始緣一比丘晝寢磐石上，夢中聞花香，烈酷不可名，既覺，尋香求之，因名『睡香』。四方奇之，謂乃花中祥瑞，遂以『瑞』易『睡』。」廬山記卷二叙山北：「今山間幽房小檻往往種瑞香，太平觀、東林寺爲盛。其花紫而香烈，非羣芳之比。始野生深林草莽中，山人聞其香，尋而得之，栽培數年則大茂。今移貿幾遍天下，蓋出此山云。」能改齋漫録卷一五瑞香花：「廬山瑞香花，古所未有，亦不産他處。天聖中，人始稱傳。東坡諸公，繼有詩詠。豈靈草異芳，俟時乃出？故記序篇什，悉作『瑞』字。廬山記中亦載瑞香花。記訥禪師云：『山中瑞采一朝出，天下名香獨見知。』張祠部彊名『佳客』，以『瑞』爲『睡』焉。其詩曰：『曾向廬山睡裏聞，香風占斷世間春。竊花莫撲枝頭蝶，驚覺南窗午夢人。』」

〔二〕淺色：蘇軾次韻曹子方龍山真覺院瑞香花：「幽香結淺紫，來自孤雲岑。骨香不自知，色淺意殊深。」　鬧花：以聲之熱鬧通色之繁麗，通感之一端。本集屢用之，如卷一〇鄒必東竹枕：「春寒長搭鬧花衾。」卷一六琛上人所蓄妙高墨戲三首之二：「脩葉鬧花增秀色。」

〔三〕燕尾剪：燕尾交叉如剪，故坐實言之。蘇軾謝人惠雲巾方舄二首之一：「燕尾稱呼理未便，剪裁雲葉却天然。」

〔四〕破此麝臍囊：極言其花香之濃烈，如麝臍之香。明程羽文花小名：「瑞香曰麝囊。」

〔五〕春睡：瑞香又名睡香，故云。

〔六〕故山：此指廬山。錯按：真覺大師嗣法廬山東林常總禪師，惠洪嘗依真淨克文禪師於廬山歸宗寺，故稱。

次韻誼叟悼性上人〔一〕

井美泉先竭〔二〕，犀殘角有通〔三〕。斯人難再得〔四〕，陳跡已成空。麈尾夢應寄〔五〕，楞伽寫未終〔六〕。平生説禪口，不見怒號風〔七〕。

【注釋】

〔一〕崇寧三年秋作於分寧縣龍安寺。誼叟：宜禪師，字誼叟，號出塵庵，筠州新昌人，嘗住逍遥山，嗣法靈源惟清禪師。參見本集卷八用韻寄誼叟注〔一〕。性上人：福州人，龍安寺僧，生平不可考。參見本集卷七弔性上人真注〔一〕。

〔二〕井美泉先竭：莊子山木：「直木先伐，甘井先竭。」此借其語喻賢人之早逝。

〔三〕犀殘角有通：李義山詩集注卷一下無題二首之一：「心有靈犀一點通。」朱鶴齡注：「南州異物志：『犀有神異，表靈以角。』抱朴子：『通天犀，角有白理如線。置犀粟中，雞見輒驚，南人呼爲駭雞犀。』漢西域傳：『通犀翠羽之珍。』如淳曰：『通犀，謂中央色白通兩頭。』」此借喻賢人身雖逝而靈猶通。

〔四〕斯人難再得：漢書外戚傳：「北方有佳人，絶世而獨立，一顧傾人城，再顧傾人國。寧不知傾城與傾國，佳人難再得！」此借其語。

〔五〕麈尾夢應寄：高僧傳卷七宋吴虎丘山釋曇諦傳略曰：「母黄氏晝寢，夢見一僧呼黄爲母，寄一麈尾，并鐵鏤書鎮二枚。眠覺，見兩物具存，因而懷孕生諦。諦年五歲，母以麈尾等示之，諦曰：『秦王所餉。』母曰：『汝置何處？』答云：『不憶。』至年十歲出家，學不從師，悟自天發。後隨父之樊鄧，遇見關中僧䂮道人，忽喚䂮名。……諦父具説本末，并示書鎮麈尾等。䂮迺悟而泣曰：『即先師弘覺法師也。師經爲姚萇講法華，貧道爲都講。姚萇餉師二物，今遂在此。追計弘覺捨命，正是寄物之日。復憶採菜之事，彌深悲仰。』」

〔六〕楞伽寫未終：冷齋夜話卷七張文定公前身爲僧：「張文定公方平爲滁州日，游琅琊，周行廊廡，神觀清淨。至藏院，俛仰久之，忽呼左右梯梁間，得經一函，開視之，則楞伽經四卷，餘其半未寫。公因點筆續之，筆蹟不異。味經首四句曰：『世間相生滅，猶如虛空花。智不得有無，而興大悲心。』遂大悟流涕，見前世事。蓋公生前嘗主藏於此，病革，自以寫經未終，願再來成之故也。公立朝正色，自慶曆以來，名臣爲人主所敬者，莫如公。暮年出此經示東坡居士，坡爲重寫，題公之名於其右，刻於浮玉山龍游寺。」

〔七〕怒號風：莊子齊物論：「夫大塊噫氣，其名爲風，是唯無作，作則萬竅怒號。」

除夕和津汝楫㊀〔一〕

今夕亦常夕㊁，人偏故國思。不堪搓（槎）凍耳㊂〔二〕，聽誦未歸詩。家室諠譁後㊃〔三〕，深簷雨雪時。爐香待清旦，此意有誰知？

【校記】

㊀津：石倉本闕此字。

㊁亦：石倉本作「非」。

㊂ 搓：原作「槎」，誤，今據四庫本改。参見注〔二〕。

㊃ 家室：石倉本作「近市」。

【注釋】

〔一〕作年未詳。　津汝楫：法名曉津（？～一一〇四），字汝楫，福州連江人。晦堂祖心禪師法嗣，屬臨濟宗黄龍派南嶽下十三世，爲惠洪法門從兄。初説法於西京石壁寺，次遷泗州龜山水陸院。崇寧三年八月十四日，泊然而逝。其生平機語具見建中靖國續燈録卷二〇、嘉泰普燈録卷六、續傳燈録卷二二。

〔二〕搓凍耳：本集卷一四送實上人還東林時余亦買舟東下四首之二：「且復挼搓凍耳。」底本「搓」作「槎」。廓門注：「『槎』當作『搓』。」東坡詩三十卷：「纖手搓來玉數尋。」其説甚是。

〔三〕家室諠譁：謂除夕普通人家準備過年之熱鬧場景。本集卷三乾上人會余長沙：「一室諠譁終暖熱。」卷二六又稱上人所作：「時江寒欲雪，一室諠譁。」石倉本「家室」作「近市」，無據，係妄改。

啓明軒次朗上人韻〔一〕

澄滓動精色〔二〕，開軒萬象分。光無回避處，眼自覆藏君〔三〕。霞縷縈經軸，煙絲減篆文。個中無賸語〔四〕，題目是先聞。

【注釋】

〔一〕作年未詳。啓明軒：唐李通玄華嚴經合論卷三四：「故以妙峰山表其比丘三昧行，智現定亡，寂用自在，方能説教，以潤童蒙。名爲德雲，故居艮爲蒙，位以止是。潤生啓明之初，以比丘德雲居山之頂，取像表法，明此位從信心凡夫創始，以三昧加行啓蒙，入聖位中十住之首至法頂，故與無相妙智慧會處，號爲妙峰；以妙智慧能説教處，潤益含生，號名德雲。」啓明猶啓蒙，軒以此爲名。廓門注：「詩經曰：『東有啓明。』」似未解其意。朗上人：生平法系不可考。

〔二〕澄滓動精色：楞嚴經合論卷一：一真發明性，譬如明珠之光，常自照珠，孔子曰『思無邪』近之矣。妄發明性，譬如東方將旦，澄滓之間，已有精色，易曰『蒙雜而著』近之矣。」

〔三〕眼自覆藏君：楞嚴經卷八：「如是故有鑒見照燭，如於日中不能藏影，故有惡友業鏡、火珠披露、宿業對驗諸事。是故十方一切如來，色目覆藏，同名陰賊。」此化用其意。

〔四〕個中無賸語：景德傳燈録卷八浮盃和尚：「有凌行婆來禮拜師，師與坐喫茶。行婆乃問云：『盡力道不得底句，還分付阿誰？』師云：『浮盃無剩語。』」賸語：即剩語，多餘話。林間録卷下稱白雲守端禪師「筆端有口，故多説少説，皆無剩語」。冷齋夜話卷七引山谷評東坡題西林壁詩：「此老人于般若横説豎説，了無剩語，非其筆端有舌，安能吐此不傳之妙哉？」

回光軒〔一〕

暮色眩紅碧，登臨聊倚欄。日終猶返照，坐穩可深觀〔二〕。夢幻諸緣寂，圓明一顆寒〔三〕。洞然無向背〔四〕，莫作轉頭看〔五〕。

【注釋】

〔一〕作年未詳。　回光軒：日落反射之光曰回光，禪宗以喻反觀自心，即心是佛，軒名取此意。景德傳燈録卷一一袁州仰山慧寂禪師：「師上堂示衆云：『汝等諸人，各自回光返顧，莫記吾言。』」同書卷二六洪州雲居山義能禪師：「問：『如何是佛？』師曰：『即心是佛。』曰：『學人不會，乞師方便。』師曰：『方便呼爲佛，迴光返照，看身心是何物。』」同書卷二九梁寶誌和尚大乘讚十首之五：「不得執他知解，迴光返本全無。有誰解會此説，教君向己推求。」

〔二〕坐穩可深觀：謂穩坐蒲團，可深觀自身。廓門注：「東坡詩十七卷：『坐穩且復留。』」

〔三〕圓明一顆寒：喻融通明淨之自心。林間録卷上：「昔日大法眼禪師有偈曰：『難難難是遣情難，情盡圓明一顆寒。方便遣情猶不是，更除方便太無端。』」

〔四〕洞然：通達明亮貌。　無向背：景德傳燈録卷一一杭州徑山洪諲禪師：「師曰：『老少同輪無向背，我家玄路勿參差。』」宋彭汝礪鄱陽集卷三馬粹老謁黄龍祖心云得趣向處除煩惱矣因以偈謁之：「門門趙州門，路路曹溪路。此間無向背，云何説向趣。」

〔五〕莫作轉頭看：祖堂集卷一五五洩和尚：「石頭云：『受業在什摩處？』師不祇對，便拂袖而出。纔過門時石頭便咄。師一脚在外，一脚在内，轉頭看。石頭便側掌云：『從生至死，只這個漢，更轉頭作什摩？』師豁然大悟。」

次韻黄元明〔一〕

靜室依清几，開書映隙光。悟迷初不隔，語默故難藏〔二〕。妙可忘情會，深無以意量。臨機辨神駿，正要略玄黄〔三〕。

【注釋】

〔一〕崇寧四年作於洪州分寧縣。黄元明：名大臨，自號寅庵，洪州分寧人。庭堅之兄。雍正江西通志卷六六人物志一：「黄大臨，字元明，庶之子。紹聖間知萍鄉縣，或諷其過慈。大臨曰：『字民，令職也。豈其操三尺與百姓讎敵哉？』從知龍泉，其治如萍鄉，秉法自持，私謁不入。提舉張根行部，雅聞其賢，折節禮下之。」據山谷别集卷四萍鄉縣寶積禪寺記，大臨元符三年十月爲萍鄉縣令，擇請延慶院山主宗禪住持寶積禪寺，崇寧二年十一月庭堅作記，大臨立石。則大臨知萍鄉縣非在紹聖間，江西通志誤。鍇按：能改齋漫録卷一六山谷愛賀方回青玉案詞：「賀方回爲青玉案詞，山谷尤愛之，故作小詩以紀其事。及謫宜州，山谷兄元明和以送之云：『千峰百嶂宜州路，天黯淡，知人去。曉別吾家黄叔度，兄弟華髮，遠山修水，異日同歸處。長亭飲散尊罍暮，別語纏綿不成句。已斷離腸能幾許？水村山郭，夜闌無寐，聽盡空階雨。』山谷和云：『煙中一線來時路，極目送，幽人去。第四陽關雲不度。山胡聲轉，子規言語，正是人愁處。別恨朝朝連暮暮，憶我當年醉時句。渡水穿雲心已許。晚年光景，小軒南浦，簾捲西山雨。』洪覺範亦嘗和云：『緑槐煙柳長亭路，恨取次，分離去。日永如年愁難度。高城回首，暮雲遮盡，目斷人何處。解鞍旅舍天將暮，暗憶丁寧千萬句。一寸危腸情幾許？薄衾孤枕，夢回人靜，徹曉蕭蕭雨。』」據黄文節公全集補遺卷一一宜州乙酉家乘，崇寧四年二月六日，庭堅餞別大臨於宜州十八里津。二十六日得大臨二十四日書，寄詩一篇、青玉案一篇。則黄氏兄弟唱和青玉案詞在崇寧四年二月。而惠洪次韻詞稱「緑槐煙柳」，當作於初夏時分，其時大臨已歸分寧。此詩次韻大臨，亦當作於同時。

〔二〕語默故難藏：景德傳燈録卷一二越州清化全付禪師：「問：『路逢達道人，不將語默對，未審將什麽對？』師曰：『眼裹瞳人吹叫子。』」

〔三〕「臨機辨神駿」二句：世説新語輕詆：「謝安目支道林如九方皋之相馬，略其玄黄，取其儁逸。」劉孝標注：「支遁傳曰：遁每標舉會宗，而不留心象喻，解釋章句，或有所漏，文字之徒多以爲疑。謝安石聞而善之曰：『此九方皋之相馬也，略其玄黃，而取其儁逸。』列子曰：伯樂謂秦穆公曰：『臣所與共儋纆薪菜者，有九方皋，此其於馬，非臣之下也。』公使行求馬，反曰：『得矣，牡而黃。』使人取之，牝而驪。公曰：『毛物牡牝之不知，何馬之能知也？』伯樂曰：『若皋之觀馬者，天機也。得其精，亡其麤；在其内，亡其外；見其所見，不見其所不見；視其所視，遺其所不視。若彼之所相，有貴於馬也。』既而馬果千里足。」此化用其意以喻禪機。

寓鍾山〔一〕

生涯如倦鳥㊀〔二〕，棲息此山中。睡足誰呼覺〔三〕，煙消篆已空。殘（翻）經欺眼力㊁〔四〕，斜日借窗紅〔五〕。卧聽銅瓶泣〔六〕，青松萬壑風。

【校記】

㊀倦：宋高僧詩選續集作「俗」。

㊁殘：原作「翻」，今從宋高僧詩選續集。

【注釋】

〔一〕大觀二年作於江寧府。鍾山：又名蔣山。太平寰宇記卷九〇江南東道二昇州：「蔣山在(上元)縣東北十五里,周迴六十里。面南顧東,連青龍、雁門等山,西臨青溪,絶山南面,有鍾浦水流下,入秦淮,北連雉亭。按輿地志云:蔣山古曰金陵山,縣之名因此山立。漢輿地圖名鍾山。吴大帝時,有蔣子文發神驗於此,封子文爲蔣侯,改曰蔣山。」

〔二〕生涯如倦鳥:陶淵明歸去來兮辭:「鳥倦飛而知還。」

〔三〕睡足誰呼覺:蘇軾與黄師是尺牘:「有詩録呈:『簾卷窗穿户不扃,隙塵風葉任縱横。幽人睡足誰呼覺,攲枕牀前有月明。』」此借用其語。

〔四〕殘經:讀剩之佛經。底本作「翻」,宋高僧詩選續集作「殘」。「殘經」與下文「斜日」對仗,且本集「殘經」共八例,「翻經」除此之外無一例。「殘」字義勝,故從宋高僧詩選續集。

〔五〕斜日借窗紅:謂斜日照射窗户而泛紅色。「借」爲擬人描寫。本集卷一一二十日偶書二首之一:「忽驚西日借窗紅。」則「借窗紅」爲惠洪得意句,故再用之。

〔六〕卧聽銅瓶泣:蘇軾岐亭五首之一:「醒時夜向闌,唧唧銅瓶泣。」此借用其語。

讀中觀論〔一〕

平生智眼濁〔二〕,塵劫著心深〔三〕。長向環輪上,空將始末尋〔四〕。十方真寂滅〔五〕,一念去來今〔六〕。妙合調琴指〔一〕,知誰解賞音〔七〕。

【校記】

㈠合：原闕，今補。武林本作「絶」，天寧本作「觀」，乃妄補。參見注〔五〕。

【注釋】

〔一〕作年未詳。　中觀論：亦稱中論，四卷，龍樹菩薩造，青目菩薩釋，後秦鳩摩羅什譯。其説相主張最徹底之中道，破空破假，進而并破執中之見，説所謂八不中道即無所得之中道，而爲般若思想者也。中論卷四觀四諦品有偈曰：「衆因緣生法，我説即是無，亦爲是假名，亦是中道義。」道破全書要義。

〔二〕平生智眼濁：林間録卷下：「雪峰、巖頭、欽山，自湘中入江南。至新吴山之下，欽山濯足澗側，見菜葉而喜，指以謂二人曰：『此山必有道人，可沿流尋之。』雪峰恚曰：『汝智眼太濁，他日如何辨人？彼不惜福，如此住山何爲哉？』」此借用雪峰語。

〔三〕塵劫著心深：大智度論卷八八：「衆生從無始生死已來，著心深難解故，須菩提復作是重問。」中觀論卷二：「若是有爲，有爲中已破；若是無爲，無爲中已破，不應復問汝著心深故。」　塵劫，即「從無始生死已來」之意。佛教稱一世爲一劫，無量無邊劫爲塵劫。

〔四〕「長向環輪上」二句：唐李通玄解迷顯智成悲十明論：「如圓珠上求方，環輪上求始末，虚空中求大小中邊，前際後際終不可得。應如是知，如是見。」

〔五〕十方真寂滅：景德傳燈録卷一〇湖南長沙景岑禪師：「問：『亡僧什麽處去也？』師有偈

云：『不識金剛體，却唤作緣生。十方真寂滅，誰在復誰行？』」林間録卷上：「長沙岑禪師因僧亡，以手摩之，曰：『大衆，此僧却真實，爲諸人提綱商量，會麽？』乃有偈曰：『目前無一法，當處亦無人。蕩蕩金剛體，非妄亦非真。』又曰：『不識金剛體，却唤作緣生。十方真寂滅，誰在復誰行？』」此借用其語。

〔六〕一念去來今：東坡詩集注卷二〇過永樂文長老已卒：「三過門間老病死，一彈指頃去來今。」注：「謂過去、見在、未來三世也。」解迷顯智成悲十明論：「文殊師利同聲説偈云：『一念普觀無量劫，無去無來亦無住。如是了知三世事，超諸方便成十力。』又以大智體中，同三世事，以過去世入現在未來世，以未來世入現在過去世，以現在世入未來過去世。」

〔七〕「妙合調琴指」二句：楞嚴經卷四：「譬如琴瑟箜篌琵琶，雖有妙音，若無妙指，終不能發。」鍇按：底本闕字當作「合」，本集卷二四妙宗字序：「文公聞絃賞音，妙合雅曲如此。」其用字用意正相類。又卷二一合妙齋記：「因緣時節，不借語默，其義自見。違時失候，則擬議而動，其義自隱。諸佛知此者也，故善用而合本妙。首楞嚴豈不曰『雖有妙音，若無妙指，終不能發，如我按指，海印發光』哉？」參見林間録卷上「石頭大師作參同契」條。

對雪嘗水餅〔一〕

雪粲羅敷喜，報春呈舞腰〔二〕。旋風寒正密，到地暖還消〔三〕。輕薄凌梅蕊，蹁躚攪柳條〔四〕。幽欣嘗水餅〔五〕，舉箸一長謠。

【注釋】

〔一〕作年未詳。　水餅：即水引餅，麪條别名。山谷内集詩注卷一〇次韻答秦少章乞酒：「詩來獻窮狀，水餅嚼冰蔬。」任淵注：「南史何戢傳：『高帝好水引餅，戢每設上焉。』」山谷外集詩注卷三次韻子瞻春菜：「韭苗水餅姑置之。」史容注：「南史何尚之傳：『帝好水引餅。』」蘇軾端午游真如遲适遠從子由在酒局：「水餅既懷鄉，飯筒仍愍楚。」

〔二〕「雪粲羅敷喜」二句：擬飛雪爲少女羅敷之舞。黄庭堅觀化十五首之九：「仰似羅敷十五餘，宫腰舞罷不勝扶。」此化用其意。鍇按：樂府詩集卷二八陌上桑：「秦氏有好女，自名爲羅敷。羅敷年幾何？二十尚不足，十五頗有餘。」

〔三〕到地暖還消：杜甫又雪：「南雪不到地，青崖霑未消。」此化用其意。

〔四〕蹁躚：舞者旋轉之姿。

〔五〕幽欣：蘇軾和陶田舍始春懷古二首之二：「果熟多幽欣。」此用其詞。

清明前一日聞杜宇示清道芬〔一〕

籬外花如海，閒軒小寢驚。最先聞杜宇〔二〕，更覺近清明。雲怒必爲雨〔三〕，風和拗得晴㈢〔三〕。阿芬甘劣我〔四〕，笑裏恰詩成。

【校記】

㈠ 必：石倉本作「知」。

㈡ 抝：石倉本作「拗」。

【注釋】

〔一〕政和六年二月作於筠州上高縣九峰。　杜宇：即杜鵑，一稱子規。太平御覽卷一六六州郡部一二益州：「揚雄蜀王本紀曰：杜宇乃自立爲蜀王，號曰望帝。十三州志曰：望帝使鼈冷鑿巫山，治水有功，望帝自以德薄，乃委國禪鼈冷，號曰開明，遂自亡去，化爲子規。杜宇死時，適二月，而子規鳴，故蜀人憐之。」　清道芬：即清上人，字道芬，惠洪法子。參見本集卷四石門中秋同超然鑒忠清三子翫月注〔一〕。

〔二〕最先聞杜宇：廓門注：「老杜送梓州李使君之任詩：『唯聽舉最先。』注引京房傳。東坡詩二十八卷：『崎嶇世路最先回。』同十七卷：『最先犯曉過朱橋。』同十二卷：『史侯最先没。』」

〔三〕抝：同「拗」，轉折，扭轉。

〔四〕阿芬甘劣我：謂清道芬甘願輸與我。本集稱年輩低於己之僧人，常於名前冠以「阿」字，阿芬亦此例。劣我，比我差劣。阿毗達磨發智論卷二〇：「有九慢類：謂我勝、我等、我劣、有勝我、有等我、有劣我、無勝我、無等我、無劣我。」此借用其語。鍇按：聯燈會要卷六趙州觀音從諗禪師：「師與文遠論義，鬭劣不鬭勝，勝者輸胡餅。遠云：『請和尚立義。』師云：『我是一頭驢。』遠云：『某甲是驢胃。』師云：『我是驢糞。』遠云：『某甲是糞中蟲。』師云：『儞在彼作甚麼？』遠云：『在彼過夏。』師云：『把將胡餅來。』」文遠爲趙州和尚弟子，阿芬爲惠洪弟子，故暗以其事類比之。

閉（閈）門㊀〔一〕

杯飯終永日，一裘支千秋〔二〕。餘生已無累，此外復何求〔三〕。懶出門常閉，欣眠榻可休。抛書方手倦，啼鳥破深幽〔四〕。

【校記】

㊀閉：原作「閈」，誤，今改。參見注〔一〕。

【注釋】

〔一〕作年未詳。閉門：底本作「閈門」。廓門注：「『閈』當作『閉』字歟？須思。」其說甚是。詩中有「懶出門常閉」，且全篇皆寫閉門事。「閈」當涉形近而誤，今改。

〔二〕「杯飯終永日」二句：言生活節儉樸素。一裘，用嚴光事。東坡詩集注卷二七次韻子由書王晉卿畫山水一首而晉卿和二首之二：「歸田送老一羊裘。」林子仁注：「嚴光披一羊裘，三十年不易。」本集卷八棗柏大士生辰因讀易豫卦有感作此：「鉢飯度永日，一裘支十年。」

〔三〕「餘生已無累」二句：劉長卿江中晚釣寄荆南一二相識：「一身已無累，萬事更何欲。」此化用其意。白居易永崇里觀居：「幸免凍與餒，此外復何求。」此借用其句。

〔四〕啼鳥破深幽：蘇軾和子由記園中草木十一首之九：「山中亦何有，草木媚深幽。」

四月十一日書壁〔一〕

夜久茅齋靜，堦泉遶珮鳴〔二〕。行高人莫識，道遠自深明。掃榻酬閑味，依蒲任性情〔三〕。叢林終不負〔四〕，一衲傲平生。

【注釋】

〔一〕作年未詳。

〔二〕堦泉遶珮鳴：蘇軾虎跑泉：「卧聽空階環玦響。」此化用其意。

〔三〕依蒲：依坐蒲團。本集卷七和堪維那移居：「歸來湘西寺，兀坐依蒲團。」

〔四〕叢林終不負：此乃惠洪晚年之志向。本集卷一四明白庵六首之五：「要當酬佛祖，終不負叢林。」亦此意。

次韻雲庵老人題妙用軒〔一〕

開軒閒隱几，萬象競趨陪〔二〕。風揭松聲去，雲推山色來。觀身真作夢，視世一浮埃。日暮庭陰轉，幽禽接翅回〔三〕。

【注釋】

〔一〕元符二年夏作於洪州靖安縣寶峰寺。　雲庵老人：即真淨克文禪師。　妙用軒：寶峰寺軒堂之一。古尊宿語録卷四五寶峰雲庵真淨禪師偈頌下偈頌十三首序曰：「靖安令程節推一日游山，以諸堂寮舊名猥冗，各隨事易之，揭爲熏修、精進、廓然、證宗、性空、實際、不二、了義、法忍、妙用、和集、雲鶴，老拙乃一一頌之，又作通人偈，共十三首寄呈。」其妙用一首曰：「神通并妙用，迎送及攀陪。更不假人教，自然隨事來。幻身同草木，淨性出塵埃。多謝程居士，迷頭總喚回。」惠洪次韻者即此偈。克文偈作於靖安寶峰，惠洪於元符二年秋離開寶峰，此詩當作於是年夏。　鍇按：靖安令程節推，名程衮，鄱陽人，號任軒，古尊宿語録卷四五載其崇寧元年季春望日（三月十五日）所作寶峰雲庵真淨禪師語録後序。

〔二〕萬象競趨陪：謂萬象爭先恐後奔來追陪妙用軒主人。本集此類描寫甚多，如卷一贈許邦基：「欲驅清景入秀句，萬象奔趨不敢後。」卷二七月七日晚步至齊雲樓走筆贈吴邦直：「憑欄展目時一快，萬山奔走趨簾鉤。」

〔三〕幽禽接翅回：杜甫復愁十二首之二：「釣艇收緡盡，昏鴉接翅稀。」

讀瑜珈論〔一〕

此生已無累，一席可窮年。細嚼寶公飯，飽參彌勒禪〔二〕。懶修精進定〔三〕，愛作吉祥眠〔四〕。夜久山空寂，唯聞遶砌泉。

【注釋】

〔一〕約大觀三年作於江寧府。　瑜珈論：瑜伽師地論之略稱。一百卷，彌勒菩薩説，唐玄奘譯。大唐西域記卷五：「無著菩薩夜昇天宫，於慈氏菩薩所受瑜伽師地論、莊嚴大乘經論、中邊分别論等，晝爲大衆講宣妙理。」唐釋窺基阿彌陀經疏：「或言彌勒，此云慈氏。」

〔二〕「細嚼寶公飯」二句：謂居住於鍾山佛寺，細細品嘗當年寶公喫過之飲食，充分參究領略彌勒菩薩所説瑜伽師地論之禪理。　寶公，梁高僧寶誌，一名保誌。世稱誌公，亦稱寶公，少出家於鍾山道林寺。事具高僧傳卷一〇梁京師釋保誌傳，參見本集卷三〇鍾山道林真覺大師傳。輿地紀勝卷一七江南東路建康府：「寶公塔：寶公名寶誌，南史有傳。按建康志：塔在蔣山，梁天監十三年以定林寺前岡葬誌公，造浮圖五級於其上。塔前建開善寺。」蔣山即鍾山。冷齋夜話卷六鍾山賦詩：「余居鍾山最久，超然山水間，夢亦成趣。嘗乘佳月登上方，深入定林，疲卧松下石上。四更，自寶公塔還合妙齋，月昃虛幌，淨几桯然，童僕憨寢甫鼾。憑前檻無所見，時有流螢穿户牖，風露浩然，松聲滿院，作詩。」廓門注：「寶公，未知何人。」失考。 鍇按：黄庭堅跋子瞻和陶詩：「飽喫惠州飯，細和淵明詩。」此二句仿其句法。廓門注：「此二句山谷詩『飽喫惠州飯，細和淵明詩』之語勢也，後人須味。」其説甚是。

〔三〕精進定：謂六波羅蜜中精進、禪定二種法門，此代指六波羅蜜。

〔四〕吉祥眠：猶吉祥卧，右脅而卧。大乘集菩薩學論卷八護身品：「於牀吉祥卧，及離覆油等。」景德傳燈録卷六百丈禪門規式：「卧必斜枕牀脣，右脅吉祥睡者，以其坐禪既久，略偃息而已。」江西派詩人好用此語，如謝逸溪堂集卷五聞幼槃弟歸喜而有作二首之二：「曲肱但作吉祥卧，澆舌惟無般若湯。」洪芻老圃集卷下題雲居寺詩：「曲肱聊寄吉祥卧，緩帶來嘗安樂茶。」道中即事八首之七：「香積喜逢蒲塞饌，拂牀聊寄吉祥眠。」李彭日涉園集卷五重游草堂：「梵宫三託吉祥卧。」惠洪亦好用此語，如本卷次韻達臣知縣祈雪游嶽麓寺分韻得游字：「試作吉祥卧，夢清如素秋。」本集卷一六宿芙蓉峰書方丈壁三首之三：「枕臂聊爲吉祥卧，雪猿聲與夢俱清。」 鍇按：林泉老人評唱丹霞淳禪師頌古虚堂集卷五第七十五則阿育家風：「示衆云：富有萬德，樂不過身安；蕩無纖塵，喜不過無事。我衲僧家，懶修精進定，愛作吉祥眠，莫有知此況味者麽？」可知惠洪此二句已爲後世禪僧話頭。

鍾山有花如比丘狀出穠葉間王文公名爲羅漢花僧請賦詩〔一〕

通力元無礙〔二〕，隨緣自應真〔三〕。此生花上露〔四〕，故現葉間身。知見幽香在〔五〕，伽梨翠色新〔六〕。一枝聊把玩，未愧鷲峰人〔七〕。

【注釋】

〔一〕約大觀三年作於江寧府。比丘：已受具足戒之男僧，俗稱和尚。王文公：即王安石，卒謚文，故稱。羅漢花：其花似羅漢，故名之。羅漢，此指比丘，楞嚴經卷一：「如是我聞：一時佛在室羅筏城祇桓精舍，與大比丘衆千二百五十人俱，皆是無漏大阿羅漢。」

〔二〕通力：即神通力，謂無所不至之神力。白居易濟偈：「通力不常，應念而變。」

〔三〕應真：阿羅漢之舊譯，應受人天供養之真人。出三藏記集卷一前後出經異記：「舊經無著果，亦應真，亦應儀，新經阿羅漢，亦言阿羅訶。」

〔四〕此生花上露：謂人生短暫，如露易乾。曹操短歌行：「對酒當歌，人生幾何。譬如朝露，去日苦多。」金剛經：「一切有爲法，如夢幻泡影，如露亦如電，應作如是觀。」

〔五〕知見幽香在：謂花之幽香如羅漢之知見香。唐李通玄新華嚴經論卷三五：「熏戒定慧解脱知見香，遍周法界敷草而坐。」參見本集卷四次韻彥由見贈注〔一一〕。

〔六〕伽梨翠色新：謂葉之翠色如羅漢所著袈裟之色。伽梨，僧伽梨之略稱，即僧衣袈裟。

〔七〕「一枝聊把玩」二句：謂把玩一枝羅漢花，無愧爲靈鷲山下聽法之人。廓門注：「暗使世尊拈花。」鍇按：宋釋契嵩傳法正宗記卷一：「或謂：如來於靈山會中拈花示之，而迦葉微笑，即是而付法。又曰：如來以法付大迦葉於多子塔前。而世皆以是爲傳受之實，然此未始見其所出。」宋釋智昭人天眼目卷五拈花：「王荆公問佛慧泉禪師云：『禪家所謂世尊拈花，出在何典？』泉云：『藏經亦不載。』公曰：『余頃在翰苑，偶見大梵天王問佛決疑經三卷，因閲之，經文所載甚詳。梵王至靈山，以金色波羅花獻佛，舍身爲牀座，請佛爲衆生説法。世尊登座，拈花示衆，人天百萬，悉皆罔措。獨有金色頭陀，破顔微笑。世尊云：吾有正法眼藏，涅槃妙心，實相無相，分付摩訶大迦葉。此經多談帝王事佛請問，所以祕藏，世無聞者。』」

寄題行林寺照堂〔一〕

聞説行林寺，杳然叢秀間。堂清開水鏡〔二〕，山好理煙鬟〔三〕。有霧窗呵暗〔四〕，無塵扉自關。人牛今不見，蓑笠兩俱閑〔五〕。

【校記】

㊀呵：寬文本、廓門本作「阿」，廓門注：「『阿』當作『呵』字，明本作『呵』。」

【注釋】

〔一〕作年未詳。行林寺：即行林院。輿地紀勝卷二六江南西路隆興府景物下：「行林院，在奉新縣。後有巨樟二，枝葉扶疏，廣數畝。昔有縣吏欲伐其木者，寺有老僧，抱木而泣，願先就戮。吏不忍，以故得全。」照堂：在禪林僧堂之後，首座之僧代住持提撕衆僧之處。此屋連於僧堂而邃闇，故高其制，使之敞明，名爲照堂。

〔二〕水鏡：止水明鏡，喻其清明。入楞伽經卷一〇：「如水鏡清淨，諸塵土不染。」

〔三〕山好理煙鬟：以女人髮髻喻雲霧繚繞之峰巒。本集屢用之，參見卷四同敦素沈宗師登鍾山酌一人泉注〔二〕。

〔四〕有霧窗呵暗：冷齋夜話卷一〇詩忌深刻：「黃魯直使余對句，曰：『呵鏡雲遮月。』對曰：『啼妝露著花。』」呵，呵氣，寬文本、廓門本作「阿」，誤。

〔五〕「人牛今不見」二句：人牛不見，蓑笠俱閑，喻大乘我法俱空之義，成菩提之位。廓門注：「用十牛之義也。」鍇按：宋釋師遠住鼎州梁山廓庵和尚十牛圖頌序曰：「間有清居禪師觀衆生之根器，應病施方，作牧牛以爲圖，隨機設教。初從漸白，顯力量之未充；次至純真，表根機之漸照；乃至人牛不見，故標心法雙亡。其理也已盡根源，其法也尚存莎笠。遂使淺根疑悞，中下紛紜，或疑之落空亡也，或喚作墮常見。今觀則公禪師，擬前賢之模範，出自己之胸襟，十頌佳篇，交光相映。初從失處，終至還源，善應群機，如救飢渴。慈遠是以探尋妙義，採拾玄微，如水母以尋飡，依海蝦而爲目。初自尋牛，終至入鄽，强起波瀾，横生頭角。尚無心而可覓，何有牛而可尋。洎至入廛，是何魔魅。況是祖禰不了，殃及兒孫。不揆荒唐，試爲提唱。」其人牛俱忘序八頌曰：「鞭索人牛盡屬空，碧天寥廓信難通。紅爐焰上爭容雪，到此方能合祖宗。」參見本集卷六雪齋謁景醇持方[illegible]提捍水修湖山堂復和前韻注〔一二〕。

與性之〔一〕

外物（物外）不可必㊀〔二〕，相看一笑休。好山終入手，墮甑懶回頭〔三〕。知復何時見，聊爲此日留。定難瞞道眼，得喪兩浮漚。

【校記】

㊀ 外物：原作「物外」，誤，今改。參見注〔二〕。

【注釋】

〔一〕大觀元年秋作於江州廬山。　性之：王銍，字性之，汝陰人。參見本集卷二贈王性之注〔一〕。

〔二〕外物不可必：語本莊子外物：「外物不可必，故龍逄誅，比干戮，箕子狂，惡來死，桀紂亡。」郭象注：「善惡之所致，俱不可必也。外物夫忘懷於我者，固無對於天下，然後外物無所用必焉。若乃有所執爲者，諒亦無時而妙矣。」白居易聞庾七左降因詠所懷：「外物不可必，中懷須自空。」蘇轍次韻答張耒：「外物不可必，惟此方寸心。」底本「外物」作「物外」，當爲倒乙之誤，今改。

〔三〕墮甑懶回頭：喻功名如墮地之甑，顧之無益。後漢書郭太傳：「（孟敏）荷甑墮地，不顧而去。林宗見而問其意。對曰：『甑以破矣，視之何益？』」已見前注。

僧求曉披晚清二軒詩二首〔一〕

披衣汲南澗，落葉在庭除。獨立無人見，幽行偏自如。嫩寒冰齒頰，精色到衣裾㊀〔二〕。却倚蒲輪坐〔三〕，横看貝葉書〔四〕。

旋螺堆空青〔五〕，重疊不容數。夕陽穿貫之，濃薄自呈露。數點没煙鴻，一聲伐雲斧〔六〕。殷牀鐘未消〔七〕，流螢自開户。

【校記】

㈠ 精：武林本作「晴」。

【注釋】

〔一〕作年未詳。鍇按：此二首詩其一詠曉披軒，爲五言律詩；其二詠晚清軒，爲五言古詩。

〔二〕精色：鮮明之曉色。楞嚴經卷一〇：「於涅槃天將大明悟，如鷄後鳴，瞻顧東方，已有精色。」

〔三〕蒲輪：猶言蒲團，惠洪首創此詞。廓門注：「漢書申公傳曰：『安車以蒲裹輪。』愚曰：此蓋謂蒲團者歟？」鍇按：蒲輪，本謂以蒲草裹車輪使其安穩，迎賢者以示禮敬。漢書武帝紀：「遣使者安車蒲輪，束帛加璧，徵魯申公。」顔師古注：「以蒲裹輪，取其安也。」此則因蒲輪形圓而代指蒲團，後世禪僧遂以此爲例，謂蒲團爲蒲輪，如恕中無愠禪師語録卷五次韻月上人兼簡穆庵：「爲言近得安樂法，困來只麽憑蒲輪。」荆南開聖院山暉禪師語録卷一〇示德修：「獨把蒲輪坐六時，窮奇入玅兩無欺。」

〔四〕貝葉書：指佛經，蓋因古天竺人寫經於貝葉上，故稱。柳宗元晨詣超師院讀禪經：「閒持貝葉書，步出東齋讀。」

〔五〕旋螺堆空青：謂山勢旋轉如螺髻，堆疊青翠之色。杜甫不離西閣二首之二：「石壁斷空青。」參見本卷陳奉議生辰注〔三〕。

〔六〕伐雲斧：李白宿鰕湖：「當與持斧翁，前溪伐雲木。」此化用其意。

〔七〕殷牀鐘：震牀之鐘聲。九家集注杜詩卷二大雲寺贊公房四首之一：「鐘殘仍殷牀。」注：「殷，上聲，而『殷其雷』之殷。」此化用其語。

春日谿行〔一〕

側布寶坊地〔二〕，白沙楊柳灣。憶曾嬰死禍〔三〕，不自意生還〔四〕。已覺無鄉夢，今真是故山。谿花眠霧雨，春在有無間〔五〕。

【注釋】

〔一〕政和五年春作於筠州新昌縣。

〔二〕側布寶坊地：釋氏要覽卷上住處：「金地，或云金田。即舍衛國給孤長者側布黃金，買祇陀太子園，建精舍，請佛居之。」　寶坊，即精舍，佛寺之別稱。此代指延福寺。鍇按：冷齋夜話卷三詩說煙波縹緲處：「予自并州還故里，館延福寺。寺前有小溪，風物類斜川，予兒童時游劇處也。」

〔三〕憶曾嬰死禍：寂音自序：「坐交張、郭厚善，以政和元年十月二十六日配海外。以二年二月二十五日到瓊州，五月七日到崖州。三年五月二十五日蒙恩釋放，十一月十七日北渡海。以明年四月到筠，館於荷塘寺。十月又證獄并門。」

〔四〕不自意生還：自己未曾料到能生還。史記項羽本紀：「臣戰河南，然不自意先入關破秦，得復見將軍於此。」

〔五〕「谿花眠霧雨」二句：杜甫自閬州領妻子却赴蜀山行三首之三：「行色遞隱見，人煙時有無。」蘇軾雨中看牡丹三首之一：「霧雨不成點，映空疑有無。」此化用其意。

送僧歸故廬〔一〕

投名新入社㈠〔二〕，卧病偶思歸。渡澗脱芒屨，扶藤下翠微〔三〕。寒松猶帶雨，瘦骨不勝衣〔四〕。若見翁鑽紙㈡，當施百丈機〔五〕。

【校記】

㈠新：石倉本作「身」。

㈡翁：石倉本作「空」。

【注釋】

〔一〕作年未詳。

〔二〕投名新入社：謂投遞名籍新加入淨土白蓮社。施注蘇詩卷七汪覃秀才久留山中以詩見寄次其韻：「投名入社有新詩。」注：「廬山蓮社雜録：『謝靈運欲投名入社，遠公不許。』」此借用其語。

〔三〕藤：藤杖，代指手杖。　翠微：代指青山。

〔四〕瘦骨不勝衣：形容身體極瘦弱，難以承受衣服。荀子非相：「葉公子高微小短瘠，行若將不勝其衣。」

〔五〕「若見翁鑽紙」二句：景德傳燈録卷九福州古靈神贊禪師：「本州大中寺受業，後行脚，遇百丈，開悟，却迴本寺。受業師問曰：『汝離吾在外得何事業？』曰：『並無事業。』遂遣執役。其師又一日在窗下看經，蜂子投窗紙求出。師覩之曰：『世界如許廣闊，不肯出，鑽他故紙，驢年去得？』其師置經問曰：『汝行脚遇何人？吾前後見汝發言異常。』師曰：『某甲蒙百丈和尚指箇歇處，今欲報慈德耳。』其師於是告衆致齋，請師説法。師登座，舉唱百丈門風。」

焦山贈僧二首〔一〕

白下門連寺〔二〕，清游入夢中。骨驚誰噣指〔三〕，世事謾書空〔四〕。梵行芙蕖淨〔五〕，天寒晝火紅。曉窗應破夢，卧聽鳥呼風〔六〕。對牀聽夜雨〔七〕，佳約是當年。放曠隨緣去〔八〕，閑心不習禪。倚蒲趺足坐〔九〕，擁衲蓋頭眠。今識君歸處，齋餘有澗泉。

【注釋】

〔一〕建中靖國元年冬作於潤州焦山。焦山：在潤州（即鎮江）東北，屹立江中，與金山對峙。輿地紀勝卷七兩浙西路鎮江府：「焦山，在江中。金、焦二山相去十五里。唐圖經云：後漢焦光嘗隱此山，因以爲名。今通典及寰宇記，潤州有譙山戍，而無焦山。江淹焦山詩，一本作『譙山』。今京口無譙山，是可疑也。山旁又有海門二山。蘇軾詩云：『焦山何有有修行（竹），採薪汲水僧兩三。』有海雲堂、贊善閣、吸江亭。」

〔二〕白下：江寧之别稱。元和郡縣志卷二六江南道：「上元縣，本金陵地。（唐武德）九年改爲白下縣，屬潤州，貞觀九年改白下爲江寧。」方輿勝覽卷一四江東路建康府：「事要：郡名陪都、金陵、秣陵、建業、白下。」李白金陵白下亭留别：「驛亭三楊樹，正當白下門。」

〔三〕骨驚誰齧指：後漢書周磐傳附蔡順傳：「磐同郡蔡順，字君仲，亦以至孝稱。順少孤，養母。嘗出求薪，有客卒至，母望順不還，乃噬其指，順即心動，棄薪馳歸，跪問其故。母曰：『有急客來，吾噬指以悟汝耳。』」齧，咬，噬。鍇按：宋釋延壽心賦注卷一：「若心外行法，是生世俗家；若了心即佛，是生如來家。此一心法，諸佛本宗。語默卷舒，常順一真之道；治生産業，不違實相之門。運用施爲，念念而未離法界；行住坐卧，步步而常在其中。若不信之人，對面千里，如寒山子詩云：『可貴天然物，獨一無伴侣。促之在方寸，延之一切處。汝若不信受，相逢不相遇。』如明達之者，寓目關懷，悉能先覺。若未遇之子，可以事知，舉動施爲，未嘗間斷。如蔡順字君仲，順少孤，養母。常出求薪，有客卒至。母望順不還，乃囓其指。順即心動，棄薪馳歸，跪問其故。母曰：『有急客來，吾囓指以悟汝耳。』」

〔四〕世事謾書空：世説新語黜免：「殷中軍被廢，在信安，終日恒書空作字。揚州吏民尋義逐之，竊視，唯作『咄咄怪事』四字而已。」

〔五〕梵行芙蕖淨：謂其清淨修行如蓮華，出淤泥而不染。梵行，即淨行，受持諸戒，離婬慾者。

〔六〕卧聽鳥呼風：杜甫韋諷録事宅觀曹將軍畫馬圖歌：「君不見金粟堆前松柏裏，龍媒去盡鳥呼風。」此借用其語。

〔七〕對牀聽夜雨：喻朋友相聚之歡樂。參見前次韻曾伯容哭夏均父注〔一二〕。

〔八〕放曠隨緣去：景德傳燈録卷一四澧州龍潭崇信禪師：「悟（天皇道悟）曰：『任性逍遥，隨緣放曠，但淨凡心，別無勝解。』」同書卷一七撫州曹山本寂禪師：「乃辭洞山。洞山問：『什麽處去？』曰：『不變異處去。』洞山云：『不變異豈有去耶？』師曰：『去亦不變異。』遂辭去，隨緣放曠。」

〔九〕趺足坐：跏趺而坐，指坐禪。

題反身軒〔一〕

盡力覓不得〔二〕，歸來題反身。平生未解没，寧解救焰（熖）人㊀〔三〕。有累路岐遠，無求滋味親。養心唯寡欲，妙物久如神〔四〕。

【校記】

㊀ 焰：原作「熖」，誤，今改。參見注〔三〕。

【注釋】

〔一〕作年未詳。反身軒：未詳所在，軒名取自易家人：「上九，有孚，威如終吉。象曰：威如之吉，反身之謂也。」禪林僧寶傳卷二六圓通訥禪師傳贊曰：「法道陵遲，沙門交士大夫，未嘗得預下士之禮，津津喜見眉目。訥却萬乘之詔，而以弟子行，其尊法有體，超越兩遠。觀其標致，可諷後學。至于臨衆，造次不忘自治。在易家人：『上九，有孚，威如終吉。象曰：威如之吉，反身之謂也。』」

〔二〕盡力覓不得：歐陽修六一詩話：「又有詠詩者云：『盡日覓不得，有時還自來。』本謂詩之好句難得爾。而説者云：『此是人家失却貓兒詩。』人皆以爲笑也。」宋李龏唐僧弘秀集卷六貫休詠吟：「盡日覓不得，有時還自來。」此借用其語以喻禪悟。

〔三〕「平生未解没」二句：謂若自己平生不會潛水游泳，豈能解救落水沉溺之人，以喻學禪先須反身自悟。　没，潛水。蘇軾日喻：「南方多没人，日與水居也，七歲而能涉，十歲而能浮，十五歲而能没矣。」　淊人，溺水之人。淊，同「淹」，淹没。宋丁度集韻卷四：「淊，没也。」陳彭年重修廣韻卷四：「淊，水没。」底本「淊」作「滔」，涉形近而誤，今改。

〔四〕妙物久如神：易説卦：「神也者，妙萬物而爲言者也。」韓康伯注：「於此言神者，明八卦運動變化推移，莫有使之然者，神則無物。妙萬物而爲言也，則雷疾風行火炎水潤，莫不自然相與爲變化，故能萬物既成也。」

宿本覺寺〔一〕

一宿路旁寺，霜清夢亦寒。憶曾游覽處，來覓舊題看。病衲成新塔〔二〕，層樓隱敗垣。青山猶不老，千疊似翔鸞〔三〕。

【注釋】

〔一〕作年未詳。　本覺寺：秀州有本覺寺，建中靖國續燈録卷一六有秀州本覺法真禪師。然秀州爲江南水鄉，而此詩有「青山」「千疊」之語，似非其地。雍正江西通志卷一一二寺觀志二吉安府：「本覺寺，在廬陵縣上市街南，有塔，唐開元時建，高二十仞，歷風霜兵燹，巋然猶存。」疑即此寺。

〔二〕病衲成新塔：蘇軾和子由澠池懷舊：「老僧已死成新塔。」此化用其句。 病衲，指老病禪僧。

〔三〕「青山猶不老」二句：謂山形如鸞鳳翔舞。廬山記卷三叙山南：「是山有翔鸞展翼之勢，院東之水故名鸞溪。」本集好以翔鸞喻山形，如卷一一和答素首座：「我行淺麓鷩回地，君在翔鸞杳靄間。」卷一五無盡見和復次其韻五首之二：「窗外雲閒如去鶴，門前山好似翔鸞。」

題芝軒〔一〕

軒下亦何有，靈芝駢秀生。山川呈美瑞，草木被光榮〔二〕。清甚紫檀露〔三〕，色深黃菊英。武陵續遺事〔四〕，應著此軒名。

【注釋】

〔一〕作年未詳。 芝軒：未詳所在。軒以靈芝駢生而取名。

〔二〕草木被光榮：謂草木沾靈芝瑞氣之榮光。蘇軾潮州韓文公廟碑：「草木衣被昭回光。」此借用其語。

〔三〕紫檀：崔豹古今注卷下草木：「紫旃木，出扶南而色紫，亦曰紫檀。」

〔四〕武陵續遺事：未詳。廓門注：「謂武陵桃源僊境。」

次韻王安道節推過雲蓋〔一〕

秀傑長沙幕〔二〕，高才自敏强。同僚推俊逸〔三〕，黼坐畏剛方〔四〕。慣吐珠璣句，宜便宴寢香〔五〕。秋來能過我，聽雨夜連牀〔六〕。

【注釋】

〔一〕崇寧二年秋作於潭州善化縣雲蓋山。王安道：生平不可考。節推：節度推官之簡稱。爲幕職官，從八品。其系銜冠以節度軍額名。王安道當爲武安軍節度推官，系潭州。雲蓋：明一統志卷六三長沙府：「雲蓋山，在善化縣西六十里，峰巒秀麗，望之如蓋，一名靈蓋山。山有虎溪、蛇井。」

〔二〕長沙幕：指武安軍節度之幕府。據元豐九域志卷六荆湖路南路：「上，潭州，長沙郡，武安軍節度。治長沙縣。」廓門注：「老杜詩：『雲幕椒房親。』注：『雲幕，謂鋪設幕次，如雲霧之垂也。』」蓋未明此幕僚之意。

〔三〕同僚：廓門注：「同僚，謂同官也。」

〔四〕黼坐畏剛方：謂皇帝亦畏懼其剛嚴方正之性格。黼坐，猶黼座，即皇帝御座，因後設黼扆，故稱。黼扆，指斧形花紋屏風。林逋送范仲淹寺丞：「黼座垂精正求治，何時條對召公車。」錯按：廓門注：「黼坐，疑『蒲坐』歟？」蓋未明詩意。

〔五〕宜便宴寢香：東坡詩集注卷一七蘇州閭丘江君二家雨中飲酒二首之二：「從今却笑風流守，畫戟空凝宴寢香。」厚注：「韋應物詩：『兵衛森畫戟，宴寢凝清香。』」

〔六〕聽雨夜連牀：喻朋友相聚之樂。已見前注。

題含容室〔一〕

斂足脱雙屨㊀〔二〕，閑房倚瘦藤〔三〕。百川朝巨浸〔四〕，一室納千燈〔五〕。至味寧分別〔六〕，常光絶減增〔七〕。刹塵彰帝網，妙觀現層層〔八〕。

【校記】

㊀屨：四庫本作「履」。

【注釋】

〔一〕作年未詳。含容堂：未詳所在。堂以華嚴周遍含容觀命名，故此詩以華嚴深義言之。

〔二〕斂足脱雙屨：謂入堂之前，先收足脱去雙屨，以示清淨。白居易遊悟真寺詩一百三十韻：

「上階脱雙履，斂足升淨筵。」此化用其語。

〔三〕瘦藤：指手杖。

〔四〕百川朝巨浸：唐釋澄觀華嚴經隨疏演義鈔卷二一：「疏『具足同時方之海滴』者：第四，同時具足相應門，如大海一滴，即具百川之味。十種之德，故隨一法攝無盡法。」又澄觀大華嚴經略策答華嚴深義十玄其一曰：「謂同時具足相應門，如大海一滴，含百川之味。」巨浸：大水，此指大海。

〔五〕一室納千燈：華嚴經隨疏演義鈔卷二一：「疏『一多無礙等虚室之千燈』者：第五，一多相容不同門，由一與多互爲緣起，力用交徹故，得互相涉入，是曰相容；不壞其相，故云不同。如一室内千燈並照，燈隨盞異，一一不同；燈隨光遍，光光涉入，常別常入。經云：『一中解無量，無量中解一。了彼互生起，當成無所畏。』此之燈喻，亦可喻於相，即直就光看，不見別相，唯一光故。」大華嚴經略策答十玄其三曰：「一多相容不同門，若一室千燈，光光涉入。」

〔六〕至味寧分別：謂極致完美之味豈有鹹酸之分別。此句對應「百川朝巨浸」句，謂大海一滴含百川之味，而無百川之分別。

〔七〕常光絶減增：謂佛光不增不減，光明恒常。此句對應「一室納千燈」句。大智度論卷八：「一切諸佛常光無量，常照十方世界。」

〔八〕「刹塵彰帝網」二句：華嚴經隨疏演義鈔卷二：「疏『重重交映若帝網之垂珠』者：第七，因陀羅網境界門，如天帝殿珠網覆上，一明珠内萬像，俱現諸珠盡。然又互相現，影影復現，影重重無盡。故千光萬色，雖重重交映，而歷歷區分。亦如兩鏡互照，重重涉入，傳曜相寫，遞出無窮。」

人日雪二首〔一〕

今年人日雪，更在末山巖〔二〕。瀉竹（行）想堆垛㊀，打窗時兩三〔三〕。夢回清語默，寒重壓衣衫。面壁孤風坐，知誰繼夜參〔四〕。

律管未回暖〔五〕，春先到曉巖。與君清作對，得月便成三〔六〕。秀色報虛幌〔七〕，幽欣宜衲衫〔八〕。相看超語默，覿露不須參〔九〕。

【校記】

㊀竹：原作「行」，誤，今改。參見注〔三〕。

【注釋】

〔一〕政和六年正月初七作於筠州上高縣末山。人日：即正月初七。北齊書魏收傳：「魏帝宴百僚，問何故名人日，皆莫能知。收對曰：『晉議郎董勛答問禮俗云：正月一日爲雞，二日爲狗，三日爲豬，四日爲羊，五日爲牛，六日爲馬，七日爲人。』」

〔二〕末山：輿地紀勝卷二七江南西路瑞州：「末山，在上高縣西六十里。亦名九峰山，以其山有九峰，突兀亘天，出於雲表，因以末山名之，言其居天末也。」正德瑞州府志卷一山川志：「（上高縣）末山，縣西南四十里，東連九峰。唐人云：『轀映回合，迥出雲末。』故名。」

〔三〕「瀉竹想堆垛」二句：蘇軾雪夜獨宿柏仙庵：「夢驚忽有穿窗片，夜靜惟聞瀉竹聲。」雪後到乾明寺遂宿：「更須携被留僧榻，待聽摧簷瀉竹聲。」此化用其意。本集卷一三雪夜至明教寄王路分舍人：「瘴痾疏快諸緣淨，卧聽摧簷瀉竹聲。」底本「竹」作「行」，涉形近而誤。

〔四〕「面壁孤風坐」二句：謂誰能如神光（二祖慧可）雪夜參菩提達磨，繼承壁觀禪之傳統。景德傳燈録卷三第二十八祖菩提達磨：「寓止于嵩山少林寺，面壁而坐，終日默然。人莫之測，謂之壁觀婆羅門。時有僧神光者，曠達之士也，久居伊洛，博覽群書，善談玄理。……近聞達磨大士住止少林……乃往彼晨夕參承。師常端坐面牆，莫聞誨勵。……其年十二月九日夜天大雨雪，光堅立不動，遲明，積雪過膝。師憫而問曰：『汝久立雪中，當求何事？』光悲淚曰：『惟願和尚慈悲，開甘露門，廣度群品。』師曰：『諸佛無上妙道，曠劫精勤，難行能行，非忍而忍，豈以小德小智，輕心慢心，欲冀真乘，徒勞勤苦。』光聞師誨勵，潛取利刀自斷左臂，置于師前。師知是法器，乃曰：『諸佛最初求道，爲法忘形。汝今斷臂吾前，求亦可在。』師遂因與易名曰慧可。」

〔五〕律管：以竹管或銅管製成定音或候氣之儀器。禮記月令：「律中大蔟。」鄭玄注：「律，候氣之管，以銅爲之。」南唐李璟保大五年元日大雪同太弟景遂汪王景逖齊王景逵進士李建勛中書徐鉉勤政殿學士張義方登樓賦：「春氣昨宵飄律管，東風今日放梅花。」

〔六〕「與君清作對」二句：謂己與雪、月皆清，相對成三人。君，指雪。李白月下獨酌：「舉杯邀明月，對影成三人。」此化用其意。

〔七〕秀色報虛幌：秀色指雪光。蘇軾雪後書北臺壁二首之一：「五更曉色來書幌。」此化用其意。廓門注：「幌，帷幔也。東坡詩三十卷：『小窗虛幌相嫵媚。』同四卷：『寒食虛幌風泠泠。』」

〔八〕幽欣：内心喜悦貌。蘇軾和陶田舍始春懷古二首之二：「客來有美載，果熟多幽欣。」

〔九〕覿露：展露，顯露，首見於惠洪著述，後爲禪門習用。智證傳：「德山鑑禪師曰：『有言時，騎虎頭，收虎尾，第一句下明宗旨。無言時，覿露機鋒，如同電拂。』」林間録卷上：「今係其偈於此曰：『金剛王劍，覿露堂堂。才涉唇吻，即犯鋒鋩。』」本集卷一五謁準禪師塔：「同條生不同條死，覿露全機誰後先？」

次韻周運句見寄〔一〕

頑鈍世推鄙〔二〕，而君偏切磋〔三〕。借神觀有漏〔四〕，騎氣到無何〔五〕。昔共飲臨汝〔六〕，今同家汨羅〔七〕。衡門似長吉，軒蓋幾時過〔八〕。

【注釋】

〔一〕宣和五年作於潭州湘陰縣。周運句：即周達道，時爲荆湖南路轉運司勾當公事。參見本集卷六次韻周達道運句二首注〔一〕。

〔二〕推鄙：推擠鄙視。

〔三〕切磋：喻相互間之研討。論語學而：「子貢曰：『詩云：如切如磋，如琢如磨。其斯之謂與？』」孔安國曰：「貧而樂道，富而好禮，能自切磋琢磨者也。」

〔四〕借神觀有漏：謂借神通力觀照有漏之身。有漏，煩惱之别稱。大乘義章卷一三八勝處義四門分别：「成實法中通漏無漏，故彼成實八勝品云：『始觀有漏，終成無漏。』大乘亦爾。」

〔五〕騎氣到無何：謂乘風御氣到無何有之鄉。莊子逍遥遊：「若夫乘天地之正，而御六氣之辯，以遊無窮者，彼且惡乎待哉？」又曰：「今子有大樹，患其無用，何不樹之於無何有之鄉，廣莫之野。」此化用其意。

〔六〕臨汝：指臨川。臨川東漢至晉爲臨汝縣，蓋以臨汝水而得名。方輿勝覽卷二一撫州：「汝水，在臨川東北六里。」明一統志卷五四撫州府：「形勝，瀕汝水以爲郡。宋謝逸文集序：『臨川在江西，瀕汝之水以爲郡，而靈谷、銅陵諸峰環列於屏障。』」

〔七〕汨羅：代指湘陰縣。明一統志卷六三長沙府：「汨羅江，在湘陰縣北七十里。源出豫章，流經湘陰縣，分二水。一南流，曰汨水；一經古羅城，曰羅水。至屈潭復合，故曰汨羅，西流入江。」

〔八〕「衡門似長吉」二句：新唐書李賀傳：「李賀字長吉，系出鄭王後。七歲能辭章，韓愈、皇甫湜始聞未信，過其家，使賀賦詩，援筆輒就如素構，自目曰高軒過。二人大驚，自是有名。」　衡門：横木爲門，貧者所居。詩陳風衡門：「衡門之下，可以棲遲。」

重會雲叟禪師〔一〕

氣味似前輩，見之長眼明。閑須研法味〔二〕，老不減詩情。草聖因蛇鬬〔三〕，禪枝解虎爭〔四〕。一堂聊寄傲〔五〕，疏快餞餘生〔六〕。

【注釋】

〔一〕作年未詳。雲叟禪師：生平法系不可考。

〔二〕法味：佛法之味。華嚴經卷五二如來出現品：「若有得嘗如來法味，舌得清淨，具廣長舌，解語言法。」

〔三〕草聖因蛇鬬：宋文同論草書：「余學草書凡十年，終未得古人用筆相傳之法。後因見道上鬬蛇，遂得其妙。乃知顛、素之各有所悟，然後至於如此耳。」蘇軾跋文與可論草書後：「留意於物，往往成趣。昔人有好草書，夜夢則見蛟蛇糾結。數年，或晝日見之，草書則工矣，而所見亦可患。與可之所見，豈真蛇耶，抑草書之精也？」本集卷二二一擊軒記：「昔人嘗嗜草書，行則書空，卧則劃席，夜聞灘聲而得妙，曉見蛇鬬而入神。」又卷二七跋公衮帖：「見蛇鬬而筆法進，聞灘聲而遂能神。東坡以謂，寧有存法與神于胸中，而能學書者乎？」

〔四〕禪枝解虎爭：續高僧傳卷一六齊鄴西龍山雲門寺釋僧稠傳：「後詣懷州西王屋山，修習前法，聞兩虎交鬬，咆響振巖，乃以錫杖中解，各散而去。」同書同卷隋懷州柏尖山寺釋曇詢傳：「又山行，值二虎相鬬，累時不歇。詢乃執錫分之，以身爲翳，語云：『同居林藪，計無大乖，幸各分路。』虎低頭受命，便飲氣而散。屢逢熊虎交諍，事略同此。」廓門注：「愚曰：枝謂杖也。」鍇按：按詩律，則當作「禪枝」，「枝」平聲。按詩意，則當作「禪杖」，即錫杖。

〔五〕寄傲：陶淵明歸去來兮辭：「倚南窗以寄傲。」

〔六〕疏快：九家集注杜詩卷二一賓至：「喧卑方避俗，疏快頗宜人。」注：「江總詩：『山路目疏快。』」

次忠子韻二首〔一〕

湘雲刺世眼〔二〕，獨可著閑蹤。鷗迴千尋雨，江寒一再風〔三〕。旋鑽新火後〔四〕，初脱夾衣重〔五〕。坐客經年别，蘭芽茁舊叢。

新秧翻翠浪，青子退紅英〔六〕。穮麥風光近，絡絲歡笑聲〔七〕。瞢（䁂）騰幽夢破㊀〔八〕，醖造小詩成。好在歸來燕，營巢占畫楹。

【校記】

㊀瞢：原作「䁂」，誤，今從四庫本。參見注〔七〕。

【注釋】

〔一〕宣和二年清明作於長沙水西南臺寺。忠子：法名本忠，惠洪弟子。已見前注。

〔二〕刺世眼：使世俗之人感覺刺眼。林間録卷下：「予常愛王梵志詩云：『梵志翻著襪，人皆謂是錯。寧可刺你眼，不可隱我脚。』」此化用其意。

〔三〕江寒一再風：黄庭堅寺齋睡起二首之二：「桃李無言一再風。」此借用其語。

〔四〕旋鑽新火後：唐宋習俗，清明前一日禁火寒食，至清明重鑽木取火，謂之新火。杜甫清明二首之一：「朝來新火起新煙。」

〔五〕夾衣：廓門注：「夾、裌、袷同，無絮重衣，表裏相合也。杜詩：『地偏初衣裌。』」

〔六〕青子：即青梅，梅子。宋張耒張右史文集卷三〇梅花十首之八：「江雨細時青子熟，聞名猶救渴將軍。」

〔七〕絡絲：纏絲，繅絲。廓門注：「韓文贈同遊詩：『喚起窗全曙，催歸日未西。』注：『喚起、催歸，二禽名也。催歸，子規也。喚起，聲如人絡絲，團轉清亮，偏於春曉鳴。江南謂之春喚。』……愚曰：由是觀之，則絡絲，喚起也。又曰婦人絡絲也。」錯按：此處「絡絲」與上句「穫麥」對仗，指農事，謂婦人絡絲，非言禽鳥喚起。

〔八〕瞢騰：同「懵騰」，迷糊，醉貌，神志不清貌。唐韓偓馬上見：「去帶瞢騰醉，歸成困頓眠。」蘇軾上元夜：「狂生來索酒，一舉輒數升。浩歌出門去，我亦歸瞢騰。」底本「瞢」作「亹」，乃涉形近而誤，今改。廓門注：「史記平準書曰：『物踊騰。』詩大雅曰：『鳧鷖在亹。』注：『亹，水流峽中，兩岸如門也。』」其注爲誤字所累，不確。

和曾逢原待制觀雪〔一〕

魂清寒妥貼〔二〕，寺近汨羅江〔三〕。夜迴疑生月，夢驚聞打窗㊀〔四〕。地罏無宿火，經閣有殘釭㊁。起望兜綿界〔五〕，誰推墮陋邦。

【校記】

㊀ 聞：原作「閉」，今從寬文本、廓門本、四庫本、武林本。

㊁ 釭：武林本作「缸」。

【注釋】

〔一〕宣和五年冬作於湘陰縣。曾逢原待制：曾孝序，字逢原，宣和年間以顯謨閣待制知潭州。見宋史本傳。宋會要輯稿方域九之一七：「宣和六年三月二十九日，湖南安撫司奏：『契勘潭州城壁興筑……各得堅完了畢。』詔曾孝序特除龍圖閣直學士，候今任滿日，令再任。」則孝序爲顯謨閣待制必在宣和六年三月二十九日除龍圖閣直學士之前，在宣和五年四月十二日惠洪移居湘陰縣興化寺之後，合而考之，則此詩當作於宣和五年冬。

〔二〕寒妥貼：其寒合適舒服。參見本集卷三遇如無象於石霜如與睿廓然相好故贈之注〔七〕。

〔三〕寺近汨羅江：本集卷一三有詩題爲「宣和五年四月十二日余館湘陰之興化」，即此寺。汨羅江在湘陰縣北七十里，已見前注。

〔四〕夢驚聞打窗：蘇軾雪夜獨宿柏仙庵：「夢驚忽有穿窗片，夜靜惟聞瀉竹聲。」

〔五〕兜綿界：兜羅綿之世界，即白絮世界。兜綿，即兜羅綿，又曰堵羅綿。唐釋慧琳一切經音義卷三：「堵羅綿，梵語，細綿絮也。沙門道宣注四分戒經云：『草木花絮也，蒲臺花、柳花、白楊、白疊花等絮是也。取細軟義。』」廓門注：「楞嚴經曰：『爾時世尊舒兜羅綿網相光手。』此雪比兜羅綿。」

初過海自號甘露滅〔一〕

本是甘露滅，浪名無垢稱〔二〕。欲知遭鎖禁，正坐忽規繩〔三〕。海上垂鬚佛〔四〕，軍中有髮僧〔五〕。生涯何所似，崖略類騰騰〔六〕。

【注釋】

〔一〕政和二年三月作於瓊州。寂音自序：「以二年二月二十五日到瓊州。」智證傳：「予政和元年十月謫海外，明年三月館於瓊州之開元寺儼師院。」詩當作於是時。甘露滅：惠洪自號，語本維摩詰經卷上佛國品「得甘露滅覺道成」。鍇按：冷齋夜話卷六陳瑩中罪洪不當稱甘露滅：「陳了翁罪予不當稱甘露滅，近不遜，曰：『得甘露滅覺道成者，如來識也。子凡夫，與僕輩俯仰，其去佛地如天淵也，奈何冒其美名而有之耶？』予應之曰：『使我不得稱甘露滅者，如言蜜不得稱甜，金不得稱色黃。世尊以大方便曉諸衆生，令知根本，而妙意不可以言盡，故言甘露滅。滅者，寂滅；甘露，不死之藥，如寂滅之體而不死者也。人人具足，而獨僕不得稱，何也？公今閑放，且不肯以甘露滅名我，脱爲宰相，寧能飾予美官乎？』」

〔二〕無垢稱：即維摩詰居士。大唐西域記卷七：「毗摩羅詰，唐言無垢稱，舊曰淨名。然淨則無垢，名則是稱，義雖取同，名乃有異。舊曰維摩詰，訛略也。」鍇按：惠洪於政和元年十月遞奪僧籍，流配海南，其時身份非僧人，故以維摩詰居士比之。

〔三〕正坐忽規繩：正因忽略規矩繩墨。荀子哀公：「孔子對曰：『所謂賢人者，行中規繩，而不傷於本；言足法於天下，而不傷於身。』」此言「規繩」，指禪林之清規戒律。

〔四〕海上垂鬚佛：惠洪自稱。因流配海南，蓄鬚髮，而仍修佛法，故稱。鍇按：「垂鬚佛」本非惠洪別號，然日本五山禪林多以此稱之。如彦龍周興半陶文集卷三題便面：「瀟湘八景者，濫觴於宋復古之繪，浸爛於垂鬚佛之詩。」東沼周曮流水集卷三江天暮雪：「南州昔有垂鬚佛，胸次能堆萬斛珠。」横川景三補庵京華前集瀟湘八幅圖：「一景爲稀況八之，垂鬚佛後又言詩。」不勝枚舉。

〔五〕軍中有髮僧：亦惠洪自稱。其時已剥奪僧衣，管配軍中，故稱。黄庭堅自贊：「似僧有髮，似俗無塵。作夢中夢，見身外身。」此借其語。

〔六〕崖略：大略，大概。莊子知北遊：「夫道窅然難言哉，將爲汝言其崖略。」騰騰：指唐高僧騰騰和尚。景德傳燈録卷四洛京福先寺仁儉禪師：「自嵩山罷問，放曠郊廛，時謂之騰騰和尚。唐天册萬歲中，天后詔入殿前，仰視天后，良久曰：『會麽？』后曰：『不會。』師曰：『老僧持不語戒。』言訖而出。翌日，進短歌一十九首，天后覽而嘉之，厚加賜賚，師皆不受。又令寫歌辭，傳布天下。其辭並敷演真理，以警時俗，唯了元歌一首盛行於世。」同書卷三〇騰騰和尚了元歌：「修道道無可修，問法法無可問。迷人不了色空，悟者本無逆順。八萬四千法門，至理不離方寸。識取自家城郭，莫謾尋他鄉郡。不用廣學多聞，不要辯才聰俊。不知月之大小，不管歲之餘閏。煩惱即是菩提，淨華生於泥糞。人來問我若爲，不能共伊談論。寅朝用粥充飢，齋時更餐一頓。今日任運騰騰，明日騰騰任運。心中了了總知，且作佯癡縛鈍。」騰騰和尚即以其了元歌中「騰騰」二字得名。騰騰，舒緩貌，悠閒貌。

早登澄邁西四十里宿臨皋亭補東坡遺〔一〕

天下至窮處，風煙觸地愁〔二〕。村囂聞捉拗〔三〕，岸汁忽西流〔四〕。鳥道通儋耳〔五〕，鯨波隔萬州〔六〕。趁雞行落月，悽斷在蠻謳〔七〕。

【注釋】

〔一〕政和三年作於瓊州澄邁縣。澄邁：瓊州屬縣。太平寰宇記卷一六九嶺南道瓊州：「澄邁縣，在舊崖州西九十里。隋置澄邁縣，以界内邁山爲名。」元豐九域志卷九廣南西路瓊州：「澄邁，州西五十五里。」臨皋亭：亭在澄邁西四十里，已不可考。補東坡遺：惠洪在海南，有數詩題爲「補東坡遺」，其所作乃蘇軾當作而未作者。參見本集卷五補東坡遺三首題武王非聖人論後注〔一〕。鍇按：蘇軾有澄邁驛通潮閣二首，然無臨皋亭詩，惠洪詩或補此遺。

〔二〕風煙觸地愁：王安石載酒：「黄昏獨倚春風立，看却花開觸地愁。」此借用其語。

〔三〕捉抝：亦稱「作抝」，黎族風俗。抝，同「拗」。宋趙汝适諸蕃志卷下海南：「黎，海南四郡島上蠻也。……男子常帶長靶刀、長弰刀弓，跬步不離。喜讎殺，謂之捉拗。其親爲人所殺，後見仇家人及其峒中種類，即擒取而械之。械用荔枝木，長六尺許，其狀如碓，要牛酒銀瓶乃釋，謂之贖命。」周去非嶺外代答卷二海外黎蠻：「性好讎殺，謂之作抝。遇親戚之仇，即械繫之，要牛酒銀瓶，謂之贖命。」

〔四〕岸汁：未詳所指，疑有誤字。

〔五〕鳥道：唯鳥能飛越之險峻山路。李白蜀道難：「西當太白有鳥道，可以横絶峨眉巔。」儋耳：即昌化軍。諸蕃志卷下海南：「昌化，在黎母山之西北，即古儋州也。子城高一丈四尺，周迴二百二十步。舊經以爲儋耳夫人驅鬼工，供畚鍤，一夕而就。或謂土人耳長至肩，故有儋耳之號。今昌化即無大耳兒，蓋黎俗慕佛，以大環墜耳，俾下垂至肩，故也。」

〔六〕鯨波：猶言驚濤駭浪。杜甫舟中出江陵南浦奉寄鄭少尹審：「溟漲鯨波動。」萬州：即萬安軍。諸蕃志卷下海南：「（唐貞觀）五年，分崖之瓊山置郡，陞萬安縣爲州，今萬安軍是也。」廓門注引明一統志：「瓊州府：萬州在府城東南四百七十里。」

〔七〕蠻謳：本泛指嶺南歌謠，此指黎族歌謠。蘇軾江月五首之五：「不眠翻五詠，清切變蠻謳。」

過陵（淩）水縣㊀〔一〕

野徑如遺索，縈紆到縣門。犁人趁牛日〔二〕，蛋户聚魚村〔三〕。籬落春潮退，桑麻曉瘴昏。題詩驚萬里，折意一消魂〔四〕。

【校記】

㊀陵：原作「淩」，誤，今改。參見注〔一〕。

【注釋】

〔一〕政和三年四月作於海南萬安軍陵水縣。元豐九域志卷九廣南路西路：「同下州，萬安軍……治萬寧縣……熙寧七年，省陵水縣爲鎮，入萬寧。元豐三年，復爲縣。……下，陵水，軍西南一百一十里，一鄉，有靈山、陵拱水。」陵，底本作「淩」，誤，今改。本集卷一三有過陵水縣補東坡遺二首，可證。

〔二〕犁人趁牛曰：蘇軾書柳子厚牛賦後：「嶺外俗皆恬殺牛，而海南爲甚。客自高、化載牛渡海，百尾一舟，遇風不順，渴飢相倚以死者無數。牛登舟皆哀鳴出涕。既至海南，耕者與屠者常相半。病不飲藥，但殺牛以禱，富者至殺十數牛。死者不復云，幸而不死，即歸德於巫。以巫爲醫，以牛爲藥。……黎人得牛，皆以祭鬼，無脱者。」廓門注：「『犁』當作『黎』。」鍇按：「犁」通「黎」，犁人即黎人，黎族人。

〔三〕蛋户：即「蜑户」，南方水上居民。蛋，同「蜑」。嶺外代答卷三蜑蠻：「以舟爲室，視水爲陸，浮生江海者，蜑也。」蘇軾追餞正輔表兄至博羅賦詩爲别：「艤舟蜑户龍岡窟，置酒椰葉桄榔間。」鍇按：諸蕃志卷下海南：「熙寧六年更（萬安縣）爲軍，析萬寧爲陵水。今萬寧、陵水是也。民與黎蜑雜居。」

〔四〕折意一消魂：心意摧折，黯然神傷。杜甫冬至：「心折此時無一寸。」

楊文中將北渡何武翼出妓作會文中清狂不喜武人徑飲三盃不揖坐客上馬馳去索詩送行作此〔一〕

蘭叢聚貴客，花輪環侍兒〔二〕。三盃吾徑醉，四座汝爲誰。但覺眩紅碧〔三〕，了不聞歌吹。翩然上馬去，海月解相隨㈠。

【校記】

㈠隨：原缺，今據四庫本、廓門本、天寧本補。

【注釋】

〔一〕政和三年作於海南朱崖軍。楊文中：名不可考，生平未詳。本集卷四送文中北還有「君持使者節」，使者即部使者，提點刑獄之別稱。廓門注：「萬姓統譜：『楊文仲字時發。』」殊誤。蓋「文中」爲字，非名，且非「文仲」。何武翼：名不可考，武翼爲其官名。政和二年九月二十五日，改供備庫使爲武翼大夫，供備庫副使爲武翼郎，均爲武階名。

〔二〕花輪環侍兒：謂如花之紅粧美女圍繞環立。侍兒，此指軍中營妓。

〔三〕眩紅碧：形容醉眼昏花。蘇軾金山寺與柳子玉飲大醉臥寶覺禪榻夜分方醒書其壁：「我醉都不知，但覺紅緑眩。」

渡海〔一〕

萬里來償債〔二〕，三年墮瘴鄉〔三〕。逃禪解羊負〔四〕，破律醉檳榔〔五〕。瘦盡聲音在〔六〕，病殘鬚鬢荒。餘生實天幸〔七〕，今日上歸艎〔八〕。

【注釋】

〔一〕政和三年十一月十九日作於瓊州澄邁縣。本集卷二三夢徐生序：「余竄朱崖三年，既蒙恩澤釋放，政和三年十一月十九日，自瓊州澄邁北渡。」寂音自序：「十一月十七日北渡海。」兩處説法不同，此從夢徐生序。

〔二〕萬里來償債：謂萬里流配朱崖乃爲償還前世宿債。寂音自序：「報冤行曰：『僧嬰王難，情覿可醜。夙業純熟，所以甘受。受盡還無，何醜之有？轉重還輕，佛恩彌厚。』」景德傳燈録卷三〇永嘉真覺大師證道歌：「了即業障本來空，未了還須償宿債。」

〔三〕三年墮瘴鄉：寂音自序：「以政和元年十月二十六日配海外。以二年二月二十五日到瓊州，五月七日到崖州。三年五月二十五日蒙恩釋放，十一月十七日北渡海。」

〔四〕逃禪：逃出禪戒。杜甫飲中八仙歌：「蘇晉長齋繡佛前，醉中往往愛逃禪。」　解羊負：解脱羊負來之草刺。羊負：藥草名，即羊負來，蒼耳之別名，又名葈耳。本草綱目卷一五草之四葈耳引博物志曰：「洛中有人驅羊入蜀，胡葈子多刺，粘綴羊毛，遂至中國，故名羊負來。俗呼爲道人頭。」參見本集卷四送文中北還注〔一五〕。

〔五〕破律：打破戒律。　醉檳榔：冷齋夜話卷一東坡留題姜唐佐扇楊道士息軒姜秀郎几間：「有黎女插茉莉花，嚼檳榔，戲書姜秀郎几間曰：『暗麝著人簪茉莉，紅潮登頰醉檳榔。』」

其放浪如此。」此借用其語。宋羅大經鶴林玉露卷一：「嶺南人以檳榔代茶，且謂可以禦瘴。余始至，不能食，久之，亦能稍稍。居歲餘，則不可一日無此君矣。故嘗謂檳榔之功有四：一曰醒能使之醉，蓋每食之，則熏然頰赤，若飲酒然，東坡所謂『紅潮登頰醉檳榔』者是也。二曰醉能使之醒，蓋酒後嚼之，則寬氣下疾，餘酲頓解。三曰飢能使之飽，蓋飢而食之，則充然氣盛，若有飽意。四曰飽能使之飢，蓋食後食之，則飲食消化，不至停積。嘗舉似於西堂先生范旂叟，曰：『子可謂檳榔舉主矣。然子知其功，未知其德。檳榔賦性疏通而不泄氣，稟味嚴正而有餘甘，有是德，故有是功也。』」鍇按：佛教戒飲酒，嚼檳榔既言醉，則同飲酒，惠洪乃僧人，故曰破律。

〔六〕瘦盡聲音在：東坡詩集注卷一八子由將赴南都與余會宿於逍遥堂作兩絶句之一：「猶勝相逢不相識，形容變盡語音存。」程縯注：「後漢黨錮傳：夏馥以黨魁亡命，隱匿名姓，爲冶家傭，親突煙炭，形貌毁瘁。弟静遇之不識，聞其言聲，乃覺而拜之也。」冷齋夜話卷四詩言其用不言其名：「東坡別子由詩：『猶勝相逢不相識，形容變盡語音存。』此用事而不言其名也。」此化用其意。

〔七〕天幸：天賜之幸，僥倖。廓門注：「前漢書霍去病傳曰：『軍亦有天幸，未嘗困絶也。』此借用也。」

〔八〕歸艎：猶言歸船。王安石憶金陵三首之三：「聞説精廬今更好，好隨殘汴理歸艎。」蘇軾次韻許遵：「蒜山渡口挽歸艎，朱雀橋邊看道裝。」

夜坐分題得廊字〔一〕

一雨餞殘暑〔二〕，瘴痾穌簟涼㊀〔三〕。臥聞山果落〔四〕，起覺斛蘭香〔五〕。幌內水螢入，堦除露葉光。知誰愛清境，步屧響修廊〔六〕。

【校記】

㊀穌：武林本作「蘇」。

【注釋】

〔一〕作年未詳。分題得廊字：分題似當作分韻，分得「廊」字，依韻作詩。參見本集卷一同超然無塵飯柏林寺分題得柏字注〔一〕。

〔二〕餞：餞別，送走。

〔三〕穌：「蘇」之本字，蘇醒。

〔四〕臥聞山果落：王維秋夜獨坐：「雨中山果落，燈下草蟲鳴。」此借用其語。

〔五〕斛蘭：即石斛，蘭科植物，亦稱石斛蘭。夏日開花，以葉形如釵，故又名金釵石斛。供觀賞，花葉入藥。

〔六〕步屧響修廊：東坡詩集注卷一一和鮮于子駿鄆州新堂月夜二首之二：「起觀河漢流，步屧響長廊。」趙次公注：「袁粲爲丹陽尹，嘗步屧白楊郊。杜詩：『步屧尋春風。』又蘇州圖經有響屧廊。」此化用其語。屧，木板鞋。

出獄李生來謁出百丈汾陽二像爲示因而摹之作此時即欲還谷山〔一〕

一鉢寄城市，皤然鬚鬢長〔二〕。風埃窮百丈，翰墨老汾陽〔三〕。家在青松岸，門連白鳥行〔四〕。知誰施舟尾，載我下沅湘〔五〕。

【注釋】

〔一〕重和元年十一月作於南昌。出獄：指出南昌獄。寂音自序：「爲狂道士誣以爲張懷素黨人。官吏皆知其誤認張丞相爲懷素，然事須根治。坐南昌獄百餘日，會兩赦得釋。」宋史徽宗本紀三重和元年：「十一月己酉朔，改元，大赦天下。」宋會要輯稿職官七六之三三：「重和元年十一月七日，太乙宮成，改元，赦：應官員、諸色人犯罪合叙用者，並與理當三期叙用，其官員降名次、公吏人降名次，原情至輕，可令刑部比附降官、降資人，並與叙免。應落職、降職及與宮觀，或放罷、直罷，并曾任在京職事官監察御史以上，開封府曹官及監司人，除已該今年正月赦叙復外，其未叙復人，令刑部限一月，逐旋申尚書省取旨。」此即所謂兩赦。鍇按：政和八年十一月改元重和元年，改元之日，宋史謂十一月己酉朔，宋會要輯稿謂十一月七日，其説略異。李生：未詳其人。百丈：指百丈懷海禪師，傳法黄檗希運，希運傳法臨濟義玄，開臨濟宗。汾陽：指汾陽善昭禪師，屬臨濟宗南嶽下九世，爲惠洪五世祖師。鍇按：據此摹二祖師像之事，可知惠洪似善畫。宋鄧椿畫繼卷五：「惠洪覺範能畫梅竹，每用皂子膠畫梅於生絹扇上，燈月下映之，宛然影也。其筆力於枝梗極遒健。」亦可證。時即欲還谷山：欲往長沙谷山依法弟希祖。本集卷一二有十一月十七日發豫章歸谷山，即作於出南昌獄時。佛祖歷代通載卷一九：「其同門友居谷山，及其嗣法在諸山者，皆迎師居丈室，學者歸之。」續傳燈録卷二二真淨克文法嗣有谷山希祖，即惠洪同門友，可證。萬曆湖廣總志卷四五寺觀：「（長沙府長沙縣附）谷山寺，縣西北二十里。寶寧寺，縣谷山□十里。」谷山在今長沙北望城縣，位於湘江西岸。

〔二〕皤然：鬢髮斑白貌。

〔三〕「風埃窮百丈」二句：謂百丈懷海風塵僕僕，窮居山林；汾陽善昭擅長翰墨，老於文章。此借百丈、汾陽之「風埃」、「翰墨」喻己之生活境況及著述志向。

〔四〕「家在青松岸」二句：林逋寄吴肅秀才：「引步青山影，供吟白鳥行。」此仿其句法句意。

〔五〕「知誰施舟尾」二句：蘇軾贈葛葦：「欲將船尾載君行。」此化用其意。沅湘：沅水、湘水之合稱。楚辭離騷：「濟沅湘以南征兮，就重華而陳詞。」此泛指湖南長沙一帶。

次韻周倅大雪見寄二首〔一〕

萬瓦粲清曉〔二〕，披衣挂北窗。春先歸楚國〔三〕，誰獨釣湘江〔四〕。瘴熟甘欺得〔五〕，詩嚴合受降〔六〕。更憐風絮比，想見髻鬟雙〔七〕。

白晝通紅火，蕭蕭驚打窗〔八〕。折綿寒未透〔九〕，兀夢睡先降〔一〇〕。那敢犯詩壘〔一一〕，自然摧慢幢〔一二〕。重看寄來句，呵手剔殘缸㊀〔一三〕。

【校記】

㊀ 缸：武林本作「釭」。

【注釋】

〔一〕宣和五年正月作於長沙。周倅：即周達道，時任潭州通判，亦兼荆湖南路轉運司勾當公事。本集卷六有次韻周達道運句二首，卷一九有周達道通判贊，可證。已見前注。

〔二〕萬瓦粲清曉：謂清曉城中萬瓦因積雪而皆白。黄庭堅秘書省冬夜宿直寄懷李德素：「姮娥攜青女，一笑粲萬瓦。」此化用其意。粲，潔白貌。參見本集卷七次韻游南嶽注〔三四〕。

〔三〕楚國：廓門注：「長沙，春秋戰國時爲楚。」

〔四〕誰獨釣湘江：柳宗元江雪：「孤舟蓑笠翁，獨釣寒江雪。」此化用其意。

〔五〕瘴熟甘欺得：謂甘受瘴癘後遺症之欺負。瘴熟，戲謂瘴病與己相熟。

〔六〕詩嚴合受降：恭維周達道作詩句法森嚴，如築受降城，己詩甘拜下風。合，理當，應當。黄庭堅子瞻詩句妙一世乃云效庭堅體次韻道之：「句法提一律，堅城受我降。」此化用其意。

〔七〕「更憐風絮比」二句：以贊周達道女眷有善詠雪者如謝道韞。世説新語言語：「謝太傅寒雪日内集，與兒女講論文義。俄而雪驟，公欣然曰：『白雪紛紛何所似？』兄子胡兒曰：『撒鹽空中差可擬。』兄女曰：『未若柳絮因風起。』」

〔八〕「白晝通紅火」二句：蘇軾書雙竹湛師房二首之二：「白灰旋撥通紅火，卧聽蕭蕭雪打窗。」冷齋夜話卷三荆公鍾山東坡餘杭詩引蘇軾此詩。本集屢化用其意。

〔九〕折綿寒未透：意謂其寒尚未至折綿地步。折綿，形容氣候極寒冷，柔如棉絮亦凍硬可折。阮籍大人先生傳：「陽和微弱陰氣竭，海凍不流綿絮折。」

〔一〇〕兀夢：昏沉之夢。兀，昏沉貌。晉劉伶酒德頌：「兀然而醉，豁爾而醒。」

〔一一〕犯詩壘：次韻詩如挑戰原唱者之壁壘，冒矢石而進攻。此乃以戰喻詩。參見本集卷三次韻葉集之同秀實敦素道夫游北山會周氏書房注〔一七〕、〔一八〕。

〔二〕摧慢幢：挫敗傲慢之心。傲慢之心如幢柱之高聳，故稱慢幢。華嚴經卷二六十迴向品：「願一切衆生得大智慧那羅延幢，摧滅一切世間慢幢。」已見前注。

〔三〕剔殘釭：猶言挑出殘燈燈芯。宋晏幾道南鄉子詞：「細剔銀燈怨漏長。」

次韻郤子中學句出巡〔一〕

安石性夷粹〔二〕，公今亦重遲〔三〕。追惟理髮處，領略辦裝時〔四〕。高節貫終始，寸田齊坦巇〔五〕。功名恐未免〔六〕，才業係安危〔七〕。

【注釋】

〔一〕宣和二年作於長沙。郤子中學句：疑即臨川人郗造，時任長沙管勾學事。參見本集卷六寄郤子中學句注〔一〕。

〔二〕安石性夷粹：謂東晉名相謝安性格平和純正，頗有雅量。世説新語尤悔：「謝太傅於東船行，小人引船，或遲或速，或停或待，又放船從横，撞人觸岸。公初不呵譴，人謂公常無嗔喜。曾送兄征西葬還，日莫雨，駛小人皆醉，不可處分。公乃於車中，手取車柱撞馭人，聲色甚厲。夫以水性沈柔，入隘奔激。方之人情，固知迫隘之地，無得保其夷粹。」謝太傅即謝安，字安石。此雖言謝安於迫隘之地聲色甚厲，然亦見其平日性格夷粹。廓門注：「宋史曰：

王安石字介甫，撫州臨川人。改封荆，追封舒王。」其注殊誤。

〔三〕公今亦重遲：謂郤子中性格亦如謝安平和遲緩。重遲，語本漢書杜周傳：「周少言重遲，而内深次骨。」顔師古注：「遲謂性非敏速也。」

〔四〕「追惟理髮處」二句：謂追想謝安理髮之事，便可領略子中出巡辦裝之遲緩。晉書謝安傳：「(桓)温後詣安，值其理髮。安性遲緩，久而方罷，使取幘。温見，留之曰：『令司馬著帽進。』其見重如此。」此即重遲之例。辦裝：置辦行裝。漢書龔勝傳：「(王莽)安車駟馬迎勝，即拜，秩上卿，先賜六月禄直以辦裝。」

〔五〕寸田：心田，心。坦巇：平坦與險峻。蘇軾和陶飲酒二十首之一：「寸田無荆棘，佳處正在兹。」

〔六〕功名恐未免：世説新語排調：「初，謝安在東山居布衣時，兄弟已有富貴者，翕集家門，傾動人物。劉夫人戲謂安曰：『大丈夫不當如此乎？』安乃捉鼻曰：『但恐不免耳！』」

〔七〕才業係安危：晉書謝安傳：「安每鎮以和靖，御以長算。德政既行，文武用命，不存小察，弘以大綱，威懷外著。人皆比之王導，謂文雅過之。……史臣曰：建元之後，時政多虞，巨猾陸梁，權臣横恣。其有兼將相於中外，系存亡於社稷，負扆資之以端拱，鑿井賴之以晏安者，其惟謝氏乎！」以上二句以謝安勸勵子中。

次韻鄧公閣睡起〔一〕

歸計寬爲約，山行短作程。旅亭驚午夢，布穀正催耕〔二〕。翰墨堪華國㊀〔三〕，雲泉負此生。一篇叙閑適，細味有餘情。

【校記】

㊀ 堪華國：石倉本作「爲生事」。

【注釋】

〔一〕宣和二年作於長沙。鄧公閣：在武岡軍武岡縣西龍潭場。輿地紀勝卷六二荆湖南路武岡軍：「鄧公閣，即鄧公處訥所居，在龍潭。公爲武安節度，今龍紀元年誥勑猶存。邵州有鄧公廟，即公也。」又曰：「鄧處訥，五代時爲邵州刺史，會節度使閔頊爲周岳所殺，處訥率諸將哭之，興兵問罪。積八年，攻岳，斬之。今鄧公樓即處訥所居也。其子孫有鄧遇，爲駕部郎中。鄧元恭，爲殿中丞。延繼，爲大理寺丞。」錯按：此詩亦當爲次韻郤子中出巡詩而作。

〔二〕布穀正催耕：杜甫洗兵馬：「布穀處處催春種。」蘇軾次韻奉和錢穆父蔣穎叔王仲至詩四首之四藉田：「布穀未催耕。」此反用其意。

〔三〕翰墨堪華國：謂其文章足以光耀國家。晉陸雲張二侯頌：「文敏足以華國，威略足以振衆。」

次韻衡山道中〔一〕

嶽色墮馬首〔二〕，嵐光忽滿襟。眼寒知意適，句苦覺愁侵。沃野獻新緑，殘晴釀晚陰。天涯驚去雁〔三〕，料理欲歸心。

【注釋】

〔一〕宣和二年作於長沙。據其編次，則此詩亦次韻郤子中出巡詩。

〔二〕嶽色墮馬首：謂南嶽之山色忽然從空而墮於行者馬前。廓門注：「左傳襄公十四年曰：『余馬首欲東。』文選：『北風未起，馬首便以南向。』注：『魏志：臧洪與陳琳書曰：秋風揚塵陌，車馬首南向。』」

〔三〕天涯驚去雁：衡山有回雁峰，「去雁」指春日北飛之雁。南嶽總勝集卷上：「回雁峰，在衡州城南。按圖經云：是南嶽之首，雁到此而止，不過南矣。遇春復回北，故月令云『雁北鄉』者是也。杜荀鶴有泛瀟湘詩，中一聯云：『猿到夜深啼嶽麓，雁知春近別衡陽。』」

贈鄒顏徒〔一〕

肉眼例(倒)皮相㊀〔二〕，高才多陸沉〔三〕。火知三日玉〔四〕，貧試一生心〔五〕。世路多追逐，雲山獨見尋。聖賢酌古力，勸子手勤斟〔六〕。

【校記】

㊀ 例：原作「倒」，誤，今改。參見注〔二〕。

【注釋】

〔一〕作年未詳。鄒顏徒：名未詳，生平不可考。

〔二〕肉眼例皮相：謂世俗衆生之眼照例只有皮相之見。肉眼：肉身之眼，泛指俗眼。維摩詰經卷中入不二法門品：「實見者尚不見實，何況非實。所以者何？非肉眼所見，慧眼乃能見。」皮相：指膚淺外表之見。韓詩外傳卷一〇：「延陵子知其爲賢者，請問姓字，牧者曰：『子乃皮相之士也，何足語姓字哉！』」廓門注：「『倒』或作『例』。」其説甚是。底本「例」作「倒」，乃涉形近而誤，今改。本集卷三始陽何退翁謫長沙會宿龍興思歸戲之：「世方例皮相，我亦作白眼。」亦可證。

〔三〕陸沉：陸地無水而沉，喻隱居，亦喻埋没無人知。莊子則陽：「方且與世違而心不屑與之俱，是陸沉者也。」郭象注：「人中隱者，譬無水而沉也。」王維送從弟蕃游淮南：「高義難自隱，明時寧陸沉。」

〔四〕火知三日玉：淮南子俶真：「譬若鍾山之玉，灼以爐炭，三日三夜而色澤不變，則至德天地之精也。」白居易放言五首之三：「試玉要燒三日滿，辨材須待七年期。」

〔五〕貧試一生心：論語雍也：「子曰：『賢哉回也！一簞食，一瓢飲，在陋巷，人不堪其憂，回也不改其樂。賢哉回也！』」此借顏回之貧而不改其樂，以切鄒氏字顏徒之義。廓門注：「文選曹顏遠詩『富貴他人合，貧賤親戚離』，又鄭當時傳中曰『一死一生，迺知交情；一貧一富，迺知交態；一貴一賤，交情迺見』之類也。」鍇按：廓門注所引乃言世態交情，非言貧者不易其心。其注不確。

〔六〕「聖賢酌古力」二句：蘇軾和陶郭主簿二首之一：「家世事酌古，百史手自斟。」此化用其語意。

投老庵讀雲庵舊題拜次其韻二首〔一〕

但覺意清淨，不知山淺深。年華暗凋落，老境已侵尋〔二〕。三世樓鐘舊〔三〕，一生香火心〔四〕。高風難補綴，永愧壁間吟。

道鄉歸路晚〔五〕，世跡陷泥深。老死先通耗〔六〕，病衰今見尋。規模高世意〔七〕，料理住山心〔八〕。月在孤峰頂，凍猿時一吟。

【注釋】

〔一〕政和五年冬作於筠州上高縣九峰。投老庵：在九峰，元祐年間真淨克文居於此。克文號雲庵。本集卷三〇雲庵真淨和尚行狀：「於是浩然思還高安，即日渡江，丞相（王安石）留之不可，遂卜老於九峰之下，作投老庵。」禪林僧寶傳卷二三泐潭真淨文禪師傳：「神考詔賜號真淨。未幾，厭煩鬧，還高安，庵於九峰之下，名曰投老。學者自遠而至。」雲庵舊題：見於古尊宿語録卷四五寶峰雲庵真淨禪師偈頌下中投老庵示衆：「九峰山色裏，拙者草庵深。投老遂疏懶，問禪徒訪尋。欲知諸祖道，不越衆人心。彼此同成佛，聊爲直指吟。」惠洪所次韻即此詩。

〔二〕老境已侵尋：謂漸至老年。黄庭堅病起次韻和稚川進叔倡酬之什：「老境侵尋每憶家。」此借用其語。禮記曲禮上：「七十曰老，而傳。」孔穎達疏：「『七十曰老而傳』者，六十至老境而未全老，七十其老已至，故言老也。」

〔三〕三世樓鐘舊：謂聞舊時寺中樓鐘恍然已歷三世。三世即三生，指過去世、現在世、未來世。李商隱題僧壁：「若信貝多真實語，三生同聽一樓鐘。」王安石北山道人栽松：「磊砢拂天吾所愛，他生來此聽樓鐘。」

〔四〕一生香火心：謂一生欲與雲庵結香火社，了共往西方之緣。香火，即香火社。白居易與果上人歿時題此決別兼簡二林僧社：「本結菩提香火社，爲嫌煩惱電泡身。不須惆悵從師去，先請西方作主人。」山谷詩集注卷九題伯時畫松下淵明：「遠公香火社，遺民文字禪。」任淵注：「高僧傳曰：『彭城劉遺民、豫章雷次宗等，依遠游山。遠乃于精舍無量壽像前，建齋立社，共期西方，乃令遺民著其文。』」

〔五〕道鄉歸路：迴歸佛道家園之路。已見前注。

〔六〕通耗：通消息音信。祖堂集卷五長髭和尚：「師問：『教你到石頭，你還到也無？』對曰：『到則到，不通秏。』」

〔七〕規模：模仿，取法。冷齋夜話卷一換骨奪胎法：「規模其意而形容之，謂之奪胎法。」

〔八〕料理：安排，整理。住山心：唐呂溫題從叔園林：「自嫌身未老，已有住山心。」此借用其語。

熏上人歸雲溪〔一〕

聞道衡峰北，寺當猿叫村。夜樓千嶂月，畫榻一溪雲〔二〕。我慣蹈憂患，君方蜕垢紛。

莫嫌林下石，蘚涴褶衣裙。

【注釋】

〔一〕作年未詳。熏上人：生平法系不可考。雲溪：即雲溪禪寺，在南嶽衡山。南嶽總勝集卷中：「雲溪禪寺，過山七十里，在皇想山下，當邵州中路。修篁擁碧，怪木參空。東望融峰，高插雲漢。」

〔二〕晝榻一溪雲：唐釋齊己溪齋二首之一：「一溪雲卧穩，四海路行難。」

題使臺後圃八首〔一〕

諦觀室〔二〕

優入聖賢域〔三〕，湛然觀道真。一身渾是德，終日不違仁〔四〕。深靜啼林鳥，虚明見隙塵。篆畦凝碧縷，紅燼白灰新。

賞趣堂

胸次有丘壑〔五〕，笑談無俗氛〔六〕。幽懷常自得，佳趣與誰論。曳履尋花圃，扶筇卓蘚痕〔七〕。地嚴賓謁少〔八〕，却坐看鑪熏〔九〕。

會心堂〔一〇〕

稱意有餘（余）樂㊀〔一一〕，幽歡常會心。小山供賦詠，危榭每登臨。下視千峰月，聊揮一弄琴〔一二〕。尚嫌閒適少，富貴苦相尋〔一三〕。

阜安堂〔一四〕

禮義成風俗，豐登民阜安。此堂共僚屬，把酒聽吹彈。地富湖山美，宵晴風月寒。勝游無俗韻，意適有餘（余）歡㊁〔一五〕。

戲彩堂〔一六〕

承顏忘勢位〔一七〕，喜懼兩遲迴〔一八〕。堂上綵衣舞〔一九〕，樽前笑靨開。金鐶應學探〔二〇〕，竹馬欲相陪〔二一〕。未必稱純孝，高風獨老萊。

獨秀堂〔二二〕

天質自奇峻，千尋紫翠重。謾煩君獨秀，不願掩羣峰。與客共秋晚，搜詩到暮鐘。夕陰寒欲滴，倚檻見纖穠〔二三〕。

清音樓〔二四〕

霧暗軒窗失，風高簾幕低。夜晴湘笛起，樓迥嶺猿啼。憑檻人如玉，搜詩氣吐霓〔二五〕。還驚一聲雁，翻影月平西。

蒙　齋〔二六〕

妙物雜而著〔二七〕，深藏一默中。誠爲反身樂〔二八〕，蒙亦聖人功〔二九〕。客至風生麈〔三〇〕，吟餘月挂空。莊周稱社櫟，神拙意無窮〔三一〕。

【校記】

㈠ 餘：原作「余」，今改。參見注〔一一〕。

㈡ 餘：原作「余」，今改。參見注〔一五〕。

【注釋】

〔一〕宣和五年作於長沙。使臺：宣撫使司之別稱。鍇按：組詩爲荆湖南路宣撫使曾孝序作。

〔二〕諦觀：佛教語，猶審視細看。楞嚴經卷二：「沉思諦觀，刹那刹那，念念之間，不得停住，故知我身終從變滅。」同書卷三：「汝今諦觀，法法何狀？若離色空，動静通塞，合離生滅。」鍇按：諦觀室以佛語命名，然其詩則多就儒道言之。

〔三〕優入聖賢域：謂其優秀品質足以進入聖賢境地。韓愈進學解：「是二儒者，吐辭爲經，舉足爲法，絶類離倫，優入聖域。」此借用其語。鍇按：曾參爲孔門亞聖，孝序姓曾，故贈其詩用同姓事。本卷次韻曾侯見寄有「聖域人稱亞」句，即此意。

〔四〕「一身渾是德」二句：本卷閻資欽提舉生辰中亦有此二句，用字全同。參見該詩注〔六〕、〔七〕。

〔五〕胸次有丘壑：山谷内集詩注卷九題子瞻枯木：「胸中元自有丘壑，故作老木蟠風霜。」任淵注：「晉書謝鯤傳曰：或問：『論者以君方庾亮，何如？』答曰：『端委廟堂，使百僚準則，鯤不如亮；一丘一壑，自謂過之。』」此借用其語。

〔六〕笑談無俗氛：劉禹錫陋室銘：「談笑有鴻儒，往來無白丁。」此化用其意。

〔七〕扶筇：猶言拄杖。筇，筇杖。

〔八〕地嚴賓謁少：謂宣撫使司兵衛森嚴，閑人免進，故謁見賓客少。地嚴，地位森嚴。曾鞏簡景山侍御：「柏府地嚴方許國，芸臺官冷但容身。」劉攽爲司馬中丞謝翰林啓：「地嚴禁密，或號爲私臣；言聽計從，則稱之内相。」

〔九〕鑪熏：香鑪，熏鑪。黄庭堅奉和文潛贈無咎篇末多以見及以既見君子云胡不喜爲韻之三：「何言談絶倒，茗椀對鑪薰。」

〔一〇〕會心堂：世説新語言語：「簡文入華林園，顧謂左右曰：『會心處不必在遠，翳然林水，便自有濠濮間想也。』」堂名取自此意。

〔一一〕稱意有餘樂：蘇軾次韻答章傳見贈：「髑髏有餘樂，不博南面后。」又和陶怨詩楚調示龐主簿鄧治中：「當歡有餘樂，在戚亦頽然。」底本「餘」作「余」，今改。參見注〔一五〕。

〔一二〕一弄琴：謂奏琴曲一次。宋李廌次韻劉厚之久陰未雨：「掃除萬古窮通想，付與南薰一弄琴。」

〔一三〕富貴苦相尋：謂富貴苦苦追逼，令人難逃。隋書楊素傳：「素應聲答曰：『臣但恐富貴來逼臣，臣無心求富貴。』」已見前注。

〔一四〕阜安：富足安寧。周禮地官司徒大司徒：「然則百物阜安，乃建王國焉。」堂名取自此意。

〔一五〕意適有餘歡：蘇軾游東西巖：「正賴絲與竹，陶寫有餘歡。」此借用其語。底本「餘」作「余」。

廓門注：「『余』，『餘』字誤歟？」其説甚是。今據改。

〔一六〕戲彩堂：堂以老萊斑衣之事爲名，取孝親之義。參見本集卷八和李班叔戲彩堂。

〔一七〕承顔：承接顔色，迎合其意，此指孝敬父母。參見本集卷七吴子薪重慶堂注〔六〕。

〔一八〕喜懼兩遲迴：論語里仁：「子曰：『父母之年不可不知也，一則以喜，一則以懼。』」何晏集解：「孔曰：『見其壽考則喜，見其衰老則懼。』」黄庭堅過家：「親年當喜懼，兒齒欲毁齓。」

〔一九〕堂上綵衣舞：藝文類聚卷二〇引列女傳曰：「老萊子孝養二親，行年七十，嬰兒自娱，著五色采衣。嘗取漿上堂，跌仆，因卧地爲小兒啼。或弄烏鳥於親側。」

〔二〇〕金鐶應學探：晉書羊祜傳：「祜五歲時，令乳母取所弄金鐶。乳母曰：『汝先無此物。』祜即詣鄰人李氏東垣桑樹中探得之。主人驚曰：『此吾亡兒所失物也，云何持去？』乳母具言之，李氏悲惋。時人異之，謂李氏子則祜之前身也。」

〔二一〕竹馬欲相陪：騎竹馬爲兒童游戲，欲取悦於雙親。本集卷八和李班叔戲彩堂曰：「閑騎竹馬畫堂前，慈顔一笑自忘老。」即此意。

〔二二〕獨秀堂：據詩意，堂以面對獨秀峰而得名，然峰不可考。

〔二三〕纖穠：本謂瘦削豐滿，此代指精細富麗之山色。王安石靈山寺：「瞰崖聊寄目，萬物極纖穠。」

〔二四〕清音樓：樓以清音爲名，故詩中所寫風聲、笛聲、猿聲、吟詩聲、雁叫聲，皆清音。

〔二五〕氣吐霓：文選卷三四曹植七啓：「揮袂則九野生風，慷慨則氣成虹蜺。」蘇軾八月十五日看潮五絶之五：「海若東來氣吐霓。」

〔二六〕蒙齋：以易蒙卦爲齋名。

〔二七〕妙物雜而著：言蒙卦之功能。易説卦：「神也者，妙萬物而爲言者也。」易雜卦：「蒙，雜而著。」韓康伯注：「雜者，未知所定也。求發其蒙，則終得所定。著，定也。」此合而用之。本集卷二〇明白庵銘：「蒙雜而著，隨孚于嘉。」

〔二八〕誠爲反身樂：韓愈答侯生問論語書：「聖人踐形之説，孟子詳於其書，當終始究之。若萬物皆備於我，反身而誠是也。苟有僞焉，則萬物不備矣。踐形之道無它，誠是也。」

〔二九〕蒙亦聖人功：易蒙卦：「蒙以養正，聖功也。」廓門注：「史記曰：『莊子者，蒙人也。』又易蒙卦之義也。」似未明出處。

〔三〇〕風生麈：謂揮動麈尾而生風，形容與客清談之狀。

〔三一〕「莊周稱社櫟」二句：莊子人間世：「匠石之齊，至乎曲轅，見櫟社樹，其大蔽牛，絜之百圍，其高臨山十仞而後有枝，其可以爲舟者旁十數。觀者如市，匠伯不顧，遂行不輟。弟子厭觀之，走及匠石，曰：『自吾執斧斤以隨夫子，未嘗見材如此其美也。先生不肯視，行不輟，何邪？』曰：『已矣！勿言之矣！散木也，以爲舟則沈，以爲棺槨則速腐，以爲器則速毀，以爲門户則液樠，以爲柱則蠹，是不材之木也，無所可用，故能若是之壽。』匠石歸，櫟社見夢，曰：『女將惡乎比予哉？若將比予於文木邪？夫柤梨橘柚，果蓏之屬，實熟則剥則辱，大枝折，小枝泄，此以其能苦其生者也，故不終其天年而中道夭，自掊擊於世俗者也。物莫不若是。且予求無所可用久矣，幾死，乃今得之，爲予大用。使予也而有用，且得有此大也邪？且也若與予也，皆物也，奈何哉其相物也？而幾死之散人，又惡知散木？』匠石覺而診其夢，弟子曰：『趣取無用，則爲社何邪？』曰：『密！若無言！彼亦直寄焉，以爲不知己者詬厲也；不爲社者，且幾有翦乎！且也彼其所保與衆異，而以義譽之，不亦遠乎？』」

次韻李方叔游衡山僧舍〔一〕

道鄉見城郭，世路謾升沉。寺勝增佳氣，壁間餘醉吟。僧殘過客少，山好爲誰深。寧識通泉尉，獨懷經濟心〔二〕。

【注釋】

〔一〕作年未詳。　李方叔：即李廌（一〇五九～一一〇九），初名豸，字方叔，陽翟人。蘇門六君子之一，有濟南集、師友談記、德隅齋畫品傳世。事具宋史文苑傳。宋馬永卿嬾真子卷二：「李方叔初名豸，從東坡游。東坡曰：『五經中無公名，今宜易名曰廌。』方叔遂用之。」本集卷二七有跋李豸弔東坡文。　鍇按：李廌游衡山僧舍事，濟南集中未見，俟考。

〔二〕「寧識通泉尉」二句：此以唐郭元振事譽李鷹。新唐書郭震傳略曰：「郭震，字元振，魏州貴鄉人，以字顯。長七尺，美鬚髯，少有大志。……十八舉進士，爲通泉尉。任俠使氣，撥去小節。……武后知所爲，召欲詰，既與語，奇之，索所爲文章，上寶劍篇，后覽嘉歎，詔示學士李嶠等，即授右武衛鎧曹參軍，進奉宸監丞。……久之，突厥、吐蕃聯兵寇涼州，后方御洛城門宴，邊遽至，因輟樂，拜元振爲涼州都督，即遣之。……神龍中，遷左驍衛將軍、安西大都護。……睿宗立，召爲太僕卿。……景雲二年，進同中書門下三品，遷吏部尚書。……玄宗誅太平公主也，睿宗御承天門，諸宰相走伏外省，獨元振總兵扈帝，事定，宿中書者十四昔乃休，進封代國公。」

次韻謁子美祠堂〔一〕

顛沛干戈際，心常系洛陽〔二〕。愛君臣子分，傾日露葵芳〔三〕。醉眼蓋千古，詩名動八荒。壞祠湘水上〔四〕，煙樹晚微茫。

【注釋】

〔一〕宣和年間作於湖南。子美祠堂：杜甫祠在耒陽縣北二里，唐建。輿地紀勝卷五五荆湖南路衡州古跡：「杜甫祠，在耒陽，又有杜甫墓。」又曰：「杜甫墓，寰宇記：在耒陽縣北三里。」参見本集卷五同題詩次韻謁子美祠堂。

〔二〕「顛沛干戈際」二句：論語里仁：「君子無終食之間違仁，造次必於是，顛沛必於是。」杜甫詠懷古跡三首之一：「支離東北風塵際，漂泊西南天地間。」蘇軾王定國詩集叙：「古今詩人衆矣，而杜子美爲首，豈非以其流落飢寒，終身不用，而一飯未嘗忘君也歟？」此合而用之。洛陽：唐之東京。杜甫聞官軍收河南河北：「即從巴峽穿巫峽，便下襄陽向洛陽。」

〔三〕傾日露葵芳：分門集注杜工部詩卷一二自京赴奉先縣詠懷五百字：「葵藿傾太陽，物性固莫奪。」王洙注：「曹植求通親親表：『若葵藿之傾太陽，雖不爲回光，然向之者誠也。臣竊自比葵藿，若垂三光之明，實在陛下。』陸機園葵詩：『朙榮東北傾，夕潁西南晞。』梁劉孝綽詠日詩：『園葵一何幸，傾葉奉離光。』」

〔四〕壞祠湘水上：杜甫祠臨耒水，耒水爲湘江支流，故亦可泛稱湘水。

次韻達臣知縣祈雪游嶽麓寺分韻得游字〔一〕

叢祠香火罷〔二〕，山寺偶同游。鑪撥紅金湧〔三〕，窗空碧縷浮〔四〕。旋敷白氎布，暖甚紫茸裘〔五〕。試作吉祥卧〔六〕，夢清如素秋。

【注釋】

〔一〕宣和元年冬作於長沙。　達臣知縣：其姓名未詳，生平不可考。　嶽麓寺：在長沙湘江西岸嶽麓山。　方輿勝覽卷二三湖南路潭州：「嶽麓寺，在山上百餘級乃至，今名惠光寺。下有李邕麓山寺碑。　晉杉庵，世傳晉太尉陶侃手植，今存者七八株，其圍三丈，中空空如庵。絶頂有道鄉臺，昔鄒道鄉謫新州，道過潭。　潭守温益下逐客之令，逆旅之人不敢舍。　夜渡湘江，湘西琳禪師，公鄉人，以火迎之，公贈詩：『八年之中三往回，道人一意金石開。　非關桑梓有分好，自是針水無嫌猜。　焚香説了四句偈，把手直上千尺臺。　洞庭青草不我隔，東吴可歸歸去來。』浩字志完，爲右正言，因論元符事貶。」

〔二〕叢祠：鄉野林間之神祠。　史記陳涉世家：「又間令吴廣之次所旁叢祠中，夜篝火，狐鳴，呼曰：『大楚興，陳勝王。』」司馬貞索隱：「高誘注戰國策云：『叢祠，神祠也。　叢，樹也。』」

〔三〕紅金：形容鑪中火焰之色。　釋貫休贈造微禪師院：「藥轉紅金鼎，茶開紫閣封。」

〔四〕碧縷：形容淡藍繚繞之香煙。　蘇軾送劉寺丞赴餘姚：「玉笙哀怨不逢人，但見香烟横碧縷。」

〔五〕「旋敷白氎布」二句：東坡詩集注卷三〇紙帳：「潔似僧巾白氎布，煖於蠻帳紫茸氈。」林子仁注：「南史：『高昌國有草，實如繭，絲如細纑，名爲白氎子。　國人取以爲布，甚軟白。』又杜詩：『細軟青絲履，光明白氎巾。』」又蘇養直注：「趙后外傳云：『帝賜后紫茸氈、雲母帳。』」此化用其意。白氎子，即棉花，唐時傳入中國。　鍇按：以上兩聯四句分别用紅、碧、白、紫四色作對仗，有意形成五色相宣之效果。

〔六〕吉祥卧：猶吉祥眠，右脇而卧。大乘集菩薩學論卷八護身品：「於牀吉祥卧，及離覆油等。」見前讀瑜伽論注〔四〕。

題夢清軒〔一〕

小軒人不到，脩竹過牆生。眼倦經長掩，身閑夢亦清。微風吹篆縷〔二〕，活火發茶鐺㊀〔三〕。遥想佳眠夕，蕭蕭雨葉聲〔四〕。

【校記】

㊀ 發：石倉本作「潑」。

【注釋】

〔一〕作年未詳。

〔二〕篆縷：盤香如篆，輕煙如縷，故稱。廓門注：「篆縷，謂香煙。」

〔三〕活火發茶鐺：唐趙璘因話録卷二商上：「(李)約天性唯嗜茶，能自煎。謂人曰：『茶須緩火炙，活火煎。』活火謂炭之焰者也。」蘇軾試院煎茶：「君不見昔時李生好客手自煎，貴從活火發新泉。」又汲江煎茶：「活水還須活水烹。」

〔四〕蕭蕭雨葉聲：黄庭堅戲答俞清老道人寒夜三首之一：「索索葉自雨。」

題一擊軒〔一〕

閒把松枝篲〔二〕，掃除門徑塵。驚聞一擊竹〔三〕，頓見十方身〔四〕。煙翠連窗暗，霜筠解籜新。老禪搆軒意，應欲悟來人〔五〕。

【注釋】

〔一〕宣和元年作於長沙。本集卷二二一擊軒記：「宣和元年冬，余自臨汝以職事來宜春。暇日，與客游天寧宫，愛小軒脩竹，解衣磐礴，終日不忍去。長老德公請名其軒，余曰『一擊』。客問其説。余曰：『香嚴閑禪師參道於潙山，久而不契，乃焚畫餠之書，歸庵南陽。糞除瓦礫，擊竹而悟。余以是知道不可求也。』德公請以爲記。余知其爲雲庵之嗣也，故併書載其説。宣和元年十一月日。」此詩當作於同時。錯按：一擊軒記乃惠洪代彭以功作，參見該文注〔一〕。

〔二〕松枝篲：用松枝做成之掃帚。莊子達生：「開子操拔篲以侍門庭。」

〔三〕驚聞一擊竹：景德傳燈録卷一一鄧州香嚴智閑禪師：「青州人也。厭俗辭親，觀方慕道。

依溈山禪會，祐和尚知其法器，欲激發智光。一日謂之曰：『吾不問汝平生學解及經卷册子上記得者，汝未出胞胎、未辨東西時本分事，試道一句來。吾要記汝。』師懵然無對，沈吟久之，進數語陳其所解，祐皆不許。師曰：『却請和尚爲説。』祐曰：『吾説得是吾之見解，於汝眼目何有益乎？』師遂歸堂，遍檢所集諸方語句，無一言可將酬對，乃自歎曰：『畫餅不可充飢。』於是盡焚之，曰：『此生不學佛法也，且作箇長行粥飯僧，免役心神。』遂泣辭溈山而去。抵南陽，覩忠國師遺迹，遂憩止焉。一日，因山中芟除草木，以瓦礫擊竹作聲，俄失笑間，廓然惺悟。遽歸，沐浴焚香，遥禮溈山，贊云：『和尚大悲，恩逾父母，當時若爲我説却，何有今日事也。』仍述一偈云：『一擊忘所知，更不假修持。動容揚古路，不墮悄然機。處處無蹤跡，聲色外威儀。諸方達道者，咸言上上機。』」

〔四〕十方身：華嚴經卷七三入法界品：「現成滿菩薩大願身，現光明充滿十方身。」此借指本來具足現成之法身。

〔五〕「老禪搆軒意」二句：謂長老德公修造此軒，意欲使來者覺悟自心佛性。廓門注：「來人，謂悟本來人也。」其説亦通。

次韻胥學士〔一〕

筆下慣生春，年高句法新。還將吐鳳語〔二〕，來寄牧牛人〔三〕。敏若盤珠妙〔四〕，深如社櫟神〔五〕。長哦答清境，璧月上重闉〔六〕。

【注釋】

〔一〕宣和二年作於長沙。胥學士：即胥啓道，名不可考，生平未詳。本集卷一三有胥啓道次韻見寄復和之，可參見。學士，館職之通稱，可知胥啓道嘗任館職。

〔二〕吐鳳語：喻優美之詩語。西京雜記卷二：「（揚）雄著太玄經，夢吐鳳凰，集玄之上。」

〔三〕牧牛人：喻修行之禪僧，此自稱。牧牛乃禪宗修行之傳統隱喻，多有公案及之。如景德傳燈録卷九福州大安禪師：「師即造于百丈，禮而問曰：『學人欲求識佛，何者即是？』百丈曰：『大似騎牛覓牛。』師曰：『識後如何？』百丈曰：『如人騎牛至家。』師曰：『未審始終如何保任？』百丈曰：『如牧牛人執杖視之，不令犯人苗稼。』師自兹領旨，更不馳求。」參見本集卷六雪霽謁景醇時方壅堤捍水修湖山堂復和前韻注〔一二〕。

〔四〕敏若盤珠妙：喻詩流轉圓美而無跡可求。杜牧孫子注序：「猶盤中走丸。丸之走盤，横斜圓直，計於臨時，不可盡知。其必可知者，是知丸不能出於盤也。」

〔五〕深如社櫟神：謂其有櫟社樹神拙以養身之深妙哲理。社櫟神，意本莊子人間世，參見本卷題使臺後圃八首注〔三〇〕。

〔六〕重闉：重城，此指長沙。

題曾逢原醉經堂〔一〕

酌古有深意〔二〕，開編中聖人〔三〕。百家笑糟粕〔四〕，六藝飲全醇〔五〕。兀若墜車適〔六〕，盎如浮盞春〔七〕。淳于吞一石，同味不同塵〔八〕。

【注釋】

〔一〕宣和五年作於長沙。曾逢原：即曾孝序，字逢原。醉經堂：堂以沉醉於儒家經典爲名，故此詩每句皆以飲酒、醉酒喻之。隋王通中説事君：「子游河間之渚，河上丈人曰：『何居乎斯人也？心若醉六經，目若營四海。何居乎斯人也？』」醉經堂取名於此。

〔二〕酌古：以古典爲酒而斟酌之。蘇軾和陶郭主簿二首之一：「家世事酌古，百史手自斟。」已見前注。

〔三〕開編中聖人：謂開卷讀書而沉醉其中。三國志魏書徐邈傳：「魏國初建，爲尚書郎。時科禁酒，而邈私飲，至於沉醉。校事趙達問以曹事，邈曰：『中聖人。』達白之太祖，太祖甚怒。度遼將軍鮮于輔進曰：『平日醉客謂酒清者爲聖人，濁者爲賢人。邈性修慎，偶醉言耳。』竟坐得免刑。後領隴西太守，轉爲南安。文帝踐阼，歷譙相、平陽、安平太守、潁川典農中郎將，所在著稱。賜爵關内侯。車駕幸許昌，問邈曰：『頗復中聖人不？』邈對曰：『昔子反斃於穀陽，御叔罰於飲酒，臣嗜同二子，不能自懲，時復中之。然宿瘤以醜見傳，而臣以醉見識。』帝大笑，顧左右曰：『名不虚立。』」

〔四〕百家笑糟粕：嘲笑諸子百家之書爲糟粕。糟粕，本指釀酒所餘之糟滓。莊子天道：「桓公讀書於堂上，輪扁斲輪於堂下，釋椎鑿而上，問桓公曰：『敢問公之所讀爲何言邪？』公曰：『聖人之言也。』曰：『聖人在乎？』公曰：『已死矣。』曰：『然則君之所讀者，古人之糟魄已夫！』」釋文：「本又作『粕』。」此借其語指百家。

〔五〕六藝飲全醇：品味六經則如飲醇厚美酒，點明「醉經」之義。六藝，漢以後指詩、書、禮、樂、易、春秋六經。全醇，本指酒味醇厚不薄，借指精純不雜。韓愈讀荀子：「周之衰，好事者各以其説干時君，紛紛藉藉相亂，六經與百家之説錯雜，然老師大儒猶在。火于秦，黄老于漢，其存而醇者，孟軻氏而止耳。及得荀氏書，于是又知有荀氏者也。考其辭，時若不醇粹；要其歸，與孔子異者鮮矣。抑猶在軻、雄之間乎？孔子删詩、書，筆削春秋，合于道者著之，離于道者黜之，故詩、書、春秋無疵。余欲削荀氏之不合者，附于聖人之籍，亦孔子之志歟！孟氏醇乎醇者也，荀與揚大醇而小疵。」此化用其意。

〔六〕兀若墜車適：謂醉經者意適神全，遇物而不懼，故莫能傷。莊子達生：「夫醉者之墜車，雖疾不死，骨節與人同，而犯害與人異，其神全也。乘亦不知也，墜亦不知也，死生驚懼不入乎其胸中，是故遻物而不慴。彼得全於酒，而猶若是，而況得全於天乎？聖人藏於天，故莫之能傷也。」此化用其意。兀，昏沉狀。劉伶酒德頌：「兀然而醉，豁爾而醒。」

〔七〕盎如浮盞春：謂醉經者如對春意盎然之酒盞。盎，洋溢貌。春，酒之代稱，雙關春光。杜牧李賀集序：「春之盎盎，不足爲其和也。」

〔八〕「淳于吞一石」二句：謂曾逢原之醉經與淳于髡之醉酒，雖沉醉滋味相同，然蹤跡取向不同。史記滑稽列傳：「淳于髡者，齊之贅壻也。長不滿七尺，滑稽多辯，數使諸侯，未嘗屈辱。……威王大悅，置酒後宮，召髡賜之酒，問曰：『先生能飲幾何而醉？』對曰：『臣飲一斗亦醉，一石亦醉。』威王曰：『先生飲一斗而醉，惡能飲一石哉？其説可得聞乎？』髡曰：『賜酒大王之前，執法在傍，御史在後，髡恐懼俯伏而飲，不過一斗徑醉矣。……日暮酒闌，合尊促坐，男女同席，履舄交錯，杯盤狼藉，堂上燭滅，主人留髡而送客。羅襦襟解，微聞薌澤，當此之時，髡心最歡，能飲一石。故曰酒極則亂，樂極則悲，萬事盡然，言不可極，極之而衰。』以諷諫焉。齊王曰：『善。』乃罷長夜之飲，以髡爲諸侯主客。」同塵，語本老子：「和其光，同其塵。」

隱山照上人求詩〔一〕

落髮道林寺，隨師家隱山〔二〕。萬緣都放捨，一衲遂安閒。璧月照宵定，金風掩晝關。

平生無媿業，塵世許誰攀？

【注釋】

〔一〕宣和五年冬作於湘潭縣。　隱山：即龍山，又名龍王山，山有龍王寺。明一統志卷六三長沙府：「隱山，在湘潭縣西南一百一十里，山頂有龍湫，山下有池，世傳龍神所居，故一名龍王山。」其地名沿革詳見本集卷二一重修龍王寺記。　照上人：生平未詳，據詩意，當爲龍王法雲禪師弟子，屬曹洞宗青原下十四世。

〔二〕「落髮道林寺」二句：謂照上人先於道林寺出家，後隨其師至隱山龍王寺。本集卷二八請道林雲老住龍王諸山：「恭惟某人，枯木嫡子，芙蓉長孫。」又重修龍王寺記曰：「宣和四年夏，潭帥大學曾公盡禮致前住道林雲禪師來領院事。雲孤硬飽參，精嚴臨衆，洞山十世之孫，而焦山枯木之嫡嗣也，人望翕然。」法雲禪師亦自道林寺移住龍王寺，可知其爲照上人之師。道林寺，在長沙，已見前注。

龍山亦名隱山余宣和五年十一月中澣日過焉有涮道人鴻公乞偈爲作〔一〕

迷路不知遠，但知寒日斜。過溪逢菜葉，西崦有人家。斫額驚來客，拄鋤方種畬〔二〕。

鴻禪效古者，當效此生涯。

【注釋】

〔一〕宣和五年十一月中旬作於湘潭縣。 龍山亦名隱山：已見前詩注。 中澣日：每月中旬休沐日，亦作「中浣」。明楊慎丹鉛總録卷三三澣：「俗以上澣、中澣、下澣爲上旬、中旬、下旬。蓋本唐制，十日一休沐。故韋應物詩曰：『九日驅馳一日閒。』白樂天詩：『公假月三旬。』然此乃唐制，而今猶襲用之，則無謂矣。」 淛道人：浙江籍僧人。淛，「浙」之異體字。 鴻公：鴻禪師，生平未詳，疑爲曹洞宗僧。

〔二〕「迷路不知遠」六句：智證傳：「洞山价禪師初游方，與密師伯者偕行，經長沙龍山之下（今靈山也），見溪流菜葉。价回瞻峰巒深秀，謂密曰：『箇中必有隱者。』乃並谿而進十許里。有老僧癯甚，以手加額呼曰：『此間無路，汝輩何自而至？』价曰：『無路且置，庵主自何而入？』曰：『我不曾雲水。』价曰：『庵主住山幾許時？』曰：『春秋不涉。』价曰：『庵主先住耶？此山先住耶？』曰：『不知。』价曰：『爲什麼不知？』曰：『我不曾人天來。』价曰：『得何道理，便住此山？』曰：『見兩箇泥牛鬭入海，直至而今無消息。』价即班密之下而拜之。問：『如何是主中賓？』曰：『青山覆白雲。』又問：『如何是主中主？』曰：『長年不出户。』又問：『賓主相去幾何？』曰：『長江水上波。』又問：『賓主相見，有何言説？』曰：『清風拂白月。』价又再拜。老僧笑視而説偈曰：『三間茆屋從來住，一道神光萬境閑。莫作是非來辨我，浮生穿鑿不相關。』於是自焚其庵，深入層峰。价曰：『此老見江西馬大師。』而傳失其名。」惠洪臨濟宗旨、重修龍王寺記亦載此事，文字略異。　斫額：以手加額，眺望狀。禪籍常用語。景德傳燈録卷六洪州百丈山懷海禪師：「五峰云：『和尚亦須併却。』師云：『無人處斫額望汝。』」汾陽無德禪師語録卷上：「師云：『斫額望榑桑，乘槎人不顧。』」　種畬：耕種山地。宋范成大勞畬耕詩序：「畬田，峽中刀耕火種之地也。春初斫山，衆木盡蹶。至當種時，伺有雨候，則前一夕火之，藉其灰以糞。」

游靈泉贈正悟大師〔一〕

支徑入山寺，雲林如見招。小軒臨絶壑，危閣礙層霄。瓶泣地鑪暖〔二〕，屋晴巖雪消。大師京國舊〔三〕，放意話州橋〔四〕。

【注釋】

〔一〕宣和七年冬作於襄州南漳縣。靈泉：即靈泉寺。續高僧傳卷一六後梁南雍州襄陽景空寺釋法聰傳：「又敕徐摛就所住處造靈泉寺。周朝改爲靜林，隋又改爲景空。」輿地紀勝卷八三京西南路襄陽府：「靈泉，在中廬鎮景山鄉靈泉寺中。」清一統志卷二七一襄陽府二：「靈泉寺，在南漳縣東南五十里，一名靜林寺，晉隆安初建。」　正悟大師，生平法系不可考。

詩謂「大師京國舊」，可知嘗與惠洪同在京師。

〔二〕瓶泣：銅瓶燒水時唧唧水響如泣。已見前注。

〔三〕大師京國舊：杜甫西枝村尋置草堂地夜宿贊公土室二首之二：「大師京國舊，德業天機秉。」此借用其句。

〔四〕州橋：在京師開封府，謂皇帝車駕御路之橋。宋孟元老東京夢華録卷一河道：「中曰汴河，自西京洛口分水入京城，東去，至泗州入淮，運東南之糧。凡東南方物，自此入京城，公私仰給焉。自東水門外七里，至西水門外，河上有橋十三。從東水門外七里曰虹橋，其橋無柱，皆以巨木虛架，飾以丹艧，宛如飛虹，其上下土橋亦如之。次曰順成倉橋，入水門裏曰便橋。次曰下土橋。次曰上土橋。投西角子門曰相國寺橋。次曰州橋（正名大漢橋），正對於大内御街。其橋與相國寺橋皆低平，不通舟船，唯西河平船可過。其柱皆青石爲之，石梁、石笋、楯欄，近橋兩岸，皆石壁，雕鐫海馬水獸飛雲之狀。橋下密排石柱，蓋車駕御路也。州橋之北岸御路，東西兩闕，樓觀對聳。橋之西，有方淺船二隻，頭置巨幹鐵鎗數條，岸上有鐵索三條，遇夜絞上水面，蓋防遺失舟船矣。西去曰浚儀橋。次曰興國寺橋（亦名馬軍衙橋）。次曰太師府橋（蔡相宅前）。次曰金梁橋。次曰西浮橋（舊以船爲之橋，今皆用木石造矣）。次曰西水門便橋。門外曰横橋。」

七月初九夜坐西軒雨止月出不勝清絕〔一〕

夜雨止還作，小軒清有餘〔二〕。暴寒吹客夢〔三〕，殘響滴堦除。明滅青燈在〔四〕，簾櫳璧月孤。故山歸未得〔五〕，千里漫平蕪。

【注釋】

〔一〕作年未詳。

〔二〕「夜雨止還作」二句：蘇軾端午遍游諸寺得禪字：「微雨止還作，小窗幽更妍。」東坡志林卷九：「僕寓吳興，有游飛英詩云：『微雨止還作，小窻幽更妍。盆中不見日，草木自蒼然。』非至吳越，不見此景也。」此化用其意。

〔三〕吹客夢：李白江上寄巴東故人：「東風吹客夢，西落此中時。」此借用其語。

〔四〕明滅青燈在：王安石和微之登高齋：「青燈明滅照不寐。」蘇軾七月二十四日以久不雨出禱磻溪：「龕燈明滅欲三更。」

〔五〕故山歸未得：唐許渾潼關蘭若：「故山歸未得，徒詠採芝歌。」此用其成句。

甲辰十一月十二日往湘陰馬上和季長見寄小春二首〔一〕

雨暗書雲節〔二〕，梅偷破臘春〔三〕。里閭相餽餉，風物近袁筠〔四〕。吴語知無伴，楚衣聊試新〔五〕。忽驚身是客，流落老湘濱。

風埃九十里，霧雨濕馳裘〔六〕。雁過回詩眼，江寒聚晚愁。魂清方怯雪，句冷更含秋。殘岸連孤嶼，依稀似橘洲〔七〕。

【注釋】

〔一〕宣和六年冬十一月十二日作於長沙赴湘陰途中。廓門注：「長沙府：湘陰縣在府城北一百二十里。」季長：侯延慶，字季長，號退齋居士，潭州衡山人。參見本集卷五余游侯伯壽思儒之間久矣而未識季長昨日見之夜歸作此寄之注〔一〕。

〔二〕書雲節：指冬至日。宋劉攽彭城集卷一三冬至登樓：「不妨野史書雲物，會伴南公進壽杯。」語本左傳僖公五年：「春，王正月辛亥朔，日南至。公既視朔，遂登觀臺以望，而書，禮也。凡分、至、啓、閉，必書雲物，爲備故也。」杜預注：「周正月，今十一月，冬至之日，日南極。視朔，親告朔也。觀臺，臺上構屋，可以遠觀者也。……分，春、秋分也；至，冬、夏至也；啓，立春、立夏；閉，立秋、立冬。雲物，氣色灾變也。……素察妖祥，逆爲之備。」鍇按：王觀國學林卷八冬至：「文士用書雲爲冬至事。案春秋僖五年左氏傳曰：『凡分至啓閉，必書雲物爲備故也。』杜預注曰：『分，春、秋分也。至，冬、夏至也。啓，立春、立夏。閉，立秋、立冬。雲物，氣色天變也。素察妖祥，逆爲之備。』然則書雲物在八節之日，不特冬至而已。冬至雖亦預書雲之日，然獨言書雲而不言冬至，則泛而不切。當先叙冬至之日，然後用書雲，始得事之實。」洪邁容齋隨筆四筆卷一一用書雲之誤，亦有辨析，文繁不録。

〔三〕梅偷破臘春：謂梅花於殘臘偷春先開。破臘，指殘臘，歲末。山谷外集詩注卷五竹軒詠雪呈外舅謝師厚并調李彦深：「破臘春未融。」史容注：「杜詩：『臘破思端綺。』」

〔四〕袁筠：指袁州、筠州，二州緊鄰，均屬江南西路，爲惠洪故鄉。本集卷三秀江逢石門徽上人將北行乞食而予方南游衡嶽作此送之：「筠袁唇齒邦，一水連清碧。」廓門注：「袁，袁州。筠，瑞州。」鍇按：南宋寶慶初，因筠州名犯理宗趙昀御諱，改瑞州。

〔五〕「吴語知無伴」二句：廓門注：「瑞州，春秋屬吴，故曰吴語。覺範以瑞州人故。東坡詩十四卷：『風流賀監常吴語。』『長沙府，春秋戰國時爲楚，故曰楚衣也。』」其説可從。

〔六〕馳裘：即駝裘，駝絨所製衣裘。已見前注。

〔七〕橘洲：在長沙西湘江中。參見本集卷五次韻陳倅二首注〔一一〕。

題閱世軒〔一〕

江水似人世，倚欄歸思多。無窮流歲月〔二〕，可畏易風波〔三〕。□與老僧看㊀，不妨閑客過。爲君聊借榻〔四〕，清夢到無何〔五〕。

【校記】

㊀ □：原闕，天寧本作「此」，乃妄補。

【注釋】

〔一〕作年未詳。閱世軒：陸機歎逝賦：「川閱水以成川，水滔滔而日度。世閱人而爲世，人冉冉而行暮。人何世而弗新，世何人之能故。」軒名取自此意。

〔二〕無窮流歲月：論語子罕：「子在川上曰：『逝者如斯夫，不舍晝夜。』」此化用其意。

〔三〕可畏易風波：謂人世艱險如江上風波。黄庭堅鷓鴣天：「人間底是無波處，一日風波十二時。」此化用其意。

〔四〕借榻：借人牀榻睡覺，猶言借宿。

〔五〕無何：無何有之鄉之略稱。語本莊子逍遥遊。參見本卷次韻周運句見寄注〔四〕。

雲庵生辰〔一〕

探手取空劫，瓜分破一塵〔二〕。洞然無空缺〔三〕，獨立不鮮陳〔四〕。試問聲前見〔五〕，何如頂後親〔六〕。死生浪遮掩，漏泄是今辰〔七〕。

【注釋】

〔一〕作年未詳。　雲庵：即克文禪師，賜號真淨，自號雲庵。參見本集卷一上巳日有懷昔從雲庵老人此日山行注〔一〕。　生辰：本集特指忌日，即死亡之日。參見卷八三月二十八日棗柏大士生辰二首注〔一〕。錯按：本集卷三〇雲庵真淨和尚行狀：「崇寧元年十月示疾，十六日中夜，沐浴更衣趺坐，衆請説法。師笑曰：『今年七十八，四大相離別。火風既分散，臨行休更説。』遺戒弟子皆宗門大事，不及其私，言卒而殁。」故每年十月十六日爲其「生辰」。本集卷一七雲庵生辰十一首之一：「今年十月十六日，老漢行藏世不知。」可證。

〔二〕「探手取空劫」二句：謂克文獲取空劫如探囊取物，破除一塵如分瓜切菜，因其已涅槃，故能如是之易。本集卷一九道林枯木成禪師傳：「大千戲以一塵攝，又譬此塵取空劫。置於掌間剔突圞，撾鼓升堂普請看。」即此意。　空劫：佛教成、住、壞、空四劫之末，謂世界滅壞後虚空無一物之階段。　一塵：一微塵，物質之極小者。佛教謂一微塵含一法界，又謂一塵即一劫。

〔三〕洞然無空缺：通達明亮，充滿無間，形容涅槃之境，既充滿又空虛。景德傳燈録卷二〇潭州報慈藏嶼匡化大師：「問：『如何是遍大地句？』師曰：『無空缺。』」

〔四〕獨立不鮮陳：謂克文已入涅槃之境，獨立不懼，超越今古。鮮陳：猶言新舊，今古。本集卷六送珠侍者重修真淨塔：「清涼寂滅塔，三世無鮮陳。」即此意。

〔五〕聲前見：禪門參悟，不落言詮，故須聲前見道。祖庭事苑卷八語緣：「禪家流聲前體道，豈涉言詮。」故禪門有「聲前句」之説，如景德傳燈録卷一一鄧州香嚴智閑禪師：「問：『如何是聲前句？』師曰：『大德未問時即答。』」

〔六〕頂後覷：景德傳燈録卷一八福州玄沙宗一大師：「我尋常道：亡僧面前正是觸目菩提，萬里神光頂後相。若人覷得，不妨出得陰界，脱汝髑髏前意想。都來只是汝真實人體，何處更別有一法解蓋覆？汝知麽？還信得麽？解承當得麽？大須努力。」玄沙師備禪師廣録卷下亦載其語，文字略異。　鍇按：惠洪於玄沙此語頗爲致意，林間録卷上：「玄沙曰：『亡僧面前正是觸目菩提，萬里神光頂後相。』」禪林僧寶傳卷四福州玄沙備禪師傳：「因見亡僧，謂衆曰：『亡僧面前正是觸目菩提，萬里神光頂後相。』學者多溟涬其語。」本集卷一七南安巖主定光生辰五首之一：「解説神光摩頂後，分疏死日降生時。」同卷雲庵生辰十一首之四：「頂相後常光照曜，髑髏前略露風規。」同卷三月二十八日棗柏大士生辰用達本情忘知心體合爲韻作八偈供之時在建康獄中：「萬里見神光，當以頂後視。」

〔七〕「死生浪遮掩」二句：意謂己與克文老師雖生死相隔，然老師禪風却於此忌日全體展現，不再隱藏。蓋因「亡僧面前正是觸目菩提」，漏洩涅槃之真諦。錯按：禪師傳法弟子，重自證自悟，故語多「遮掩」，而防「漏洩」禪機。遮掩、漏洩爲禪門習見語，如黄龍晦堂心和尚語録偈頌送張居士：「看著桃花春正好，又摇鞭影出巖扉。風前一劄難遮掩，已洩靈雲最上機。」

次韻濟之和劉元老偶成之句〔一〕

世亂驚流落，名高子可依〔二〕。元龍謝襁負〔三〕，叔治（治）冒重圍（闈）㊀〔四〕。黄屋方回望〔五〕，青山敢問歸？三橋伏道左（几）㊁，應歎眼中稀〔六〕。

【校記】

㊀治：原作「治」，誤，今據三國志改。圍：原作「闈」，武林本作「圍」，今據改。參見注〔四〕。

㊁左：原作「几」，誤，今據新唐書改。參見注〔六〕。

【注釋】

〔一〕建炎元年夏作於襄州避亂途中。濟之：姓名未詳，時爲襄州通判。本集卷一三有和濟之通判日夜懷祖潁諸公，可參見。劉元老：生平未詳。

〔二〕「世亂驚流落」二句：謂逢此亂世，可投靠劉元老以求庇護。三國志魏書王粲傳：「王粲字仲宣，山陽高平人也。……年十七，司徒辟，詔除黄門侍郎，以西京擾亂，皆不就。乃之荆州依劉表。」後世因以「依劉」謂投靠有權勢者。此以同姓事喻指劉元老。鍇按：建炎以來繫年要録卷五：「（建炎元年五月丙辰）是日，李孝忠破襄陽府，守臣直徽猷閣黄叔敖棄城去。孝忠遂入城，肆焚劫，掠子女，盡驅强壯爲軍。」世亂當指此，本集卷一三有襄州亂後逢端州依上人，可證。

〔三〕元龍謝襁負：三國志魏書陳登傳：「陳登者，字元龍，在廣陵有威名，又掎角吕布有功，加伏波將軍。年三十九卒。」裴松之注引先賢行狀：「遷登爲東城太守，廣陵吏民佩其恩德，共拔郡隨登，老弱襁負而追之。登曉語令還，曰：『太守在卿郡，頻致吴寇，幸而克濟。諸卿何患無令君乎？』」

〔四〕叔治冒重圍：三國志魏書王脩傳：「王脩字叔治，北海營陵人也。……初平中，北海孔融召以爲主簿，守高密令。……舉孝廉，脩讓邴原，融不聽。時天下亂，遂不行。頃之，郡中有反者，脩聞融有難，夜往奔融。賊初發，融謂左右曰：『能冒難來，唯王脩耳！』言終而脩至。」底本「治」作「冶」，涉形近而誤，今據三國志改。又底本「圍」作「闈」，亦涉形近而誤。鍇按：重闈，指重重宫室之門，代指皇宫。三國志吴書賀邵傳：「古之聖王，所以潛處重闈之内，而知萬里之情。」重闈與王脩事無關，王脩所冒乃賊之重圍。三國志吴書太史慈傳：「慈冒白刃，突重圍，從萬死之中，自託於君。」亦救援孔融，與王脩事相近，故此詩必作「冒重圍」，今據武林本改。

〔五〕黄屋方回望：回望黄屋而眷戀君王。文選卷二二謝靈運從游京口北固應詔：「玉璽戒誠信，黄屋示崇高。」李善注：「言聖人佩玉璽，所以儆戒誠信；居黄屋，所以顯示崇高。漢書曰：『紀信乘王車，黄屋左纛。』」劉良注：「黄屋，謂人君以黄繒爲蓋。此者示人崇高，有異於下也。」九家集注杜詩卷二一建都十二韻：「誰扶黄屋尊？」王洙注：「言誰爲安王室也。黄屋，天子車蓋。」

〔六〕「三橋伏道左」二句：感歎今日世上難得如唐名將李晟者，能平定戰亂，迎回天子。新唐書李晟傳：「露布至梁，帝（唐德宗）感泣，羣臣上壽，且言：『晟蕩夷兇慝，而市不易廛，宗廟不震，長安之人不識旗鼓，雖三代用師，不能加之。』帝曰：『天生晟，爲社稷萬人，豈獨朕哉！』拜晟司徒，兼中書令，實封千户。晟遣大將吴詵以兵三千到寶鷄清道，自請迎扈，不許。帝至自梁，晟以戎服見三橋，帝駐馬勞之。晟再拜頓首，賀克殄大盜，廟朝安復。已即跪陳：『備爪牙臣，不能指日破賊，致乘輿再狩，乃臣不任職之咎，敢請死。』伏道左，帝爲掩涕，命給事中齊映起之，使就位。……帝紀其功，自文於碑，敕皇太子書，立於東渭橋，以示後世云。」李義山詩集注卷一上明日：「誰言整雙履，便是隔三橋。」朱鶴齡注：「三橋，三渭橋也。三輔黄圖：『渭水貫都，以象天漢；横橋南渡，以法牽牛。』史記索隱：『今渭橋有三所，一在城西北咸陽路，曰西渭橋；一在東北高陵邑，曰東渭橋；其中渭橋在古城之北。』唐書：德宗至自興元，李晟戎服謁見於三橋。」鍇按：靖康之變，徽宗、欽宗北狩，其事與唐德宗奔梁州相近，故惠洪亟盼宋朝將領亦有如李晟者。　底本「伏道左」作「伏道几」，不辭，今改。

贈成上人之雲居〔一〕

天上歐峰寺㊀〔二〕，人間無事僧〔三〕。偶從白沙岸，步入碧螺層〔四〕。服匿連空鉢〔五〕，敷羅挂瘦藤〔六〕。遙知雲起處，一室掩香燈〔七〕。

【校記】

㊀歐：武林本作「數」，誤。

【注釋】

〔一〕作年未詳。　成上人：生平法系不可考。　雲居：指雲居山真如寺。輿地紀勝卷二五江南東路南康軍：「雲居山，在建昌，乃歐岌得道之處。或以山嘗出雲，故曰雲居山。俗謂『天上雲居，地下歸宗』。」明一統志卷五二南康府：「雲居山，在建昌縣西南三十里，其山紆回峻極，上常出雲，故名雲居。一名歐山，世傳歐岌先生得道於此。」江西通志卷一一三寺觀三：「雲居寺：在建昌縣歐山。世傳太常博士顏雲捨宅爲寺。唐中和間賜額龍昌。宋改賜真如，仁宗賜飛白書，晏殊爲之記。」

〔二〕天上歐峰寺：即雲居寺。方輿勝覽卷一七江南西路南康軍：「雲居寺：在山之顛。諺云：『天上雲居，地下歸宗。』言其相亞云。」同書同卷：「歐山，在建昌，相傳有歐岌得道此山。」山谷内集詩注卷一八鄂州南樓書事四首之二：「天上雲居不足言。」任淵注：「江南諺曰：『天上雲居，地上歸宗。』蓋雲居在山之絶頂，舊屬洪州，今屬南康軍。」

〔三〕無事僧：宋高僧傳卷一一唐南陽丹霞山天然傳：「元和三年，晨過天津橋，横卧。會留守鄭公出，呵之不去，乃徐仰曰：『無事僧。』留守異之。」其事亦見景德傳燈録卷一四鄧州丹霞天然禪師。

〔四〕碧螺：碧色螺狀髮髻，喻指山巒。參見本卷陳奉議生辰注〔三〕。

〔五〕服匿：漢書蘇武傳：「於靬王愛之，給其衣食。三歲餘，王病，賜武馬畜、服匿、穹廬。」注：「劉德曰：『服匿如小旃帳。』孟康曰：『服匿如罌，小口大腹方底，用受酒酪。穹廬，旃帳也。』晉灼曰：『河東北界人呼小石罌受二斗所曰服匿。』師古曰：孟、晉二説是也。」程大昌演繁露卷一服匿：「南唐張僚使高麗，記其所見曰：『麗多銅，田家榼具皆銅爲之。有温器名服席，狀如中國之鐺，其底方，其蓋圓，可容七八升。』案：齊雜記云：『竟陵王子良得古器，小口方腹，底平，可著六七升，以示秘書丞陸澄之。澄之曰：「此名服匿，單于以賜蘇武。」子良眎其款識，果如所言。』夫東夷之謂服席，即北狄之謂服匿者也。語有訛轉，其實一物也。」

〔六〕敷羅：有飾之短靴。梵語Pula之音譯，亦譯作布羅、富羅、福羅、腹羅。一切經音義卷五八僧祇律：「福羅，正言布羅，此譯云短靿靴。」同書卷六五善見律：「腹羅，或作福羅，或云富羅，正言布羅，此云短靿靴也。」廓門注：「按，敷羅謂皮履歟？濟緣記曰：富羅者，論云：昔有比丘應得羅漢，而有轉輪王業，不得漏盡。佛欲令其速得道，故即爲比丘一正富羅（即是皮履），轉輪王福一時盡滅。」瘦藤：代指手杖。鍇按：服匿、空鉢、敷羅、瘦藤，皆僧人游方之具。

〔七〕一室掩香燈：唐釋齊己白蓮集卷一除夜：「亂松飄雨雪，一室掩香燈。」此借用其語。

四月二十五日智俱侍者生日戲作此授之〔一〕

與佛同生月，猶遲十八朝〔二〕。參禪唯自肯，求法轉相遼〔三〕。谷響千斤重，虛空五采描〔四〕。布毛吹起處，豁爾萬緣消〔五〕。

【注釋】

〔一〕約宣和四年四月二十五日作於長沙南臺寺。智俱：惠洪門人。楞嚴經合論卷末附彭以明重開尊頂法論跋語：「建炎間，寂音既逝，伯氏思禹幕盱江，喜其徒之請。佛果禪師亦以百千爲助，即鏤板於南昌。未幾，火于寇兵關。二十年幾廢而僅存。高弟智俱慨然奮勵，奔走高安，再募刊行。清江掾塗元秩見之，揮金以爲之倡，而和者翕然，不數月而辦。」同書卷一〇釋正受統論：「國朝寂音尊者，於此經中得大受用。遂著尊頂法論，詆闢異説，疏通奥義。惜其未傳，而入圓寂。盱江幕彭公思禹刊於南昌。建炎之後，其板不存。紹興初，其徒智俱化緣，重鋟行於高安。」可知智俱嘗化緣刊刻惠洪所撰尊頂法論（即楞嚴經合論），然其生平已不可考。本集卷一五有十生觀音生辰燒香偈示智俱。智俱爲侍者，當在南臺寺時，姑繫於此年。

〔二〕「與佛同生月」二句：釋迦牟尼佛生於四月八日，智俱生於四月二十五日，故戲云其比佛出生晚十八天。諸經論記佛生之月日有二月八日與四月八日之二説，然其中多以周曆建卯四月八日爲正當。太子瑞應本起經卷上：「到四月八日夜明星出時，化從右脇生，墮地即行七步，舉右手住而言：『天上天下，唯我爲尊。三界皆苦，何可樂者？』」灌洗佛形像經：「佛告諸天人民，十方諸佛皆用四月八日夜半時生。」景德傳燈録卷一釋迦牟尼佛：「普耀經云：佛初生刹利王家，放大智光明，照十方世界，地涌金蓮華，自然捧雙足，東西及南北，各行於七步，分手指天地，作師子吼聲：『上下及四維，無能尊我者。』即周昭王二十四年甲寅歲四月八日也。」

〔三〕「參禪唯自肯」二句：謂參禪須自我肯定，自證自悟，若向他人求法，則反而愈馳愈遠。禪林僧寶傳卷二三黄龍寶覺心禪師：「南公曰：『子入吾室矣。』公亦踴躍自喜，即應曰：『大事本來如是，和尚何用教人看話下語，百計搜尋？』南公曰：『若不令汝如此究尋，到無用心處，自見自肯，吾即埋没汝也。』」

〔四〕「谷響千斤重」二句：空谷響聲乃應物而發，本無實體，却稱其有千斤重量；虚空本一無所有，不可捫摸，却言其由五彩描出。此二句即禪家違背常情識見之「格外談」。建中靖國續燈録卷二二潭州大潙山祖瑃禪師：「上堂云：『雨下堦頭濕，晴乾水不流。鳥巢滄海底，魚躍石山頭。衆中大有商量，前頭兩句是平實語，後頭兩句格外談。』」鍇按：谷響、虚空，佛經以喻萬緣俱寂，華嚴經卷四四十忍品：「譬如谷響，從緣所起，而與法性無有相違。」此言「千斤」、「五采」者，欲示世上萬緣不過如谷響、虚空耳，故詩之末句謂「豁爾萬緣消」。

〔五〕「布毛吹起處」二句：景德傳燈録卷四杭州鳥窠道林禪師：「有侍者會通，忽一日欲辭去。師問曰：『汝今何往？』對曰：『會通爲法出家，以和尚不垂慈誨，今往諸方學佛法去。』師曰：『若是佛法，吾此間亦有少許。』曰：『如何是和尚佛法？』師於身上拈起布毛吹之，會通遂領悟玄旨。」會通爲鳥窠道林禪師侍者，故以其事喻智俱侍者。

謝大潙空印禪師惠茶〔一〕

鐘鼓五千指〔二〕，翔空樓殿開〔三〕。不知大潙水〔四〕，何爾小南臺〔五〕。讓子鈯斧信〔六〕，閑禪春露杯〔七〕。故應念岑寂，先寄出山來。

【注釋】

〔一〕宣和三年春作於長沙南臺寺。　大潙空印禪師：法名元軾，號空印，住潭州大潙山密印禪寺。本集卷二一潭州大潙山中興記曰：「今空印禪師軾公者，蓋懷四世之孫，而吴江法真之嗣。」詳見本集卷六次韻吴興宗送弟從潙山空印出家注〔一〕。

〔二〕鐘鼓五千指：十指爲一人，五千指爲五百人，極言大潙山僧衆之多。本集卷三再游三峽贈文上人：「晨鐘暮鼓三千指。」

〔三〕翔空樓殿開：謂殿宇之飛簷如飛翔之鳥翼。意本詩小雅斯干：「如鳥斯革，如翬斯飛。」已見前注。

〔四〕大潙水：本集卷二二潙源記：「岷江因山爲名，初發泫然濫觴，漫衍而至楚，則爲際天之雲濤，萬斛之舟，解風而不敢濟。潙山因水爲名，衆泉觱發於煙霏空翠之間，旋紺走碧，匯爲方淵，蒸之成雲雨，放之成江河。蓋岷江資之者衆，而潙水善養其源也。」

〔五〕小南臺：指長沙水西南臺寺。即後詩愈崇二子求偈歸江南所言：「人笑南臺小，難安十八僧。」其與「五千指」之潙山密印禪寺相比，自是小巫見大巫。廓門注：「衡州南臺寺也。」殊誤。本集卷七和游南臺：「撞鐘千指集，樓殿寄林末。」此「千指集」之南臺，方爲衡州南臺寺，二者同名而異地，非一寺也。

〔六〕讓子鈯斧信：此代指空印遣人所寄書信。景德傳燈録卷五吉州青原山行思禪師：「師令希遷持書與南嶽讓和尚曰：『汝達書了速迴。吾有箇鈯斧子，與汝住山。』遷至彼未呈書，便問：『不慕諸聖，不重己靈時如何？』讓曰：『子問太高生，何不向下問？』遷曰：『寧可永劫沈淪，不慕諸聖解脱。』讓便休。遷迴至靜居，師問曰：『子去未久，送書達否？』遷曰：『信亦不通，書亦不達。』師曰：『作麽生？』遷舉前話了，却云：『發時蒙和尚許鈯斧子，便請取。』師垂一足，遷禮拜，尋辭往南嶽。」廣雅釋詁：「鈯，鈍也。」已見前注。

〔七〕閑禪春露杯：廓門注：「春露謂茶。閑禪，言香嚴智閑也。」此代指空印所惠贈春茶。踏按：大潙山爲潙仰宗祖庭，香嚴智閑嘗從潙山靈祐學道於此，故云。本集卷二一潭州大潙山□興記：「昔大圓禪師閞法此山也，有衆千人，碩大而秀出者，有若大仰寂子、香嚴閑禪。建兩堂爲學者燕閑之私，而名其東曰香嚴，名其西曰大仰。」靈祐卒後謚曰大圓禪師。

愈崇二子求偈歸江南〔一〕

人笑南臺小，難安十八僧。日貧因日富〔二〕，宜減不宜增。忽去兩禪衲，如分一室燈〔三〕。牀寬齊頂禮，睡快免相憎〔四〕。

【注釋】

〔一〕約宣和四年作於長沙南臺寺。愈崇二子：惠洪二弟子，愈不可考；崇即阿崇，本集卷七中秋夕以月色靜中見泉聲幽處聞爲韻分韻得見字：「阿崇具紙筆。」又卷一三有夏日同安示阿崇諸衲子，即此僧。江南：指江南西路。

〔二〕日貧因日富：謂南臺寺僧生活日益貧困，乃因僧人數量日益增多。冷齋夜話卷五東坡藏記：「舒王在鍾山，有客自黄州來。公曰：『東坡近日有何妙語？』客曰：『東坡宿於臨皋亭，醉夢而起，作成都聖像藏記，千有餘言，點定纔一兩字。有寫本，適留舟中。』公遣人取而至，時月出東南，林影在地，公展讀於風簷，喜見眉鬚，曰：『子瞻人中龍也，然有一字未穩。』客曰：『願聞之。』公曰：『「日勝日貧」不若曰「如人善博，日勝日負」耳。』東坡聞之，拊手大笑，亦以公爲知言。」此化用蘇軾藏記句意句法。錯按：蘇軾勝相院經藏記：「如人善博，日勝日負，自云是巧，不知是業。」

〔三〕如分一室燈：禪宗謂佛法如明燈，可破除迷暗，故分傳佛法謂之分燈。大般涅槃經卷三〇師子吼菩薩品：「瞿曇，譬如一室，然百千燈，各各自明，不相妨礙。」此借用其喻。

〔四〕睡快：景德傳燈録卷三〇石頭和尚草庵歌：「飯了從容圖睡快。」

曹教授夫人挽詞〔一〕

禮敬良天性，求賢比孟光〔二〕。搢紳聞懿淑〔三〕，閭里發慈祥。饌按今誰舉㊀〔四〕？山衣尚篋藏〔五〕。榮名增史牒，有子類鸞皇〔六〕。

【校記】

㊀ 按：武林本作「桉」。

【注釋】

〔一〕宣和二年作於長沙。　曹教授：即曹渭，字彦清，潭州州學教授。詳見本集卷一三次韻曹彦清教授見寄注〔一〕。此詩爲曹彦清亡妻作。

〔二〕求賢比孟光：後漢書逸民傳梁鴻傳：「梁鴻字伯鸞，扶風平陵人也。……後受業太學，家貧而尚節介，博覽無不通，而不爲章句。……歸鄉里，勢家慕其高節，多欲女之，鴻並絕不娶。同縣孟氏有女，狀肥醜而黑，力舉石臼，擇對不嫁，至年三十。父母問其故，女曰：『欲得賢如梁伯鸞者。』鴻聞而娉之。……字之曰德曜，名孟光。」

〔三〕搢紳：廓門注：「搢紳，謂諸官人。」　懿淑：美善，以指婦德。

〔四〕饌按今誰舉：言其夫婦相敬如賓，而今則無人舉案齊眉。梁鴻傳：「遂至吴，依大家皋伯通，居廡下，爲人賃舂。每歸，妻爲具食，不敢於鴻前仰視，舉案齊眉。伯通察而異之曰：『彼傭能使其妻敬之如此，非凡人也。』乃方舍之於家。」按：通「案」。

〔五〕山衣尚篋藏：言物在人亡，篋中尚有其舊衣。　山衣，言其簡樸。梁鴻傳：「女求作布衣、麻屨，織作筐緝績之具，及嫁，始以裝飾入門。七日而鴻不答，妻乃跪牀下請曰：『竊聞夫子高義，簡斥數婦，妾亦偃蹇數夫矣。今而見擇，敢不請罪？』鴻曰：『吾欲裘褐之人，可與俱隱深山者爾，今乃衣綺縞，傅粉墨，豈鴻所願哉！』妻曰：『以觀夫子之志耳，妾自有隱居之服。』乃更爲椎髻，著布衣，操作而前。鴻大喜曰：『此真梁鴻妻也，能奉我矣。』」

〔六〕有子類鸞皇：讚譽其教子有方，子女傑出。楚辭離騷：「鸞皇爲余先戒兮。」王逸注：「鸞，俊鳥也；皇，嶋鳳也。以喻仁智之士。」

贈尼昧上人〔一〕

不著包頭絹，能披壞墨衣〔二〕。愧無灌溪辯，敢對末山機〔三〕。未肯題紅葉〔四〕，終期老翠微。余今倦行役，投杖夢煙扉。

【注釋】

〔一〕作年未詳。　尼昧上人：生平法系不可考。

〔二〕壞墨衣：即緇衣，指僧衣，袈裟。僧尼避青黄紅白黑五種正色，而以其他不正色將衣染壞，稱壞衣。故僧衣雖似墨染，實非正色。宋釋贊寧大宋僧史略卷上服章法式：「問：『緇衣者色何狀貌？』答：『紫而淺黑，非正色也。』」

〔三〕「愧無灌溪辯」二句：景德傳燈録卷一一筠州末山尼了然：「灌溪閑和尚游方時到山，先云：『若相當即住，不然，則推倒禪牀。』乃入堂内。然遣侍者問：『上座游山來？爲佛法來？』閑云：『爲佛法來。』然乃升座，閑上參。然問：『上座今日離何處？』閑云：『離路口。』然云：『何不蓋却？』閑無對，禮拜。問：『如何是末山？』然云：『不露頂。』閑云：『如何是末山主？』然云：『非男女相。』閑乃喝云：『何不變去？』然云：『不是神，不是鬼，變箇什麽？』閑於是服膺，作園頭三載。」

〔四〕未肯題紅葉：謂尼昧上人既已出家，凡心已斷，不肯如宫女生人世間之想。唐范攄雲溪友議卷下題紅怨：「明皇代以楊妃、號國寵盛，宫娥皆頗衰悴，不備掖庭。常書落葉，隨御水而流，云：『舊寵悲秋扇，新恩寄早春。聊題一片葉，將寄接流人。』顧況著作聞而和之。既達宸聰，遣出禁内者不少，或有五使之號焉。和曰：『愁見鶯啼柳絮飛，上陽宫女斷腸時。君恩不禁東流水，葉上題詩寄與誰？』盧渥舍人應舉之歲，偶臨御溝，見一紅葉，命僕搴來。葉上乃有一絶句，置於巾箱，或呈於同志。及宣宗既省宫人，初下詔，許從百官司吏，獨不許貢舉人。渥後亦一任范陽，獲其退，宫人覩紅葉而吁嗟久之，曰：『當時偶題隨流，不謂郎君收藏巾篋。』

驗其書，無不訝焉。詩曰：『水流何太急，深宫盡日閑。慇懃謝紅葉，好去到人間。』」

【集評】

元方回云：大愚法嗣瑞（端）州末山尼了然禪師，有灌溪閑和尚者來，山問：「今日離何處？」曰：「路口。」山曰：「何不蓋却？」閑乃禮拜。問：「如何是末山？」山曰：「非男女相。」閑乃喝曰：「何不變去？」山曰：「不是神，不是鬼，變箇甚麽？」閑於是伏膺（應），作園頭三載。覺範用此事，然「紅葉」之句又似悔之，末句有欲炙之色。女人出家，終何益哉？（李慶甲瀛奎律髓彙評卷四七釋梵類僧惠洪贈尼昧上人評語）

清馮班云：腹聯句俗，下賤。（同上）

紀昀云：鄙惡之極，不以詩論。（同上）

興闌〔一〕

春晚忽憑檻，滿眸佳景來。鴨頭波蕩漾〔二〕，螺髻色崔嵬〔三〕。苔嫩錢無數〔四〕，花殘錦作堆。一甌雙井釅〔五〕，何必酒盈杯。

【注釋】

〔一〕作年未詳。

〔二〕鴨頭：謂深緑色之水。李白襄陽歌：「遥看漢水鴨頭緑，恰似葡萄初醱醅。」

〔三〕螺髻：螺狀髮髻，喻如螺髻高聳之山巒。參見本卷陳奉議生辰注〔三〕。

〔四〕苔嫩錢無數：苔點形圓如錢，故稱苔錢。樂府詩集卷四二南朝梁劉孝威怨詩：「丹庭斜草逕，素壁點苔錢。」

〔五〕雙井：指洪州分寧縣雙井所産茶。歐陽修歸田録卷上：「臘茶出於劍、建，草茶盛於兩浙。兩浙之品，日注爲第一。自景祐以後，洪州雙井白芽漸盛。近歲製作尤精，囊以紅紗，不過一二兩，以常茶十數斤養之，用辟暑濕之氣。其品遠出日注上，遂爲草茶第一。」

與海兄〔一〕

春寒真料峭〔二〕，久客厭江城。雲重欲爲雨，風和尚未晴。意隨飛鳥去，事逐亂埃輕。畢竟閒居好，煩君念此情。

【注釋】

〔一〕作年未詳。海兄：指嶽麓智海禪師。智海（一〇五八～一一一九），號無際，真如慕喆禪師法嗣。本集卷二九嶽麓海禪師塔銘：「師名智海，姓萬氏，吉州太和人也。……經行湘南諸山，依止大潙十年。真如門風，號稱壁立，學者皆望崖而退。師獨受印可，輩流下之。

真如赴詔住上都相國寺，師雅志不欲西。首衆衲於衡陽花藥山，分座説法。元符己卯，開法於城東之東明。崇寧乙酉，遷居於湘西之嶽麓。」慕喆嗣法翠巖可真，可真嗣法石霜楚圓。惠洪與智海同爲楚圓四世孫，屬臨濟宗南嶽下十三世，惠洪年少於智海，故稱海兄。鍇按：智海之事可參見本集卷一五寄嶽麓禪師三首、卷一八潭州東明石觀音贊并序、卷二五題觀音贊寄嶽麓禪師等。

〔二〕料峭：風寒著肌戰慄貌，多形容春寒。

題靈鷲山〔一〕

側徑入招提〔二〕，回峰據極西。雲虚籠殿閣，地僻絶輪蹄〔三〕。啼鳥棲高木，飛花泛碧溪。誰當學龍濟〔四〕，垂手接群迷。

【注釋】

〔一〕作年未詳。　靈鷲山：廓門注：「靈鷲，即杭州府飛來峰是也。」然據此詩「雲虚籠殿閣，地僻絶輪蹄」之句，似非杭州飛來峰之地貌。輿地紀勝卷二七江南西路瑞州：「黄蘗山，在新昌縣西一百里廣賢鄉，一名鷲峰山。舊傳昔一僧自西土來，謂此山似吾佛國靈鷲山，故以名。」正德瑞州府志卷一地理志山川：「（新昌縣）黄蘗山，縣西百里，山之絶頂也，有寺曰鷲峰。」與此詩「回峰據極西」之方位地貌皆合。建中靖國續燈録卷一一筠州黄蘗山志因禪師：「師云：『靈鷲峰前，杉松滴翠；雲霞影裏，水石清虚。盡是古來門館，舊日家風。何故道無避寒暑處？』」亦可證靈鷲山即黄蘗山。

〔二〕招提：佛寺之别稱。宋釋贊寧大宋僧史略卷上創造伽藍：「後魏太武帝始光元年，創立伽藍，爲招提之號。隋煬帝大業中，改天下寺爲道場。至唐復爲寺也。」

〔三〕輪蹄：廓門注：「輪蹄，謂車輪馬蹄。」

〔四〕龍濟：廓門注：「龍濟，未詳。謂慧理歟？或謂撫州龍濟紹修禪師歟？」錯按：佛祖統紀卷三六：「咸和元年，西天沙門竺慧理至錢塘武林山，驚曰：『中天竺靈鷲小嶺，何年飛來此地耶？』因名天竺山飛來峰，建寺曰靈隱。」然未見慧理傳法之事，且慧理無龍濟之稱。此疑指羅漢桂琛之法嗣龍濟紹修禪師。景德傳燈録卷二四撫州龍濟山紹修禪師：「師後居龍濟山，不務聚徒，而學者奔至。師著偈頌六十餘首及諸銘論、群經略要等，並行于世。」然靈鷲山與龍濟之關係，俟考。

燈花偶書〔一〕

岑寂一閑僧，春宵清興增。竹窗催夢雨〔二〕，蘭室對禪（祥）燈㊀〔三〕。世事知虚幻〔四〕，人情剪愛憎〔五〕。短長都分定〔六〕，不恨百無能〔七〕。

【校記】

㊀ 禪：原作「祥」，誤，今據石倉本改。

【注釋】

〔一〕作年未詳。

〔二〕夢雨：迷濛細雨。李商隱重過聖女祠：「一春夢雨常飄瓦，盡日靈風不滿旗。」金王若虛滹南詩話卷三：「蕭閑云：『風頭夢，吹無跡。』蓋雨之至細，若有若無者，謂之夢。」

〔三〕對禪燈：唐釋淨覺楞伽師資記：「禪燈默照，言語道斷，心行處滅，不出文記。」底本「禪」作「祥」，乃涉形近而誤，今據石倉本改。廓門注：「『對祥』當作『對牀』者歟？」其説無據。

〔四〕世事知虛幻：此就觀燈花之焰而生虛幻之想，蓋大乘十喻有「如焰」之喻。摩訶般若波羅蜜經卷一序品：「解了諸法如幻、如焰、如水中月、如虛空、如響、如揵闥婆城、如夢、如影、如鏡中像、如化，得無閡無所畏。」

〔五〕人情剪愛憎：謂於人情應如剪燈花一般剪除愛憎，方能得道。悲華經卷二大施品：「是道平等，斷愛憎故；是道無塵，離恚穢忿怒故。」

〔六〕短長都分定：謂人生之名分命運已定，不必抗爭。慎子君人：「一兔走，百人追之。積兔於市，過而不顧。非不欲兔，分定不可爭也。」

〔七〕百無能：寒山子詩集：「箇是誰家子？爲人大被憎。癡心常憒憒，肉眼醉瞢瞢。見佛不禮佛，逢僧不施僧。唯知打大臠，除此百無能。」此反用其語。

懷友人〔一〕

不見隣峰友，還同楚越遥〔二〕。每勞孤枕夢，時過小溪橋。憑檻疏簾卷，臨風細雨飄。何當奉一笑，令我此情消。

【注釋】

〔一〕作年未詳。

〔二〕還同楚越遥：喻相距遥遠。莊子德充符：「仲尼曰：『自其異者視之，肝膽楚越也；自其同者視之，萬物皆一也。』」成玄英疏：「楚越迢遞，相去數千。」

賦竹〔一〕

龍孫盈檻秀〔二〕，天柱聳雲奇〔三〕。陰鎖安禪石〔四〕，根侵洗硯池〔五〕。瓏璁伸粉節〔六〕，偃蹇鬱蚪枝〔七〕。敢謂桃兼李〔八〕，羞鄰雪後姿。

【注釋】

〔一〕作年未詳。

〔二〕龍孫：竹筍之俗稱。釋贊寧筍譜：「俗聞呼筍爲龍孫。若然者，龍未聞化竹，竹化爲龍，豈宜言龍孫？今詳理實竹爲龍，龍且不生筍，故嘉言巧論呼爲龍孫耳。」亦泛指竹。宋馮山安岳集卷一二壽春穆東美有節亭：「階庭已見清陰合，更長龍孫百十竿。」

〔三〕天柱：廓門注：「一統志杭州府：『天柱山在餘杭縣西南一十八里。』又衡州府：『天柱峰在衡山。』未知何是也。」鍇按：此詩賦竹，「天柱」與「龍孫」相對，亦當指竹，蓋言竹如天柱一支聳入雲霄，非指地名。

〔四〕陰鎖安禪石：謂竹陰遮掩坐禪之石。唐僧虛中贈屏風巖栖蟾上人：「鹿嗅安禪石，猿啼乞食村。」宋高似孫剡録卷八：「天竺寺宅山之腰，山極崇峻，多篠竹。前山亦巍竦。寺之前有石曰安禪，石四五枚。又有破石，石平爲半，有清澗環激。」

〔五〕根侵洗硯池：謂竹根鬚長入洗硯臺之水池。廓門注：「長沙府：『洗硯池，在湘潭縣南二十餘里，晉陶侃洗硯於此。』安禪石，未詳。此詩不知何處作，俟後人高評耳。」鍇按：輿地紀勝卷一〇紹興府：「洗硯池，在會稽縣南五里。舊經云：『王右軍洗硯處也。』」安禪石、洗硯池皆在浙東，本集卷三有浙竹詩，此詩豈亦賦浙竹歟？

〔六〕瓏璁：金玉聲，此喻指竹節如玉。或同「蘢葱」，草木繁盛貌。

〔七〕偃蹇：夭矯貌。黄庭堅題李夫人偃竹：「孤根偃蹇非傲世，勁節癯枝萬壑風。」

〔八〕桃兼李：桃與李。唐羅隱春思：「可憐户外桃兼李，仲蔚蓬蒿奈爾何。」此借用其語。

早行〔一〕

失枕驚先起，人家半夢中。聞雞憑早晏〔二〕，占斗辨西東〔三〕。轡濕知行露（路）㊀〔四〕，衣單怯曉風㊁。秋陽弄光影，忽吐半林紅。

【校記】

㊀露：原作「路」，今據瀛奎律髓卷一四、石倉本改。

㊁怯：山谷集外集、全唐詩作「覺」。參见注〔一〕。

【注釋】

〔一〕作年未詳。山谷集外集卷一三亦載此詩，文字略異。又全唐詩卷五三二作許渾詩，當屬誤收。

〔二〕聞雞憑早晏：謂聞雞鳴而判斷時間早遲。

〔三〕占斗辨西東：謂看北斗而辨别方向。歐陽修初出真州泛大江作：「山浦轉帆迷向背，夜江看斗辨西東。」此化用其意。

〔四〕行露：底本作「行路」，瀛奎律髓、石倉本、山谷集外集、全唐詩均作「行露」，今據改。鍇按：「行露」義勝，既上承「轡濕」，復與下聯「曉風」相對。又毛詩召南有行露篇。

【集評】

方回云：歐公詩有「夜江看斗辨西東」，此句似落第二。然五言簡，亦勝七言。山谷集有此詩，甘露滅集亦有之。谷集爲「覺」，恐非。（瀛奎律髓彙評卷一四晨朝類僧惠洪早行評語）

查慎行云：歐句有韻。（同上）

紀昀云：「谷集」句，不成語。意以山谷集中詩爲覺範之作，恐非是耳。（同上）

又云：無大意味。（同上）

鍇按：紀昀誤解方回「谷集爲『覺』」之義，以「覺」爲「覺範」，殊誤。

賢上人覓偈〔一〕

懶修枯骨觀〔二〕，愛學文字禪〔三〕。江山助佳興〔四〕，時有題葉篇〔五〕。相逢未暇語，輒復一粲然〔六〕。豈須究所學，覓偈亦自賢。

【注釋】

〔一〕作年未詳。賢上人：生平法系不可考，當爲尼僧。

〔二〕枯骨觀：猶白骨觀。楞嚴經卷五：「優波尼沙陀即從座起，頂禮佛足而白佛言：『我亦觀佛最初成道，觀不淨相生大厭離，悟諸色性以從不淨，白骨微塵，歸於虛空，空色二無成無學道。』」東坡詩集注卷一九次韻定慧欽長老見寄八首之四：「幽人白骨觀。」次公注：「楞嚴經：優婆尼沙陀悟白骨微塵歸於空虛，謂之白骨觀也。」

〔三〕文字禪：此特指詩。本集卷二〇懶庵銘：「以臨高眺遠未忘情之語爲文字禪。」山谷内集詩注卷九題伯時畫松下淵明：「遠公香火社，遺民文字禪。」任淵注：「維摩經曰：『有以音聲語言文字而作佛事。』傳燈録達磨傳：『道副曰：如我所見，不執文字，不離文字，而爲道用。』東坡寄辯才詩有『臺閣山林況無異，故應文字不離禪』之句。」錯按：禪宗以不立文字、教外别傳爲宗風，惠洪則據「不執文字，不離文字」之義，借東坡、山谷之語，合文字與禪爲一體，以詩爲禪。

〔四〕江山助佳興：自然風景助人詩興勃發。文心雕龍物色：「若乃山林皋壤，實文思之奥府。略語則闕，詳説則繁。然屈平所以能洞監風騷之情者，抑亦江山之助乎？」新唐書張説傳：「既謫岳州，而詩益悽婉，人謂得江山助云。」

〔五〕題葉篇：謂紅葉題詩。廓門注：「題紅葉，見前。定知賢上人尼僧也。」參見前贈尼昧上人注〔四〕。

〔六〕粲然：露齒笑貌。已見前注。

黄檗佛智〔一〕

道譽聞寰宇，光華照錦江〔二〕。祇（祗）園居第一㊀〔三〕，佛智果無雙〔四〕。鳳闕帝恩厚，柏庭禪將降〔五〕。僧中真領袖〔六〕，傳法瑞堯邦。

【校記】

㊀祇：原作「祗」，誤，今改。參見注〔三〕。

【注釋】

〔一〕作年未詳。　黄檗佛智：廓門注：「瑞州府：黄檗山在新昌縣西一百里。佛智，未詳。」今考嘉泰普燈録卷七雲居元祐禪師法嗣中有筠州黄檗覺智禪師，屬臨濟宗黄龍派南嶽下十三世，爲惠洪同輩法兄，疑即此僧。覺智或賜號佛智。元叟行端禪師語録卷七跋覺範寄黄檗佛智禪師書：「今觀覺範與黄檗智此帖言：『某竊見百禪師傳，輒焚去者一十九人，不知爲何意？』」明釋無愠山菴雜録卷上：「覺範僧寶傳，始名百禪師傳。大惠初見讀之，爲剔出一十九人而焚之。厥後覺範致書與黄檗知和尚云：『宗杲竊見吾百禪師傳，輒焚去者一十九人，不知何意？』覺範雖一時不悦，彼十九人終不以預卷。」「知和尚」即「智和尚」，可知惠洪與佛智有書信往來，關係甚密。

〔二〕錦江：流經筠州高安縣，又稱蜀江、蜀水。輿地紀勝卷二七江南西路瑞州：「錦江：錦江亭在水南大街東，下瞰蜀水，因以名焉。蜀江志新志云：『錦水在蜀江門外，與蜀水事同。』」參見本集卷二高安會諒師出諸公所惠詩求予爲賦用祖原韻注〔六〕。

〔三〕祇園：即祇園精舍，佛寺之代稱。一切經音義卷一〇金剛般若波羅蜜經：「祇樹：梵語也。或云祇陀，或云祇洹，或云祇園，皆一名也。正梵音云誓多，此譯爲勝，波斯匿王所治城也，太子亦名勝。給孤長者就勝太子抑買園地，爲佛建立精舍。太子自留其樹，供養佛僧。故略云祇樹也。」

〔四〕佛智：佛之智慧，雙關其名號。果無雙：本集卷三黄魯直南遷艤舟碧湘門外半月未游湘西作此招之：「江夏無雙果無雙。」

〔五〕柏庭禪將降：謂禪林欲與其鬭機鋒者皆甘拜下風。柏庭：代指禪院。古尊宿語録卷一三趙州真際禪師語録：「時有僧問：『如何是祖師西來意？』師云：『庭前柏樹子。』學云：『和尚莫將境示人。』師云：『我不將境示人。』云：『如何是祖師西來意？』師云：『庭前柏樹子。』」

〔六〕真領袖：宋釋道潛參寥子詩集卷九寄子開内翰：「表率衣冠真領袖，羽衣臺閣舊家風。」此借用其語。

題潙源〔一〕

臨機不隨（墮）照㊀〔二〕，如水已知源。從此常流出，其聲離語言〔三〕。算沙嗟意馬〔四〕，捉月笑情猿〔五〕。若解提空印〔六〕，休登立雪軒〔七〕。

【校記】

㊀隨：原作「墮」，誤，今改。參見注〔二〕。

【注釋】

〔一〕宣和二年八月作於長沙。潙源：潙水之源。本集卷二二有潙源記，可參見。

〔二〕臨機不隨照：景德傳燈録卷四杭州招賢寺會通禪師：「曰：『今時爲僧，鮮有精苦者，行多浮濫。』師曰：『本淨非琢磨，元明不隨照。』」同書卷五信州智常禪師：「師聞偈已，心意豁然，乃述一偈曰：『無端起知解，著相求菩提。情存一念悟，寧越昔時迷。自性覺源體，隨照枉遷流。不入祖師室，茫然趣兩頭。』」同書卷三〇三祖僧璨大師信心銘：「歸根得旨，隨照失宗。」底本「隨」作「墮」，涉形近而誤。

〔三〕其聲離語言：華嚴經卷四八入法界品：「知一切衆生非我無實，一切音聲離語言道，解一切色猶如電光。」

〔四〕算沙：計數海沙、河沙，喻徒勞無功，白費力氣。景德傳燈録卷三〇永嘉真覺大師證道歌：「分別名相不知休，入海算沙徒自困。」　意馬：常與心猿、情猿對舉，喻心神不定，如猿馬之難以控制。唐釋懷信釋門自鏡録序：「縱意馬之害群，任情猿之矯樹也。」唐釋懷素四分律開宗記卷一〇：「能斷三結制心猿，亦伏四魔調意馬。」

〔五〕捉月笑情猿：摩訶僧祇律卷七明僧殘戒之餘：「佛告諸比丘：過去世時，有城名波羅奈，國名伽尸，於空閑處，有五百獼猴游行林中。到一尼俱律樹，樹下有井，井中有月影現。時獼猴主見是月影，語諸伴言：『月今日死，落在井中，當共出之，莫令世間長夜闇冥。』共作議言：『云何能出？』時獼猴主言：『我知出法。我捉樹枝，汝捉我尾，展轉相連，乃可出之。』時諸獼猴即如主語，展轉相捉。小未至水，連獼猴重，樹弱枝折，一切獼猴墮井水中。」永嘉真覺大師證道歌：「鏡裏看形見不難，水中捉月爭拈得。」

〔六〕提空印：謂手提印證虛空之印，喻指解空之智慧。雙關空印禪師之禪法。廓門注：「空印，謂溈山空印元軾禪師也。」鍇按：本集卷二〇俱清軒銘：「有大禪衲，不礙見聞，以雲門印，印空成文。」卷二一潭州大溈山中興記：「宗風回顧已舉揚，以印印空成文章。」皆此義。

〔七〕立雪軒：在溈山，軒名取自禪宗二祖慧可於少林寺立雪斷臂以求佛法之事。本集卷一七有題溈山立雪軒。

卷十

七言律詩

十五日立春〔一〕

千年像教唐朝寺〔二〕，雪後新年晴復陰。殘僧無事春又至，游客不來山自深。長廊掃葉望空翠〔三〕，小閣卷經橫水沉〔四〕。三生白業有言説〔五〕，一念淨心無古今〔六〕。

【注釋】

〔一〕作年未詳。

〔二〕千年像教：東漢明帝時佛教傳入中國，至北宋崇寧年間，已近千年。參見本集卷一懷慧廓然注〔一四〕。唐朝寺：禪林僧寶傳卷二三黄龍寶覺心禪師傳載其偈曰：「不住唐朝寺，閑爲宋地僧。生涯三事衲，故舊一枝藤。乞食隨緣飽，逢山任意登。相逢莫相笑，不是嶺南能。」許顗彦周詩話稱：「晦堂心禪師初退黄龍院，作詩云：『不住唐朝寺，閑爲宋地僧。生涯三事衲，故舊一枝藤。』」廓門注引彦周詩話且謂：「由是則唐朝寺謂黄龍院者歟？」

〔三〕空翠：廓門注：「唐詩所第四十五卷王維山中書事詩曰：『荆谿白石出，天寒紅葉稀。山路元無雨，空翠濕人衣。』老杜詩：『石苔凌几杖，空翠撲肌膚。』東坡詩二十三卷：『空翠横煙霏。』注引王維詩。卓氏藻林曰：『空翠，晴色也。絲管啁啾空翠來。』」

〔四〕水沉：即沉香，沉水香。

〔五〕三生白業有言説：謂積三生之善業無妨有言説，不必寂默無語。此乃惠洪之一貫主張。　三生：指前生、今生、來生。　白業：善業。

〔六〕一念淨心：宋高僧傳卷二〇唐代州五臺山華嚴寺無著傳：「翁曰：『聽吾宣偈：一念淨心是菩提，勝造恒沙七寶塔，寶塔究盡碎爲塵，一念淨心成正覺。』著俯聽凝神，謝曰：『蒙宣密偈，如飲醍醐。』」

晚步歸西崦〔一〕

屋除有路入深壑㊀〔二〕，曳屨翛然獨往還〔三〕。播穀風光寒食(日)近㊁〔四〕，摘茶時節亂山間。花枝重少人甘老，燕子空忙春自閒。歸晚斷橋逢野水，更能揎手弄潺顔㊂〔五〕。

【校記】

㊀屋：石倉本作「庭」。

㊁播：石倉本作「布」。　食：原作「日」，誤，今改。參見注〔四〕。

㊂顏：宋詩鈔作「湲」。

【注釋】

〔一〕作年未詳。　西崦：西山。

〔二〕屋除：屋前臺階。王安石悟真院：「野水縱横漱屋除，午窗殘夢鳥相呼。」

〔三〕曳履：拖著鞋散步。　翛然：無拘無束貌。均已見前注。

〔四〕播穀：播種穀物。淮南子原道：「神農之播穀也，因苗以爲教。」高誘注：「播，布也；布種百穀。」　寒食：底本作「寒日」，誤，蓋因此詩寫暮春景，正爲寒食節氣，不當有「寒日」之描寫。宋人詩寫「寒食近」者極多，如梅堯臣宛陵集卷四六依韻和孫都官河上寫望：「蹴踘漸知寒食近，鞦韆將立小鬟雙。」賀鑄慶湖遺老集卷九再遊西城：「後日重來寒食近，杏花林外見青山。」本集卷一〇聞龔德莊入山先一日作詩迎之亦有「夜雨曉晴寒食近，水流花發子規聲」之句。後世如明秦夔五峰遺稿卷五又用前韻：「風光寒食近，花事牡丹新。」清李驎虬峰文集卷六答鄭薇菴：「風光寒食近，新柳緑絲絲。」皆可證。

〔五〕揎手：捋袖至臂。　潺顏：猶潺湲，水緩流貌。此代指緩緩流水。廓門注：「孱顏字出史記司馬相如傳。東坡詩：『攝衣步孱顔。』注：『山高貌。』」錯按：史記司馬相如列傳載其大人賦曰：「放散畔岸驤以孱顔。」漢書司馬相如傳下亦載此賦，顔師古注曰：「孱顔，不齊也。」謂參差不齊貌。引申爲險峻高聳貌，如蘇軾峽山寺：「我行無遲速，攝衣步孱顔。」然此處潺顔，乃惠洪自創，義同潺湲，非承襲孱顔義。本集卷一一李德茂家有磈石如匡山雙劍峰求詩：「戲澆硯滴瀑潺顔。」卷一二次韻自清修過大溈亂山間作：「更能揎手弄潺顔。」卷二〇溈山空印禪師易本際庵爲甘露滅以書招予歸隱復賦歸去來詞：「煮萬仞之潺顔。」均可證。

宗公以蘭見遺風葉蕭散蘭芽並茁一榦雙花鬬開宗以爲瑞乞詩記其事〔一〕

深林忽見蘭芽茁，不謂無人亦自賢〔二〕。數葉横風作纖瘦，雙花含雪吐明鮮。照人秀色雖堪畫，入骨真香不可傳〔三〕。今日東君應擇壻，誰家兄弟鬬清妍〔四〕。

【注釋】

〔一〕約崇寧元年作於分寧縣龍安寺。宗公：即宗上人，生平未詳。參見本集卷一龍安送宗上人游東吴、卷二夏日雨晴過宗上人房。

〔二〕「深林忽見蘭芽茁」二句：孔子家語在厄：「且芝蘭生於深林，不以無人而不芳；君子修道立德，不謂窮困而改節。」

〔三〕入骨真香：唐蘇鶚杜陽雜編卷下：「其酒亦異方所貢也，色紫如膏，飲之令人骨香。」宋張詠乖崖集卷二筵上贈小英：「美人宜稱言不得，龍腦薰衣香入骨。」此借用其語喻蘭香。

〔四〕「今日東君應擇壻」二句：戲謂一榦雙花之蘭芽，如兄弟競鬬清妍，爭爲東君之女壻。東君：司春之神。世説新語雅量：「郗太傅在京口，遣門生與王丞相書，求女壻。丞相語郗信：『君往東廂，任意選之。』門生歸，白郗曰：『王家諸郎，亦皆可嘉，聞來覓壻，咸自矜持。唯有一郎，在牀上坦腹卧，如不聞。』郗公云：『正此好。』訪之，乃是逸少（王羲之），因嫁女與焉。」東坡詩集注卷一六和董傳留别：「眼亂行看擇壻車。」宋援注：「唐進士開宴，常寄曲江亭。其日，公卿家傾城縱觀，鈿車珠鞅，櫛比而至，中東榻之選者十八九。」

黃幼安適過予所居題詩草聖甚妙〔一〕

懷袖功名手未探〔二〕，亂頭睡美厭朝參〔三〕。筆端五色藻萬象〔四〕，胸次大千供劇談〔五〕。山寺尋僧宿風雨，水軒見月出東南。題詩滿壁龍蛇動，盛事他年説草庵〔六〕。

【注釋】

〔一〕崇寧四年作於分寧縣。黄幼安：黄庭堅弟，善草書。豫章黄先生文集卷二九書家弟幼安作草後：「幼安弟喜作草，攜筆東西家，動輒龍蛇滿壁，草聖之聲，欲滿江西。」

〔二〕懷袖功名手未探：謂功名猶如懷袖中之物，取之極易，只是未探手取之而已。

〔三〕朝參：指官員上朝參拜君主。杜甫重過何氏五首之四：「頗怪朝參懶，應耽野趣長。」

〔四〕筆端五色：喻其文才華美。語本南朝梁鍾嶸詩品齊光禄江淹夢還郭璞五色筆事，參見本集卷一贈汪十四注〔四〕。藻：藻飾，修飾。

〔五〕胸次大千：謂胸中藏有大千世界。劇談：猶暢談。漢書揚雄傳：「口吃不能劇談。」顔師古注：「晉灼曰：『或作遽，遽，疾也。口吃不能疾言。』」

〔六〕草庵：當爲黄幼安自號，然不可考。

元夕讀書罷假寐〔一〕

燈下文章已倦看，欲憑詩苦洗辛酸。世途忽起風波易〔二〕，富貴不忘貧賤難〔三〕。姚塢路迷安石冢〔四〕，桐川水落子陵灘〔五〕。卧聞屐響東廊静，催粥華鯨吼夜殘〔六〕。

【注釋】

〔一〕作年未詳。　元夕：正月十五日。

〔二〕世途忽起風波易：劉禹錫竹枝詞九首之七：「長恨人心不如水，等閑平地起波瀾。」黄庭堅鷓鴣天詞：「人間底是無波處，一日風波十二時。」此化用其意。

〔三〕富貴不忘貧賤難：史記陳涉世家：「陳涉少時，嘗與人傭耕，輟耕之壟上，悵恨久之，曰：『苟富貴，無相忘。』庸者笑而應曰：『若爲庸耕，何富貴也？』陳涉太息曰：『嗟乎，燕雀安知鴻鵠之志哉！』……陳勝王凡六月。已爲王，王陳。其故人嘗與庸耕者聞之，之陳，扣宫門曰：『吾欲見涉。』宫門令欲縛之。自辯數，乃置，不肯爲通。陳王出，遮道而呼涉。陳王聞之，乃召見，載與俱歸。入宫，見殿屋帷帳，客曰：『夥頤！涉之爲王沈沈者！』楚人謂多爲夥，故天下傳之，夥涉爲王，由陳涉始。客出入愈益發舒，言陳王故情。或説陳王曰：『客愚無知，顓妄言，輕威。』陳王斬之。諸陳王故人皆自引去，由是無親陳王者。」司馬貞索隱：「顧氏引孔叢子云：『陳勝爲王，妻之父兄往焉。勝以衆賓待之。妻父怒云：「怙强而傲長者，不能久焉。」不辭而去。』是其事類也。」

〔四〕姚塢路迷安石冢：高僧傳卷四支道林傳：「遁先經餘姚塢山中住，至於明辰猶還塢中。或問其意，答云：『謝安在，昔數來見，輒移旬日。今觸情舉目，莫不興想。』後病甚，移還塢中。以晉太和元年閏四月四日終於所在，春秋五十有三。即窆於塢中，厥冢存焉。」

〔五〕桐川水落子陵灘：後漢書逸民傳嚴光傳：「嚴光字子陵，一名遵，會稽餘姚人也。少有高名，與光武同游學。及光武即位，乃變名姓，隱身不見。帝思其賢，乃令以物色訪之。後齊國上言：『有一男子，披羊裘釣澤中。』帝疑其光，乃備安車玄纁，遣使聘之。三反而後至。……除爲諫議大夫，不屈，乃耕於富春山，後人名其釣處爲嚴陵瀨焉。」李賢注：「顧野王輿地志曰：『七里瀨在東陽江下，與嚴陵瀨相接，有嚴山。桐廬縣南有嚴子陵漁釣處，今山邊有石，上平，可坐十人，臨水，名爲嚴陵釣壇也。』」桐川：此指富春江流經桐廬縣境內一段。

〔六〕「卧聞屐響東廊静」二句：山谷内集詩注卷一一題淨因壁二首之二：「屧聲如度薄冰過，催粥華鯨吼夜闌。」任淵注：「華鯨，謂齋魚之藻飾者。釋氏要覽曰：『今寺院木魚，或取鯨魚，一擊蒲牢，爲之大鳴也。』」此化用其語意。謂殘夜卧聞東廊履聲，乃寺中敲擊木魚而催唤齋飯也。

示忠子〔一〕

夢冷寒庭半夜雨，幽欣臨曉一番晴。柳嬌困頓欲眠去〔二〕，禽作清圓唤起聲〔三〕。曳履點殘山寺静，開經拾得紙窗明。去年今日岐亭路〔四〕，吹鬢埃塵趼（研）足行㊀〔五〕。

【校記】

㊀跰：原作「研」，誤，今改。參見注〔五〕。

【注釋】

〔一〕政和六年春作於上高縣九峰。忠子：惠洪弟子，法名本忠，字無外。參見本集卷四謝忠子出山注〔一〕。

〔二〕柳嬌困頓欲眠去：三輔舊事：「漢武帝苑中有柳狀如人，號曰人柳，一日三眠三起。」參見本集卷八肇上人居京華甚久別余歸閩作此送之注〔五〕。漫叟詩話：「嘗見曲中使柳三眠事，不知所出。後讀玉溪生江之嫣賦云：『豈如河畔牛星，隔歲止聞一過；不比苑中人柳，終朝剩得三眠。』注云：『漢苑中有柳狀如人形，號曰人柳，一日三眠三倒。』」

〔三〕喚起：苕溪漁隱叢話前集卷一七引冷齋夜話云：「（韓愈）贈同游詩：『喚起窗全曙，催歸日未西。無心花裏鳥，更與盡情啼。』山谷曰：『吾兒時每哦此詩，而了不解其意。自謫峽川，吾年五十八矣，時春晚，憶此詩，方悟之。喚起、催歸，二鳥名，若虛設，故人不覺耳。古人於小詩，用意精深如此，況其大者乎？』催歸，子規鳥也。喚起，聲如絡緯，圓轉清亮，偏於春曉鳴，亦謂之春喚。」

〔四〕去年今日岐亭路：政和五年春，惠洪自京師開封回江西筠州，途徑蔡、光、黄、蘄、江、洪諸州，嘗過黄州麻城縣岐亭鎮。元豐九域志卷五淮南西路載黄州麻城縣六鎮之一有岐亭，即此。

〔五〕趼足：久行生趼胝硬皮之脚，指艱苦跋涉。趼，底本作「研」，誤。錯按：本集卷六會福嚴覺慈大師：「又嘗游并汾，趼足渡河冰。」卷二一潭州大潙山中興記：「有異比丘清而狂，相山趼足窮衡湘。」卷二九鹿門燈禪師塔銘：「大觀之初，楷公應詔而西。三年，坐不受師名敕牒，縫掖其衣，謫緇州。師趼足隨之。」均作「趼」，今據改。

訪鑒師不遇書其壁〔一〕

獨自來游微雨後，道人乞食及清晨。應門童子能迎客〔二〕，滿地榆錢欲買春〔三〕。花醉發狂風日釃〔四〕，柳眠喚起語音真㊀〔五〕。政當借榻酬無事，熟鼾從教聒四鄰。

【校記】

㊀語音真：石倉本作「景光新」。

【注釋】

〔一〕約政和五年作於筠州。　鑒師：疑即僧元鑒，生平法系不可考。本集卷一八泗州院旃檀白衣觀音贊序：「筠州太平泗州院僧元鑒所蓄觀音菩薩之相，慈嚴妙麗。」

〔二〕應門童子：晉李密陳情表：「外無期功強近之親，內無應門五尺之童。」

〔三〕榆錢：榆莢，榆樹果實，形似銅錢而小，連綴成串，故稱。魏書高謙之傳：「漢興，以秦錢重，改鑄榆莢錢。」庾信燕歌行：「桃花顏色好如馬，榆莢新開巧似錢。」蘇軾次韻田國博部夫南京見寄二絶之一：「深紅落盡東風惡，柳絮榆錢不當春。」

〔四〕花醉發狂風日釃：謂春之和風麗日如醇釃之美酒，令花沉醉而發狂盛開。參見本集卷四次韻子長劉園見花注〔一四〕。廓門注：「『狂』當作『妝』歟？」似未明詩意。

〔五〕柳眠、喚起：均見前詩注。

資國寺春晚〔一〕

龍鄉戒曉月空斜〔二〕，喚起清圓響絡亘〔三〕。燒筍餉田村窕窈〔四〕，拾薪煮藕語諠譁。美忻崖蜜嘗新果〔五〕，香識山礬（樊）稱意花㊀〔六〕。歸去路迷光已夕〔七〕，浸門春水一池蛙。

【校記】

㊀礬：原作「樊」，誤，今據武林本改。參見注〔六〕。

【注釋】

〔一〕政和四年初夏作於筠州高安縣。本集卷二一合妙齋記謂「華髮海外，翩然來歸，依資國寺，乞食故人，而老焉」，卷二四寂音自序則曰「四月到筠，館於荷塘寺」。卷一五書資國寺壁有「勿謂衲盲貧勝我」之句，衲盲即荷塘寺盲僧本明，惠洪師弟。卷一五有雪後寄荷塘幻住庵盲僧四首。可知資國寺即荷塘寺。又冷齋夜話卷一〇陳瑩中此集食豬肉鮹魚稱「予還自朱崖，館於高安大愚」，則寺在高安縣大愚山。

〔二〕龍鄉：本古地名，産鳴雞，因以代指雞。文選卷五七謝莊宋孝武宣貴妃誄：「律谷罷煖，龍鄉輟曉。」李善注：「陳留風俗傳曰：『允吾縣者，宋、陳、楚地，故梁國寧陵種龍鄉也，出鳴雞。』」大唐大慈恩寺三藏大法師傳卷九載玄奘上表曰：「然則夔樂已龔，匪里曲之堪預；龍鄉既晝，何爝火之能明。」　戒曉：猶戒旦，戒曙，報曉警睡。

〔三〕喚起：鳥名，見前注。　絡車：繅絲車。苕溪漁隱叢話前集卷一七引冷齋夜話云：「喚起，聲如絡緯，圓轉清亮。」已見前注。　廓門注：「『絡』當作『紡』字。」無據。

〔四〕燒筍餉田：蘇軾新城道中二首之一：「西崦人家應最樂，煮葵燒筍餉春耕。」　窕窈：猶「窈窕」，深邃貌。文苑英華卷三一七唐張説崔禮部園亭得深字：「窕窈留清館，虚徐步晚陰。」

〔五〕崖蜜：指櫻桃。冷齋夜話卷一詩本出處：「（東坡）作橄欖詩曰：『待得微甘回齒頰，已輸崖蜜十分甜。』事見鬼谷子，曰：『照夜青，螢也。百花釀，蜜也。崖蜜，櫻桃也。』」朱翌猗覺寮雜記卷二：「東坡橄欖詩：『待得微甘回齒頰，已輸崖蜜十分甜。』王立之詩話云：『崖蜜，櫻桃。出金樓子。』坡意正爲蜜爾。言餘甘者，甘味有餘，非果中餘甘也。立之見餘甘爲果，遂以崖蜜爲櫻桃。杜詩云：『充腸多薯蕷，崖蜜亦易求。』又云：『崖蜜松花白。』皆蜜蜂之蜜也。然則崖蜜，豈專是櫻桃？且櫻桃非十分甜者，又不與橄欖同時。」然王楙野客叢書卷一七崖蜜曰：「冷齋夜話謂事見鬼谷子：『崖蜜，櫻桃也。』漫叟、漁隱諸公，引本草石崖間蜂蜜爲證。僕謂坡詩爲橄欖而作，疑以櫻桃對言。世謂棗與橄欖爭曰：『待你回味，我已甜了。』正用此意。蜂蜜則非其類也。固自有言蜂蜜處，如張衡七辯云『沙餳石蜜』，乃其等類。閩王遺高祖石蜜十斛，此亦一石蜜也。僕嘗考之，石蜜有數種，本草謂崖石間蜂蜜爲石蜜，必有所謂乳餳爲石蜜者，廣志謂蔗汁爲石蜜，其不一如此。崖、石一義，又安知古人不以櫻桃爲石蜜乎？觀魏文帝詔曰：『南方有龍眼、荔枝，不比西園蒲萄、石蜜。』以龍眼、荔枝相對而言，此正櫻桃耳，豈餳蜜之謂邪？坡詩所言，當以此爲證。」戴埴鼠璞卷上亦言：「鬼谷子曰：『崖蜜，櫻桃也。』它無經見。予讀南海志：『崖蜜，子小而黄，殼薄味甘，增城、惠陽山間有之。』雖不知與櫻桃爲一物與否，要其類也。」則惠洪以崖蜜爲櫻桃，固亦有據。

〔六〕山礬：底本作「山樊」，字誤。廓門注：「『樊』當作『礬』。」其説甚是，今據改。山谷内集詩注卷一九戲詠高節亭邊山礬花二首序：「江湖南野中，有一種小白花，木高數尺，春開，極香。野人號爲鄭花。王荆公嘗欲求此花栽，欲作詩而陋其名。予請名曰『山礬』。野人采鄭花葉以染黄，不借礬而成色，故名山礬。海岸孤絶處補陁落伽山，譯者以謂小白花山，予疑即此山礬花爾。不然，何以觀音老人堅坐不去耶？」任淵注：「近世曾慥端伯作高齋詩話云：『唐人有題唐昌觀玉蘂花詩云：「一樹瓏璁玉刻成，飄廊點地色輕輕。」今瑒花即玉蘂花也。』介甫以比瑒，謂當用此瑒字，蓋瑒，玉名，取其白耳。山谷又更其名爲山礬，謂可以染也。」

〔七〕歸去路迷光已夕：冷齋夜話卷一東坡得陶淵明之遺意：「東坡嘗曰：淵明詩初看若散緩，熟看有奇句。如：『日暮巾柴車，路暗光已夕。歸人望煙火，稚子候簷隙。』」此化用其詩語意。鍇按：東坡所稱淵明詩，見於文選卷三一江淹雜體詩三十首之陶徵君田居詩，非淵明作。

聞龔德莊入山先一日作詩迎之〔一〕

夢暖不知窗霧白，眼寒初愛縠羅輕。欣聞明日一龔至，想見隨軒二李行〔二〕。夜雨曉晴寒食近，水流花發子規聲。披襟散坐青林下，依約斜川萬古情〔三〕。

【注釋】

〔一〕政和七年春作於新昌縣洞山。龔德莊：龔端字德莊，新昌人，元符進士。事具正德瑞州府志卷九人物志侍從。參見本集卷一次韻龔德莊顏柳帖注〔一〕。

〔二〕隨軒二李：指李清臣、李先臣兄弟。本集卷五清臣先臣過余於龍安山出羣公詩爲示依天覺韻有「隨軒文字海」句，可知清臣、先臣即「隨軒二李」。廓門注：「二李不知何人也。」失考。

〔三〕依約斜川萬古情：想象與龔、李交游之情景，如陶淵明之游斜川。陶游斜川詩序曰：「辛酉正月五日，天氣澄和，風物閑美，與二三鄰曲，同游斜川。臨長流，望曾城，魴鯉躍鱗於將夕，水鷗乘和以翻飛。」

晚秋溪行〔一〕

熟路沿溪過石橋〔二〕，掃除秋晚淨迢迢。幽尋忽見蘭芽茁，小立仍逢巿葉飄〔三〕。撲擁水飛雙去鳥〔四〕，玪瓏山響一聲樵㊀〔五〕。歸來半掩殘經在，燕寢香凝碧未消〔六〕。

【校記】

㊀玪：武林本作「玲」。

【注釋】

〔一〕作年未詳。

〔二〕熟路沿溪過石橋：廓門注：「老杜詩：『背郭堂成蔭白茅，緣江路熟俯青郊。』」意謂其化用杜甫堂成詩意。

〔三〕小立：廓門注：「山谷詩：『小立近幽香。』」鍇按：山谷内集詩注卷一三次韻答斌老病起獨游東園二首之一：「小立近幽香，心與晚色靜。」任淵注：「按介甫詩云：『月映林塘淡，空涵笑語涼。俯窺憐緑淨，小立佇幽香。』」

〔四〕撲摝：象聲詞，形容鳥拍翅聲。亦作「撲鹿」「撲漉」。參見本集卷三奉陪王少監朝請游南澗宿山寺步月二首注〔二〇〕。

〔五〕玪瓏：象聲詞，形容金石撞擊聲。參見本集卷八餞枯木成老赴南華之命注〔七〕。廓門注：「『玪』當作『玲』字。」

〔六〕燕寢香凝：韋應物郡齋雨中與諸文士燕集：「兵衛森畫戟，燕寢凝清香。」此借用其語。

張氏快軒〔一〕

草樹分明天遠大〔二〕，酒闌登賞更從容。眼寒數點雁橫雨，耳熱一窗風度松。光滑紙開秋色闊〔三〕，淋漓墨潑暮煙濃。欲傾蛟室瓊詞句〔四〕，試借温江卓筆峰㊀〔五〕。

【校記】

㊀底本於此句末有校語：「一作『替』。」錯按：細繹此句，唯「試」或當作「替」。

【注釋】

〔一〕作年未詳。張氏快軒：其地不可考。錯按：宋人多以「快」名軒室，此詩亦就「快」而鋪寫，故化用山谷快閣、快軒詩語意。

〔二〕草樹分明天遠大：黄庭堅登快閣：「落木千山天遠大，澄江一道月分明。」此化用其語。

〔三〕光滑紙開秋色闊：黄庭堅壽聖觀道士黄至明開小隱軒太守徐公爲題曰快軒庭堅集句詠之：「吟詩作賦北窗裏，安得青天化作一張紙。」此化用其意。

〔四〕欲傾蛟室瓊詞句：喻縱情抒寫華美詩篇。東坡詩集注卷六有美堂暴雨：「唤起謫仙泉灑面，倒傾鮫室瀉瓊瑰。」注：「博物志：『鮫人從水中出，曾寄寓人家，積日賣綃。臨去，從主人索器，泣而出珠滿盤，以與主人。』」此化用其意。蛟：通「鮫」。

〔五〕試借温江卓筆峰：謂欲借温江卓筆峰爲筆以抒寫之。温江：永嘉江之别稱，即今甌江，流經温州。太平寰宇記卷九九江南東道十一温州：「永嘉江亦名温江，東自大海，西通處州青田溪。」卓筆峰：在温州樂清縣小雁蕩山。宋王十朋梅溪集前集卷四次先之過雁山韻：「欲向靈巖移卓筆，與君同掃萬人鋒。」又卷八度雁山：「石柱屹天外，卓筆書雲端。」參見浙江通志卷五〇。

秋晚同超然山行〔一〕

諸方游徧渾如夢，古寺歸來獨掩扃。無復詩篇雲錦段〔二〕，但餘心境木蛇形〔三〕。高秋霜葉魚顋赤〔四〕，落日遠山螺髻青〔五〕。步盡松陰忽回首，緑蘿疏處見谿亭。

【注釋】

〔一〕約崇寧三年秋作於分寧縣龍安山。超然：希祖，字超然，惠洪師弟。參見本集卷一洞山祖超然生辰注〔一〕。

〔二〕雲錦段：蘇軾和文與可洋川園池三十首横湖：「卷却天機雲錦段，從教匹練寫秋光。」此借用其語。

〔三〕木蛇：林間録卷下：「古老衲住山，多託物寓意，既自游戲，亦欲悟人。如子湖之畜犬，道吾之巫衣端笏。獨雪峰、歸宗、西院皆握木蛇，故雪峰寄西院偈云：『本色住山人，且無刀斧痕。』予元符間至疎山，見仁禪師畫像亦握木蛇。嘗有僧問曰：『和尚手中是什麽物？』答曰：『是曹家女。』因嘆其孤韻超拔，能清凉熱惱，爲作贊。」龍安山兜率寺有木蛇庵，故有此語。參見本集卷一予在龍安木蛇庵除夕微雪及辰未消作詩記之二首注〔一〕。

〔四〕魚顋：本當作「魚鰓」。顋，即腮，臉頰之下半部，非魚之鰓。然禪籍頗有魚鰓作「魚顋」「魚腮」者，如虚堂和尚語録卷三臨安府徑山興聖萬壽禪寺語録：「虎頭燕頷，鳥觜魚顋，盡向者裏納款。」萬松老人評唱天童覺和尚頌古從容庵録卷六第八十六則臨濟大悟：「示衆云：『銅頭鐵額，天眼龍睛，雕觜魚顋，熊心豹膽，金剛劍下，是計不納，一籌不獲。爲甚麽如此？』」正法眼藏卷一之下：「僧問：『如何是佛？』曰：『銅頭鐵額。』僧云：『不會。』曰：

『鳥觜魚腮。』」　錯按：蘇軾游金山寺：「斷霞半空魚尾赤。」蓋詩周南汝墳：「魴魚赬尾。」毛傳：「赬，赤也。魚勞則尾赤。」故狀赤色之物多以魚尾喻之。此謂「魚頳赤」，乃惠洪自創。

〔五〕螺髻青：以佛之青螺髻喻遠山之形。東坡詩集注卷二九寶山新開徑：「回觀佛骨青螺髻。」注：「南史扶南國傳：『梁武帝改造阿育王佛塔，出舊塔下舍利及佛爪髮。髮青紺色，衆僧人以手伸之，隨手長短，放之則旋屈爲蠡形。』」此借用其語。

送淨心大師住温州江心寺〔一〕

萬鍛爐中百怨門〔二〕，哲人雖往典刑存〔三〕。掃除臨濟實頭謗〔四〕，稱賞黄龍的骨孫〔五〕。夢澤於菟三日（口）視㊀〔六〕，丹山雛鳳九苞文〔七〕。還鄉妙曲誰能聽〔八〕？一笛波心兩岸聞。

【校記】

㊀日：原作「口」，誤，今改。參見注〔六〕。

【注釋】

〔一〕作年未詳。錯按：據本詩頷聯，淨心大師當爲臨濟宗黄龍慧南之法孫。今考五百家播芳大全文粹卷七八楊祐甫請解空長老住江心疏：「喝下承當，妙得雲蓋之骨髓；棒頭薦取，推開臨濟之眉毛。」嘉泰普燈録卷六有紹興府石佛解空慧明禪師，爲雲蓋守智法嗣，黄龍慧南法孫。五燈會元卷一八將其列臨濟宗黄龍派南嶽下十三世，爲惠洪法門從兄。此淨心大師與解空長老皆屬臨濟宗黄龍派南嶽下十三世，皆住江心寺，當爲同一人，即解空慧明禪師，後住紹興府石佛寺。　温州江心寺：明一統志卷四八温州府：「江心寺，在府城北江中，寺有東西二塔，一名龍翔興慶院。宋建炎初，高宗航海，駐蹕於此，御書清暉、浴光二軒扁，刻於石。」

〔二〕萬鍛爐中百怨門：林間録卷上載英邵武（洪英禪師）偈曰：「萬鍛爐中鐵蒺藜，直須高價莫饒伊。」　百怨門：指各種怨憤煩惱之門。本集卷八游龍王贈雲老：「正中妙協百怨門。」

〔三〕哲人雖往典刑存：詩大雅蕩：「雖無老成人，尚有典刑。」此用其意。本集卷二三大寧寬和尚語録序：「有石門宗杲上人，抗志慕古，俊辯不羣，遍游諸方，得此録，讀之而喜，曰：『雖無老成，尚有典刑。此語，老宿典刑也，其可使後學不聞乎？』」

〔四〕實頭：老實，踏實，實在。林間録卷上：「大潙真如禪師一生誨門弟子，但曰：『作事但實頭。』『雲蓋智禪師有所示，必曰：『但莫瞞心，心自靈聖。』』」大潙真如（慕喆）、雲蓋守智均屬臨濟宗，故稱「臨濟實頭」。

〔五〕黄龍的骨孫：解空慧明嗣法雲蓋守智，雲蓋嗣法黄龍慧南，故淨心大師爲黄龍之嫡系法孫。　的骨，嫡系骨肉。的，通「嫡」。

〔六〕夢澤於菟三日視：謂虎生三日便可見出其威風，喻淨心大師初住持禪院便能自立不凡。左傳宣公四年：「初，若敖娶於䢵，生鬭伯比。若敖卒，從其母畜於䢵，淫於䢵子之女，生子文焉。䢵夫人使弃諸夢中，虎乳之。䢵子田，見之，懼而歸，以告，遂使收之。楚人謂乳『穀』，謂虎『於菟』，故命之曰『鬭穀於菟』。以其女妻伯比。實爲令尹子文。」杜預注：「夢，澤名。江夏安陸縣城東南有雲夢城。夢音蒙。」魏書私署涼州牧張寔傳：「（張）瓘曰：『虎生三日能食肉，不須人教。』」秦觀淮海集卷九慶張君俞都尉留後得子：「龍得一珠應獻佛，虎生三日便吞牛。」宋羅願爾雅翼卷一九釋獸二：「虎子纔生三日，則有食牛之氣。」本集卷二七跋洑梁公傳：「予聞虎生三日，其氣食牛。」同卷跋李商老詩：「試手説禪，便吞雲門、臨濟，如虎生三日，氣已食牛。」此句合「鬭穀於菟」、「虎生三日」二事而用之。底本「三日」作「三口」，無據，當涉形近而誤，今改。

〔七〕丹山雛鳳九苞文：喻淨心大師初出山便如丹鳳之雛而有文采。山海經卷一南山經：「丹穴之山，其上多金玉，丹水出焉，而南流注於渤海。有鳥焉，其狀如雞，五采而文，名曰鳳凰。首文曰德，翼文曰義，背文曰禮，膺文曰仁，腹文曰信。是鳥也，飲食自然，自歌自舞，見則天下安寧。」初學記卷三〇引論語摘衰聖曰：「鳳有六像九苞。六像者，一曰頭像天，二曰目像日，三曰背像月，四曰翼像風，五曰足像地，六曰尾像緯。九苞者，一曰口包命，二曰心合度，三曰耳聽達，四曰舌詘伸，五曰彩色光，六曰冠矩州，七曰距鋭鈎，八曰音激揚，九曰腹文户。」

〔八〕還鄉妙曲：禪宗以還鄉喻返本還源。景德傳燈録卷二九同安察禪師十玄談之七還源：「返本還源事已差，本來無住不名家。萬年松逕雪深覆，一帶峰巒雲更遮。賓主穆時全是妄，君臣合處正中邪。還鄉曲調如何唱，明月堂前枯樹華。」同書卷二五洪州百丈山大智院道常禪師：「問：『還鄉曲子作麼生唱？』師曰：『設使唱落汝後。』」

和清上人〔一〕

駒兒墮地已汗血〔二〕，毛骨蕭森落眼中〔三〕。今見馬羣方弄影，會看雷電疾追風〔四〕。媒龍何止十倍價〔五〕，凡馬終當一洗空〔六〕。我是道林能賞駿〔七〕，識君語妙到無同〔八〕。

【注釋】

〔一〕政和四年秋作於新昌縣石門寺。清上人：法名清，字道芬，惠洪弟子。參見本集卷四石門中秋同超然鑒忠清三子翫月注〔一〕。清上人爲石門中秋翫月三子之一。

〔二〕駒兒墮地已汗血：蘇軾次韻黄魯直嘲小德：「名駒已汗血，老蚌空泥沙。」黄庭堅次韻子瞻送李豸：「驥子墮地追風日，未試千里誰能識。」此化用其語意。　汗血：汗血馬，西域名馬。漢書武帝紀：「四年春，貳師將軍廣利斬大宛王首，獲汗血馬來。」顏師古注引應劭曰：「大宛舊有天馬種，蹋石汗血，汗從前肩髆出，如血。號一日千里。」

〔三〕毛骨蕭森：杜甫天育驃圖歌：「卓立天骨森開張。」

〔四〕「今見馬群方弄影」二句：山谷内集詩注卷九詠伯時畫太初所獲大宛虎脊天馬圖：「四蹄雷電去，一顧馬群空。」任淵注：「老杜畫馬贊曰：『四蹄雷電，一日天地。』崔豹古今注曰：『秦始皇有馬名追電。』」此化用其意。　弄影，指弄鞭影。大智度論卷二六：「如良馬見鞭影便去，鈍驢得痛手乃行。」

〔五〕媒龍：猶龍媒，駿馬之别稱。漢書禮樂志：「天馬徠，龍之媒。」顏師古注引應劭曰：「言天馬者，乃神龍之類，今天馬已來，此龍必至之效也。」杜甫韋諷録事宅觀曹將軍畫馬圖歌：「龍媒去盡鳥呼風。」　十倍價：戰國策燕策二：「人有賣駿馬者，比三旦立市，人莫之知。往見伯樂曰：『臣有駿馬，欲賣之，比三旦立於市，人莫與言。願子還而視之，去而顧之，臣請獻一朝之賈。』伯樂乃還而視之，去而顧之，一旦而馬價十倍。」

〔六〕凡馬終當一洗空：杜甫丹青引贈曹將軍霸：「斯須九重真龍出，一洗萬古凡馬空。」此化用其語。

〔七〕道林能賞駿：世説新語言語：「支道林常養數匹馬。或言『道人畜馬不韻』。支曰：『貧道重其神駿。』」

〔八〕識君語妙到無同：世説新語文學：「阮宣子有令聞，太尉王夷甫見而問曰：『老莊與聖教同異？』對曰：『將無同？』太尉善其言，辟之爲掾。世謂『三語掾』。」

升上人過石門〔一〕

門巷榆錢疊紫苔〔二〕，十年心事首重回。暑風院落書籤響〔三〕，煙雨江村畫牒開〔四〕。瓦枕藤牀初破睡〔五〕，蔗漿冰椀欲生埃〔六〕。風簷獨立看遺照〔七〕，忽有溪僧犯犬來。

【注釋】

〔一〕政和四年夏作於新昌縣石門寺。升上人：游方僧，生平不可考。

〔二〕榆錢疊紫苔：謂夏日榆莢落地，堆疊於苔上。榆錢已見前注。廓門注：「山谷詩九卷：『榆錢可穿柳帶柔。』注：『漢書食貨志注應劭曰：漢鑄莢錢，今民間榆莢錢是也。』」

〔三〕暑風院落書籤響：謂暑風吹過寧靜院落，可聞書籤之聲響，極言其靜。唐陸龜蒙夏日閑居作四聲詩寄襲美平去聲：「書籤風摇聞，釣榭霧破見。」

〔四〕煙雨江村畫牒開：黄庭堅王厚頌二首之二：「天開圖畫即江山。」此化用其意。畫牒：畫册，畫版。

〔五〕瓦枕藤牀：陶製之枕，藤編之牀，言卧具簡陋。蘇軾歸宜興留題竹西寺三首之二：「暫借藤牀與瓦枕，莫教辜負竹風涼。」

〔六〕蔗漿：甘蔗汁。杜甫進艇：「茗飲蔗漿攜所有，瓷罌無謝玉爲缸。」

〔七〕遺照：猶夕照。本集卷一四夏日三首之一：「掃地要延遺照，掩扉推出青山。」

夏日偶書二首〔一〕

碧縷横斜試水沉〔二〕，紅腮甘冷嚼來禽〔三〕。含風廣殿聞棊響〔四〕，轉日回廊暗柳陰。强撚冰紈餘睡色〔五〕，倦憑棐几適閒心。攀翻涴衲黄塵事〔六〕，過眼雲蹤不可尋。

偏地知誰柳際門，消閑自掃竹西軒。井花曉汲聞餘滴〔七〕，篆燒風摧覓舊痕〔八〕。夢境消磨驚歲月，道鄉彷彿見藩垣〔九〕。寶書半摺山房寂〔一〇〕，卧聽嬌鶯説怨恩〔一一〕。

【注釋】

〔一〕作年未詳。

〔二〕碧縷：形容焚香之縷縷輕煙。水沉：沉香。

〔三〕來禽：即沙果，亦稱花紅、林檎。已見前注。

〔四〕含風廣殿聞棊響：東坡志林卷一記夢賦詩：「軾初自蜀應舉京師，道過華清宫，夢明皇令賦太真妃裙帶詞，覺而記之。今書贈柯山潘大臨邠老，云：『百疊漪漪水皺，六銖縱縱雲輕。植立含風廣殿，微聞環佩摇聲。』」又冷齋夜話卷一東坡夢銘紅靴：「東坡倅錢塘日，夢神宗召入禁，宫女環侍。一紅衣女捧紅靴一雙，命軾銘之，覺而記其中一聯云：『寒女之絲，銖積寸累；天步所臨，雲蒸雷起。』既畢，進御，上極嘆其敏，使宫女送出。睇視裙帶間，有六言詩一首曰：『百疊漪漪水皺，六銖縱縱雲輕。植立含風廣殿，微聞環珮摇聲。』」此借用其語。

〔五〕冰紈：漢書地理志下：「（齊地）其俗彌侈，織作冰紈綺繡純麗之物，號爲冠帶衣履天下。」注：「臣瓚曰：『冰紈，紈細密堅如冰者也。』師古曰：冰，謂布帛之細，其色鮮絜如冰者也。紈，素也。」此指冰紈所製之扇，即紈扇。蘇軾端午帖子詞皇帝閣六首之六：「一扇清風灑面寒，應緣飛白在冰紈。」查慎行注：「唐書：太宗謂長孫無忌、楊師道曰：『五日舊俗，必用服玩相賀，朕今各賀君飛白扇二枚，庶動清風，以揚美德。』」

〔六〕攀翻：猶言攀援，引申爲追隨之義。參見本集卷一上巳日有懷昔從雲庵老人此日山行注〔九〕。

　　涴：污染。

〔七〕井花：即井華，清晨初汲之井水。杜甫大雲寺贊公房四首之四：「兒童汲井華，慣捷瓶上手。」仇兆鼇注：「本草：平旦第一汲爲井華水。」參見本集卷六次韻周達道運句二首注〔一二〕。

〔八〕篆燒：猶言篆煙，盤香之煙火。

〔九〕道鄉彷彿見藩垣：喻道爲鄉，復就鄉而作藩垣之想。參見本集卷九次韻李方叔游衡山僧舍注〔一一〕。

〔一〇〕寶書：指佛書。南朝梁江淹雜體詩三十首擬休上人别怨：「寶書爲君掩，瑶琴詎能開。」

〔一一〕嬌鶯説怨恩：山谷内集詩注卷九聽宋宗儒摘阮歌：「深閨洞房語恩怨，紫燕黄鸝韻桃李。」任淵注：「退之聽穎師琴詩：『昵昵兒女語，恩怨相爾汝。』樂天琵琶引曰：『間關鶯語花底滑，幽咽泉流冰下難。』」此化用其意。

【集評】

宋許顗云：近時僧洪覺範頗能詩。頃年僕在長沙，相從彌年。其他詩亦甚佳，如：「含風廣殿聞棊響，度日長廊轉柳陰。」頗似文章巨公所作，殊不類衲子。（彦周詩話）

清吴喬云：宋人好句，有可入六朝三唐者，何可没之。……七言如……覺範云：「含風廣殿聞棋響，度日長廊轉柳陰。」（圍爐詩話卷五）

鄒必東竹枕〔一〕

黑甜誰欲嘗（當）閒味㊀〔二〕，此枕令人穩稱心。風骨子猷居處竹〔三〕，典刑元亮醉時琴㊁〔四〕。宜籠霧鬢清圓語〔五〕，聽學朱絃發越音〔六〕。不用製囊裁古錦〔七〕，春寒長搭鬧花衾〔八〕。

【校記】

㊀ 嘗：原作「當」，誤，今據重刊貞和類聚祖苑聯芳集卷八、武林本改。

㊁ 亮：天寧本作「亭」，誤。

【注釋】

〔一〕作年未詳。　鄒必東：生平不可考。

〔二〕黑甜：謂睡美。冷齋夜話卷一詩用方言：「詩人多用方言。南人謂象牙爲白暗，犀爲黑暗，故老杜詩曰：『黑暗通蠻貨。』又謂睡美爲黑甜，謂飲酒爲軟飽，故東坡詩曰：『三杯軟飽後，一枕黑甜餘。』」

〔三〕風骨子猷居處竹：世説新語任誕：「王子猷嘗暫寄人空宅住，便令種竹。或問：『暫住何煩爾？』王嘯詠良久，直指竹曰：『何可一日無此君？』」

〔四〕典刑元亮醉時琴：晉書隱逸傳陶潛傳：「陶潛，字元亮。性不解音，而畜素琴一張，絃徽不具，每朋酒之會，則撫而和之，曰：『但識琴中趣，何勞絃上聲。』」

〔五〕清圓語：指啼鳥聲。參見前示忠子：「禽作清圓唤起聲。」資國寺春晚：「唤起清圓響絡車。」清圓形容鳥語，故曰「宜籠」。

〔六〕朱絃發越音：禮記樂記：「清廟之瑟，朱弦而疏越，壹唱而三歎，有遺音者矣。」

〔七〕製囊裁古錦：山谷詩集注卷一二將次施州先寄張十九使君三首之二：「收拾從來古錦囊，

今知老將敵難當。」任淵注：「唐書李賀傳：『從小奚奴，背古錦囊，遇所得，投書囊中。』」此暗用其意。

〔八〕鬧花衾：謂花色繁麗之被蓋。

竹爐〔一〕

博山沉水覺塵埃〔二〕，旋斫凌雲緑玉材〔三〕。自拭錦綳含淚粉〔四〕，要焚銀葉返魂梅〔五〕。意消未掩黄庭卷〔六〕，火冷空餘白雪灰〔七〕。應把熏衣閉深閣，流蘇想見畫屏開〔八〕。

【注釋】

〔一〕作年未詳。

〔二〕博山：即博山爐，古香爐名。因爐蓋造型似海中名山博山而得名。山谷内集詩注卷五賈天錫惠寶薰乞詩予以兵衛森畫戟燕寢凝清香十字作詩報之之三：「石蜜化螺甲，榠樝煮水沉。博山孤煙起，對此作森森。」任淵注：「漢故事曰：『諸王出閤則賜博山香爐。』呂大臨考古圖云：『爐象海中博山，下盤貯湯，使潤氣蒸香，以象海之四環。』古詩云：『博山爐中百和香，鬱金蘇合與都梁。』」　沉水：即沉香。

〔三〕旋斫凌雲緑玉材：廓門注：「此句謂竹。」鍇按：李商隱初食筍呈座中：「皇都陸海應無數，忍剪凌雲一寸心。」凌雲謂竹，寸心謂筍。　緑玉：竹之別名。白居易履道新居二十韻：「籬菊黄金合，窗筠緑玉稠。」

〔四〕錦綳：錦製襁褓，喻筍殼。東坡詩集注卷九送筍芍藥與公擇二首之一：「駢頭玉嬰兒，一一脱錦綳。」注：「唐人食筍詩：『稚子脱錦綳，駢頭玉香滑。』」冷齋夜話卷二稚子：「唐人食筍詩曰：『稚子脱錦綳，駢頭玉香滑。』則稚子爲筍明矣。」

〔五〕銀葉：銀片，襯篆香之銀盤。陳氏香譜卷二焚香：「火上設銀葉或雲母，製如盤形，以之襯香。香不及火，自然舒慢無煙。」參見本集卷一贈淨上人注〔一〇〕。　返魂梅：即濃梅香。陳氏香譜卷三引黄庭堅跋云：「余與洪上座（惠洪）同宿潭之碧湘門外舟中，衡嶽花光仲仁寄墨梅二枝，叩船而至，聚觀於燈下。余曰：『只欠香耳。』洪笑發谷董囊，取一炷焚之，如嫩寒清曉行孤山籬落間。怪而問其所得，云自東坡得於韓忠獻家。知余有香癖而不相授，豈小鞭其後之意乎？洪駒父集古今香方，自謂無以過此。以其名意未顯，易之爲返魂梅云。」參見本集卷六贈珠維那注〔三〕。

〔六〕意消：邪意消除。語本莊子田子方：「物無道，正容以悟之，使人之意也消。」黄庭：即黄庭經，道教經典。包括黄庭外景經與黄庭内景經，爲南嶽魏夫人所傳。東坡詩集注卷四芙蓉城：「竟坐誤讀黄庭經。」注：「神仙黑紙白字寫黄庭經，名曰玉字黄庭經。」此或指王羲之所書黄庭經，宋人嘗摹刻石上，有拓本流傳，爲文人所玩賞。

〔七〕火冷空餘白雪灰：蘇軾十一月三日與幾先自竹西來訪慶老不見獨與君卿供奉蟾如客東閣道話久之惠州追録：「火紅銷盡灰如雪。」

〔八〕流蘇：廓門注：「倦遊録曰：『流蘇，乃帳四角所繫盤線。』又曰：『流蘇，古人帳繫之四隅，以爲飾目，五色錯爲之，同心而下垂者。』」

七月四日晝夢雲庵和尚教誨久之而覺作此示超然〔一〕

夏窗午睡誰呼覺，院靜惟聞遶砌泉。夢裏緒言猶可記〔二〕，壁間遺像尚依然。嚫（襯）珠定使拳披見㊀〔三〕，坐榻當令膝處穿〔四〕。塔在層峰衰眼力，何時同汝掃頽塼〔五〕。

【校記】

㊀嚫：原作「襯」，誤，今改。參見注〔三〕。

【注釋】

〔一〕政和六年七月四日作於上高縣九峰。雲庵：即真淨克文禪師。超然：即希祖，字超然，惠洪師弟。此詩有「壁間遺像尚依然」之句，當作於克文嘗住持之洞山、九峰或寶峰。然克文塔在寶峰，而詩有「何時同汝掃頽塼」之句，則不當作於寶峰。據寂音自序，自政和五年至八年，惠洪嘗往來九峰、洞山四年。然政和五年七月，尚在新昌縣石門寺；政和七年、八年七月，又未見與希祖同住。故此詩當作於政和六年七月在九峰時。

〔二〕緒言：未盡之遺言。莊子漁父：「曩者先生有緒言而去。」成玄英疏：「緒言，餘論也。」清郭慶藩集釋引俞樾曰：「緒與餘同義，緒言者，餘言也。先生之言未畢而去，是有不盡之言，故曰緒言。」文選卷四三劉孝標重答劉秣陵書：「緒言餘論，蘊而莫傳。」張銑注：「緒，遺也。」

〔三〕嚫珠定使拳披見：謂己與克文前緣即爲師徒關係。景德傳燈録卷二第二十四祖師子尊者：「尊者既攝五衆，名聞遐邇，方求法嗣，遇一長者引其子，問尊者曰：『此子名斯多，當生便拳左手，今既長矣，而終未能舒。願尊者示其宿因。』尊者覩之，即以手接曰：『可還我珠。』童子遽開手奉珠，衆皆驚異。尊者曰：『吾前報爲僧，有童子名婆舍。吾嘗赴西海齋，受嚫珠付之。今還吾珠，理固然矣。』長者遂捨其子出家，尊者即與受具，以前縁故，名婆舍斯多。」　嚫珠：布施之珠。底本作「襯」，涉形近而誤。

〔四〕坐榻當令膝處穿：謂參禪當持之以恒，堅坐不移，如三國管寧坐穿木榻事。參見本集卷八余還自海外至崇仁見思禹以四詩先焉既別又有太原之行已而幸歸石門復次前韻寄之以致山中之信云注〔二一〕。

〔五〕掃頽塼：猶言掃克文之舍利塔，同世俗之掃墓。錯按：禪林僧寶傳卷二三泐潭真淨文禪師傳：「分建塔於泐潭寶蓮峰之下，洞山留雲洞之北。」此時在九峰，故無緣掃墓。

雲庵塔有雙桐作此寄因姪〔一〕

十年不掃先師塔，聞有雙桐護石根。多寶佛應分半座〔二〕，主林神對現前身〔三〕。詩成坐對南州祖〔四〕，寫寄山中玉澗因〔五〕。他日就陰當縛屋〔六〕，歲時香火願爲鄰。

【注釋】

〔一〕政和五年（一一一五）冬作於上高縣九峰。雲庵塔：即真淨克文禪師塔，此指位於靖安縣泐潭寶蓮峰之下者。此詩言「十年不掃先師塔」，惠洪於崇寧五年（一一〇六）至寶峰拜掃克文塔，下推十年，正是此年。因姪：指淨因，字覺先，號佛鑑大師，爲法雲惠杲禪師法嗣，於惠洪爲法姪，故稱因姪。參見本集卷八送因覺先注〔一〕。

〔二〕多寶佛應分半座：法華經卷四見寶塔品：「爾時多寶佛，於寶塔中分半座與釋迦牟尼佛，而作是言：『釋迦牟尼佛！可就此座。』即時釋迦牟尼佛入其塔中，坐其半座，結跏趺坐。」此借以寫塔。

〔三〕主林神對現前身：華嚴經卷一世主妙嚴品：「復有不可思議數主林神，所謂布華如雲主林神、擢幹舒光主林神、生芽發耀主林神、吉祥淨葉主林神、垂布焰藏主林神、清淨光明主林神、可意雷音主林神、光香普遍主林神、妙光迴耀主林神、華果光味主林神。如是等而爲上首，不思議數，皆有無量可愛光明。」山谷内集詩注卷七次韻子瞻題無咎所得與可竹二首之二：「應懷斲泥手，去作主林神。」任淵注：「論曰：『主林神是法王子，住主力波羅密，明説法如林，廣多覆蔭，故是法師位也。』」主林神，此借指雙桐。

〔四〕南州祖：指希祖。本集卷二五題黄龍南和尚手抄後三首之一：「修水祖超然出雲庵所蓄此書爲示。」本集習稱洪州爲南州，希祖爲洪州修水人，故稱。本集卷四追和帛道猷一首序：「政和六年正月十日，余已定居九峰，而超然輩皆在。」其定居九峰在上年冬，希祖亦在。

〔五〕玉澗因：指淨因。禪林僧寶傳卷二五雲居祐禪師傳：「游廬山，南康太守陸公時請住玉澗寺。」淨因時住廬山玉澗寺，故稱。

〔六〕縛屋：猶言縛茅，結茅，蓋造簡陋之茅屋。

中秋對月〔一〕

好天涼夕病衰餘，散步中庭瘦策扶。禪客相逢宿山寺，玉輪同看上雲衢〔二〕。十分歸思懸江國，一半秋光入鬢鬚〔三〕。草露濕衣香霧重，更將毛骨洗冰壺〔四〕。

【注釋】

〔一〕作年未詳。

〔二〕玉輪：喻圓月。元稹月三十韻：「絳河冰鑑朗，黄道玉輪巍。」

〔三〕一半秋光：謂中秋乃秋日之半。唐羅隱中秋不見月：「風簾淅淅漏燈痕，一半秋光此夕分。」

〔四〕毛骨洗冰壺：謂浴於月光之中。貯冰之玉壺，清潔之至，此喻月。清王琦李太白集注卷三〇詩文拾遺收李白雜題四首之二：「夜來月下卧醒，花影零亂，滿人衿袖，疑如濯魄於冰壺也。」本集卷一二題季長冰壺軒：「閑軒清似冰壺水，軒上人如元紫芝。坐覺秋光滌毛髮，客來春色滿談詞。」

至上高謁李先甲會淵才德修〔一〕

先甲志大性重遲〔二〕，是中可築平生基。心期功名定不赦，未識所與游從誰〔三〕。淵才人間汗血驥〔四〕，德修天上麒麟兒〔五〕。知君懷中有卿相，探手但未忙取之〔六〕。

【注釋】

〔一〕元祐八年作筠州上高縣。李先甲，生平未詳。淵才，即惠洪叔父彭几，字淵才，泠齋夜話及其他宋人著述均作「淵材」。德修，姓李。參見本集卷一大雪晚睡夢李德修插瓊花一枝與語甚久既覺作此詩時在洞山注〔一〕。又卷二李德修以烏蘭河石見示詩序曰：「予友李德修，少豪逸，有美才，工文章，一時流輩推之，聲稱著場屋。紹聖初，選於廣文，至禮部，好惡不合有司，棄去。游邊，往來蘭、會甚久，晚屏跡田園，然視其氣貌精特，功名一念未置也。政和七年上元前四日，過予……」據其詩題，李德修紹聖初嘗至京師參加會試，其後游邊塞，往來蘭州、會州甚久，晚歸田園。故惠洪於上高縣會德修，當在紹聖元年之前或政和年間。然政和四年惠洪重回筠州時，彭淵才已卒。故會彭淵才、李德修必在紹聖元年前。此詩稱「人間汗血驥」、「天上麒麟兒」，亦爲惠洪稱賞青年才俊之套語。錯按：惠洪元祐八年自京師回筠州，嘗於上高縣九峰省克文禪師，此詩當作於是時。

〔二〕重遲：遲緩，不敏捷。漢書杜周傳：「周少言重遲，而内深次骨。」顔師古注：「遲謂性非敏速也。」錯按：晉書謝安傳稱「安性遲緩」，亦「重遲」之義。參見本集卷九次韻郤子中學句出巡注〔二〕、〔三〕、〔四〕。

〔三〕「心期功名定不赦」二句：新唐書王珪傳：「始，隱居時，與房玄齡、杜如晦善。母李嘗曰：『而必貴，然未知所與游者何如人，而試與偕來。』會玄齡等過其家，李闚大驚，敕具酒食，歡盡日，喜曰：『二客公輔才，汝貴不疑。』」此化用其意，恭維李先甲定能獲取功名，蓋其所交友如彭淵才、李德修輩皆傑出人材。功名定不赦：謂功名不肯放過先甲，此即隋書楊素傳「臣但恐富貴來逼臣，臣無心求富貴」之意，本集屢用之。

〔四〕人間汗血驥：人中之千里馬。參見前和清上人注〔二〕。

〔五〕天上麒麟兒：陳書徐陵傳：「母臧氏，嘗夢五色雲化而爲鳳，集左肩上，已而誕陵焉。時寶誌上人者，世稱其有道，陵年數歲，家人攜以候之，寶誌手摩其頂，曰：『天上石麒麟也。』」參見本集卷一贈汪十四注〔二〕。

〔六〕「知君懷中有卿相」二句：謂卿相猶如懷袖中之物，取之極易，但此時尚未忙於探取而已。此亦爲本集恭維他人之套語。

次韻睿廓然送僧還東吳〔一〕

征夫應爲指柴扉〔二〕，湖水當門可濯衣。飛鳥已知今日倦〔三〕，舊鄰那悟昔人非〔四〕。山情已作燖雞淨〔五〕，世味真如嚼蠟微〔六〕。遥想夜航無管束，棹歌應載月明歸〔七〕。

【注釋】

〔一〕崇寧元年秋作於洪州分寧縣。睿廓然：即思睿禪師，字廓然，號妙湛，後改名思慧。參見本集卷一懷慧廓然注〔一〕。錯按：此詩當與本集卷五戲廓然作於同時。

〔二〕征夫應爲指柴扉：陶淵明歸去來兮辭：「問征夫以前路。」此化用其意。

〔三〕飛鳥已知今日倦：歸去來兮辭：「雲無心以出岫，鳥倦飛而知還。」

〔四〕舊鄰那悟昔人非：後秦僧肇肇論物不遷論：「是以梵志出家，白首而歸，鄰人見之曰：『昔人尚存乎？』梵志曰：『吾猶昔人，非昔人也。』鄰人皆愕然，非其言也。所謂有力者負之而趨，昧者不識。」此化用其事。

〔五〕燖雞淨：以熱水燙雞去毛垢喻洗淨煩惱。蘇軾書黃魯直李氏傳後：「厭離之極，燖雞出湯。」此借用其語意。

〔六〕嚼蠟：喻無味。楞嚴經卷八：「我無欲心，應汝行事，於橫陳時，味如嚼蠟。」王安石示董伯懿：「嚼蠟已能忘世味，晝脂那更惜時名。」此化用其語意。

〔七〕棹歌應載月明歸：船子和尚撥棹歌曰：「夜靜水寒魚不食，滿船空載月明歸。」此化用其意。

送瑩上人游衡嶽〔一〕

紫蓋峰頭樓閣生〔二〕，朱陵（靈）洞口水雲晴㊀〔三〕。盤空路作驚蛇去〔四〕，落日人如凍蟻行〔五〕。重郭老師今健否〔六〕，藏年珍木但聞名〔七〕。定應自掃巖邊石，時發披雲嘯月聲〔八〕。

【校記】

〔一〕陵：原作「靈」，誤，今改。參見注〔三〕。

【注釋】

〔一〕作年未詳。　瑩上人：游方僧，生平法系不可考。

〔二〕紫蓋峰：南嶽總勝集卷上：「紫蓋峰，高五千四百餘丈，有紫霞華籠之狀，其形如蓋。亦謂之華蓋峰。又云小紫蓋者，華蓋峰也。諸峰並朝祝融，如拱揖之狀，獨此峰面南，乃朱陵洞天之源向南故也。祝融位配火德，雖爲五峰之尊，上有青玉、白璧二福地，以掌地仙之司，宜卑於洞天也。又其形勢宛然南向，已故唐杜甫有望岳詩，其略云『祝融五峰尊，峰峰次低昂。紫蓋獨不朝，爭長嶪相望』是也。」

〔三〕朱陵洞：南嶽總勝集卷上：「湘中記云：『衡山，朱陵之靈臺，太虚之寶洞，上承軫宿，銓德鈞物，應度璣衡，故曰衡山。』徐靈期南岳記云：『朱陵洞天，名太虚小有之天。』」同書卷中：「（招仙觀）北二里有雪浪亭、洞真澗。瀑布自洞而出，巨石橫峻。當石崖之上，有一石沼，圓若鍋釜之狀，可廣丈餘，深不可究。一派飛下，如紋簾，號朱陵洞，三十六洞天之第三洞也。」廓門注：「『靈』當作『陵』。」其説甚是。本集卷七次韻曾運句游山有「朱陵洞口見落石」之句，可參證。

〔四〕盤空路作驚蛇去：喻山路蜿蜒險峻，如驚蛇盤空。

〔五〕落日人如凍蟻行：蘇軾雪齋：「春風百日吹不消，五月行人如凍蟻。」此化用其語。

〔六〕重郭老師：代指南嶽之高僧，如南朝陳高僧慧思大師之輩。郭指耳輪，蓋耳重郭爲高僧之相。本集卷三游南嶽福嚴寺：「永懷堂堂武津老，天骨開張耳重郭。」慧思爲武津人，故稱。

〔七〕藏年：藏匿年歲，意謂不知其年歲幾何。珍木：南嶽總勝集卷中：「嶽産珍木：香南木、黄心木、血柏木、榧子木、銀木（堅白）、梓木（可作琴材）、山柘木、土重木（宜充車甲）、梧桐木、靈壽木、黄楊木、天蓼木（春首開花，鹽泡充果）。」

〔八〕時發披雲嘯月聲：景德傳燈録卷一四澧州藥山惟儼禪師：「李翱再贈詩曰：『選得幽居愜野情，終年無送亦無迎。有時直上孤峰頂，月下披雲笑一聲。』」然北宋禪籍如白雲守端禪師廣録、開福道寧禪師語録、建中靖國續燈録卷五明州上山德隆禪師引李翱詩「笑」均作「嘯」。惠洪所見禪籍亦當作「嘯」。

【集評】

清延君壽云：宋釋惠洪詩，方於貫休，古體氣質稍粗，今體七律殊佳，在宋僧中亦好手也。七律如「盤空路作驚虵去，落日人如凍蟻行」，「永與世遺他日志，尚嫌山淺暮年心」，「斂止舊游真可數，蓋棺前事尚難知」，「不知門外山花發，但覺君來笑語香」，「頎紹神情掃秋晚，瘦權詩句挾風霜」，「山好已無歸國夢，老閒猶有讀書心」，「一軒秋色侵衣重，半夜波聲拍枕來」，「枕中柔櫓驚鄉

夢，門外秦淮漲夜潮」，真能於蘇黄外，又作一種筆墨，讀之令人神清骨爽。（老生常談）

寄草堂上人〔一〕

首夏年芳尚可尋〔二〕，興來芒屩恣登臨。回頭故國煙波闊，分袂幽人歲月深〔三〕。落日杜鵑山館靜，熏風芳草柳塘陰。知君宴坐忘機地，謾寄新詩話此心。

【注釋】

〔一〕作年未詳。　草堂上人：當指善清禪師。善清（一〇五七～一一四二），南雄保昌人，俗姓何氏。爲黄龍晦堂祖心禪師法嗣，靈源惟清禪師法弟，屬臨濟宗黄龍派南嶽下十三世。政和五年繼死心悟新禪師住持黄龍，六年謝院事，結茅寺側，自號草堂。事具僧寶正續傳卷五。

〔二〕首夏：始夏，初夏，農曆四月。謝靈運游赤石進帆海：「首夏猶清和，芳草亦未歇。」　年芳：美好春色。沈約三月三日率爾成篇：「麗日屬元巳，年芳具在斯。」

〔三〕分袂：離別。鍇按：據僧寶正續傳卷五寶峰清禪師傳，善清嘗「退歸廬山，見真淨禪師」。時真淨克文住廬山歸宗寺，惠洪侍其側，當與善清交往。故此有「分袂」之語。

酬潛上人〔一〕

滿鈎疏箔卷簷楹〔二〕，秋靜江天刮眼明〔三〕。梵冊已翻千偈妙〔四〕，爐香未散一堂清。
沾衣菊露情□□㊀，□□松聲夢不成㊁。我與道人緣分熟，可能朝夕厭逢迎〔五〕。

【校記】

㊀□□：二字闕，天寧本作「難釋」。

㊁□□：二字闕，天寧本作「風摇」。

【注釋】

〔一〕作年未詳。潛上人：生平法系不可考。

〔二〕箔：簾子。

〔三〕刮眼明：謂看得真切清楚。韓愈過襄城：「郾城辭罷過襄城，潁水嵩山刮眼明。」此借用其語。

〔四〕梵冊：佛書。

〔五〕厭逢迎：廣弘明集卷三〇上梁簡文帝蒙華林園戒詩：「非爲樂肥遯，特是厭逢迎。」此借用其語。

贈爲上人游方昭默之子也〔一〕

年少辭師作遠游，人言虎穴不生彪〔二〕。家聲自古能名世，氣宇如今已食牛〔三〕。奪得我機方肯住〔四〕，從教棒打不回頭〔五〕。雲山萬疊翛然去，江漢無風一葉舟。

【注釋】

〔一〕崇寧五年作於分寧縣黄龍山。爲上人：靈源惟清禪師法子，生平不可考。昭默：惟清晚年退居黄龍山昭默堂，故稱。參見本集卷二三昭默禪師序。鍇按：崇寧五年惠洪與惟清同於黄龍山坐夏，爲上人辭師遠游，惠洪爲之送行，詩當作於黄龍山。

〔二〕人言虎穴不生彪：意謂小猛虎當離虎穴獨自生存，以喻爲上人辭師游方。周密癸辛雜識續集下虎引彪渡水：「諺云：『虎生三子，必有一彪。』彪最獷惡，能食虎子也。余聞獵人云：『凡虎將三子渡水，慮先往則子爲彪所食，則必先負彪以往彼岸，既而挈一子次至，則復挈彪以還，還則又挈一子往焉，最後始挈彪以去。蓋極意關防，惟恐食其子故也。』」鍇按：本集多用此喻，如卷一五本上人久游歸宗贈之二首之一：「勿訝談禪太文彩，從來虎穴不生彪。」卷二四送鑑老歸慈雲：「虎穴中，自不生彪。」卷二八請璞老開堂：「旃檀林豈生杞，彫虎穴不容彪。」

〔三〕氣宇如今已食牛：讚其年少而志壯心雄。尸子卷下：「虎豹之駒，未成文而有食牛之氣；鴻鵠之鷇，羽翼未全而有四海之心。賢者之生亦然。」

〔四〕奪得我機方肯住：景德傳燈録卷二〇杭州佛日和尚：「初游天台山，嘗曰：『如有人奪得我機者，即我師矣。』尋抵于江西，謁雲居膺和尚，作禮而問曰：『二龍爭珠，誰是得者？』雲居曰：『卸却業身來相見。』對曰：『業身已卸。』曰：『珠在什麼處？』師無對。師乃投誠入室，便禮雲居爲師。」

〔五〕從教棒打不回頭：景德傳燈録卷一五朗州德山宣鑒禪師：「龍潭謂諸徒曰：『可中有一箇漢，牙如劍樹，口似血盆，一棒打不迴頭，他時向孤峰頂上立吾道在。』」

鄧秀才就武舉作詩美之〔一〕

丈夫氣自磨牛斗，正似豐城獄屋刀〔二〕。富貴豈終憑鐵硯〔三〕，功名先看擲霜毫〔四〕。蘆鞭未稱迎風帽〔五〕，紫綬從來賽緑袍〔六〕。杖策軍門君記取〔七〕，祖宗漢室舊勳勞〔八〕。

【注釋】

〔一〕作年未詳。鄧秀才：名不可考。本集卷二二先志碑記，乃代人爲湘陰縣土豪鄧沿作，鄧秀才豈其族人乎？

〔二〕「丈夫氣自磨牛斗」二句：晉書張華傳：「初，吴之未滅也，斗牛之間常有紫氣，道術者皆以吴方强盛，未可圖也，惟華以爲不然。及吴平之後，紫氣愈明。華聞豫章人雷煥妙達緯象，乃要煥宿，屏人曰：『可共尋天文，知將來吉凶。』因登樓仰觀，煥曰：『僕察之久矣，惟斗牛之間頗有異氣。』華曰：『是何祥也？』煥曰：『寶劍之精，上徹於天耳。』華曰：『君言得之。吾少時有相者言，吾年出六十，位登三事，當得寶劍佩之。斯言豈效與？』因問曰：『在何郡？』煥曰：『在豫章豐城。』華曰：『欲屈君爲宰，密共尋之，可乎？』煥許之。華大喜，即補煥爲豐城令。煥到縣，掘獄屋基，入地四丈餘，得一石函，光氣非常，中有雙劍，並刻題，一曰龍泉，一曰太阿。其夕，斗牛間氣不復見焉。煥以南昌西山北巖下土以拭劍，光芒艷發。大盆盛水，置劍其上，視之者精芒炫目。遣使送一劍並土與華，留一自佩。或謂煥曰：『得兩送一，張公豈可欺乎？』煥曰：『本朝將亂，張公當受其禍。此劍當繫徐君墓樹耳。靈異之物，終當化去，不永爲人服也。』華得劍，寶愛之，常置坐側。華以南昌土不如華陰赤土，報煥書曰：『詳觀劍文，乃干將也，莫邪何復不至？雖然，天生神物，終當合耳。』因以華陰土一斤致煥。煥更以拭劍，倍益精明。華誅，失劍所在。煥卒，子華爲州從事，持劍行經延平津，劍忽於腰間躍出墮水，使人没水取之，不見劍，但見兩龍各長數丈，蟠縈有文章，没者懼而反。須臾光彩照水，波浪驚沸，於是失劍。華歎曰：『先君化去之言，張公終合之論，此其驗乎！』」

〔三〕富貴豈終憑鐵硯：謂未必從文方能獲取富貴。新五代史桑維翰傳：「人有勸其不必舉進士，可以從佗求仕者，維翰慨然，乃著日出扶桑賦以見志。又鑄鐵硯以示人曰：『硯弊則改而佗仕。』卒以進士及第。……卒以滅唐而興晉，維翰之力也。」此反其意而用之。

〔四〕功名先看擲霜毫：猶言棄文從武亦可博得功名。後漢書班超傳：「家貧，常爲官傭書以供養。久勞苦，嘗輟業投筆歎曰：『大丈夫無它志略，猶當效傅介子、張騫立功異域，以取封侯，安能久事筆研間乎？』」此化用其意。　霜毫：毛筆。黄庭堅劉晦叔洮河緑石研：「莫嫌文吏不知武，要試飽霜秋兔毫。」

〔五〕蘆鞭：以蘆葦爲鞭，宋時舉子驅馬所用。參見本集卷三送朱泮英隨從事公西上注〔九〕。

〔六〕紫綬：古高級官員繫金印之紫色絲帶。漢書百官公卿表上：「相國、丞相，皆秦官，金印紫綬。」　緑袍：古低級官員之袍服。白居易曲江亭晚望：「塵路行多緑袍故，風亭立久白鬚寒。」廓門注：「纂要曰：『進士緑袍、青袍。』」

〔七〕杖策軍門：後漢書鄧禹傳：「鄧禹字仲華，南陽新野人也。年十三，能誦詩。受業長安，時光武亦游學京師。禹年雖幼，而見光武，知非常人，遂相親附。數年歸家，及漢兵起，更始立，豪傑多薦舉禹，禹不肯從。及聞光武安集河北，即杖策北渡，追及於鄴。光武見之甚歡。」

〔八〕祖宗漢室舊勳勞：廓門注：「祖宗謂後漢鄧禹，見二十二卷先志碑記中，以同姓言也。」即吴聿觀林詩話所謂「贈人詩多用同姓事」。鍇按：先志碑記所繫歌詞曰：「漢祚中興天所佑，篤生奇臣掃穢垢。杖策軍門謁劉秀，功業千年粲星斗。鄧侯受材極奇茂，毛骨似之豈其後？」

崇勝寺後竹千餘竿獨一根秀出呼爲竹尊者〔一〕

高節長身老不枯〔二〕，平生風骨自清癯。愛君脩竹爲尊者，却笑寒松作大夫〔三〕。不見同行木上座㊀〔四〕，空餘聽法石爲徒㊁〔五〕。戲將秋色供齋鉢，抹月批雲得飽無㊂〔六〕？

【校記】

㊀不：能改齋漫録卷一一、詩人玉屑卷二〇作「未」。行：能改齋漫録、詩人玉屑作「參」。

㊁爲徒：能改齋漫録、詩人玉屑、重刊貞和類聚祖苑聯芳集卷九作「於菟」。廓門注：「又貞和集『石爲徒』作『石於菟』。」

㊂批雲：原作「披雲」，「披」字誤，今改。參見注〔八〕。：能改齋漫録、詩人玉屑作「批風」。

【注釋】

〔一〕建中靖國元年作於袁州宜春縣。輿地紀勝卷二八江南西路袁州：「尊者竹：宜春崇勝院法堂後有新竹，出乎其類，初目爲竹狀元，郡相吳儲以爲非雅，邑丞請更名竹尊者。」廓門注：「詩人玉屑二十卷曰：『覺範竹尊者詩，黃太史見之喜，因手爲書。』」鍇按：詩人玉屑卷二〇引遺珠，實出自能改齋漫録卷一一竹尊者條所記，詳見此詩集評。據黃䓪山谷年譜卷二九，黃庭堅於崇寧元年三月過袁州，作詩題竹尊者軒，其見惠洪此詩當在是時。可知此詩必作於崇寧元年之前。本集卷一五有袁州聞東坡殁於毗陵書精進寺壁三首，蘇軾卒於建中靖國元年七月，時惠洪在袁州，則此詩當作於是年。

〔二〕長身：指竹。蘇軾題過所畫枯木竹石三首之三：「惟有長身六君子，猗猗猶得似淇園。」廓門注：「事類全書曰：『竹曰長身。』」

〔三〕寒松作大夫：史記秦始皇本紀：「乃遂上泰山，立石，封，祠祀。下，風雨暴至，休於樹下，因封其樹爲五大夫。」應劭漢官儀謂始皇所封爲松樹。

〔四〕同行木上座：景德傳燈録卷二〇杭州佛日和尚：「夾山又問：『闍梨與什麽人爲同行？』師曰：『木上座。』曰：『他何不來相看？』師曰：『和尚看他有分。』曰：『在什麽處？』師曰：『在堂中。』夾山便共師下到堂中。師遂去取得柱杖擲於夾山面前。」蘇軾送竹几與謝秀才：「留我同行木上座，贈君無語竹夫人。」李之儀姑溪居士集前集卷四題訔老小軒：「不見同行木上座，常留伴睡竹夫人。」此借用其語。

〔五〕聽法石爲徒：事見東林十八高賢傳道生法師傳：「師被擯，南還，入虎丘山，聚石爲徒，講涅槃經。至闡提處，則説有佛性，且曰：『如我所説，契佛心否？』羣石皆爲點頭。」鍇按：能改齋漫録作「石於菟」，廓門注：「又貞和集『石爲徒』作『石於菟』。」然「石於菟」指石老虎，似無佛書出典。明清諸禪師文人次韻此詩，韻脚亦俱作「徒」而非「菟」，參見附録。

〔六〕抹月批雲：謂以風月當菜餚。能改齋漫録作「抹月批風」。蘇軾詩集卷二〇和何長官六言次韻五首之四：「貧家何以娱客？但知抹月批風。」注：「王注次公曰：『饌食者有批有抹。抹月批風，又戲言之。』施注：『禪宗有薄批明月、細抹清風之語。』」此化用其意。廓門注：「『披』當作『批』。」其説甚是。

【集評】

宋韓駒云：始，黄太史見其所作竹尊者詩，手爲書之，以故名顯。（永樂大典卷八七八三韓駒陵陽集寂音尊者塔銘）

宋吴曾云：崇勝寺後有竹千餘竿，獨一根秀出，人呼爲竹尊者。洪覺範爲賦詩云：「高節長身老不枯，平生風骨自清癯。愛君修竹爲尊者，却笑寒松作大夫。未見同參木上座，空餘聽法石於菟。戲將秋色供齋鉢，抹月批風得飽無？」韓子蒼云：「始，黄太史見之喜，因手爲書之，以故名顯。」（能改齋漫録卷一一竹尊者）

宋釋祖琇云：其後山谷過宜春，見其竹尊者詩，咨賞，以爲妙入作者之域，頗恨東坡不及見之。（僧寶正續傳卷二明白洪禪師傳）

清吴景旭云：山谷題竹尊者軒云：「平生脊骨硬如鐵，聽風聽雨隨宜説。百尺竿頭放步行，更向脚根參一節。」豈喜覺範句而亦作此耶？覺範自記景德寺與謝無逸輩觀禪月所畫十八應供像，而失第五軸，有「未知何處羅齋去，不見雲堂第五尊」之嘲，何不以竹尊者補入，而煩兵妻引歸壁間物耶？一笑。（歷代詩話卷六〇）

清俞樾云：宋吴曾能改齋漫録云：「崇勝寺後有竹竿餘千，獨一根秀出，人呼爲竹尊者。洪覺範爲詩云：『高節長身老不枯，平生風骨自清癯。愛君修竹爲尊者，却笑寒松作大夫。未見同參木上坐，空餘聽法石於菟。戲將秋色供齋鉢，抹月批風得飽無？』」按：竹尊者之名甚新，洪詩亦可誦，而世鮮知者，故録之。（茶香室叢鈔續鈔卷二五竹尊者）

【附録】

明釋道盛云：多福門前眼不枯，一莖斜出秀而癯。其誰得似此尊者，莫我知兮彼丈夫。特地空心能及第，臨風擊節許吾徒。動容古路忘機處，菊徑松風問答無？（明釋大成等較天界覺浪盛禪師全録卷一八覺範禪師昔嘗寓吾圓通崇勝寺見修竹千竿獨一根秀出呼爲竹尊者有詩紀其異予住山雖久尚未暇及今來湖上偶見行素與諸公唱和此韻喜而賦之）

清釋在瓠云：朅來頻見海桑枯，萬億身中第一癯。裊裊清音空實相，亭亭秀節迥凡夫。雲霞

彩映琅玕實，鸞鳳聲驚燕雀徒。領取風光依座下，雉頭今許宿竿無？（清釋超永編五燈全書卷八七龍聽無用印在瓠禪師）

清釋本僊云：清顔玉立老難枯，半壁殘陽弔影癯。身淨蓮花同社友，夜寒明月指迷夫。閒雲片片袈裟幅，野鶴翩翩煙水徒。只許坡仙參玉版，那知陶令蹙眉無？

又云：豈共蒲衰與柳枯，瀟湘渭水並清癯。雨花臺畔空心侶，面壁巖前立雪夫。鬱鬱黃華明旨趣，喃喃紫燕語參徒。降心誰復談金偈，衣裹明珠是有無？（清釋元視等編遠庵僊禪師語録卷一三和覺範禪師竹尊者）

清釋元揆云：婆娑雲外半清枯，歷盡冰霜貌愈癯。自足千峰堪法供，不煩一鉢問賢夫。風雲匝匼凝衣裓，花鳥常餘聽法徒。晝夜伽陀談不息，可存一字在胸無？

又云：雪玉森森異衆枯，風清梵詠自靈癯。神通幾許離西竺，高節偏宜合遁夫。果熟有香邀鳳侶，雷驚時逼化龍徒。春煙漫作桃花浪，一葦依稀似泛無。

又云：深院容儀雅不枯，何緣此土誕清癯。節高慵跨青霄鶴，根淨寧同白足夫。應是刹塵殊現跡，豈辭枝葉累匡徒。每憐塵客來瞻對，頓滌煩襟一點無。

又云：虛心應物味甘枯，彷彿嵩山碧眼癯。飽沃煙霞同逸士，頻敲風月暢林夫。法空座亦離方所，不二談時薦幾徒。立雪夜深人去後，親承此道世應無。（清釋成炯等編神鼎一揆禪師語録卷一〇和覺範洪禪師竹尊者詩）

清尼超琛云：四時積翠没榮枯，脱體心空不老癯。歲歲添條留晚節，山山獨坐笑村夫。吟風惕月誰爲伴？頑石蒼松可作徒。昔日擊聲空所有，今將眼聽實難無。（清釋普明編參同一揆禪師語録頌竹尊者步原韻）

清彭孫貽云：見俍亭挺公、嚴都諫灝亭有和竹尊者詩，未幾，南音言公自蔣山寄和洪覺範詩十首，使歸，未及步韻諸公所和，夫徒二韻已盡，令人無處生活。此不過過爲艱深險及，以示奇耳，非正格也。

苦吟管秃撚髭枯，一箇蒼然伴古癯。可畜墨胎爲弟弟，笑他湘淚怨夫夫。把茆瀟灑三間少，穿牖横斜四壁徒。何用妄生枝與節，心空無相亦無無。（一）

春不加榮夏不枯，蘆芽穿笋雪山癯。掃除塵累成孤孑，勘破空花謝故夫。墨本湖州清者聖，箐猖外道蹠之徒。鸞吟鳳嘯風前句，説法從來一字無。（二）

水木彭城畫派枯，頭陀石畔論肥癯。雙枝甘蔗分初祖，五粒秦松恥命夫。垢毒空來衣糞掃，顛毛剃落剪鉗徒。凌霄混逐時人翫，何可王猷一日無。（三）

外勁中虛理似枯，削成風格秀而癯。稱尊丘壑宜其爾，不畏冰霜有以夫。且共入林傾白墜，不須買宅過丹徒。攜筇欲叩西來意，爲問曾經身毒無？（四）

竺仙賢聖幾凋枯，未改青蒼道貌癯。寒碧蕭然對君子，幽篁不見蔽讒夫。依依摇落江南賦，冉冉脩名屈左徒。總讓筼簹古尊宿，風瓢雨笠老曇無。（五）

祇樹參禪坐久枯，冰稜石骨自然癯。風篁月上元非女，孝筍羅雲訝不夫。神足有根終是漏，聲彼若醉豈吾徒。移來倘出南天竺，此處稱尊佛可無？（六）

西風萬物盡摧枯，坼地鸞凰翠不癯。笑殺過溪三大士，悲歌食蕨兩廉夫。猶龍豈數函關叟，衰鳳堪嗤孔子徒。屈指諸賢都莫羨，孤標千尺掃虛無。（七）

籜龍迸地石泉枯，鳳尾干霄鶴骨癯。秀出祇林表孤獨，恥從金谷鬭君夫。慈篁金鎖三千界，忍草叢分五百徒。翠柏黄花同了義，淇園斬盡六塵無。（八）

弄月吟風老未枯，煙姿清綺豈爲癯。龍而長鬣誰凡聖，牛跡聲聞亦小夫。萬箇彼將驕若輩，七賢何足數其徒。閣樓羅酒沉酣久，仁者曾同竹醉無？（九）

人皆集菀獨于枯，伴石荒涼隱澤癯。不可以風寧見節，其生也直豈非夫。伽藍陀舍中皆是，林戲天游別有徒。清影縱横追百丈，龍蛇草聖走之無。（十。茗齋集卷二一竹尊者詩次宋洪覺範禪師十首）

清嚴熊云：武陵崇勝寺後有竹千竿，中一竿挺秀特異。宋覺範禪師名爲竹尊者，作詩紀之。歲戊申，牧公追和，傳示學人。時值公臘屆古稀，余因次和，即以爲贈祝焉。

冒暑迎寒翠不枯，嘉名恰稱仰清癯。化龍法雨蘇千里，作筏迷津渡萬夫。勁節孤高松是友，虛心淨潔藕爲徒。湖山雨後秋光好，問染纖埃一點無。

三危飲露潤焦枯，根入山根澈骨癯。透土鳳胎徵上品，干霄龍性異凡夫。孫枝挺挺堪成侶，别種掀掀莫作徒。（昌黎筍詩：「蛇虺首掀掀。」）却笑耒陽木居士，紙錢祈福應還無。

霜雪蒙頭半朽枯，亭亭拔萃貌寒癯。叢生後輩推尊宿，化盡同參剩老夫。閒處過雲看逐隊，定中巢鳥任呼徒。天寒翠袖殷勤倚，嚼蠟横陳總是無。

長身不向歲寒枯，煙火全消抱石癯。未肯逋逃藏幻客，惟容叩擊悟頑夫。裁皮冠首勞亭長，折榦垂絲老釣徒。總被此君開口笑，閻浮大夢本虚無。（嚴白雲詩集卷二雪鴻集中和牧雲和尚竹尊者詩四首）

明魏畊云：崇聖在萬松嶺西，爲故宋寂音尊者宴游地，種竹滿庭，額曰竹尊者軒。昔愛篔簹畫，如游篔簹谷。今過崇聖院，篔簹宛在目。榦栝森森翠欲空，杳然影落庭除中。深宵寂寂摇明月，驚猿瑟瑟悲清風。徘徊去不得，撫襟增歎息，琅玕蕭疏響四壁。曾聞天竺古沙門，當時種竹湘西村。琳宫珠殿却煩暑，蒼梧雲夢度雨痕。蒼蒼疊嶂虚碧映，藹藹飛嵐翡翠昏。羽人跨鶴何年入，鍊藥丹砂幾歲聞。沉吟轉發滄洲興，歷亂因之夢海雲。（雪翁詩集卷五崇聖院竹）

童子名道員年五歲餘不茹葷隨母往來禪林旦夕稍長即與落髮覓詩作此授之〔一〕

氣與秋容一倍清，出塵風骨自天成。逢僧論性人皆説〔二〕，指佛高談母亦驚。已覺君家鍾善慶〔三〕，從來我法付豪英〔四〕。他年勘徧諸方老，古寺編蒲更道情〔五〕。

【注釋】

〔一〕作年未詳。　童子：指希出家而寄侍於比丘所者，八歲以上而未冠。南海寄歸内法傳卷三十九受戒軌則：「凡諸白衣，詣苾芻所，若專誦佛典，情希落髮，畢願緇衣，號爲童子。」寂音自序：「年十四，母併月而歿，依三峰靘禪師爲童子。」　道員：生平未詳。

〔二〕説：通「悦」。

〔三〕鍾善慶：易坤：「積善之家，必有餘慶。」此化用其意。　鍾：彙聚，集中。

〔四〕我法：指佛法，此就佛教立場言之。

〔五〕古寺編蒲：本集卷二三陳尊宿影堂序：「陳尊宿者，斷際禪師之高弟也。嘗庵於高安之米山，以母老於睦，遂歸，編蒲屨，售以爲養。故人謂之陳睦州。」

題水鏡軒〔一〕

小軒明快照巖阿〔二〕，得道幽人喜氣多。但視世間如水鏡〔三〕，方知夢境有山河〔四〕。佳眠不礙林光入，清坐何妨夜月過。我亦思歸老丘壑，結鄰西崦肯容麼？

【校記】

㊀ 境：石倉本作「裏」。

【注釋】

〔一〕作年未詳。水鏡軒：未詳何人居室。

〔二〕巖阿：山之曲處。文選卷二六潘岳河陽縣作二首之二：「川氣冒山嶺，驚湍激巖阿。」呂良注：「巖阿，山曲也。」

〔三〕世間如水鏡：謂世間萬法如水月鏡像，虛妄不實。入楞伽經卷一羅婆那王勸請品：「譬如有人於水鏡中自見其像，於燈月中自見其影，於山谷中自聞其響，便生分別而起取著，此亦如是。」廓門注：「李白詩六卷：『寶鏡似空水。』司馬徽有知人之鑒，當時稱爲水鏡。世説：『衛瓘字伯玉。傳曰：此人人之水鏡也，見之若披雲霧覩青天。』」鍇按：此處水鏡非指明鑒，而喻虛幻，故下句言「方知夢境有山河」，廓門注不確。

同吴家兄弟游東山約仲誠不至〔一〕

東山重到讀題名，勝踐清游此合并。霧雨開晴秋滿眼，暮雲欲合句先成〔二〕。走禪壁月寒林靜〔三〕，來客蘭叢玉樹清〔四〕。我老吐詞如朽木，蒸成芝菌報升平〔五〕。

【注釋】

〔一〕政和七年秋作於洪州新建縣。吳家兄弟：指吳世承、世英、世隆三伯仲。參見本集卷一次韻寄吳家兄弟注〔一〕。仲誠：姓王，生平不可考。本集卷六有王仲誠舒嘯堂，可參看。東山：指新建縣東山寺。江西通志卷一一一寺觀一：「東山寺，在新建縣，唐建，宋大中祥符間僧修演重建，寺有卧如來像。」洪州治南昌、新建二縣。

〔二〕暮雲欲合句先成：廓門注：「使『日暮碧雲合』之語。」鍇按：江淹擬休上人詩：「日暮碧雲合，佳人殊未來。」約仲誠而仲誠不至，故有「佳人殊未來」之歎。

〔三〕走禪：石霜楚圓禪師語録高中允請益庭前柏：「趙州庭前柏，天下走禪客。」此用其語。

〔四〕蘭叢玉樹：喻優秀子弟，此指吳家兄弟。世説新語言語：「謝太傅問諸子姪：『子弟亦何預人事，而正欲使其佳？』諸人莫有言者，車騎（謝玄）答曰：『譬如芝蘭玉樹，欲使生於階庭耳。』」

〔五〕「我老吐詞如朽木」二句：自謙語，謂雖老朽猶能作詩。柳宗元與蕭翰林俛書：「雖朽枿腐敗，不能生植，猶足蒸出芝菌，以爲瑞物。」

器之示巽中見懷次韻〔一〕

折脚鐺尋穩處安〔二〕，對君此夕久盟寒〔三〕。狐裘不合須羔（羊）袖㊀〔四〕，藥籠何妨缺夜干〔五〕。秋壟此時驅健犢，道山何日跨歸鸞〔六〕。仙鑪只隔數丘耳〔七〕，上水船方厄瀨湍〔八〕。

【校記】

㈠ 羔：原作「羊」，誤，今改。參見注〔四〕。

【注釋】

〔一〕大觀二年作於太平州藏雲山。器之：太平州藏雲山雲際院僧。姑溪居士後集卷一三書樂府長短句後：「器之上人好事，不立畦畛，所到人多喜之。喜收予書，雖造次必録無擇。」參見本集卷一贈器之禪師注〔一〕。巽中：詩僧善權，字巽中，號真隱，洪州靖安人，俗姓高氏。因相貌清癯，人稱瘦權。參見本集卷二贈巽中注〔一〕。

〔二〕折脚鐺：斷足鍋，言生活貧寒簡陋。參見本集卷三游南嶽福嚴寺注〔三七〕。

〔三〕久盟寒：謂友人久未交往。左傳哀公十二年：「公會吴于橐皋，吴子使大宰嚭請尋盟，公不欲，使子貢對曰：『盟，所以周信也。故心以制之，玉帛以奉之，言以結之，明神以要之。寡君以爲苟有盟焉，弗可改也已。若猶可改，日盟何益？今吾子曰：必尋盟。若可尋也，亦可寒也。』乃不尋盟。」杜預注：「尋，重也。寒，歇也。」孔穎達疏：「則諸言尋盟者，皆以前盟已寒，更温之使熱。温舊即是重義，故以尋爲重。傳意言若可重温使熱，亦可歇之使寒。」

〔四〕狐裘不合須羔袖：狐裘不必待羔皮爲袖，喻友人不必等待自己，此自謙語。左傳襄公十四年：「右宰穀從而逃歸，衛人將殺之，辭曰：『余不説初矣，余狐裘而羔袖。』乃赦之。」注：「言一身盡善，唯少有惡，喻己雖從君出，其罪不多。」疏：「玉藻云：『君衣狐白裘，錦衣以裼之。』又曰：『錦衣狐裘，諸侯之服也。』是裘之用皮，狐貴於羔也。」羔：底本作「羊」。廓門注：「『羊』當作『羔』。」其説甚是，今據改。

〔五〕藥籠何妨缺夜干：藥籠中何妨缺少射干一種藥，喻結盟友人中無妨缺己一人。藥籠：猶藥籠，盛藥之竹器。夜干：即射干，香草名。廣雅釋草：「鳶尾、烏萐，射干也。」王念孫疏證：「方多作『夜干』字，今『射』亦作『夜』音。」楚辭劉向九歎愍命：「掘荃蕙與射干兮，耘藜藿與蘘荷。」王逸注：「射干，香草。」洪興祖補注：「射，音夜。荀子曰：『西方有木焉，名曰射干，莖長四寸，生於高山之上，而臨百仞之淵，木莖非能長也，所立者然也。』注引陶弘景云：『花白莖長，如射人之執竿。』又引阮公詩云：『夜干臨層城。』是生於高處也。據本草，在草部中，又生南陽川谷。此云木，未詳。」

〔六〕道山何日跨歸鸞：言何日成仙，乘鸞赴道山。道山：指蓬萊仙山之類。

〔七〕仙鑪只隔數丘耳：謂太平州藏雲山距江州廬山不過數丘而已，時善權在廬山，故言之。王安石泊船瓜州：「京口瓜洲一水間，鍾山只隔數重山。」此化用其意。仙鑪：指廬山，因有香爐峰，故稱。

〔八〕上水船方厄瀨湍：杜甫十二月一日三首之一：「一聲何處送書雁，百丈誰家上瀨船。」蘇軾監洞霄宫俞康直郎中所居四詠之一：「百丈休牽上瀨船。」鍇按：太平州治當塗縣，臨長江，廬山在其上游，故有此語。

書鑒上人香嚴堂〔一〕

堂前叢玉知誰種〔二〕，叢下高人自掃除。未論擊聲回顧眄〔三〕，先欣秀色上眉鬚。隨宜萬偈風宣説〔四〕，頓現千身月寫摹㊀〔五〕。就地對誰曾畫餅，當年饞水救飢無〔六〕？

【校記】

㊀千：寬文本、廓門本作「手」，誤。

【注釋】

〔一〕約政和五年作於筠州。鑒上人：僧元鑒，筠州太平泗州院僧。參見前訪鑒師不遇書其壁注〔一〕。香嚴堂：堂當爲慕香嚴智閑禪師而得名。智閑爲唐溈山靈祐禪師法嗣，屬溈仰宗南嶽下四世。

〔二〕叢玉：叢竹。廓門注：「叢玉謂竹。」鍇按：宋强至祠部集卷八依韻奉和經略司徒侍中寒食後池詩二首之二：「曉竹洗煙叢玉瘦，春池濺雨亂珠圓。」此借用其喻。

〔三〕擊聲回顧眄：景德傳燈録卷一一鄧州香嚴智閑禪師：「一日，因山中芟除草木，以瓦礫擊竹作聲，俄失笑間，廓然惺悟。」

〔四〕隨宜萬偈風宣説：山谷内集詩注卷一六題竹尊者軒：「平生脊骨硬如鐵，聽風聽雨隨宜説。」任淵注：「法華經曰：『諸佛隨宜説法，意趣難解。』」此化用其意。

〔五〕頓現千身月寫摹：景德傳燈録卷二〇韶州龍光和尚：「問：『賓頭盧一身，爲什麼赴四天供？』師曰：『千江同一月，萬户盡逢春。』」王安石記夢：「月入千江體不分，道人非復世間人。鍾山南北安禪地，香火他時供兩身。」

〔六〕「就地對誰曾畫餅」二句：景德傳燈録卷一一鄧州香嚴智閑禪師：「依潙山禪會，祐和尚知其法器，欲激發智光，一日，謂之曰：『吾不問汝平生學解及經卷册子上記得者，汝未出胞胎、未辨東西時本分事，試道一句來，吾要記汝。』師懵然無對，沈吟久之，進數語陳其所解，祐皆不許。師曰：『却請和尚爲説。』祐曰：『吾説得是吾之見解，於汝眼目何有益乎？』師遂歸堂，遍檢所集諸方語句，無一言可將酬對，乃自歎曰：『畫餅不可充飢。』於是盡焚之，曰：『此生不學佛法也，且作箇長行粥飯僧，免役心神。』遂泣辭潙山而去。」後擊竹作聲而悟，「遽歸沐浴，焚香，遥禮潙山，贊云：『和尚大悲，恩逾父母，當時若爲我説却，何有今日事也。』仍述一偈」。

泠然齋〔一〕

以身爲舌毗尼藏〔二〕，儼此空齋鏡面清㊀。蟬蜕塵埃軒蓋集〔三〕，蝶成魂夢篆煙輕〔四〕。蘆圌(圖)世界分遺境㊁〔五〕，玉麈天花委落英〔六〕。鉢在道山歸去好，摩挲風馭笑平生〔七〕。

【校記】

㊀ 此：武林本作「比」，誤。

㊁ 蘆圌：原作「蘆圖」，武林本作「蘿圖」，皆誤，今改。參見注〔五〕。

【注釋】

〔一〕約政和五年作於筠州。此詩當與前書鑒上人香嚴堂作於同時。泠然齋：齋名取自莊子逍遥遊「夫列子御風而行，泠然善也」之意。泠然：即「泠然」，輕妙之貌。

〔二〕以身爲舌毗尼藏：意謂以身守戒律，即如以舌宣説毗尼藏。禪林僧寶傳卷二五大潙真如喆禪師傳贊：「真如平生，以身爲舌，説比丘事。」本集卷一九潘延之贊：「談妙義借身爲舌，擘大千以手爲地。」卷二三無證庵記：「若親見靈源於寶覺背觸之拳，則當以身爲舌爲説之，尚無證之足云乎！」釋門正統卷六中立傳引陳瓘贊曰：「嚴奉木叉，堅持靜慮。以身爲舌，説百億事。」　毗尼藏：即律藏，三藏之一，梵文 Vinayapitaka，舊譯毗尼藏，新譯毗奈耶藏。毗奈耶之教能詮律，故亦譯曰律。善見律毗婆沙卷一序品：「毗尼藏者，是佛法壽。毗尼藏住，佛法亦住。」毗同「毘」。

〔三〕蟬蜕塵埃：史記屈原賈生列傳：「濯淖汙泥之中，蟬蜕於濁穢，以浮游塵埃之外，不獲世之滋垢，皭然泥而不滓者也。」

〔四〕蝶成魂夢：莊子齊物論：「昔者莊周夢爲胡蝶，栩栩然胡蝶也。自喻適志與！不知周也。俄然覺，則蘧蘧然周也。不知周之夢爲胡蝶與？胡蝶之夢爲周與？周與胡蝶則必有分矣，此謂之物化。」

〔五〕蘆圖：蘆葦所製圓形坐具，即蒲團。高僧傳卷一〇宋京師杯度傳：「帶索繿縷，殆不蔽身。言語出没，喜怒不均。或嚴冰扣凍而洒浴，或著屐上牀，或徒行入市。唯荷一蘆圌子，更無餘物。」　圖：底本作「圌」，乃涉形近而誤。蘆圖，世無此物，而蘆圌則爲參禪之坐具，正爲齋室中物。本集卷四次韻天錫提舉：「南歸亦何有，自負蘆圌柄。」亦可證。

〔六〕玉麈天花委落英：喻指高僧執拂子講佛經之效果，感得天花亂墜。續高僧傳卷五梁楊都光宅寺沙門釋法雲傳：「嘗於一寺講散此經，忽感天華狀如飛雪，滿空而下，延于堂内，昇空不墜，訖講方去。」參見本集卷三游南嶽福嚴寺注〔一一〕。　玉麈：拂塵之美稱。世説新語容止：「王夷甫容貌整麗，妙於談玄，恒捉白玉柄麈尾，與手都無分别。」

〔七〕摩挲：撫摸，捫摸。　風馭：由風駕馭之神車。語本莊子逍遥遊「列子御風而行」。馭，此同「御」。集韻去御：「説文：『使馬也。』徐鍇曰：『卸解車馬也。或彳，或卸，皆御者之職。古作馭。』」唐僧皎然步虚詞：「俄然動風馭，縹緲歸青雲。」蘇軾用前韻答西掖諸公見和：「風馭賓天雲雨隔，孤臣忍淚肝腸痛。」

謝性之惠茶〔一〕

午窗石碾哀怨語〔二〕，活火銀瓶暗浪翻〔三〕。射眼色隨雲脚亂〔四〕，上眉甘作乳花繁〔五〕。味香已覺臣雙井〔六〕，聲價從來友壑源〔七〕。却憶高人不同試〔八〕，暮山空翠共無言。

【注釋】

〔一〕約大觀二年作於江寧府。　性之：王銍字性之。詳見本集卷二贈王性之注〔一〕。

〔二〕午窗石碾哀怨語：形容石碾碾茶之聲。蘇軾寄周安孺茶：「晴天敞虚府，石碾破輕緑。」

〔三〕活火：謂炭之焰者，煎茶須用活火。參見本集卷九題夢清軒注〔三〕。

〔四〕雲脚亂：謂茶少湯多時，則茶末漂浮水中，如浮雲散亂。蔡襄茶録上篇論茶：「點茶：茶少湯多，則雲脚散；湯少茶多，則粥面聚。」

〔五〕上眉甘作乳花繁：蘇軾道者院池上作：「井好能冰齒，茶甘不上眉。」此反其意而用之。上眉，猶言皺眉。山谷詩集注卷一九四休居士詩三首之三：「借問四休何所好，更無一點上眉頭。」任淵注：「又抒情集李延璧愁詩曰：『潘岳愁絲生鬢裏，婕妤悲色上眉頭。』」乳花：烹茶時所起乳白泡沫。參見本集卷八無學點茶乞詩注〔五〕。

〔六〕臣雙井：足以使雙井茶臣服。東坡詩集注卷一四和錢安道寄惠建茶：「奴隸日注臣雙井。」注：「草茶盛於兩浙，兩浙之品，日注爲第一。自景祐以來，洪州雙井白芽漸盛，近歲製作尤精，其品遠出日注之上，遂爲草茶第一。」廓門注：「一統志南昌府：雙井，在寧縣西二十里，黄庭堅所居之南，溪心有二井，土人汲以造茶，絶勝他處。庭堅有送雙井茶與蘇軾詩云：『爲公喚起黄州夢，獨載扁舟泛五湖。』后山談叢曰：『茶，洪之雙井，越之日注。』」

〔七〕友鼇源：與鼇源茶爲友，意謂其聲價相匹配。方輿勝覽卷一一建寧府：「鼇源山，在鳳凰山之南。此山之茶爲外焙冠。」參見本集卷二夏日雨晴過宗上人房注〔八〕。

〔八〕試：品試，指試茶。茶録上篇論茶：「建安民間試茶，皆不入香，恐奪其真。」

訪友人二首〔一〕

海棠雨過尚嬌春，袖手來尋林下人。未話柳條堪結紐〔二〕，且欣梅子可嘗新〔三〕。孤蹤衮衮風中絮〔四〕，萬事紛紛夢裏塵。他日别山重會面，定知談笑絶鮮陳。日暮荒城倚瘦藤，江南春思倍添增。那知淮水黄塵路，忽見廬山緑髮僧。乞食久辭煙際寺，連牀今對夜深燈〔五〕。明年我亦尋君去，同陟天池最上層〔六〕。

【注釋】

〔一〕作年未詳。友人：未詳何人。

〔二〕柳條堪結紐：謂初發柳條細而柔，若可綰結。山谷外集卷一二送錢一泉卿：「到家春色容，柔條可結紐。」此化用其意。本集卷一六春晚二首之一：「方見柳條堪結紐，忽驚梅葉解藏禽。」

〔三〕梅子可嘗新：蘇軾雨晴後步至四望亭下魚池上遂自乾明寺岡上歸二首之一：「海棠真一夢，梅子欲嘗新。」此借用其語。

〔四〕衮衮：相繼不絶貌。杜甫上牛頭寺：「青山意不盡，衮衮上牛頭。」　風中絮：喻蹤跡之飄零無定。

〔五〕連牀今對夜深燈：形容朋友深夜燈下對牀共語，傾心交談。黄庭堅送王郎：「連牀夜語雞戒曉。」

〔六〕天池：在廬山頂。廬山記卷二叙山北：「由佛手巖三里，至天池院，一名羅漢池。池在山頂，大旱不爲之竭。張景詩曰：『若以山形比人骨，此池應合是泥洹。』人以爲的句也。」參見本集卷二六題天池石間。

石臺夜坐二首〔一〕

故鄉乃有此叢林，下板何妨著寂音〔二〕。永與世遺他日志，尚嫌山淺暮年心〔三〕。凍雲未放僧窗曉，折竹方知夜雪深〔四〕。琢句自應清似玉，更宜坡字硬黄臨〔五〕。

歲晚山深過客稀，一燈清坐夜同誰？滴階寒響雪消後，逼火活紅灰陷時〔六〕。斂目舊游真可數，蓋棺前事尚難知〔七〕。古今不隔諸緣淨，畫出巖中道者詩〔八〕。

【注釋】

〔一〕政和五年冬作於新昌縣。輿地紀勝卷二七江南西路瑞州：「石臺山，在新昌縣南二十里，中有清涼禪院，東坡、欒城嘗游焉，有詩贈長老問公。」方輿勝覽卷二〇瑞州：「石臺山，在新昌縣南二十里，有清涼院。東坡、欒城嘗游賦詩，今有石刻。」鍇按：蘇轍欒城集卷一二贈石臺問長老二絕叙曰：「石臺長老問公，本成都吴氏子，棄俗出家。手書法華經，字細如黑蟻，前後若一，將誦之萬遍，雖老而精進不倦，脅不至席者二十有三年。余來高安，以鄉人相好，蓋余懶而好睡，見之惕然自警，因贈之二小詩云。」蘇軾詩集卷二二有子由作二頌頌石臺長老問公手寫蓮經字如黑蟻且誦萬遍脅不至席二十餘年予亦作二首，可參見。江西通志卷一一一寺观一：「清涼寺，又名石臺寺。在新昌縣義鈞鄉。隋九牛將軍漆興捨宅爲寺。唐咸通間，智演禪師駐錫於此。宋治平間，覺範禪師倡道此山，丞相張商英等奏建報恩禪寺，賜覺範寶鏡及圓明之號。」惠洪嘗住持金陵清涼院，其游石臺清涼寺在政和年間，非治平年間，又其賜號爲寶覺圓明，江西通志所記殊誤。

〔二〕下板：指連排板牀之末端。林間録卷下：「（道圓禪師）一日，燕坐下板，聞兩僧舉百丈野狐因緣。」禪林僧寶傳卷二二雲峰悦禪師傳：「年十九，杖策徧游江淮，常默坐下板。」寂音：惠洪自號。

〔三〕尚嫌山淺：本集卷一八百丈大智禪師真贊序：「馬祖大寂禪師已化，塔於海昏之石門。師廬其旁，既久，衲子相尋日增，於是厭山之淺，乃沿馮水而上，至車輪峰之下。與希運、惟政火種刀耕而食。」此用百丈懷海禪師事。

〔四〕折竹方知夜雪深：白居易夜雪：「夜深知雪重，時聞折竹聲。」此化用其意。

〔五〕更宜坡字硬黄臨：謂宜於用硬黄紙臨摹東坡墨蹟。鍇按：此當爲石臺寺尚存東坡墨蹟之故。硬黄：經染色或塗蠟之紙，善書者多取以臨帖作字。宋張世南游宦紀聞卷五：「硬黄，謂置紙熱熨斗上，以黄蠟塗匀，儼若枕角，毫釐必見。」參見本集卷一隆上人歸省覲留龍山爲予寫起信論作此謝之注〔八〕。

〔六〕通火活紅灰陷時：謂爐火將盡。唐詩僧景雲老僧：「凍瓶粘柱礎，宿火陷爐灰。」蘇軾書雙竹湛師房二首之二：「白灰旋撥通紅火。」此合而用之。

〔七〕蓋棺前事：九家集注杜詩卷二自京赴奉先縣詠懷五百字：「蓋棺事則已，此志常覬豁。」注：「新添：劉毅云：『丈夫兒蹤跡不可尋常，便混羣小中，蓋棺事方定矣。』趙云：變韓詩外傳所載孔子云『學而不已，闔棺乃止』之語也。」

〔八〕「古今不隔諸緣淨」二句：謂於此夜坐之時，古今不隔，塵緣皆淨，其清境如畫出之詩。巖中道者，乃惠洪自謂。鍇按：本集頗有畫出詩篇之句，如卷一一至筠二首之二：「雨窗燈火清相對，畫出淵明五字詩。」卷一四贈誠上人四首之二：「衝雪來尋覺範，思時出說靈源。冷此夕蔣陵二老，畫出韋郎五言。」皆與此同。又本集所畫之詩，皆所謂「清景」或「清境」。冷齋夜話卷三荆公鍾山東坡餘杭詩：「山谷云：『天下清景，初不擇賢愚而與之遇，然吾特疑端爲我輩設。』荆公在鍾山定林，與客夜對，偶作詩曰：『殘生傷性老躭書，年少東來復起予。夜據槁梧同不寐，偶然聞雨落堦除。』東坡宿餘杭山寺，贈僧曰：『暮鼓朝鐘自擊撞，閉門欹枕有殘缸。白灰旋撥通紅火，卧聽蕭蕭雪打牕。』人以山谷之言爲確論。」所引荆公、東坡詩句，皆與本集「畫出」之詩意境相合。

【集評】

清吴喬云：洪覺範，詩中名家，不當以僧論也。五言古詩不獨清氣，用筆高老處，如記如畫。

近體詩如石臺夜坐云：「永與世遺他日志，尚嫌山淺暮年心。凍雲未放僧窗曉，折竹方知夜雪深。」上元宿百丈云：「夜久雪猿啼岳頂，夢回明月在梅花。」秀骨嶷然。又「拾句書幽石，收茶踏亂雲」，亦有清致。（圍爐詩話卷五）

集評。

清延君壽老生常談評「永與世遺他日志，尚嫌山淺暮年心」二句，參見本卷送瑩上人遊衡嶽

胡卿才時思亭〔一〕

秖今冢木上雲雨〔二〕，想見音容無恙時。竟作懷歸戀雲舍〔三〕，空餘淚眼看風枝〔四〕。功名未洗終天恨〔五〕，歲月難忘罔極悲〔六〕。已覺夜林無觸鹿〔七〕，但看几硯出靈芝〔八〕。

【注釋】

〔一〕作年未詳。胡卿才：生平不可考。時思亭：孝經喪親章：「春秋祭祀，以時思之。」亭以此爲名。廓門注：「陳師道思亭記類也。」

〔二〕秖今冢木上雲雨：謂其父母冢旁之樹木已高聳參天。黄庭堅過家：「兒時手種柳，上與雲雨近。」此化用其意。

〔三〕懷歸戀雲舍：新唐書狄仁傑傳：「親在河陽，仁傑登太行山，反顧，見白雲孤飛，謂左右曰：『吾親舍其下。』瞻悵久之，雲移乃得去。」參見本集卷二送覺海大師還廬陵省親注〔一二〕。

〔四〕淚眼看風枝：孔子家語致思：「夫樹欲靜而風不停，子欲養而親不待。往而不來者，年也；不可再見者，親也。」此化用其意。

〔五〕終天恨：謂死喪永別之遺恨。陶淵明祭程氏妹文：「如何一往，終天不返！」廓門注：「尺牘曰：『第足下終天之恨慘。』注：『父母死，不爲再生，曰終天恨。』」

〔六〕罔極悲：指喪父母之悲。罔極，無窮盡，指父母哺育之恩德無邊。詩小雅蓼莪：「父兮生我，母兮鞠我，拊我畜我，長我育我，顧我復我，出入腹我。欲報之德，昊天罔極。」朱熹集傳：「言父母之德，如天無窮，不知所以爲報也。」

〔七〕夜林無觸鹿：新唐書褚無量傳：「廬墓左，鹿犯所植松柏，無量號訴曰：『山林不乏，忍犯吾塋樹耶？』自是羣鹿馴擾，不復棖觸。」蘇軾同年程德林求先墳二詩思成堂：「養松無觸鹿，助祭有馴烏。」

〔八〕几硯出靈芝：宋蘇易簡文房四譜卷三硯譜：「魏孝靜帝有芝生銅硯。」

題此君軒〔一〕

解知無竹令人俗〔二〕，日報平安候起居。所以此君揖冰雪〔三〕，長吟餘翠滿衣裾。瘦行清坐搜詩處〔四〕，雨葉風枝解籜初〔五〕。試作小軒聊寄傲〔六〕，愛君生計未爲疏。

【注釋】

〔一〕作年未詳。　此君軒：此君謂竹。世説新語任誕：「王子猷嘗暫寄人空宅住，便令種竹。或問：『暫住何煩爾？』王嘯詠良久，直指竹曰：『何可一日無此君？』」軒名取自此。廓門注謂「王羲之嘗寄居空宅中」云云，乃誤記。　鍇按：王子猷名徽之，乃羲之子。

〔二〕無竹令人俗：蘇軾於潛僧緑筠軒：「可使食無肉，不可使居無竹。無肉令人瘦，無竹令人俗。人瘦尚可肥，俗士不可醫。」

〔三〕所以此君揖冰雪：冷齋夜話卷五詩言其用不言其名：「用事琢句，妙在言其用不言其名耳。此法唯荆公、東坡、山谷三老知之。山谷曰：『語言少味無阿堵，冰雪相看有此君。』」此化用其意。

〔四〕瘦行清坐搜詩處：林逋深居雜興六首之一：「中有病夫被白搭，瘦行清坐詠遺篇。」此借用其語意。

〔五〕雨葉風枝：黄庭堅題子瞻畫竹石：「風枝雨葉瘠土竹，龍蹲虎踞蒼蘚石。」此借用其語。　解籜：竹筍脱殼。鮑照詠採桑：「早蒲時結陰，晚篁初解籜。」

〔六〕寄傲：寄託曠放高傲之情懷。陶淵明歸去來兮辭：「倚南窗以寄傲。」

喜文首座至〔一〕

機鋒不減矮師叔㊀〔二〕，聞説叢林最飽參〔三〕。無暇對人收冷（泠）涕㊁〔四〕，却能爲我出寒巖。春江柔櫓何時聽？夜雨山房且對談。掣電一懽端可貴〔五〕，此生俱是再眠蠶〔六〕。

【校記】

㊀矮：重刊貞和類聚祖苑聯芳集卷七作「矬」。

㊁冷：原作「泠」，誤，今據四庫本、武林本改。參見注〔四〕。

【注釋】

〔一〕約政和四年作於新昌縣。　文首座：冷齋夜話卷九筠溪快山有虎：「筠溪快山有虎，嘗搏牧牛童子，爲兩牛所逐，虎既去，牛捍護之，童子竟死。石門老衲文公爲予言之，爲作詩記之。」文首座即石門老衲文公，生平法系未詳。

〔二〕矮師叔：指五代後梁撫州疎山匡仁禪師，避宋太祖趙匡胤諱，作光仁。宋高僧傳卷一三梁撫州疎山光仁傳：「釋光仁，不知何許人也。其形矬而么麽，幼則氣槩凌物，精爽殆與常不同。早參洞山，深入玄奥，其辯給又多於人也。……後居臨川疎山，毳客趨請，頗有言辭，著四大等頌略、華嚴長者論，行於世。」景德傳燈録卷一七撫州疎山光仁禪師：「身相短陋，精辯冠衆。洞山門下時，有鬻鏃之機，激揚玄奥，咸以仁爲能銓量者，諸方三昧，可以詢乎矬師叔。」禪林僧寶傳卷七天台韶國師傳：「時疎山有矮師叔者，精峭號能鬻鏃機。韶問：『百帀千重，是何人境界？』矮曰：『左搓芒繩縛鬼子。』曰：『不落古今，請師説。』矮曰：『不説。』曰：『爲什麽不説？』矮曰：『箇中不辨有無。』韶曰：『師今善説。』矮駭之。」

〔三〕飽參：謂充分領會禪宗妙理。林間録卷下：「時大岳、雪竇號爲飽參，且有機辯。」宋釋曉瑩羅湖野録卷下：「明州和菴主，從南嶽辨禪師游，叢林以爲飽參。」參見本集卷一送元上人還桂陽建轉輪藏注〔二〕。

〔四〕無暇對人收冷涕：用唐高僧懶瓚禪師事。林間録卷下：「德宗聞其名，遣使馳詔召之。使者即其窟，宣言：『天子有詔，尊者幸起謝恩。』瓚方撥牛糞火，尋煨芋食之，寒涕垂膺，未嘗答。使者笑之，且勸瓚拭涕。瓚曰：『我豈有工夫爲俗人拭涕耶？』竟不能致而去。德宗欽嘆之。」參見本集卷六次韻游衡嶽注〔一〇〕。

〔五〕掣電一懽端可貴：謂山房對談之歡樂雖極短暫，然極可貴。東坡詩集注卷一將至筠先寄遲适遠三猶子：「我爲乃翁留十日，掣電一懽何足恃。」注：「次公曰：『掣電，言疾也，禪家有掣電之機。』」此反用其意。

〔六〕此生俱是再眠蠶：蘇軾次韻王定國會飲清虚堂：「此身正似蠶將老，更盡春光一再眠。」鍇按：詩話總龜卷四〇樂府門引冷齋夜話：「余登秋屏閣，浩然有歸老之興，作長短句寄意曰：『城裏久偷閑，塵涴雲山。此生已是再眠蠶。隔岸有山歸去好，萬壑千巖。霜曉更憑欄，減盡晴嵐。微雲生處是茅庵。試問此行誰作伴，彌勒同龕。』」亦用此語。

超然自見軒〔一〕

叢林爭致致不得〔二〕，藕足徑來尋儼師〔三〕。幽境自能情外見〔四〕，高懷獨出世間癡。清晨倚檻臨黄卷，五月亂山聞（闟）子規㊀〔五〕。夙習尚嗟消未盡〔六〕，壁間時録和陶詩〔七〕。

【校記】

㊀聞：原作「闟」，誤，今據四庫本、武林本改。參見注〔五〕。

【注釋】

〔一〕政和四年五月作於新昌縣。　超然：希祖字超然，惠洪法弟。　自見軒：當在新昌石門寺。惠洪時與希祖坐夏於石門寺。本集卷一二有余所居連超然自見軒日多啜茶其上二首。

〔二〕叢林爭致：謂諸方禪院爭相招致希祖，欲以之爲住持。釋祖琇僧寶正續傳卷五大溈果禪師傳：「台之萬年、婺之雙林、潭之大溈，皆虚席，三郡爭致請，而長沙尤力。」希祖事當略同於此，然不可考。

〔三〕繭足：猶趼足，謂脚生老繭。繭，通「趼」。戰國策宋衛策：「公輸般爲楚設機械，將以攻宋。墨子聞之，百舍重繭，往見公輸般。」高誘注：「重繭，累胝也。」淮南子修務：「昔者楚欲攻宋，墨子聞而悼之，自魯趨而十日十夜，足重繭而不休息。」高誘注：「足傷皮皺，如蠶繭也。」　儼師：惠洪自號。智證傳：「予政和元年十月謫海外，明年三月館於瓊州之開元寺儼師院。」本集卷二三無證庵記：「余頃得罪，謫海外，館於開元之上方儼師院。」因自號儼師、老儼。本集卷二七跋道鄉居士詩：「儼師題於衡山之麓。」

〔四〕幽境自能情外見：廓門注：「謂自見軒也。」鍇按：此句寫自見軒得名之由。

〔五〕聞子規：李白宣城見杜鵑花：「蜀國曾聞子規鳥，宣城還見杜鵑花。」劉禹錫後梁宣明二帝碑堂下作：「千行宰樹荆州道，暮雨蕭蕭聞子規。」李商隱三月十日流杯亭：「偷隨柳絮到城外，行過水西聞子規。」底本「聞」作「闕」，不辭，詩無其例，乃涉形近而誤。　鍇按：此處「子規」對「黄卷」，即宋人所樂道之「假對法」。惠洪天廚禁臠卷上四種琢句法：「近體詩以聲律爲標準，每錙銖而較之，蓋其法嚴甚。然妙意欲達，而爲詩語所礙，則奈何？曰：有假借之法。山行：『因尋樵子徑，偶到葛洪家。』游山寺：『殘春紅藥在，終日子規啼。』此以『子』對『洪』，又以『紅』對『子』，皆假其聲也。」意謂假「子」之聲爲「紫」，假「洪」之聲爲「紅」，以爲顔色對。此以「子」對「黄」，亦其類。

〔六〕夙習：此指吟詩之習，猶本集所常言「垢習」，參見卷二次韻汪履道注〔四〕。

〔七〕和陶詩：指蘇軾和陶詩。蘇轍子瞻和陶淵明詩集引載蘇軾書來告曰：「古之詩人，有擬古之作矣，未有追和古人者也。追和古人，則始於東坡。吾於詩人無所甚好，獨好淵明之詩。淵明作詩不多，然其詩質而實綺，癯而實腴，自曹、劉、鮑、謝、李、杜諸人，皆莫及也。吾前後和其詩凡百數十篇，至其得意，自謂不甚愧淵明。今將集而并録之，以遺後之君子，子爲我志之。然吾於淵明，豈獨好其詩也哉？如其爲人，實有感焉。」

清大師還姑蘇塔其師骨石弔之兼簡其弟〔一〕

聞説高懷照雪霜，道容一見自清涼。今隨生死晦心月，空使湖山藹德香〔二〕。故紙不堪看竹篦〔三〕，凝塵那忍拂繩牀〔四〕。安門弟子真持遠〔五〕，獨爲斯人未始亡。

【注釋】

〔一〕作年未詳。清大師：法名未詳，生平法系不可考。姑蘇：即蘇州。塔其師骨石：林間録卷上：「雲居祐禪師曰：『吾觀諸方長老，示滅必塔其骸。山川有限，而人死無窮。百千年之下，塔將無所容。』於是於宏覺塔之東作卵塔，曰：『凡住持者，自非生身不壞、火浴雨舍利者，皆以骨石填於此。』其西又作卵塔，曰：『凡衆僧化，皆藏骨石於此。』謂之三塔。」　骨石：指亡僧火化後之骨灰。

〔二〕藹：籠罩，佈滿。文選卷三一劉鑠擬古二首擬明月何皎皎：「落宿半遥城，浮雲藹曾闕。」呂向注：「藹，蓋也。」亦作香氣濃烈貌。楚辭劉向九歎愍命：「懷椒聊之藹藹兮，乃逢紛以罹詬。」王逸注：「藹藹，香貌。」

〔三〕故紙不堪看竹籠：宋釋淨善集禪林寶訓卷三：「湛堂每獲前賢書帖，必焚香開讀，或刊之石。曰：『先聖盛德佳名，詎忍棄置？』其雅尚如此。故其亡也，無十金之聚，唯唐宋諸賢墨蹟僅兩竹籠。」清大師其師之故紙竹籠亦類此，物在人亡，故不忍看。

〔四〕凝塵那忍拂繩牀：續高僧傳卷二〇唐益州空慧寺釋慧熙傳：「一身獨立，不畜侍人，一食而止，不受人施。有講便聽，夜宿本房，但坐牀心，兩頭塵合。」此暗用其事，亦物在人亡之感。宋王觀國學林卷四繩牀：「繩牀者，以繩貫穿爲坐物，即俗謂之交椅之屬是也。」僧人多用此物。參見本集卷四重會大方禪師注〔九〕。

〔五〕安門弟子真持遠：以晉高僧道安之弟子慧持、慧遠喻清大師及其弟。高僧傳卷六釋慧遠傳：「釋慧遠，本姓賈氏，雁門婁煩人也。弱而好書，珪璋秀發。年十三，隨舅令狐氏游學許洛，故少爲諸生，博綜六經，尤善莊老。性度弘博，風鑒朗拔，雖宿儒英達，莫不服其深致。年二十一，欲渡江東就范宣子共契嘉遁，值石虎已死，中原寇亂，南路阻塞，志不獲從。時沙門釋道安立寺於太行恒山，弘贊像法，聲甚著聞，遠遂往歸之。一面盡敬，以爲真吾師也。後聞安講波若經，豁然而悟。」同卷釋慧持傳：「釋慧持者，慧遠之弟也。沖默有遠量，年十四學讀書，一日所得，當他一旬。善文史，巧才製。年十八出家，與兄共伏事道安法師。遍學衆經，游刃三藏。及安在襄陽，遣遠東下，持亦俱行。」

閩僧不食已四十年贈之〔一〕

銀髮齊眉衲半肩，相逢古寺獨欣然。自云出嶺三千里，人見空餘四十年。擬欲就君求此術，預憂臨食必流涎〔二〕。何如萬事隨緣過，飢即須餐困即眠〔三〕。

【注釋】

〔一〕約作於元祐年間。 閩僧：福建僧人，法名從謙。輿地紀勝卷一三一福建路漳州仙釋：「僧從謙：閩南僧從謙，不食四十年，歸岐山。石門洪覺範有詩，大覺禪師亦有詩。」明王圻續文獻通考卷二五四仙釋考：「從謙，慶曆中住漳州開元寺，日誦經説偈，辟穀不食者四十年，後歸岐山。石門洪覺範有詩贈之，大覺師亦有詩。」惠洪所贈當即此詩。 錯按：自慶曆（一〇四一～一〇四八）下推四十年爲元祐年間（一〇八六～一〇九四），姑繫於此。

〔二〕流涎：語本杜甫飲中八仙歌「道逢麴車口流涎」。廓門注：「酒家門外口流涎。」錯按：「酒家門外口流涎」見於日本江户僧月坡禪師住常陸州岱宗山天德禪寺語録卷二頌古，非惠洪詩句出處。

〔三〕飢即須餐困即眠：景德傳燈録卷六越州大珠慧海禪師：「有源律師來問：『和尚修道還用功否？』師曰：『用功。』曰：『如何用功？』師曰：『飢來喫飯，困來即眠。』」同書卷三〇南嶽懶瓚和尚歌：「飢來喫飯，困來即眠。」

元祐五年秋嘗宿獨木爲詩以自遣今復過此追舊感歎用韻示超然二首〔一〕

獨木江頭纜客船，暮江秋色兩依然。落霞片段紅繃水〔二〕，危岫參差碧挂天〔三〕。名利到頭成底事〔四〕，田園歸得是何年〔五〕？崢嶸壯志消磨盡，滿目西風只自憐。

蹤跡漂流不繫船〔六〕，舊游曾到意茫然。玉笙哀怨初涼夜〔七〕，秋月嬋娟落木天〔八〕。往事已嗟如昨夢，壯懷無復似當年。鑪峰當眼空相向〔九〕，因念區區想見憐〔一〇〕。

【注釋】

〔一〕元符二年秋作於蘄州黄梅縣。獨木：鎮名。據元豐九域志卷五淮南西路蘄州，黄梅縣有獨木鎮。宋時由江西至東京開封，獨木爲最近路線必經之地。李綱梁谿集卷八八乞差軍馬劄子：「臣竊見江西路環數千里，爲郡十有一，爲縣五十有三，控引荆湖，襟帶吴越，爲上流重地。去淮南、京西，道里不遠。平時商旅由獨木渡江，自光、蔡以趨汴都，最爲徑捷。」　超然：僧希祖，字超然，惠洪法弟。鍇按：惠洪於元祐五年（一〇九〇）秋赴京師，途經獨木，九月至京師，試經得度。元符二年（一〇九九）秋與希祖渡江復過此，時隔九年。

〔二〕落霞片段紅綳水：言落霞如片段紅錦綳在水面，此即謝朓詩「餘霞散成綺，澄江靜如練」之意。

〔三〕危岫：高山，比當指廬山。

〔四〕底事：何事。廓門注：「陳后山詩集一卷注：『老杜詩：花飛有底急。底，猶言何等。』見顔師古糾繆正俗。」

〔五〕田園歸得是何年：陶淵明歸去來兮辭：「歸去來兮，田園將蕪胡不歸？」此用其意。

〔六〕蹤跡漂流不繫船：莊子列禦寇：「無能者無所求，飽食而遨游，汎若不繫之舟。」成玄英疏：「唯聖人汎然無係，泊爾忘心，譬彼虛舟，任運逍遥。」蘇軾自題金山畫像：「心似已灰之木，身如不繫之舟。」此兼取漂泊之意。

〔七〕玉笙哀怨初涼夜：蘇軾望海樓晚景五絶之四：「樓下誰家燒夜香，玉笙哀怨弄初涼。」又送劉寺丞赴餘姚：「玉笙哀怨不逢人，但見香煙横碧縷。」此借用其語。

〔八〕嬋娟：月色明媚貌。劉長卿琴曲歌辭湘妃：「嬋娟湘江月，千載空蛾眉。」　落木天：黄庭堅登快閣：「落木千山天遠大。」

〔九〕鑪峰：廬山之别名，因有香爐峰故稱。孟浩然晚泊潯陽望廬山：「泊舟潯陽郭，始見香爐峰。」

〔一〇〕區區：指方寸之心，情真意摯。

與客啜茶戲成〔一〕

道人要我煮温山〔二〕，似識相如病裹顔〔三〕。金鼎浪翻螃蟹眼〔四〕，玉甌絞刷鷓鴣斑〔五〕。津津白乳衝眉上〔六〕，拂拂清風産腋間〔七〕。唤起晴窗春晝夢〔八〕，絶憐佳味少人攀〔九〕。

【注釋】

〔一〕作年未詳。

〔二〕要：約請，邀請。　温山：茶之代稱。陸羽茶經卷下七之事：「山謙之吴興記：『烏程縣西二十里，有温山，出御荈。』

〔三〕似識相如病裏顔：史記司馬相如列傳：「相如口吃而善著書，常有消渴疾。」蘇軾黄魯直以詩饋雙井茶次韻爲謝：「列仙之儒瘠不腴，只有病渴同相如。」戲謂飲茶可解消渴疾。

〔四〕螃蟹眼：宋蔡襄茶録上篇論茶：「候湯最難，未熟則沫浮，過熟則茶沉，前世謂之蟹眼者，過熟湯也。」蘇軾試院煎茶：「蟹眼已過魚眼生。」

〔五〕鷓鴣斑：茶盞名。因有鷓鴣斑點之花紋，故稱。陶穀清異録卷上：「閩中造盞，花紋鷓鴣斑，點試茶家珍之。」廓門注：「宋張師正倦游雜録曰：『沉香水，嶺南諸郡悉有之，復以鋸取，刮去白木，其香結爲斑點，亦名鷓鴣斑。』」錯按：鷓鴣斑一爲茶盞名，一爲香名。如黄庭堅惠江南帳中香者戲答六言之二：「螺甲割崑崙耳，香材屑鷓鴣斑。」又能改齋漫録卷一七樂府下録黄庭堅滿庭芳茶詞：「纖纖捧，冰甆瑩玉，金縷鷓鴣斑。」前指香，後指茶盞。又楊萬里和羅巨源山居十詠之三：「自煎蝦蟹眼，同瀹鷓鴣斑。」亦寫茶盞。此詩言「玉甌」，當指茶盞，廓門注不確。

〔六〕津津白乳衝眉上：蘇軾道者院池上作：「井好能冰齒，茶甘不上眉。」此反用其意。白乳：猶言雪乳，指煎茶時翻騰之白色細沫。蘇軾汲江煎茶：「雪乳已翻煎處脚。」陸游喜晴：「試茗初看白乳新。」錯按：亦有茶名「白乳」者。余靖武溪集卷二賀孫抗員外春晝端居：「僧來更學嘗茶訣，白乳槍旗帶露收。」梅堯臣宛陵先生集卷二九王仲儀寄鬭茶：「白乳葉家春，銖兩直錢萬。資之石泉味，特以陽芽嫩。」葉清臣述煮茶品泉：「吳楚山谷間，氣清地靈，草木穎挺，多孕茶荈，爲人採拾。大率右於武夷者爲白乳，甲於吴興者爲紫筍。」苕溪漁隱叢話後集卷一一：「今歲出三十餘萬觔，凡十品，曰龍茶、鳳茶、京挺、的乳、石乳、頭金、白乳、蠟面、頭骨、次骨。……館閣賜白乳。」

〔七〕拂拂清風産腋間：唐盧仝走筆謝孟諫議寄新茶：「七碗喫不得也，唯覺兩腋習習清風生。」此化用其意。

〔八〕唤起晴窗春晝夢：謂飲茶令人從夢中清醒。黄庭堅雙井茶送子瞻：「爲君唤起黄州夢。」

〔九〕攀：追攀，攀比。

宿香城寺〔一〕

夜晴風細月華清，遶寺霜筠雪竹聲〔二〕。錫響僧歸帝青寶〔三〕，夢香人宿水沉城〔四〕。

古今不隔塵都盡，心境俱忘鏡對明〔五〕。枕臂曉猿三叫絶〔六〕，小窗燈暗讀殘經。

【注釋】

〔一〕政和七年冬作於洪州新建縣。方輿勝覽卷一九江西路隆興府：「香城寺，在豫章西山。」參見本集卷一香城懷吴氏伯仲注〔一〕。

〔二〕遶寺霜筠雪竹聲：冷齋夜話卷四詩忌：「荆公方大拜，賀客盈門，忽點墨書其壁曰：『霜筠雪竹鍾山寺，投老歸歟寄此生。』」此借用其語。

〔三〕錫：錫杖，即禪杖。錫者，取振時錫錫作聲之意。　帝青寶：寶珠名。唐釋慧琳一切經音義卷五〇引玄應音義：「帝釋青，梵言因陀羅尼目多，是帝釋寶，亦作青色。以其最勝，故稱帝釋青。或解言，帝釋所居處，波利質多羅樹下地，是此寶，故名帝釋青。目多，此云珠，以此寶爲珠也。」華嚴經卷六如來現相品：「復現十種帝青寶一切華莊嚴帳雲。」同書卷九華藏世界品：「此帝青寶莊嚴，香水海右旋。」同書卷六〇入法界品：「譬如帝青寶，能青一切色。見佛者亦然，悉發菩提行。」

〔四〕水沉城：謂香城。本集卷二四送嚴修造序：「南昌千嶂深秀處，忽生水沉奇材，而萬峰繞之，遂名香城。」

〔五〕心境俱忘：佛果圜悟禪師碧巖録卷一：「到這裏，言也端，語也端，頭頭是道，物物全真。豈不是心境俱忘，打成一片處？」五燈會元卷一五香林澄遠禪師：「曰：『心境俱忘時如何？』師曰：『開眼坐睡。』」

〔六〕曉猿三叫絶：北魏酈道元水經注江水：「每至晴初霜旦，林寒澗肅，常有高猿長嘯，屬引淒異，空谷傳響，哀轉久絶。故漁者歌曰：『巴東三峽巫峽長，猿鳴三聲淚沾裳。』」

【附録】

明釋真哲云：古殿鐘寒眼更清，蕭蕭萬籟盡停聲。松根火暖平分座，柏子煙凝列作城。案有鉼梅春正好，窗無山月夜偏明。不知竹裏連雲榻，趺坐於兹夢幾經。

又：漏盡更殘話轉清，時聞隔壁打呼聲。夢緣斷後空雙眼，智境符來逾百城。香解染人稱絶妙，燈能照自是圜明。劇談幸有知音在，誰更區區讀夜經。（古雪哲禪師語録卷一七宿香城寺和寂音尊者韻二首）

自張平道入瑶谿〔一〕

衝虎曾經落照村〔二〕，千峰盤盡始登門。慣聞跛脚阿師法〔三〕，喜見横行道者孫〔四〕。愛客精神清入畫，游方蹤跡夜重論。杖藜又入層雲去，知有安公舊隱存〔五〕。

【注釋】

〔一〕作年未詳。　張平道、瑶谿，均爲地名，然不可考。

〔二〕衝虎：冒遇虎之險，語本杜甫夜歸：「夜半歸來衝虎過。」參見本集卷三次韻超然送照上人歸東吴注〔八〕。

〔三〕跛脚阿師：指雲門文偃禪師，五燈會元卷一五列青原下六世。禪林僧寶傳卷二韶州雲門大慈雲弘明禪師：「禪師名文偃，姑蘇嘉興人也。少依兜率院得度。……博通大小乘，棄之，游方。初至睦州，聞有老宿飽參，古寺掩門，織蒲屨養母，往謁之。方扣門，老宿搕之曰：

『道！道！』偃驚不暇答，乃推出曰：『秦時轆轢鑽。』隨掩其扉，損偃右足。老宿名道蹤，嗣黄蘗斷際禪師，住高安米山寺，以母老東歸，叢林號陳尊宿。偃得旨辭去。」佛果圜悟禪師碧巖録卷一：「雲門初參睦州，州旋機電轉，直是難湊泊。尋常接人，纔跨門便搊住云：『道道。』擬議不來，便推出，云：『秦時轆轢鑽。』雲門凡去見，至第三回，纔敲門，州云：『誰？』門云：『文偃。』纔開門，便跳入。州搊住云：『道！道！』門擬議，便被推出。門一足在門閫内，被州急合門，拶折雲門脚。門忍痛作聲，忽然大悟。」祖庭事苑卷一雲門録上：「初至睦州，參陳尊宿，扣其門。陳問：『阿誰？』曰：『文偃。』陳開門把住曰：『道！道！』師無語。陳曰：『秦時轆轢鑽。』遂托開，以門揜折右足。師因發明大意。」錯按：雲門文偃折足事，景德傳燈録不載，始見於北宋晚期禪籍。「跛脚阿師」之稱，則始見於本集，又卷一五太平有老僧頃見大本禪師掩門久不出乃書其壁：「跛脚阿師六世孫，毗陵古寺獨關門。也知祖是陳尊宿，平昔高風宛尚存。」

〔四〕横行道者：指開先善暹禪師，五燈會元卷一五列雲門宗青原下九世。建中靖國續燈録卷三廬山開先善暹禪師：「臨江軍人也。操行清苦，知識明悟，徧參宗匠，機辯迅捷。禪林目曰海上横行道者。」此處所見「横行道者孫」，爲雲門宗青原下十一世，然未知其法名。

〔五〕安公：或指晉高僧釋道安，人稱安公。詳見高僧傳卷五釋道安傳。

九峰夜坐〔一〕

千峰萬峰自雲雨，一宿兩宿心頽然。不知人間歲云暮〔二〕，但覺澗風吹夜泉。地爐火談水正泣，篝燈委昏僧未眠〔三〕。古人去我不甚遠，何必想像臨遺編。

【注釋】

〔一〕政和五年冬作於筠州上高縣九峰。參見本集卷四追和帛道猷一首注〔一〕、〔三〕。

〔二〕歲云暮：猶歲暮，歲末。詩小雅小明：「昔我往矣，日月方除。曷云其還，歲聿云莫。」莫通「暮」。杜甫歲晏行：「歲云暮矣多北風。」

〔三〕篝燈：置燈於竹籠中。宋祁西齋夜思：「漏壺漸促星榆轉，獨背篝燈擁薄衾。」

同世承世英世隆三伯仲蔡定國劉達道登滕王閣〔一〕

承英連璧光照坐〔二〕，更著阿隆如鼎安〔三〕。老兵先馳啓關鑰，西山奔走登欄干〔四〕。劉郎端默自凝遠〔五〕，蔡侯奮髯牙齒寒〔六〕。但餘衰老百無用〔七〕，搜句倚欄方細看。

【注釋】

〔一〕政和七年秋作於南昌。　世承、世英、世隆三伯仲：疑即吴居厚之子吴接、吴括、吴授。參見本集卷一贈吴世承注〔一〕。　蔡定國、劉達道：生平俱不可考。　滕王閣：在南昌。參見本集卷四重陽後同鄒天錫登滕王閣注〔一〕。

〔二〕連璧：並列之美玉，喻世承、世英。

〔三〕鼎安：三者並立如鼎足安穩，喻世承、世英、世隆三伯仲。黄庭堅和答子瞻和子由常父憶館中故事：「二蘇上連璧，三孔立分鼎。」此化用其意。

〔四〕西山：在洪州新建縣。王勃秋日登洪府滕王閣餞别序詩：「畫棟朝飛南浦雲，珠簾暮捲西山雨。」

〔五〕劉郎：指劉達道。　端默：莊重沉靜。　凝遠：凝重而深遠，形容氣質風度。新唐書宋璟傳：「璟風度凝遠，人莫涯其量。」

〔六〕蔡侯：指蔡定國。　奮髯：抖動鬍鬚，激昂貌。

〔七〕衰老百無用：此自謙語。蘇轍欒城後集卷二次韻子瞻和淵明擬古九首之四：「衰罷百無用，漸以圜斲方。」此借用其語。

寄李大卿〔一〕

瓶盂又復寄西州〔二〕，彌勒同龕古寺幽〔三〕。睡起忽殘三月夏〔四〕，朝來拾得一簾秋。浮雲世事慵料理，斷梗閑蹤任去留〔五〕。投老山林多勝槩，杖藜何日復同游。

【注釋】

〔一〕建炎二年夏作於洪州建昌縣。李大卿：按宋之官制，太常、宗正、光禄、衛尉、鴻臚、大理、太僕、司農、太府等九寺長官皆稱卿，其正卿稱大卿，與少卿相對。考惠洪交游中李姓嘗爲大卿者，唯李公彦一人。公彦字成德，參見本集卷八白日有閒吏青原無惰民爲韻奉寄李成德注〔一〕。據弘治撫州府志卷二一人物志一鄉賢，公彦嘗除敕令所删定官，宣和三年中詞學兼茂科，累遷宗正卿。故李大卿當指李公彦。據龔端宋故奉議郎新差知邵武軍邵武縣事管句學事管句勸農公事蔡公墓誌銘，宣和六年，公彦嘗爲蔡康國墓誌銘篆額，時爲朝奉大夫行祕書省祕書郎兼補完校正御前文籍。則公彦遷宗正卿當在宣和六年後，即靖康、建炎間，而此詩正作於公彦任宗正卿後。詩言「浮雲世事」、「斷梗閑蹤」、「投老山林」，均與靖康之變後惠洪避亂山中之行履相合，姑繫於此。

〔二〕西州：當指洪州。本集卷一五送一萬回有「當年隨我出西州」之句，即指惠洪攜僧一萬回辭洪州靖安縣寶峰寺事，而建昌縣亦屬洪州。

〔三〕彌勒同龕：謂與彌勒佛同住一室，即寄居僧房之意。語本唐褚遂良書帖：「復聞久棄塵滓，與彌勒同龕，一食清齋，六時禪誦。」見寶賢堂集古法帖。蘇軾自金山放船至焦山：「老僧下山驚客至，迎笑喜作巴人談。自言久客忘鄉井，只有彌勒爲同龕。」陳善捫虱新話下集卷一東坡詩用事多誤：「又詩云：『市區收罷魚豚稅，來與彌陀共一龕。』褚遂良云：『一食清齋，彌勒同龕。』非彌陀也。」錯按：惠洪好用此語，如本卷別龍安：「彌勒同龕兩見秋。」又本集卷二二無證庵記：「余頃得罪，謫海外，館于開元之上方儼師院，日與彌勒同龕，頹然聽造化瑑削。」又浪淘沙詞曰：「試問此生誰作伴？彌勒同龕。」　古寺：指同安寺。江西通志卷一一三寺觀三：「同安寺，在建昌縣鳳棲山，唐中和中丕禪師建。」僧寶正續傳卷二明白洪禪師傳：「建炎二年夏五月，示寂於同安，閱世五十有八。門人建塔於鳳棲山。」

〔四〕三月夏：即夏安居。僧人於四月十六日至七月十五日，共三月間，禁止外出，專心坐禪修學，亦稱坐夏。

〔五〕斷梗：折斷之桃梗，喻飄泊不定。戰國策齊策三：「今者臣來，過於淄上，有土偶人與桃梗相與語。桃梗謂土偶人曰：『子，西岸之土也，挺子以爲人，至歲八月，降雨下，淄水至，則汝殘矣。』土偶曰：『不然。吾西岸之土也，吾殘則復西岸耳。今子，東國之桃梗也，刻削子以爲人，降雨下，淄水至，流子而去，則子漂漂者將何如耳。』」秦觀別賈耘老：「人生百齡同臂伸，斷梗浮萍暫相親。」

余居百丈天覺方注楞嚴以書見邀作此寄之二首〔一〕

風定晴雲欲墮崩〔二〕，林梢樓閣旋添增。一生高世清閑侶，千尺當門紫翠層〔三〕。對客不妨拴壞衲，倦禪時作靠枯藤。暮年古格叢林在〔四〕，重撥塵龕大智燈〔五〕。

三世如來尊頂法〔六〕，覆藏深密碧螺寒〔七〕。通身是眼自不見〔八〕，壁面出頭窺更難〔九〕。四義僅能分肉髻〔一〇〕，八還終恐隔花冠〔一一〕。爭如劈佛丹霞手〔一二〕，揭露從教覿體看〔一三〕。

【注釋】

〔一〕崇寧四年作於洪州奉新縣百丈山。天覺：即張商英，號無盡居士。明錢謙益楞嚴經疏解蒙鈔卷首古今疏解品目曰：「張無盡删修楞嚴，改名楞嚴海眼經，兼採集諸家之解及已説爲補注。」他書未載作年，此可補其闕。宋釋藴聞編大慧普覺禪師語録卷一六普説：「所以無盡居士注海眼經，題説佛成就云：『始覺合本之謂佛。』他雖是箇俗人，然却見得徹，識得根本。」同書卷一八普説：「無盡居士這一箇人，不知幾百生中學般若來，今生如此得大受用。所注清淨海眼經，說八成就，謂『如是我聞，一時佛在』，云：『理無不如之謂是，事無不是之謂如。』自來不曾有人如此說。蓋爲他見徹釋迦老子骨髓，所以取之左右逢其源。」文繁不録。錢謙益楞嚴經疏解蒙鈔卷一〇張無盡海眼總要息諍論第六引大慧語録略云：「無盡居士不知幾百生中學般若來，今生如此却見得徹，識得根本，得大受用。注楞嚴海眼經，說八成就云：『理無不如之謂是，事無不是之謂如，三界獨尊之謂我，心洞十方之謂聞，多之所宗之謂一，一之所起之謂時，始覺合本之謂佛，隨緣赴感之謂在。』具此八義，則處處道場，塵塵法會。自來不曾有人如此說。」然宋釋正受則於楞嚴經合論卷一〇統論中對其删削楞嚴經事大致不滿：「無盡又修此經爲清淨海眼，删去指河及他事節，則大謬矣。嗚呼！謂楞嚴可删，則三藏十二部孰非可删之文？……無盡在儒門爲鉅公，在覺苑爲大居士，乃於此經擅爲芟改，何弗思之甚也！」

〔二〕風定晴雲欲墮崩：廓門注：「南史陳謝貞詩：『風定花猶落。』韓稚圭詩曰：『風定曉枝蝴蝶鬧，雨勻春圃桔槔閑。』東坡詩十八卷：『風定軒窗飛豹脚。』沈存中筆談曰：『王荆公以「風定花猶落」對「鳥鳴山更幽」，則上句靜中有動，下句動中有靜。』」此句可謂靜中有動。

〔三〕千尺當門紫翠層：此狀百丈山之景，千尺即百丈。江西通志卷七山川志一：「百丈山在奉新縣西一百四十里，馮水倒出，飛下千尺，故名。以其勢出羣山，又名大雄山。」

〔四〕古格叢林：謂保留禪宗古老規則之寺院，此指百丈山。林間録卷上：「予頃游京淮、東吴間，法席至盛。然主法者太謙，以壞先德之式。如前輩升堂，攝衣定，侍者問訊，退，然後大衆致敬，側立肅聽。以重法故，於主法者何有哉？今則不然，長老登座拱立，以遲大衆立定，乃敢坐。獨江西叢林古格不易。」

〔五〕大智燈：喻百丈懷海禪師之禪法。景德傳燈録卷六洪州百丈山懷海禪師：「唐元和九年正月十七日歸寂，壽九十五。長慶元年敕謚大智禪師。」

〔六〕尊頂法：廓門注：「尊頂謂首楞嚴經。」鍇按：楞嚴經全名大佛頂如來密因修證了義諸菩薩萬行首楞嚴經。尊頂，即世尊頂，猶言大佛頂。惠洪著尊頂法論，釋正受釐論爲楞嚴經合論。該書卷一題下惠洪論曰：「成佛顯決，唯了知自心；入道要門，但隨順心體。何謂隨順？曰：稱性觀照也。何謂了知？曰：超情悟明也。所以悟明，不礙精嚴觀照，謂之方便。故古之聖師宏經，必立宗趣也。此經尊頂法，故以明見佛性爲宗；示大定，故以滅塵合覺爲趣。明見佛性者，以其離一切見，故六十二喻，頂法爲第一。」

〔七〕覆藏深密碧螺寒：楞嚴經合論卷一題下論曰：「佛不自見，離自見相，故肉髻覆之。離他見相，故自他所不能見之。謂密，蓋無量義趣三昧，自住三摩之地，深固幽遠，無人能到者也。如易曰『退藏於密』。密，如蓮之蔤，説文曰：『蓮可用可見者，本而已。』獨退藏於無所用者，其密也。如來因此以成道，故曰密因修證了義也。」鍇按：「退藏於密」見於易繫辭上。碧螺：佛頂之螺狀髮髻。古林和尚語録卷五釋迦文佛出山相贊：「麻麥無功，金輪失位。

入山出山，自倒自起。碧螺旋髮，具萬德之莊嚴；彩電横眸，運四生之悲智。」

〔八〕通身是眼自不見：謂楞嚴經深密幽遠，即使通身是眼，亦不可見其義趣。景德傳燈録卷一四潭州雲巖曇晟禪師：「道吾問：『大悲千手眼如何？』師曰：『如無燈時把得枕子，怎麽生？』道吾曰：『我會也，我會也。』師曰：『怎麽生會？』道吾曰：『通身是眼。』」圓悟佛果禪師語録卷一上堂：「通身是眼見不得，通身是耳聞不徹，通身是口説不著，通身是心鑑不出。」

〔九〕擘面出頭窺更難：謂正面切入更難窺探其玄秘宗旨。擘面：劈面，撲面，迎面。宋釋道融叢林盛事卷上：「全擬開口，智擘面一拳，豁然大悟。」

〔一〇〕四義僅能分肉髻：楞嚴經卷二：「是故阿難，汝今當知：見明之時，見非是明；見暗之時，見非是暗；見空之時，見非是空；見塞之時，見非是塞。四義成就，汝復應知，見見之時，見非是見。」四義指明、暗、空、塞。宋釋思坦楞嚴經集注卷二：「孤山（智圓）云：以明、暗、空、塞四義推之，成就見性離塵而有也。四義成就是結上之辭。」肉髻：佛頂上有一肉團，如髻狀，名肉髻，即三十二相中之無見頂相。

〔一一〕八還終恐隔花冠：楞嚴經卷二：「阿難：此大講堂，洞開東方，日輪昇天，則有明耀。中夜黑月，雲霧晦暝，則復昏暗。户牖之隙，則復見通。牆宇之間，則復觀擁。分别之處，則復見緣。頑虚之中，遍是空性。欝埻之象，則紆昏塵。澄霽斂氛，又觀清淨。阿難，汝咸看此諸變化相，吾今各還本所因處。云何本因？阿難，此諸變化，明還日輪。何以故？無日不明，明因屬日，是故還日。暗還黑月，通還户牖，擁還牆宇，緣還分別，頑虚還空，鬱孛還塵，清明還霽。則諸世間一切所有不出斯類。汝見八種見精明性，當欲誰還？何以故？若還於明，則不明時，無復見暗。雖明暗等種種差別，見無差別。諸可還者，自然非汝。不汝還者，非汝而誰。則知汝心本妙明淨，汝自迷悶，喪本受輪，於生死中常被漂溺。是故如來名可憐愍。」「明還日輪」「暗還黑月」等謂之「八還」。　花冠：指諸佛菩薩頭上所戴花冠。陀羅尼集經卷四地天印呪：「其頂上面當作佛面，其十一面各戴華冠。其花冠中，各各安一阿彌陀佛。」錯按：肉髻、花冠，皆指佛頂之表像，非其奥義。

〔二〕劈佛丹霞手：謂敢於超佛越祖之大師。景德傳燈録卷一四鄧州丹霞天然禪師：「後於慧林寺遇天大寒，師取木佛焚之。人或譏之，師曰：『吾燒取舍利。』人曰：『木頭何有？』師曰：『若爾者，何責我乎？』」

〔三〕覿體：顯露本體。雲門匡真禪師廣録卷中：「應化之身説，即是法身説，亦唤作覿體全真，以法身喫法身。」

寄龍安照禪師〔一〕

隨分叢林古格存〔二〕，龍安真是泐潭孫〔三〕。獨持一節無求世〔四〕，勘破諸方不出門〔五〕。石虎已忘蹲草見〔六〕，木蛇久滅住山痕〔七〕。遥知百事俱衰落，尚有工夫虱自捫〔八〕。

【注釋】

〔一〕作年未詳。　龍安照禪師：即慧照（一〇四九～一一一九），一作惠照，時住分寧縣龍安山兜率寺。僧寶正續傳卷一兜率照禪師傳：「禪師諱惠照，南安軍郭氏子。依了山院，出家得度，具受，游方。與從悦禪師游。悦參真淨，頗稱有得。師預聞其旨，遂卓庵於石頭。其後悦見石霜素侍者，復得石霜末後句。以書抵師曰：『曩參未善，猶有末後句在。』師以偈答曰：『參禪只要心安樂，了得心安萬事休。況是禪心猶假立，誰論末後與當頭。』竟不往。及悦出世兜率，迎致居第一座。元祐中，無盡張公轉江西漕，謀入黄龍見晦堂心禪師。暮宿兜率，與悦夜語，因及石霜末後大事，無盡豁然有省。遂以出世因緣，向悦稱法嗣。悦去世，無盡命師繼其席。師曰：『先師有末後句，運使得之，照未嘗得，豈可嗣法邪？』無盡曰：『汝尋常滿口道得，却會不得。』師忽然悟，乃曰：『敢不奉命？』遂開悦公法門。……師性方嚴有操守，居兜率二十有七年，倣像天宫内院，作新一刹，冠絶人世。安衆不過四十，遇缺員則補之。供饌珍麗，率衆力道彌謹。無盡每以古佛稱之。宣和元年休夏日，沐浴更衣，禮觀音大士，三拜，退居丈室，端然而逝。壽七十一，臘四十七。闍維煙所及處，悉有舍利，多琥珀色，靈骨瑩如冰玉，眼睛與舌不燼。無盡爲之贊曰：『兜率照老没可把，七月十五日解長夏。禮却觀音三拜竟，退歸方丈嗒然化。也無遺書切切怛怛，也無偈頌之乎者也，也無衣鉢俵散大衆，也無病痛呻吟阿耶。卒死丹方傳與人，禾山鼓向別處打。』

〔二〕隨分叢林：謂隨其緣分而住禪林，不必刻意選擇。本集卷一八百丈大智禪師真贊：「稱性文字，隨分叢林。如以妙指，發和雅音。」古格存：林間録卷上：「獨江西叢林古格不易。」

〔三〕龍安真是泐潭孫：謂慧照能真正傳承真淨克文禪師之禪旨。泐潭：在靖安縣寶峰寺，此代指真淨克文。禪林僧寶傳卷二三有泐潭真淨文禪師傳。鍇按：慧照得法於從悦，爲克文法孫，惠洪法姪，屬臨濟宗黄龍派南嶽下十四世。

〔四〕獨持一節：即僧寶正續傳慧照本傳所言「師性方嚴有操守」。

〔五〕勘破諸方：謂其看破禪林諸山門之宗旨，無非是「了得心安萬事休」，而不必論「末後與當頭」。勘破：禪門熟語，即看破，看穿。景德傳燈録卷九潭州潙山靈祐禪師：「石霜會下有二禪客到，云：『此間無一人會禪。』後普請般柴，仰山見二禪客歇，將一橛柴問云：『還道得麽？』俱無語。仰山云：『莫道無人會禪好。』歸舉似潙山云：『今日二禪客被慧寂勘破。』師云：『什麽處被子勘破？』仰山便舉前話，師云：『寂子又被吾勘破。』」

〔六〕石虎已忘蹲草見：謂已忘草中之虎本爲石，蓋萬法平等，石虎不分。史記李將軍列傳：「廣出獵，見草中石，以爲虎而射之，中石没鏃，視之石也。因復更射之，終不能復入石矣。」宗鏡録卷一六：「漢書云：李廣無父，問其母曰：『我父何耶？』母曰：『虎殺之。』遂行，射虎於草中。夜見石似虎，射之没羽。後射之，終不入矣。」此借用以説禪。

〔七〕木蛇久滅住山痕：林間録卷下：「獨雪峰、歸宗、西院皆握木蛇，故雪峰寄西院偈云：『本色住山人，且無刀斧痕。』」龍安山兜率寺有木蛇庵，故有此語。參見前秋晚同超然山行注〔三〕。

〔八〕尚有工夫虱自捫：林間録卷下記唐高僧懶瓚語：「我豈有工夫爲俗人拭涕耶？」此反用其意，謂自有工夫捫虱。

聞龍安往夏口迎張左丞遂泝流至鄂渚相别還山作此寄之〔一〕

無盡龍安兩勍敵〔二〕，大梅龐老是同參〔三〕。近聞赤壁同登賞〔四〕，想見清風助笑談。

已作汎舟游夏口，又成横錫過江南〔五〕。歸來萬壑松聲在，依舊閑雲没草庵。

【注釋】

〔一〕崇寧二年冬作於長沙，惠洪時游湘中。龍安：即慧照禪師。夏口：指鄂州江夏郡。輿地紀勝卷六六荆湖北路鄂州：「夏口：夏口似指夏水之口，然何尚之云：『夏口：在荆江之中，正對沔口。』而章懷太子注：『東漢亦謂夏口戍，今鄂州。』故唐史皆指鄂州爲夏口。本在江北，自孫權取對岸夏口之名以名之，而江北之名始晦。」　張左丞：即張商英，崇寧二年四月，除尚書左丞。八月，出知亳州，尋改蘄州，入元祐黨籍，罷尚書左丞。九月，提舉靈仙觀。冬，還荆南。事具通鑑長編紀事本末卷一三一張商英事迹。　鄂渚：輿地紀勝卷六六荆湖北路鄂州：「鄂渚，在江夏西黄鶴磯上三百步。輿地記云：『雲夢之南，是爲鄂渚。其名於離騷見之。』又晏公類要云：『隋平陳，立鄂州，以鄂渚爲名。』」鍇按：本集卷二四送鑑老歸慈雲寺：「崇寧二年冬，公罷政府，還荆南，照老迎於夏口，載與之俱。至鄂渚而歸。江山清華，足以供談笑，而賡酬妙語，多法喜之樂。余時游湘中，聞之，作詩與照老曰：『無盡龍安兩勍敵……依舊閑雲没草庵。』」同卷送一上人序亦載此事曰：「無盡居士崇寧二年自政府謫亳、蘄兩州，以宫祠罷歸，舟而南。時龍安照禪師自西安往迎之，至夏口，遂與無盡俱載，登赤壁。余聞之，作詩寄之。」

〔二〕無盡龍安兩勍敵：謂無盡居士張商英與龍安慧照禪師禪學造詣正相匹敵。　勍敵：强敵，敵手。

〔三〕大梅龐老是同參：謂二人同爲兜率從悦之法嗣，如唐大梅法常禪師與龐蘊居士，同嗣法江西馬祖道一禪師。此蓋以大梅喻慧照，以龐老喻張商英。　景德傳燈録卷七明州大梅山法常禪師：「初參大寂（馬祖謚大寂禪師），問：『如何是佛？』大寂云：『即心是佛。』師即大悟。」同書卷八襄州居士龐藴：「後之江西參問馬祖云：『不與萬法爲侣者是什麽人？』祖云：

『待汝一口吸盡西江水，即向汝道。』居士言下頓領玄要，乃留駐參承，經涉二載。」同參：謂同參謁一師。景德傳燈録卷一五鄂州清平山令遵禪師：「勤曰：『吾久侍丹霞，今既垂老，倦於提誘，汝可往謁翠微，彼即吾同參也。』」

〔四〕赤壁：此指鄂州蒲圻縣赤壁山，即三國時赤壁之戰所在地。輿地紀勝卷六六荆湖北路鄂州：「赤壁山：唐章懷太子注劉表傳云：『赤壁，山名，在今鄂州蒲圻縣。』元和郡縣志亦云：『赤壁在蒲圻縣西一百二十里，北岸即烏林，與赤壁相對，即周瑜用黄蓋策焚曹公舡處。』蓋唐蒲圻臨江之地，今析嘉魚，則在嘉魚明矣。東坡蓋指黄之赤鼻山爲赤壁。蓋劉備居樊口，進軍逆操，遇於赤壁，則赤壁當在樊口之上。又赤壁初戰，操軍不利，引次江北，則赤壁當在江南，亦不應在江北也。雲麓漫抄云：『東坡黄州詞云：人道是三國周郎赤壁。蓋疑其非也。今江漢間言赤壁者五，漢陽、漢州、黄州、嘉魚、江夏，惟江夏之説爲合於史。』」鍇按：自夏口泝流而上，所經赤壁乃蒲圻縣赤壁山，而非位於夏口下游之黄州赤壁。

〔五〕横錫：横握錫杖。江南：龍安山屬江南西路洪州分寧縣，故稱。

別龍安〔一〕

揭來幕阜峰前寺〔二〕，彌勒同龕兩見秋〔三〕。今日他山生遠念，何年此地復重游。主人有道忘欣厭，閑客無求任去留。索紙題詩聊贈别，更哦江海一沙鷗〔四〕。

【注釋】

〔一〕崇寧四年初作於分寧縣龍安山。

〔二〕幕阜峰：在分寧縣，即黄龍山，見本集卷七鄭南壽攜詩見過次韻謝之注〔一三〕。據此，則龍安山在幕阜山前，故前舉僧寶正續傳卷一兜率照禪師傳，謂張商英「謀入黄龍見晦堂心禪師，暮宿兜率」。

〔三〕彌勒同龕：寄居僧房之意。見前寄李大卿注〔三〕。

〔四〕更哦江海一沙鷗：杜甫旅夜書懷：「飄飄何所似？天地一沙鷗。」

次韻無代送僧歸吴〔一〕

春掠溢江緑染眸〔二〕，多情還解向東流。故應夜夢清蒼勝，欲趁春光爛熳游〔三〕。飽學尚嗟心未死〔四〕，痛吟已覺鬢先秋。何當一棹華亭上，閑唱波寒月滿舟〔五〕。

【注釋】

〔一〕作年未詳。惠洪時在江州。無代：當爲禪僧，然生平法系不可考。

〔二〕湓江：即湓水，亦曰湓浦。方輿勝覽卷二二江州：「湓浦，在德化西一里。郡國志：有人於此洗銅盆，墮水，取之，見一龍而出。晉志作『盆』，隋志作『湓』。」輿地紀勝卷三〇江南西路江州：「湓浦水：青盆山石井狀如盆，水流其内，呼爲盆水。至州西併流，入大江。」

〔三〕爛熳：放曠，隨意，任意。白居易代人贈王員外：「靜接殷勤語，狂隨爛熳游。」

〔四〕心未死：學佛當死心，心未死則參禪無功，不能解脱生死。本集卷二三昭默禪師序：「嘗曰：『今之學者多不脱生死者，正坐偷心不死耳，然非學者過也。如漢高帝詔韓信以殺之，信雖死，而其心果死乎？今之宗師爲人，多類此。古之道人，於生死之際游戲自在者，已死却偷心耳。』」

〔五〕「何當一棹華亭上」二句：冷齋夜話卷七船子和尚偈：「華亭船子和尚偈曰：『千尺絲綸直下垂，一波纔動萬波隨。夜靜水寒魚不食，滿船空載月明歸。』叢林盛傳，想見其爲人。」

懷友人〔一〕

尋常輕別尚消魂〔二〕，何況交情過弟昆〔三〕。孰謂此身閑日月〔四〕，自慚疏跡信乾坤〔五〕。泠泠小雨江邊路，薄薄浮煙竹外村。回首舊游方契闊〔六〕，孤舟何處宿黄昏。

【注釋】

〔一〕作年未詳。

〔二〕尋常輕別尚消魂：南朝梁江淹别賦：「黯然銷魂者，唯別而已矣。」廓門注：「東坡詩三卷：『願君勿言歸，輕別吾所諱。』」

〔三〕弟昆：弟兄。杜甫彭衙行：「誓將與夫子，永結爲弟昆。」

〔四〕孰謂此身閑日月：白居易洛陽有愚叟：「從此到終身，盡爲閑日月。」

〔五〕自慚疏跡信乾坤：白雲守端禪師語録卷上：「未信乾坤陷吉人。」此反用其意。

〔六〕契闊：久別。後漢書獨行列傳范冉傳：「奐曰：『行路倉卒，非陳契闊之所，可共前亭宿息，以叙分隔。』」

汪履道家觀古書〔一〕

風流前輩已成塵，筆跡猶爲世所珍〔二〕。促膝猛觀驚盛事〔三〕，臨風長想見斯人。氣生偉逸龍蛇動〔四〕，秀發精神點畫新〔五〕。破篋尚能多此物，且欣汪子未全貧〔六〕。

【注釋】

〔一〕元符三年作於常州。汪履道：即汪迪，字履道。參見本集卷一汪履道家觀所蓄煙雨蘆雁圖注〔一〕。

〔二〕筆跡猶爲世所珍：廓門注：「唐書柳公權傳：『穆宗曰：朕嘗於佛廟見其筆跡，思之久。』」

〔三〕猛觀：謂認真觀看。佛教有猛觀梵志經，此借用其語，乃惠洪生造。

〔四〕龍蛇動：喻書法筆勢遒勁生動。已見前注。

〔五〕秀發：杜甫石硯：「平公今詩伯，秀發吾所羨。」

〔六〕未全貧：杜甫南鄰：「園收芋栗未全貧。」此借用其語。

悼性上人〔一〕

三年三過龍安寺〔二〕，亹亹清談解逼人〔三〕。顧我偷閑久無侶，與君數面自成親〔四〕。轉頭忽作幽冥隔〔五〕，彈指空驚夢寐新。病眼看秋欲淒眩，攀翻投老一傷神〔六〕。

【注釋】

〔一〕崇寧三年秋作於分寧縣龍安山。　性上人：龍安山兜率寺禪僧。參見本集卷七弔性上人真注〔一〕。

〔二〕三年三過龍安寺：惠洪於崇寧元年秋首次過龍安，見本集卷一龍安送宗上人游東吳。崇寧三年春與黃庭堅別於長沙，復至龍安。弘治刻嘉靖修本豫章黃先生詞所收西江月詞序曰：「崇寧甲申，遇惠洪上人於湘中。洪作長短句見贈云：『大廈吞風吐月，小舟坐水眠空。霧窗春色翠如葱，睡起雲濤正擁。往事回頭笑處，此生彈指聲中。玉箋佳句敏驚鴻，聞道衡陽價重。』次韻酬之。時余方謫宜陽，而洪歸分寧龍安。」同年夏，惠洪應張商英之邀，至峽州，秋重返龍安。

〔三〕亹亹清談解逼人：世説新語賞譽：「謝太傅未冠，始出西詣王長史，清言良久。去後，苟子問曰：『向客何如尊？』長史曰：『向客亹亹，爲來逼人。』」亹亹：言談不倦貌。

〔四〕與君數面自成親：陶淵明答龐參軍詩序：「俗諺云：『數面成親舊。』況情過此者乎？」

〔五〕幽冥：地府，陰間。文選卷五六曹植王仲宣誄：「嗟乎夫子，永安幽冥。人誰不没，達士徇名。」吕向注：「幽冥，地下也。」

〔六〕攀翻：猶言攀援，引申爲追隨之義。已見前注。

秋日還廬山故人書因以爲寄〔一〕

風葉鳴廊夜色晴，隔雲微月稍分明〔二〕。下簾徒怯衣裳薄㊀，拂榻空驚枕簟清。病眼得秋還少睡，壯心於世尚多情㊁。何時却作廬山去，渡水穿雲取次行㊂〔三〕。

【校記】

㊀ 徒：永樂大典卷八七八三九江府志惠洪傳引此詩作「陡」。

㊁ 尚：永樂大典作「似」。

㊂渡：永樂大典作「度」。

【注釋】

〔一〕作年未詳。

〔二〕隔雲微月稍分明：僧道潛參寥子詩集卷一江上秋夜：「月在浮雲淺處明。」此化用其意。

〔三〕「何時却作廬山去」二句：王安石中書即事：「何時白土岡頭路，渡水穿雲取次行。」此化用其意，兼借用其語。取次，任意。

誠上人求詩〔一〕

我昔車輪翠裏行〔二〕，只今懷想似前生。那知古寺僧窗下，偶見高人眼倍明。秋月半鈎留客意，凍雲千頃欲歸情。杖藜笑出千峰去，添得蒼崖響答聲。

【注釋】

〔一〕作年未詳。誠上人：生平法系不可考。本集有數首與誠上人詩，如卷三石霜見東吴誠上人、卷一一誠心二上人見過、卷一四誠上人試手游方、贈誠上人四首，然考其詩意，實非一時一地之作，誠上人似亦非一人。

〔二〕我昔車輪翠裏行：惠洪於崇寧四年、五年間嘗住奉新縣百丈山。車輪：即車輪峰，代指百丈山。江西通志卷七山川志一：「百丈山，在奉新縣西一百四十里。距山西南里許，有駐蹕山，一名車輪峰，宣宗迎回，駐蹕於此。」本集卷一八百丈大智禪師真贊序：「馬祖大寂禪師已化，塔於海昏之石門。師廬其旁既久，衲子相尋日增，於是厭山之淺，乃沿馮水而上，至車輪峰之下，與希運、惟政火種刀耕而食，遂成法席。余崇寧四年春至山中，獲瞻遺像。」冷齋夜話卷六誦智覺禪師詩：「予嘗客新吳車輪峰之下，曉起，臨高閣，窺殘月，聞猿聲，誦此句，大笑，棲鳥驚飛。」

雪夜讀涪翁所作愛之因懷其人和韻奉寄超然〔一〕

溪雨初收岸草微，柳絲堪入緑羅機〔二〕。望中情遠恨煙樹，何處暖多嫌衲衣。却信真人還有夢〔三〕，豈關禪子未忘機。春風痛與傳消息〔四〕，教憶舊山新翠歸㊀。

【校記】

㊀ 憶：廓門本作「懷」。鍇按：「懷」字平聲，不合詩律。

【注釋】

〔一〕崇寧五年初春作於奉新縣百丈山。涪翁：黃庭堅别號。山谷内集詩注卷二〇戲答歐陽誠發奉議謝余送茶歌：「老來抱璞向涪翁，東坡元是知音者。」任淵注：「後漢方術郭玉傳：『有老父漁釣涪水，因號涪翁。』山谷謫涪州別駕，亦嘗以自稱。或云涪皤。」廓門注：「此詩原韻山谷詩集無所見。」超然：即僧希祖。鍇按：此詩爲律詩，而首聯、頸聯兩押「機」字韻，山谷詩似不當如此粗疏。

〔二〕柳絲堪入緑羅機：喻柳條爲絲，復以其絲入機織，從而織爲緑羅。此即曲喻之修辭法。

〔三〕却信真人還有夢：莊子大宗師：「古之真人，其寢不夢，其覺無憂。」此反用其意。

〔四〕春風痛與傳消息：指黄庭堅病卒之消息。據山谷年譜卷三〇，庭堅於崇寧四年秋九月三十日卒於宜州。

公亮超然見和因寄復答之〔一〕

高人秀句入幽微，濯出秦川錦一機〔二〕。剪製未爲春步障（幛）㊀〔三〕，暗投先作夜行衣〔四〕。語尊九鼎真難荷〔五〕，意的千鈞善發機〔六〕。早晚杖藜松下見，應疑劉遠谷中歸〔七〕。

【校記】

㊀障：原作「幛」，誤，今改。參見注〔三〕。

【注釋】

〔一〕崇寧五年春作於奉新縣百丈山。此詩次韻前詩，爲稍後所作。公亮：姓氏爵里未詳，生平不可考。超然：見前詩。

〔二〕濯出秦川錦一機：喻公亮、超然和詩秀句綺麗如織錦。李白烏夜啼：「機中織錦秦川女。」王琦注：「庾信詩：『彈琴蜀郡卓家女，織錦秦川竇氏妻。』胡三省通鑑注：『關中之地，沃野千里，秦之故國，謂之秦川。』晉書列女傳：「竇滔妻蘇氏，始平人也，名蕙，字若蘭，善屬文。滔，苻堅時爲秦州刺史，被徙流沙，蘇氏思之，織錦爲迴文旋圖詩以贈滔。宛轉循環以讀之，詞甚悽惋，凡八百四十字。」錯按：下聯復就秦川錦而生出「春步障」、「夜行衣」，均喻詩句，此亦曲喻之修辭法。

〔三〕步障：用於遮蔽之帳幕。三國魏曹植妾薄命之二：「華燈步障舒光，皎若日出扶桑。」世説新語汰侈：「君夫作紫絲布步障碧綾裹四十里，石崇作錦步障五十里以敵之。」晉書列女傳：「王凝之妻謝氏，字道韞。……凝之弟獻之嘗與賓客談議，詞理將屈，道韞遣婢白獻之曰：『欲爲小郎解圍。』乃施青綾步障自蔽，申獻之前議，客不能屈。」底本「障」作「幛」，誤。廓門注：「『幛』當作『障』。」其説甚是，今據改。

〔四〕暗投先作夜行衣：史記項羽本紀：「富貴不歸故鄉，如衣繡夜行。」史記魯仲連鄒陽列傳：「臣聞明月之珠，夜光之璧，以闇投人於道路，人無不按劍相眄者。」此合二事而用之，自謙公亮、超然和己詩，如錦衣夜行，明珠暗投。

〔五〕語尊九鼎：謂其詩語分量極重。史記平原君虞卿列傳：「毛先生一至楚，而使趙重於九鼎大呂。」司馬貞索隱：「言毛遂至楚，使趙重於九鼎大呂，言爲天下所重也。」

〔六〕意的千鈞善發機：謂其詩意精確中肯。的，箭靶中心。機，弩機。三國志魏書杜襲傳：「太祖曰：『許攸慢吾，如何可置乎？』……襲曰：『……臣聞千鈞之弩，不爲鼷鼠發機；萬石之鍾，不以莛撞起音。今區區之許攸，何足以勞神武哉？』太祖曰：『善。』」此反用其意。鍇按：宋人好以「破的」、「中的」喻詩，本集卷七次韻：「吐句如善射，字字皆中的。」即其例。

〔七〕劉遠：謂東晉廬山蓮社高賢劉遺民、釋慧遠，此喻指公亮、超然，以其一俗一僧之故。高僧傳卷六釋慧遠傳：「彭城劉遺民、豫章雷次宗、雁門周續之、新蔡畢穎之、南陽宗炳、張萊民、張季碩等，並棄世遺榮，依遠游止。遠乃於精舍無量壽像前，建齋立誓，共期西方。乃令劉遺民著其文。」東林十八高賢傳劉程之傳：「劉程之，字仲思，彭城人，漢楚元王之後。妙善老莊，旁通百氏。少孤，事母以孝聞，自負其才，不預時俗。初解褐，爲府參軍，謝安、劉裕嘉其賢，相推薦，皆力辭。性好佛理，乃之廬山，傾心自託。遠公曰：『官禄巍巍，欲何不爲？』答曰：『君臣相疑，吾何爲之？』劉裕以其不屈，乃旌其號曰遺民。」

瑞香花〔一〕

靈根聞是花中瑞，可憐亦肯乘春開。色深卷肉淺巴錦〔二〕，香濃入骨生秦梅〔三〕。也知秀麗不群品，最宜陰潔幽庭栽。落英紅葉不忍掃，從教狼藉蒙蒼苔〔四〕。

【注釋】

〔一〕作年未詳。　瑞香花：清異録卷上睡香：「廬山瑞香花，始緣一比丘晝寢磐石上，夢中聞花香，烈酷不可名，既覺，尋香求之，因名『睡香』。四方奇之，謂乃花中祥瑞，遂以『瑞』易『睡』。」參見本集卷九次韻真覺大師瑞香花注〔一〕。

〔二〕色深卷肉：蘇軾寓居定惠院之東雜花滿山有海棠一株土人不知貴也：「朱脣得酒暈生臉，翠袖卷紗紅映肉。」此化用其意。　巴錦：猶言蜀錦。唐張泌浣溪沙：「越羅巴錦不勝春。」杜牧中丞業深韜畧志在功名再奉長句一篇兼有諮勸：「越香巴錦萬千千。」

〔三〕香濃入骨：王庭珪盧溪文集卷一〇次韻伍孺安賦草堂瑞香：「艶姬香入骨，熏炷錦幪頭。」又張詠筵上贈小英：「龍腦熏衣香入骨。」已見前注。　秦梅：未知所指。

〔四〕狼藉：縱横散亂貌。温庭筠醉歌：「唯恐南園風雨作，碧蕪狼藉棠梨花。」

別靈源禪師〔一〕

平生風骨秀琳琅，水鏡胸懷未易量〔二〕。聲利光中忙趣少，煙霞影裏淡心長。雲泉隱德無情動〔三〕，猿鳥侵身不亂行〔四〕。他日定歸當卜築，青藜紫蕨壯詩腸〔五〕。

【注釋】

〔一〕崇寧五年作於洪州分寧縣黃龍山。靈源禪師：法名惟清，號靈源叟，賜號佛壽。惠洪嘗至黃龍山與靈源禪師同坐夏。禪林僧寶傳卷三〇黃龍佛壽清禪師傳：「時寶覺春秋高，江西使者王桓遷公居黃龍，不辭而往。未幾，寶覺殁，即移疾居招默堂，頹然坐一室。天下想其標致，摩雲昂霄。余時以法門昆弟，預聞其論。」參見本集卷一送英老兼簡鈍夫注〔三〕。

〔二〕水鏡胸懷：謂心如清水明鏡，虛而照物。世説新語賞譽：「衛伯玉爲尚書令，見樂廣與中朝名士談議，奇之，曰：『自昔諸人没已來，常恐微言將絶，今乃復聞斯言於君矣。』命子弟造之，曰：『此人，人之水鏡也，見之若披雲霧覩青天。』」

〔三〕無情動：唐李通玄華嚴經合論卷五六十地品：「令一切衆生、人天外道、世間生死及三乘出世解脱法門，皆令迴向如來根本一切智心，本無情動，名爲正命。」

〔四〕猿鳥侵身不亂行：莊子山木：「入獸不亂羣，入鳥不亂行。」郭象注：「若草木之無心，故爲禽獸所不畏。」

〔五〕青藜紫蕨：泛指貧者所食粗劣菜蔬。青藜，此指藜菜，非指藜杖。韓愈崔十六少府攝伊陽以詩及書見投因酬三十韻：「三年國子師，腸肚集藜莧。」紫蕨，指蕨菜。白居易早夏游平原迴：「紫蕨行看採，青梅旋摘嘗。」詩腸：猶詩心，詩情。唐馮贄雲仙雜記卷二俗耳鍼砭詩腸鼓吹：「戴顒春携雙柑斗酒，人問何之，曰：『往聽黄鸝聲，此俗耳鍼砭，詩腸鼓吹，汝知之乎？』」

贈許秀才〔一〕

虯髭鐵面鶴精神〔二〕，水鑑心胸不受塵〔三〕。吹耳松風靠藜杖，敞衣山月岸綸巾〔四〕。虎頭猿臂成何事〔五〕，道骨方瞳亦可人〔六〕。他日西湖如過我，飲君一味武林春〔七〕。

【注釋】

〔一〕約崇寧元年春作於杭州。許秀才：名字生平未詳。

〔二〕虯髭：即虯髯，拳曲之連鬢鬍鬚。鐵面：廓門注：「僧寶傳圓通秀禪師：『叢林號秀爲鐵面。』」鶴精神：清瘦孤高之風神。白居易贈王山人：「夜後不聞龜喘息，秋來唯長鶴精神。」

〔三〕水鑑心胸不受塵：蘇軾次韻王定國得潁倅二首之一：「仙風入骨已凌雲，秋水爲文不受塵。」此化用其意。水鑑心胸，即水鏡胸懷，謂心如清水明鏡。

〔四〕岸綸巾：掀起頭巾，形容灑脱簡率。蘇軾臺頭寺步月得人字：「一簪華髮岸綸巾。」此借用其語。廓門注：「諸葛亮綸巾羽扇，指麾三軍。岸，露額曰岸。後漢書：光武岸幘見馬援。」

〔五〕虎頭：頭形似虎，古以爲貴相。東觀漢記卷一六班超傳：「相者曰：『生燕頷虎頭，飛而食肉，此萬里侯相也。』」　猿臂：臂長如猿，多形容善射之貌。史記李將軍列傳：「廣爲人長，猨臂，其善射亦天性也。」裴駰集解：「如淳曰：『臂如猨，通肩。』」

〔六〕方瞳：道家謂瞳子方者有長壽貌。東坡詩集注卷二〇王頤赴建州錢監求詩及草書：「自言親受方瞳翁。」程縯注：「南史曰：『陶弘景年逾八十而有壯容。仙書云：眼方者壽千歲。弘景末年，一眼有時而方。』」宋援注：「李根兩目瞳子皆方。仙經説，八百歲人瞳子方也。」

〔七〕武林春：代指杭州所産之茶。東坡詩集注卷一四次韻曹輔寄壑源試焙新茶：「明月來投玉川子，清風吹破武林春。」子仁注：「(盧)仝詩：『七椀喫不得也，惟覺兩腋習習清風生。』武林，杭州山名。」此借用其語。廓門注：「一統志杭州府：『武林山，在府城西南一十五里。』愚曰：『武林春，言酒者歟？』」鍇按：武林春本指酒，此借以言茶。

送軫上人之匡山〔一〕

何處高人雲路迷，相逢忽薦目前機〔二〕。偶逢菜葉隨流水，知有茅茨在翠微〔三〕。瑣碎夜談皆可聽㊀，煙霏秋嶺欲同歸。翛然又向諸方去，無數山供玉麈揮。

【校記】

㊀ 瑣碎：石倉本作「碎瑣」。

【注釋】

〔一〕作年未詳。軫上人：生平法系不可考。匡山：即廬山。

〔二〕目前機：指眼前當下之禪機。景德傳燈録卷八浮盃和尚：「後趙州教僧去問婆云：『怎生是趙州眼？』婆乃豎起拳頭。趙州聞，乃作一頌送凌行婆云：『當機直面提，直面當機疾。報爾凌行婆，哭聲何得失？』婆以頌答趙州云：『哭聲師已曉，已曉復誰知？當時摩竭國，幾喪目前機。』」

〔三〕「偶逢菜葉隨流水」二句：本集卷二一重修龍王寺記：「洞山悟本禪師价公游方時，與密師伯者偕行，嘗經陽陂，迷失道路，見谿流菜葉，知有隱者。並谿深入，叢薄間有茅茨。僧出迎，貌癯而老，索爾虛閑，謂价曰：『此山無路，闍梨自何而至？』价曰：『無路且止，老師自何而入？』曰：『我不曾雲水。』价曰：『住此山多少時？』曰：『春秋不涉。』价曰：『老師先住耶？此山先住耶？』曰：『不知。』价曰：『何以不知？』曰：『我不從人天來。』价曰：『得何道理，便爾歇去？』曰：『我見泥牛鬭入海，直至于今無消息。』於是价班密師伯之下拜之。」又見於智證傳、臨濟宗旨，參見本集卷九龍山亦名隱山余宣和五年十一月中澣日過焉有澗道人鴻公乞偈爲作注〔二〕。錯按：僧道潛參寥子詩集卷二東園三首之二：「隔林彷彿聞機杼，知有人家住翠微。」此二句化用其詩意句法。

與晦叔至奉新〔一〕

欲去未成還執手，西風疏雨晚絲絲〔二〕。暗驚歲月行飄忽，那更人生苦別離〔三〕。君已到心工筆語㊀，我今歸計老茆茨。冷齋後夜誰同宿〔四〕？莫向燈前讀此詩。

【校記】

㊀ 到：石倉本作「嘔」。

【注釋】

〔一〕作年未詳。晦叔：姓名不可考。奉新：縣名，屬江南西路洪州。

〔二〕絲絲：廓門注：「謂雨如絲。」

〔三〕「暗驚歲月行飄忽」二句：蘇軾辛丑十一月十九日既與子由別於鄭州西門之外馬上賦詩一篇寄之：「亦知人生要有别，但恐歲月去飄忽。」此逆用其意。

〔四〕冷齋：惠洪自號。

送敏上人〔一〕

密林病葉强翻紅㊀，已覺清秋夜氣濃。懶復小窗邀獨秀〔二〕，却應歸夢挂雙峰〔三〕。水分淮甸當懸席〔四〕，路遶匡山可振筇〔五〕。若見虎溪谿上月〔六〕，爲言相憶作衰容。

【校記】

㊀密：石倉本作「殘」。

【注釋】

〔一〕宣和年間作於長沙。敏上人：生平法系不可考，本集卷六有長沙邸舍中承敏覺二上人作記年刻舟之誚以詩贈，二上人之一即此僧。

〔二〕獨秀：此似指長沙獨秀峰。本集卷九題使臺後圃八首獨秀堂：「天質自奇峻，千尋紫翠重。謾煩君獨秀，不願掩羣峰。」當即此峰。

〔三〕雙峰：此指黄梅縣西北破頭山，四祖道信傳法於此，改名雙峰山，後人亦稱爲四祖山。太平寰宇記卷一二七淮南道五蘄州黄梅縣：「慈雲塔，在縣西北四十里雙峰山，第四祖道信大師寂滅之所。大曆九年敕謚號大醫和尚，塔號慈雲。」黄梅縣屬淮南西路，故下句稱「水分淮甸」。本集卷二一有雙峰正覺禪院涅槃堂記，可參見。廓門注：「雙峰，謂南康府雙劍峰。」不確。

〔四〕淮甸：泛指淮南西路。方輿勝覽卷四八淮西路廬州：「題詠：沃壤欲包淮甸盡。」明一統志卷六一黄州府形勝：「淮甸上游。宋王禹偁月波樓詩：『淮甸爲内地，黄岡壓上游』」懸席：猶言挂席，挂帆。唐王灣次北固山下：「風正一帆懸。」孟浩然晚泊潯陽望香爐峰：「挂席幾千里。」

〔五〕路遶巨山：自長沙至黄梅，可繞道江州廬山，復渡江北上。匡山，即廬山。振筇：摇動筇杖，指出行。

〔六〕虎溪：在廬山東林寺旁。廬山記卷一叙山北：「虎溪，昔遠師送客過此，虎輒號鳴，故名焉。」

過孜莫翁〔一〕

禹穴朝來散晚參〔二〕，一程隨便達雲巖〔三〕。南山任把浮雲蔽，西嶺猶將落日銜。幽徑野花開舊菊，石牀楸子下高杉。投宵夜永寒無寐，良憶真僧衣不蠶〔四〕。

【注釋】

〔一〕元符三年作於南嶽衡山。　孜莫翁：即南嶽衡山善孜禪師，字遷善，號莫翁，東林常總法嗣，屬臨濟宗黃龍派南嶽下十三世。參見本集卷三孜遷善石菖蒲注〔一〕。

〔二〕禹穴：指南嶽之禹溪。南嶽總勝集卷上：「岣嶁峰，南下有法輪寺，後有仙王殿、雷洞、妙喜洞、道人亭。韓愈詠禹碑略云『道人獨上偶見之』者是也。徐靈期衡山記云：『雲密峰有禹治水碑，皆蝌蚪文字。碑下有石壇，流水縈之，最爲勝絶。』今法輪寺有道人亭，傳云：昔有道人，見之於岣嶁。後韓文公有是句。今兩出之。」宋魏仲舉五百家注昌黎文集卷三岣嶁山：「岣嶁山尖神禹碑。」注引韓醇曰：「盛洪之荆州記曰：『南岳周回數百里。昔禹登而祭之，因夢玄夷使者，遂獲金簡玉字之書。』徐靈期南岳記曰：『夏禹導水通瀆，刻石書名山之高。南岳文云：高四千一十丈。南岳，即衡山也。』」鍇按：廓門注：「東坡詩三十卷：『徑度洞庭探禹穴。』見注。一統志紹興府：『禹穴在會稽山。』史記：『太史公上會稽，探禹穴。』駱丞集一卷：『地連禹穴。』詳注。韓文第二卷贈張籍詩曰：『東野窺禹穴。』注：『禹穴，本在蜀，作會稽者非是。史記自叙云「上會稽」，總吳越也；「探禹穴」，言巴蜀也。後人不解，遂以會稽禹廟傍一小坎當之。故退之亦失於考，遂以孟郊游越，謂窺禹穴，是亦以誤承誤也。』」其注未明禹穴本非一處，南嶽亦有之。

〔三〕雲巖：雲封之巖，此指岣嶁峰，或指雲密峰。宋史季温山谷别集詩注卷下贈法輪齊公題下注曰：「法輪，即南嶽岣嶁峰雲龍寺。」然南嶽總勝集卷上又曰：「雲密峰，高五千三百餘丈。南下有雲峰寺，西有大禹巖，昔禹王致齋祈真處……常有祥雲覆之。峰半有禹碑，禹王至此量之，高四千一十丈，皆蝌蚪之書。曩有樵者，見石壁有兩虬相交碑上，雙睛掣電，字石光瑩，目不可正視，怖畏走之不已。此後了無見者，亦猶天台之金銀橋、北岳之玉梁，古今皆一見也。畢田詠禹碑詩一絶云：『治水功成王業興，嘉謨垂世坦然明。玉刊蝌蚪猶難識，況在深雲隱不呈。』」錯按：韓愈岣嶁山有「岣嶁山尖神禹碑」、「道人獨上偶見之」之句，徐靈期衡山記則云「雲密峰有禹治水碑」，故南嶽總勝集叙岣嶁峰、雲密峰之禹碑曰「今兩出之」。

〔四〕真僧衣不韈：謂真正守戒律之僧人，不著華麗絲綢衣服。唐釋道宣律相感通傳：「古昔周朝老僧咸著大布衣，一生服一，補者咸布，乃至重二三斤者。復見西來梵僧，咸著布氎。具問，答曰：『五天竺國，無著韈衣。』由此興念，著斯章服儀。」

次韻二僧題永安壁上〔一〕

二休書壁詩爭妙〔二〕，促席吟時愧不同〔三〕。豪句大鯨秋駕浪〔四〕，俊才細馬曉追風〔五〕。支筇放蕩千峰裏〔六〕，萬事收藏一笑中。約我清溪老蓮社〔七〕，茅茨相映小橋東。

【注釋】

〔一〕元符三年作於杭州。　永安：指杭州靈隱寺北永安禪院。宋陳舜俞鐔津明教大師行業記：「宋熙寧五年六月初四日，有大沙門明教大師示化於杭州之靈隱寺。……葬於故居永安院之左。」林間録卷上：「（嵩明教）晚移居靈隱之北永安蘭若。」

〔二〕二休：廓門注：「二休，謂湯慧休、貫休也。比二僧。」鍇按：湯慧休，即湯惠休。宋書徐湛之傳：「時有沙門釋惠休，善屬文，辭采綺艷。湛之與之甚厚。世祖命使還俗，本姓湯，位至揚州從事史。」貫休，五代詩僧。宋高僧傳卷三〇梁成都府東禪院貫休傳：「釋貫休，字德隱，俗姓姜氏，金華蘭溪登高人也。……投本縣和安寺圓貞禪師，出家爲童侍。……與處默同削染，隣院而居，每隔籬論詩，互吟尋偶對，僧有見之，皆驚異焉。受具之後，詩名聳動於時。……時王氏將圖僭僞，邀四方賢士，得休甚喜，盛被禮遇，賜賚隆洽，署號禪月大師。蜀主常呼爲得得來和尚。……所長者歌吟，諷刺微隱，存於教化，體調不下二李白、賀也。」

〔三〕促席吟時愧不同：慚愧未能與二僧同時促席吟詩。　促席，促近其席，謂座席相互靠近。文選卷四左思蜀都賦：「合樽促席，引滿相罰。」李善注：「東方朔六言詩曰：『合樽促席相娱。』」

〔四〕豪句大鯨秋駕浪：喻其詩氣勢豪壯。九家集注杜詩卷二二戲爲六絶其四：「或看翡翠蘭苕上，未掣鯨魚碧海中。」注：「趙云：此兩句，言數公者不過文采華麗而已，而公所自負其出羣雄者，如掣鯨魚於碧海，非釣手之善，氣力之雄，安能然哉？……公取用言文章也，鯨魚有力，最難得者。木玄虚海賦云：『魚則横海之鯨。』」此化用其意。

〔五〕俊才細馬曉追風：喻其才敏捷逸羣。細馬，駿馬。北齊書白建傳：「河清三年，突厥入境，代、忻二牧，悉是細馬，合數萬匹，在五臺山北柏谷中避賊。」追風，駿馬名。晉崔豹古今注卷中鳥獸：「秦始皇有七名馬：追風、白兔、躡景、犇電、飛翮、銅爵、神鳧。」

〔六〕支筇放蕩千峰裏：書許棠尋山：「躡履復支筇，深山草木中。」此化用其意。筇，筇竹杖。

〔七〕約我清溪老蓮社：謂相約於廬山東林寺共建白蓮社。廬山記卷二叙山北：「至太平興國寺七里，寺前之水曰清溪，溪上有清溪亭。寺晉武帝太元九年置，舊名東林。唐會昌三年廢，大中三年復，皇朝興國二年賜今名。……神運殿之後，有白蓮池。昔謝靈運恃才傲物，少所推重，一見遠公，肅然心服，乃即寺翻涅槃經，因鑿池爲臺，植白蓮池中，名其臺曰翻經臺。今白蓮亭即其故地。遠公與慧永、慧持、曇順、曇恒、竺道生、慧叡、道敬、道昺、曇詵、白衣張野、宗炳、劉遺民、張詮、周續之、雷次宗、梵僧佛馱耶舍十八人者，同修淨土之法，因號白蓮社。」廓門注：「僧寶傳東林總傳曰：『迎清溪之上。』又一統志衡州府：『清溪書院在安仁縣清溪。』未知何是也。」此指東林寺之清溪。

贈王司法〔一〕

輕帆已有渡江期，高會清游惜此時。水閣颺煙晴試茗〔二〕，雪窗剪燭夜論詩㊀〔三〕。衡寒遠雁來横浦，弄色新梅半糝枝〔四〕。林下自知無一事，亦應風月動關思。

【校記】

㊀剪：石倉本作「翦」。

【注釋】

〔一〕作年未詳。王司法：名字生平不可考。司法，司法參軍之略稱，州幕職官，掌刑法、斷刑。元祐後，上州司法參軍從八品，中、下州從九品。

〔二〕水閣颺煙晴試茗：杜牧醉後題僧院二首之二：「今日鬢絲禪榻畔，茶煙輕颺落花風。」此化用其意。

〔三〕雪窗剪燭夜論詩：李商隱夜雨寄北：「何當共剪西窗燭，却話巴山夜雨時。」此化用其意。廓門注：「南史王僧孺傳：『蕭文琰、丘令楷、江拱以文稱。竟陵王夜集賦詩，約四韻，刻燭一寸。文琰曰：「何難之有？」乃江拱共擊鉢立韻，響絶詩成。』又明劉定之劉氏雜志曰：

『李翺謂退之下筆時，他人疾書之，寫誦之，不是過也，其敏亦至矣。蓋其取之也勤，故其出之也敏。後之學者，束書不觀，游談無根，乃欲刻燭畢韻，舉步成章，仿佛古人，豈不難哉！』愚曰：剪燭與剪燈相同。」鍇按：刻燭，謂於蠟燭上刻度計時，形容詩才敏捷。剪燭，謂挑剪燭芯，形容窗下對燭促膝夜談。此言論詩，而非賦詩，剪燭非刻燭意，廓門注不確。

〔四〕糝：散落。

和許樂天〔一〕

滄溟曾見化微塵〔二〕，花發桃源幾度春〔三〕。俗眼莫輕狂道士〔四〕，此身應是謫仙人〔五〕。清彈一曲悲風遠〔六〕，絶唱千章白雪新〔七〕。異日三茅成卜築〔八〕，却因瓶錫得爲鄰〔九〕。

【注釋】

〔一〕作年未詳。許樂天：當爲道士，然生平不可考。

〔二〕滄溟曾見化微塵：晉葛洪神仙傳卷三：「王遠字方平，東海人也。……麻姑自説：『接待以來，已見東海三爲桑田。向到蓬萊，水又淺於往昔會時略半也，豈將復還爲陵陸乎？』方平笑曰：『聖人皆言，海中行復揚塵也。』」

〔三〕花發桃源幾度春：李賀浩歌：「王母桃花千遍紅，彭祖巫咸幾回死。」清王琦彙解：「漢武内傳：『王母仙桃三千年一開花，三千年一生實。』」此化用其意。鍇按：以上二句皆贊許樂天有長生不老之術。

〔四〕狂道士：蘇軾次韻劉景文登介亭：「莫作狂道士，氣壓劉師服。」又楊康功有石狀如醉道士爲賦此詩：「化爲狂道士，山谷恣騰蹂。」此借用其語。

〔五〕謫仙人：謂其有仙風道骨，如神仙下凡。舊唐書文苑傳下李白傳：「初，賀知章見白，賞之曰：『此天上謫仙人也。』」

〔六〕清彈一曲悲風遠：贊其彈琴之技精。蘇軾游東西巖：「慷慨桓野王，哀歌和清彈。」此化用其語。鍇按：古謂絲聲哀，故以悲風喻之。史記孝武本紀：「泰帝使素女鼓五十絃，瑟悲，帝禁不止，故破其瑟爲二十五絃。」阮籍樂論：「桓帝聞楚琴，悽愴傷心，倚户而悲，慷慨長息曰：『善哉！爲琴若此而足矣。』」

〔七〕絶唱千章白雪新：贊其詩歌既多且高雅。宋玉對楚王問：「客有歌於郢中者，其始曰下里巴人，國中屬而和者數千人；其爲陽阿薤露，國中屬而和者數百人；其爲陽春白雪，國中屬而和者不過數十人；引商刻羽，雜以流徵，國中屬而和者，不過數人而已。是其曲彌高，其和彌寡。」

〔八〕三茅：山名，亦稱茅山、句曲山，道教勝地。相傳西漢茅盈、茅固、茅衷三兄弟得道於此。太平寰宇記卷八九江南東道一潤州：「句曲山，一名茅山，在縣西南三十里。茅君內傳云：『山形曲折似句字，故名句曲。』古名岡山，孔子福地記：『岡山之間，有三仙人住，是洞庭北門，又能辟兵。周時名其原澤爲句曲之穴，秦名勾金之壇。山本茅君居，因以爲名。』南徐州記云：『山內有靈府洞室，七塗九源，交通四方。有五穴，南二，東西北各一。』吳興記云：『此山洞室地道，交通五岳。』南徐州記云：『洞天三十六所，句曲爲第八金壇華陽之洞。茅盈之祖曰濛，先於此清身厲行，自許帝鄉。後天皇來授司命策書，乃登羽車，仗紫旌之節，驂駕龍虎，浮雲而去。』茅山記云：『此洞昔東海青童乘獨飆飛輪車來此山，輪迹見在東海山嶺上。』」方輿勝覽卷一四江東路建康府：「三茅山，在句容縣南五十里。山記云：漢時有三茅君，各乘一鶴來此，故名焉。秦始皇聞民間先有謠曰：『神仙得者茅初成，駕龍上昇入太清，時下三洲戲赤城，繼世而往在我盈。』於是有尋仙之意。後有茅盈、茅固、茅衷，即三茅君也。」三茅君事見神仙傳卷五。卜築：擇地建築住宅，即定居之意。

〔九〕瓶錫：瓶鉢與錫杖，僧人用具，此自稱。

師復作水餅供出五詩送別謝之〔一〕

草堂野飯蜀江濱〔二〕，妥貼寒光刻削人〔三〕。忽展五篇爭疾讀，便驚四座暖生春。已欣蓮社風流在〔四〕，更覺溪山氣味新。放箸翛然廬嶽去〔五〕，門欄他日夢應頻。

【注釋】

〔一〕作年未詳。　師復：疑姓孫，名不可考。參見本集卷一五孫侯見和復次韻五首、再和答師復五首。　水餅供：以水餅施捨供養僧人。水餅，即水引餅。山谷内集詩注卷一〇次韻答秦少章乞酒：「詩來獻窮狀，水餅嚼冰蔬。」任淵注：「南史何戢傳：『高帝好水引餅，戢每設上焉。』」參見本集卷九對雪嘗水餅注〔一〕。

〔二〕蜀江：即錦江，流經筠州高安縣。輿地紀勝卷二七江南西路瑞州：「錦江：錦江亭在水南大街東，下瞰蜀水，因以名焉。蜀江志新志云：『錦水在蜀江門外，與蜀水事同。』」

〔三〕妥貼寒光刻削人：謂雪之寒光侵襲人身。苕溪漁隱叢話後集卷二三：「苕溪漁隱曰：魯直雪詩：『試尋高處望雙闕，佳氣葱葱寒妥貼。』洪覺範雪詩：『一川秀色浩凌亂，萬樹無聲寒妥貼。』二詩當以覺範爲優，句意俱工。」　刻削：侵害。史記孝景本紀：「至孝景，不復憂異姓，而鼂錯刻削諸侯。」錯按：此句言寒雪侵人，故後有「四座暖生春」之語。

〔四〕蓮社：指東晉廬山東林寺淨土白蓮社。參見前次韻二僧題永安壁上注〔六〕。

〔五〕放箸：放下竹筷。　廬嶽：即廬山。

贈鑑(鑒)上人㈠〔一〕

毗尼藏出清淨寶〔二〕，精進林生功德香〔三〕。但得身心常寂靜，自然毛孔發靈光〔四〕。蒼苔不厭芒鞋弊㈡，空翠偏宜壞衲荒〔五〕。好在虎溪長不出，阿持何意尚游方〔六〕。

【校記】

㈠鑑：原作「鑒」，今改。參見注〔一〕〔二〕。

㈡弊：武林本作「敝」。

【注釋】

〔一〕作年未詳。　鑑上人：廓門注：「按：寶華普鑑，嗣法於真淨克文。」鍇按：普鑑爲惠洪同門師兄弟。嘉泰普燈録卷七平江府寶華佛慈普鑑禪師：「本郡人，族周氏。齠齔不茹葷，依景德寺清智下髮。十七游方，初謁覺印英禪師，不契，遂扣真淨之室。淨舉石霜虔侍者話問之，釋然契悟，作偈曰：『枯木無華幾度秋，斷雲猶拄樹梢頭。自從鬬折泥牛角，直至如今水逆流。』淨肯之，命侍巾鉢。晚徇衆開法寶華，次移高峰。……紹興甲子八月十日，書數紙以戒門弟子，莞爾而逝。」惠洪卒於建炎二年（一一二八），普鑑卒於紹興甲子，即紹興十四年（一一四四）。以二人卒年推測，則惠洪或當爲師兄。

〔二〕毗尼藏：即律藏，戒律經典，其中包藏一切戒律之法。善見律毗婆沙卷一序品：「毗尼藏者，是佛法壽。毗尼藏住，佛法亦住。」參見前冷然齋注〔二〕。底本作「鑒」，同「鑑」，然禪籍普鑑法名作「鑑」，故據改。

〔三〕精進林：宋釋可度楞嚴經箋卷四：「何須待我佛頂神呪，摩登伽心，婬火頓歇，得阿那含。於我法中，成精進林，愛河乾枯，令汝解脱。」箋云：「精進林，言精進如林稠密也。」功德香：華嚴經卷五九入法界品：「菩提心者，則爲香山，出生一切功德香故。」

〔四〕毛孔發靈光：廓門注：「毛孔發光見華嚴經等。」錯按：華嚴經卷一六十住品：「菩薩以此初發心，欲一毛孔放光明，普照十方無量土，一一光中覺一切。」

〔五〕壞衲：即袈裟，以非正色之壞色染成，故稱。

〔六〕「好在虎溪長不出」二句：謂鑑上人當效東晉慧持法師於廬山東林寺修行，不必外出游方。廓門注：「虎溪見前。阿持，慧持也。普鑑以法弟比慧持也。」錯按：十八賢傳釋慧持法師傳：「慧持者，遠師（慧遠）之弟也。冲然有遠量，年十四學讀書，一日所記，常敵人之十日。善文史，巧才製。年十八出家，與兄同事道安法師，遍學衆經，游刃三藏。形長八尺，風神俊爽，常躡革屣，衲衣半脛。始同居東林之淨社，廬山徒屬往來三千，持爲上首。」普鑑爲惠洪法弟，慧持爲慧遠之弟，故以比之。言「阿持」者，以其年少於己，故暱稱之。

贈靜上人〔一〕

雪摧枯慮默如瘖，秋壓寒松老不禁。一室閉門稀識面〔二〕，半窗斜照自拴針。重城此日留詩別，疊巘何年結伴尋〔三〕。衰退寧堪久塵土，相看滿眼是歸心。

【注釋】

〔一〕作年未詳。　靜上人：嘉泰普燈録卷六黄龍寶覺晦堂祖心禪師法嗣有舒州天柱修靜禪師，或爲此僧，俟考。

〔二〕一室閉門稀識面：冷齋夜話卷八范堯夫揖客對卧：「范堯夫謫居永州，閉門，人稀識面。客苦欲見者，或出，則問寒暄而已。」本集卷一五次韻魯直寄靈源三首之二：「已作閑門稀識面，千金争購暮年書。」

〔三〕疊巘：疊嶂，重疊山峰。水經注灤水：「其山（雁門山）重巒疊巘，霞舉雲高，連山隱隱，東出遼塞。」

表上人久事雲庵過余石門〔一〕

凍折枯杉已死灰〔二〕，豈宜安著在塵埃。猥（偎）衰不入今人眼㊀〔三〕，精進曾親古佛來〔四〕。愛子渠渠念綈惠〔五〕，爲余得得出巖隈〔六〕。蒼顔華首供衰暮，未死重逢更幾回〔七〕？

【校記】

㊀猥：原作「偎」，誤，今改，參見注〔三〕。

【注釋】

〔一〕約於政和五年作於新昌縣石門寺。　雲庵：即真淨克文禪師。表上人當爲克文弟子，惠洪師兄，然燈録未載，生平不可考。

〔二〕凍折枯杉已死灰：喻心不爲外物所動，如枯木死灰。莊子齊物論：「形固可使如槁木，而心固可使如死灰乎？」此化用其意。

〔三〕猥衰：猥瑣衰弱。漢焦贛焦氏易林卷二賁之第二十二：「小過：玄黄虺隤，行者勞罷，役夫憔悴，處子猥衰。」本集卷二〇明極堂銘序：「晚居衡嶽，一衲窮年，垂涕捫蝨，猥衰坐睡，守糞爐煨芋。」底本「猥」作「偎」，乃涉形近而誤，今改。

〔四〕古佛：此代指真淨克文。

〔五〕渠渠：殷勤貌。宋蘇舜欽上孔待制書：「古人詡詡而汲善，渠渠而下士，是致德義日益引，望實日益隆，憂患無自入焉。」　念綈惠：喻指眷戀故舊之情。戰國時魏人范睢先事魏中大夫須賈，遭其毁謗，笞辱幾死。後逃秦改名張禄，仕秦爲相，權勢顯赫。魏聞秦將東伐，命須賈使秦，范雎喬裝，敝衣往見。須賈不知，憐其寒而贈一綈袍。迨後知雎即秦相張禄，乃惶恐請罪。雎數其三罪，以其贈綈袍，尚戀戀有故人之意，故釋之。事本史記范雎蔡澤列傳。白居易醉後狂言酬贈蕭殷二協律：「賓客不見綈袍惠，黎庶未沾襦袴恩。」

〔六〕得得：特特，特地。釋貫休陳情獻蜀皇帝：「一瓶一鉢垂垂老，千水千山得得來。」孫光憲北夢瑣言卷二〇休公真率：「休公謂韋公曰：『我得得爲渠入蜀，何意見怪？』」

〔七〕未死重逢更幾回：冷齋夜話卷一换骨奪胎法：「顧况詩曰：『一别二十年，人堪幾回别。』其詩簡拔而立意精確。舒王（王安石）作與故人詩云：『一日君家把酒盃，六年波浪與塵埃。不知烏石岡邊路，到老相逢得幾回。』凡此之類，皆奪胎法也。」此又奪王安石詩意之胎。

次韻超然〔一〕

翠寒空覺此生浮〔二〕，歲月催人鬢易秋。忽憶倚天廬嶽去，更尋清境武林游〔三〕。情親愧與高人别，興發徒煩夜月留。他日西湖還相憶，爲君一笑散沙鷗〔四〕。

【注釋】

〔一〕元符二年秋作於黄梅縣獨木鎮。超然：即希祖，字超然，惠洪法弟。錯按：寂音自序：「年二十九乃游東吴。」元符二年，惠洪年二十九。本集卷二三潛庵禪師序：「南康太守徐公聞名，延居南山清隱寺。……元符二年秋，余與弟希祖自南昌舟而東下，訪之。」其後當與希祖同至江州。本集卷一〇有元祐五年秋嘗宿獨木爲詩以自遣今復過此追舊感歎用韻示超然二首，乃元符二年秋作於獨木鎮，時與希祖自江州同渡江北上至此。此詩當作於獨木鎮二人分别時。

〔二〕此生浮：廓門注：「生如浮，出莊子。」錯按：莊子刻意：「其生若浮，其死若休。」

〔三〕「忽憶倚天廬嶽去」二句：謂希祖將入廬山，而己將往杭州。武林，杭州别稱，以武林山得名。方輿勝覽卷一臨安府：「事要：郡名行在所、修門、京華、武林、錢塘、餘杭。」又云：「武林山，在錢塘舊治之北半里，今爲錢塘門裏太一宫道院土阜是也。元名虎林，避唐朝諱，改『虎』爲『武』。」

〔四〕「他日西湖還相憶」二句：設想今後己在杭州西湖憶希祖之情景。

寄楷禪師〔一〕

龍蛇頭角混埃塵〔二〕，臨死方知老淨因〔三〕。三度傲辭天子敕，一生甘作淨名身〔四〕。

虎皮羊質成何事〔五〕？牛馬襟裾亦謾陳〔六〕。須信屈原千載後，空門猶有獨醒人〔七〕。

【注釋】

〔一〕大觀三年作於江寧府。　楷禪師：芙蓉道楷（一〇四三～一一一八），沂州費縣人，俗姓崔氏。嗣法投子義青，屬曹洞宗青原下十一世。先後住郢州大陽、隨州大洪、東京十方淨因院。大觀元年冬，移住天寧。二年春，開封府尹李孝壽奏其高行，賜紫伽黎，號定照禪師。楷上表辭之。以拒命坐罪，黥而流之，終不屈。明年敕令自便，庵於芙蓉湖心。政和八年卒，年七十六，臘四十二。事具本集卷二三定照禪師序、禪林僧寶傳卷一七天寧楷禪師傳。

〔二〕龍蛇頭角混埃塵：謂禪門龍蛇混雜，多爲俗世塵埃所染。山谷外集卷一四靈壽臺：「虎豹文章藏霧雨，龍蛇頭角聽雷聲。」此借用其語。

〔三〕臨死方知老淨因：謂臨到生死關頭，方見出道楷禪師之志氣節操。老淨因，指道楷。禪林僧寶傳卷一七天寧楷禪師傳：「崇寧三年，有詔住東京十方淨因禪院。」故稱。

〔四〕「三度傲辭天子敕」二句：本集卷二三定照禪師序：「大觀元年，京師大法雲寺虚席，有司以公有道行，請於朝，願令繼嗣住持，奉聖旨可其請。未幾，開封大尹李孝壽表公談以禪學卓冠叢林，宜有以褒顯之，即賜紫方袍，號定照禪師。左璫持詔至法雲，楷謝恩已，乃爲表辭曰：『伏蒙聖慈，特差彰善閤祇候譚禎賜臣定照禪師號及紫衣牒二道。臣戴睿恩已，即時焚香升座，仰祝聖壽。伏念臣行業迂疏，道力綿薄，嘗發誓願，不受利名，堅持此志，積有歲年，庶幾如此，僧道後來，使人專意佛法。今雖蒙異恩，若遂忝冒，則自違素願，何以教人？豈能仰稱陛下所以命臣住持之意。所有前件恩牒，不敢祇受。伏望聖慈察臣愚悃，非敢飾辭，特賜允俞。臣没齒行道，上報天恩。』上閱之，以付李孝壽躬往，諭朝廷旌善之意，而楷執拗不回。開封府尹具以其事聞，上大怒，收楷送大理寺。……竟就刑。縫掖其衣，編管緇州。」宋蔡絛鐵圍山叢談卷五：「僧道楷，淄川之村夫也。始事真(青)華嚴者，不省。乃自取一木，横置大井上，端坐，作禪觀。且九年，一旦大寤，便操筆作文偈，無不通解。道價日盛。大觀間，住持東都之淨因禪院。有天府尹李壽者，雖法家，然喜禪學，特愛重楷。時因陛見，力譽之。上曰：『朕久已欽其名也。』李壽退，上即命中使錫以磨衲僧法衣，而加賜四字禪師號者，釋氏之異數。然楷初弗知也。中使忽持禮來，楷不肯受之。又故事，院中應以白金五十鎰遺中使，號書送。而楷曰：『豈可以我故爲常住費！』又止不予，中使人悵然不樂。遂苦辭不受。久之，上乃命李尹喻旨，禮重殷勤，然楷不回也。使者前後凡十七往返，而志益確。上始大怒，命坐以違制罪焉。始迫逮楷天府也，即有僧俗千許人隨之至庭下，李尹慚，因不敢出，獨使其兩貳官。於時爲少尹者顧問是僧：『七十有幾邪？』楷曰：『六十有二矣。』二人默相視失色。即呼醫，醫至又曰：『是僧瘦頳，疑若疾病狀行，可驗之。』楷又大言曰：『道楷平生無病。』二人因低首私語：『如此，則當杖矣。』楷笑曰：『不受杖，待何時乎？』於是編管沂州，蓋臨淄將俾近其鄉井，實李尹意。至沂，則道侶從之學，益熾。楷又厭之。一旦忽失去，衆走求諸郊野，頃於山中得，遂即山之上爲立精舍，而止其間焉。後十許年乃死。方其死時，招聚衆曰：『汝等偕來，嘗吾大酸餡。』食竟，獨入深山，久不出。衆視之，坐石上，已跏趺而化矣。嘗謂浮屠氏時有立志若是者，頗恨吾士大夫近偶罕見之，何哉？」淨名：即維摩詰居士，又譯無垢稱。鍇按：道楷傲辭皇帝敕令，遭遞奪僧籍，縫掖其衣，即著儒生服，其身份略同於在家奉佛之淨名，故云。

〔五〕虎皮羊質：揚雄法言吾子：「或曰：『有人焉，自姓孔而字仲尼，入其門，升其堂，伏其几，襲其裳，則可謂仲尼乎？』曰：『其文是也，其質非也。』『敢問質？』曰：『羊質而虎皮，見草而説，見豺而戰，忘其皮之虎也。』」

〔六〕牛馬襟裾：五百家注昌黎文集卷六符讀書城南：「人不通古今，馬牛而襟裾。」注：「襟裾，衣也。樊曰：孟子：『飽食煖衣，逸居而無教，則近於禽獸。』前漢：韓生曰：『人謂楚人沐猴而冠。』公此聯，義則孟子，句法則韓生也。」鍇按：虎皮羊質，牛馬襟裾，皆喻指禪門爭奸勢利之徒。

〔七〕「須信屈原千載後」二句：謂道楷猶如佛門中之屈原，衆人皆醉而己獨醒。楚辭漁父：「屈原既放，游於江潭，行吟澤畔，顔色憔悴，形容枯槁。漁父見而問之曰：『子非三閭大夫與？何故至於斯？』屈原曰：『舉世皆濁我獨清，衆人皆醉我獨醒，是以見放。』」

璲首座出示巽中詩〔一〕

左手不仁右手明〔二〕，懷情亦復棄藜牀〔三〕。不知門外山花發，但覺君來笑語香。頎紹神情掃秋晚〔四〕，瘦權詩句挾風霜〔五〕。兩翁杖屨相追逐〔六〕，此夕因依夜話長〔七〕。

【注釋】

〔一〕宣和元年夏作於長沙谷山。本集卷二六題珣上人僧寶傳：「凡經諸方三十年，得百餘傳，中間忘失其半。晚歸谷山，遂成其志。時長汀璲、珣二衲子來從予游，録此副本。」璲首座，即長汀僧璲，生平不可考。續傳燈録卷二八目録昭覺圓悟克勤禪師法嗣中有廣利璲禪師，疑即此僧。屬臨濟宗楊岐派南嶽下十五世。巽中：即詩僧善權，字巽中，嗣法於溈潭應乾禪師，爲東林常總法孫。參見本集卷二贈巽中注〔一〕。

〔二〕左手不仁右手明：蘇軾赴英州乞舟行狀：「自聞命已來，憂悸成疾，兩目昏障，僅分道路，左手不仁，右臂緩弱。」禪林僧寶傳卷一八興化銑禪師傳：「晚得風痺疾，左手不仁，然猶領住持事，日同僧衆會，粥食不懈。」不仁，指手足痿痺麻木。素問痺論：「皮膚不營，故爲不仁。」右手明，未詳其意。

〔三〕藜牀：藜莖編織之牀，泛指簡陋牀榻。北周庾信小園賦：「管寧藜牀，雖穿而可坐；嵇康鍛竃，既暖而堪眠。」

〔四〕頎紹：即昭化希紹禪師，嗣法於五祖山曉常禪師，與惠洪同爲黄龍慧南法孫。參見本集卷四余自太原還匡山道中逢澤上人與至海昏山店有作注〔一三〕。廓門注：「詩經：『頎而長兮。』璲首座，即石霜紹珂也，嗣法真淨文。」殊誤。蓋紹珂當簡稱「珂」，而不得簡稱「紹」，本集卷一九有石霜普照珂禪師贊，可證。

〔五〕瘦權：即僧善權。因爲人清癯，故稱。

〔六〕兩翁杖屨相追逐：謂璲首座嘗追隨希紹、善權兩翁參禪學詩。

〔七〕因依：依傍。阮籍詠懷詩之八：「迴風吹四壁，寒鳥相因依。」

【集評】

清延君壽老生常談評「不知門外山花發，但覺君來笑語香。頎紹神情掃秋晚，瘦權詩句挾風霜」四句，參見本卷送瑩上人遊衡嶽集評。

贈李秀才〔一〕

門掩青山相並居，愛君家法不蕭疏。錦囊舉子能佳句〔二〕，瑞鳥隱公多諫書〔三〕。學士八塼聲價在〔四〕，謫仙千首笑談餘〔五〕。清朝第一他年事〔六〕，且看歸來著翠裾〔七〕。

【注釋】

〔一〕作年未詳。　李秀才：名字生平不可考。

〔二〕錦囊舉子能佳句：指李賀。新唐書李賀傳：「每旦日出，騎弱馬，從小奚奴，背古錦囊，遇所得，書投囊中，未始先立題然後爲詩，如它人牽合程課者。及暮歸，足成之。非大醉弔喪日，率如此，過亦不甚省。母使婢探囊中，見所書多，即怒曰：『是兒要嘔出心乃已耳。』以父名晉肅，不肯舉進士。愈爲作諱辨，然卒亦不就舉。辭尚奇詭，所得皆驚邁，絶去翰墨畦逕，當時無能效者。」

〔三〕瑞鳥隱公多諫書：指李渤。新唐書李渤傳：「（渤）不肯仕，刻志於學，與仲兄涉偕隱廬山……更徙少室。元和初……詔以右拾遺召……渤上書謝……洛陽令韓愈遺書曰：『有詔河南敦諭遺公，朝廷士引頸東望，若景星鳳鳥始見，爭先覩之爲快。方今天子仁聖，小大之事皆出宰相，樂善言如不得聞。自即大位，凡所出而施者，無不得宜，勤儉之聲，寬大之政，幽閨婦女、草野小子飽聞而厭道之。愈不通於古，請問先生，兹非太平世歟？……若此時也，遺公不疾起，與天下士樂而享之，斯無時矣。昔孔子知不可爲而爲之不已，跡接於諸侯之國。今可爲之時，自藏深山，牢關而固拒，即與仁義者異守矣。』……渤心善其言，始出，家東都，每朝廷有闕政，輒附章列上。」　瑞鳥，即韓愈與李渤書中之「鳳鳥」。韓集與少室李拾遺書作「鳳凰」。參見本集卷三崇因會王敦素注〔七〕。

〔四〕學士八塼聲價在：指李程。新唐書李程傳：「召爲翰林學士。……學士入署，常視日影爲候。程性懶，日過八塼乃至。」

〔五〕謫仙千首笑談餘：指李白。杜甫不見詩稱白「敏捷詩千首」。

〔六〕清朝第一：新唐書李揆傳：「拜中書侍郎、同中書門下平章事，修國史，封姑臧縣伯。揆美風儀，善奏對。帝歎曰：『卿門地、人物、文學，皆當世第一，信朝廷羽儀乎！』故時稱三絶。」鍇按：以上五句以李賀、李渤、李程、李白、李揆事類比李秀才，即吴聿觀林詩話所謂「贈人詩多用同姓事」。

〔七〕翠裾：緑袍，此指新科進士之袍服。語本李賀高軒過：「華裾織翠青如葱。」

贈修上人〔一〕

我愛修公亦自賢，未忻城郭愛林泉。醉騎鯨背詩遺落〔二〕，閑把牛毛字細編〔三〕。還我青山當夏晚，乞君佳句著牀前。雨餘獨憑煙雲上，目送孤鴻落照邊〔四〕。

【注釋】

〔一〕約崇寧二年作於長沙道林寺。修上人：本集卷一八空生真贊：「漳南僧慎修游吴中，得此畫於敗垣破壁間。」卷二四送修彦通還西湖序：「吾友彦通，既以父事大通，而其德友廓然，又如無心之雲，往來於湖山之上，從容二老之間。……爲余留於湘江道林者一月。」據宋僧法名表字連稱之習慣，修彦通，其法名第二字爲修，字彦通。其游東吴事與漳南僧慎修相合，當爲同一人。漳南爲洪州别稱。據此，可知僧慎修本洪州人，爲善本（大通）禪師弟子，思睿（廓然）同門法弟，屬雲門宗青原下十三世。僧傳、僧録失載。此詩當作於慎修留道林寺時。鍇按：饒節倚松詩集卷一修上人出覺範送行詩言别因次韻餞之：「上人丘壑姿，韻出餘子右。已經老洪目，云是江南秀。」江南代指洪州，覺範、老洪皆指惠洪，故饒節所餞修上人當是慎修，然其所次韻惠洪送行詩原詩本集失收。

〔二〕醉騎鯨背詩遺落：謂修上人醉中作詩豪逸如李白。杜詩詳注卷一送孔巢父謝病歸游江東兼呈李白：「南尋禹穴見李白。」仇兆鰲注：「一作『若逢李白騎鯨魚』。」蘇軾和王斿二首其一：「聞道騎鯨游汗漫。」歐陽季默以油煙墨二丸見餉各長寸許戲作小詩：「我是騎鯨手。」東坡詩集注皆引杜甫詩「若逢李白騎鯨魚」爲注，可見宋本杜集有此異文。

〔三〕閑把牛毛字細編：謂修上人閑暇時自編詩集。蘇軾讀孟郊詩二首之一：「夜讀孟郊詩，細字如牛毛。」

〔四〕目送孤鴻落照邊：文選卷二四嵇康贈秀才入軍五首之四：「目送歸鴻，手揮五絃。」此借用其語。

次韻超然竹陰秋夕〔一〕

月脅雲行夜未深〔二〕，滿庭風露葉辭林〔三〕。知誰牆外千竿竹，分我窗西一畝陰〔四〕。山好已無歸國夢，老閑猶有讀書心。剩題詩句酬幽隱，歲月翩翩接翅禽〔五〕。

【注釋】

〔一〕作年未詳。　超然：希祖字超然，惠洪法弟。

〔二〕月脅：月之胸脅，指月亮，擬人化描寫。語本唐皇甫湜唐故著作佐郎顧況集序：「偏於逸歌長句，駿發踔厲，往往若穿天心，出月脅，意外驚人語，非尋常所能及，最爲快也。」

〔三〕葉辭林：廓門注：「杜詩：『花落辭故枝，風回返無處。』」錯按：杜甫詩題爲得舍弟消息，此化用其意，所謂奪胎換骨。

〔四〕「知誰牆外千竿竹」二句：王安石陳君式大夫恭軒：「恭軒靜對北堂深，新斸檀欒一畝陰。」李壁注：「枚乘賦：『修竹檀欒夾池水。』」此化用其語意。

〔五〕歲月翩翩接翅禽：謂歲月經過如鳥翅翩翩飛過虛空，不留痕跡。明田汝成西湖遊覽志卷二載南宋僧志文西閣詩：「年光似鳥翩翩過，世事如棋局局新。」即化用惠洪此句意。

【集評】

清延君壽老生常談評「山好已無歸國夢，老閒猶有讀書心」二句，參見本卷送瑩上人遊衡嶽集評。

廬山寄都下邦基德祖諸故人〔一〕

勢占江南三百里〔二〕，煙霏相映出層樓。芒鞵竹杖山兼水〔三〕，坐看行吟春復秋。浮世萬途成底事，吾生一飽更何求〔四〕。故人京洛風埃地〔五〕，能信山中此樂不〔六〕？

【注釋】

〔一〕約紹聖二年作於廬山歸宗寺，時惠洪從真淨克文於此。邦基：姓楊，字邦基，名未詳，生平無考。本集卷二有夏日陪楊邦基彭思禹訪德莊烹茶分韻得嘉字，卷三有觀山茶過回龍寺示邦基，卷一一有夜雨歇懷淵才邦基，即此人。以其交游彭思禹、龔德莊、彭淵才等人考之，亦當爲新昌人。德祖：姓莊，字德祖，名未詳，生平無考。本集卷一三有再會莊德祖大夫，當即此人。

〔二〕勢占江南三百里：晉釋慧遠廬山記：「其山大嶺凡有七重，圓基周迴垂五百里。」宋陳舜俞廬山記卷一總叙山篇第一：「山高二千三百六十丈，圓基周回垂五百里。其山九疊，川亦九派。」此約而言之。

〔三〕芒鞵竹杖：蘇軾定風波：「竹杖芒鞋輕勝馬。」

〔四〕吾生一飽更何求：李廌濟南集卷二同德麟仲寶過謝公定酌酒賞菊以悲哉秋之爲氣蕭瑟八字探韻各賦二詩仍復相次八韻某分得哉蕭二字之三：「中年已如此，一飽更何求。」鍇按：李廌字方叔，本集卷九有次韻李方叔游衡山僧舍，卷一三有次韻李方叔水宿。此句或借用李廌詩語。

〔五〕京洛風埃地：陸機爲顧彦先贈婦二首之一：「京洛多風塵，素衣化爲緇。」此化用其意代指汴京。

〔六〕不：同「否」。廣韻方久切，上聲有韻。此處失韻。「不」字廣韻亦有讀甫鳩切，平聲尤韻者，然爲姓氏，非「否」字義，疑惠洪誤用。

送宗上人歸南泉〔一〕

燈外佳眠試冷齋〔二〕，欲成歸夢暗驚回。一軒秋色侵衣重，半夜波聲拍枕來。江國潮平人獨立（令）㊀〔三〕，海山家在意徘徊。倚藤明日秦淮上〔四〕，看子風帆十幅開〔五〕。

【校記】

㈠立：原作「令」，誤，今改。石倉本作「漉」，亦無據。參見注〔三〕。

【注釋】

〔一〕大觀二年秋作於江寧府。　宗上人：本集卷一有龍安送宗上人游東吴，卷二有夏日雨晴過宗上人房，即此僧。續傳燈録卷二一目録保寧璣禪師法嗣有南禪立宗禪師，璣禪師即金陵保寧寺圓璣，宗上人疑即立宗，其游東吴，當嘗至江寧府隨圓璣禪師參學。　南泉：指池州南泉寺，唐普願禪師住錫於此。江南通志卷一六輿地志山川池州府：「南泉山，在府西南七十里，有泉。唐貞元中，創寺於山陽；太和元年，賜額南泉承恩寺。」

〔二〕冷齋：惠洪自號。

〔三〕人獨立：底本作「人獨令」，不辭，有誤字。廓門注：「『令』當作『冷』歟？」鍇按：「令」當作「立」，涉草書形近而誤。唐宋詩詞中甚多「人獨立」之例，如唐翁宏春殘：「落花人獨立，微雨燕雙飛。」釋貫休秋晚泊石頭驛有寄：「北風人獨立，南國信空遥。」王安石太湖恬亭：「日落斷橋人獨立，水涵幽樹鳥相依。」作「立」語有所本，且「獨立」正與下句「徘徊」相對仗。後世詩詞中有「獨立徘徊」、「徘徊獨立」之語，如清乾隆皇帝御製詩集初集卷三初秋偶閒：「徘徊獨立憶民艱。」清孫默編十五家詞卷二〇陸求可月湄詞獻衷心哭妾：「憶斷腸環珮獨，獨立徘徊。」皆可證。石倉本作「人獨漉」。樂府詩集卷五四晉拂舞歌詩有獨漉篇，「獨漉」一作「獨禄」。中華書局點校本通俗編「龍鍾」條引黃侃注云：「『龍鍾』正作『癃腫』，倒言則爲『獨漉』。説文又有『趗起』。」然「獨漉」（龍鍾）義與此詩上下文不合，「漉」字係石倉本妄改，今不從。

〔四〕秦淮：即江寧府秦淮水。太平寰宇記卷九〇江南東道二昇州：「始皇鑿金陵方山，其斷處爲瀆，則今淮水，經城中入大江，是曰秦淮。」

〔五〕風帆十幅開：陸龜蒙微涼賦：「輕帆十幅乘秋，好唱湘歌。」杜荀鶴贈友人罷舉赴辟命：「連天一水浸吴東，十幅帆飛二月風。」參見本集卷二送慶長兼簡仲宣注〔九〕。

【集評】

清延君壽老生常談評「一軒秋色侵衣重，半夜波聲拍枕來」二句，參見本卷送瑩上人遊衡嶽集評。

晚坐藏勝橋望石門〔一〕

好山千葉青蓮曉〔二〕，斫額令人意已消〔三〕。微出樓臺知有寺，倦行雲樹忽逢橋。此生未覺叢林負〔四〕，肯處真教日劫超〔五〕。閒拾墮薪成淺立〔六〕，細泉幽澗響寒蜩。

【注釋】

〔一〕作年未詳。藏勝橋：當在靖安縣石門山寶峰寺，今不可考。

〔二〕好山千葉青蓮曉：石門山又稱寶蓮峰，以其峰如青蓮花而得名。明一統志卷四九南昌府：「寶蓮峰，在靖安縣北四十里，宋紹聖初真淨禪師葬此，上有寶峰禪院。」鍇按：明一統志有誤，當作「宋崇寧初真淨禪師葬此」。本集卷一十二月十六日發雙林登塔頭曉至寶峰寺見重繪出庵主讀善財徧參五十三頌作此兼簡堂頭：「十年懷石門，今日石門去。此山甲天下，自昔家吾祖。峰如青蓮花，千葉曉方吐。」

〔三〕斫額：以手加額，眺望狀。禪籍常用語。參見本集卷九龍山亦名隱山余宣和五年十一月中澣日過焉有溂道人鴻公乞偈爲作注〔二〕。

〔四〕此生未覺叢林負：此表明不負禪門之志向。景德傳燈録卷一七洪州雲居道膺禪師：「平生行脚不孤負叢林。」此化用其意。本集卷一四明白庵六首之五：「要當酬佛祖，終不負叢林。」亦此意。

〔五〕肯處真教日劫超：謂有自肯處真可超越日劫之短長。本集卷二一信州天寧寺記：「草衣大士唾霧消，定力持之日劫超。」日言其短，劫言其長。楞嚴經卷四：「若能於此悟圓通根，逆彼無始織妄業流，得循圓通，與不圓根日劫相倍。」宗鏡録卷九二：「論位則天地懸殊，校功則日劫相倍。」

〔六〕淺立：小立，稍作站立。冷齋夜話卷二古樂府前輩多用其句：「樂府曰：『繡幕圍香風，耳節朱絲桐。不知理何事，淺立經營中。』」此借用其語。

至圓通僧覔詩〔一〕

漱霧跳珠響澗泉，千峰秀出雨餘天〔二〕。共驚繡帽銅腮老〔三〕，重到香罏石耳邊〔四〕。清境荒涼歸歎息，故人迎笑尚依然。明年過此還相見，應及春風社燕前〔五〕。

【注釋】

〔一〕政和四年秋作於廬山圓通寺。廬山記卷二叙山北第二：「崇勝禪院，舊名觀音圓通道場。始南唐乾德六年置，命東吴僧緣德居之，賜號道濟禪師。卒，葬於圓通之東峰，今號廣福院，去圓通二里。以圓通之壯觀，甲於山北，不減山南之歸宗。而土田上腴，歲入倍之。」查慎行蘇詩補注卷二三圓通禪院先君舊游也四月二十日晚至宿焉題注：「圓通禪院，廬山紀事：甘泉口西爲圓通山，山南有圓通寺，本潯陽人侯氏之居。李後主取爲功德院，初名崇勝寺。宋太祖朝，賜名圓通崇勝禪寺。中有宋碑。」

〔二〕千峰秀出雨餘天：蘇軾寄黎眉州：「峨眉翠掃雨餘天。」此化用其句意。

〔三〕繡帽銅腮老：似是惠洪自稱。時惠洪歸自海南，已無僧籍，以冠巾説法，故頭戴繡帽；以瘴氣熏蒸，故腮如古銅。銅腮，乃本集所常謂「瘴面」也。

〔四〕香罏石耳：指廬山香爐峰、石耳峰，圓通寺在其側。禪林僧寶傳卷八圓通緣德禪師：「後主聞其名，致至金陵，問佛法大意，留禁中，又創寺以居之。昭慧后以其子宣城公薨，施錢建寺於廬山之陰石耳峰之下，開基日，得金像觀世音於地中，賜名圓通焉。」蘇軾圓通禪院先君舊游也四月二十日晚至宿焉：「石耳峰頭路接天，梵音堂下月臨泉。」查注：「石耳峰，廬山志：馬耳峰西南爲石耳峰，其峰峭厲，後山尤聳拔。王梅溪詩集自注云：峰多石耳，故名。」

〔五〕社燕：廓門注：「燕，春社則來，秋社則去。」

送僧游南嶽㈠〔一〕

古寺閉門（閈闠）聊作夏（招）〔二〕㈡，秋來（夏秋）歸思謾迢迢㈢。枕中柔櫓驚鄉夢，門外秦淮漲夜潮〔三〕。想見舊房生薜荔〔四〕，不堪疏雨滴（在）芭蕉㈣〔五〕。何時却理緣雲策〔六〕，同上峰頭（峰頂同誰）看石橋㈤〔七〕？

【校記】

㈠送僧游南嶽：宋高僧詩選續集作「送僧」。

㈡閉門：原作「閈闠」，今從宋高僧詩選續集。夏：原作「招」，今從宋高僧詩選續集。

㊂秋來：原作「夏秋」，今從宋高僧詩選續集。

㊃滴：原作「在」，今從宋高僧詩選續集。

㊄同上峰頭：原作「峰頂同誰」，今從宋高僧詩選續集。

【注釋】

〔一〕大觀年間作於江寧府。

〔二〕古寺閉門：本集卷三始陽何退翁謫長沙會宿隆興思歸戲之：「閉門古寺中，一榻聊醫懶。」卷五復和答之：「年來更欲學睦州，古寺閉門工織屨。」卷一九游龍山斷際院潛庵常居之有小僧乞贊戲書其上：「龍興古寺曾閉門，斷際雲孫第十世。」底本「閉門」作「閒關」，無他例，義稍遜，今從宋高僧詩選續集。　作夏：即坐夏，安居之異名。僧人於夏日三個月間於寺院閉門，禁外出，而致力於坐禪修學。此句言「作夏」，故下句謂「秋來」云云。本集卷一二送誼叟歸北山：「作夏懸知成契闊。」卷一四粹中自郴江瑩中與南歸時余在龍山容泯齋爲誦唐詩入郭隨緣住思山破夏歸之句爲韻十首之九：「一庵聊作夏。」底本「作夏」作「作招」，於義未通，今從宋高僧詩選續集。

〔三〕秦淮：即江寧府秦淮水。已見前注。

〔四〕舊房生薜荔：狀僧房荒涼之貌。　薜荔，木本植物，莖蔓生。楚辭離騷：「貫薜荔之落蘂。」注：「薜荔，香草也，緣木而生。」梅堯臣過永慶院：「荒涼舊蘭若，古屋兩三重。……石階生薜荔，香座缺芙蓉。」

〔五〕疏雨滴芭蕉：狀惆悵寂寥之情。唐徐凝宿冽上人房：「覺後始知身是夢，更聞寒雨滴芭蕉。」宋吕本中夜雨：「夢短添惆悵，更深轉寂寥。如何今夜雨，只是滴芭蕉。」底本「滴」作「在」，語無所本。

〔六〕緣雲：謂攀緣白雲，指登陟山峰。語本杜甫丈人山：「緣雲擬住最高峰。」本集屢用此語，如卷八次韻雲居寺：「今朝又入緣雲徑。」卷一二次韻拉空印游芙蓉：「更陟緣雲第幾梯？」卷一七題草衣巖：「方陟緣雲徑。」廓門注：「『緣』當作『綠』歟？」蓋未明其義。　策：杖策，手杖。

〔七〕石橋：在南嶽雲居峰。南嶽總勝集卷上：「雲居峰：下有雲居寺、石橋、凝碧亭、金牛路、退道坡，與南臺比鄰，當游山之大路也。」參見本集卷七次韻游南嶽題石橋注〔一〕。

【集評】

清延君壽老生常談評「枕中柔櫓驚鄉夢，門外秦淮漲夜潮」二句，參見本卷送瑩上人遊衡嶽集評。

送隆上人〔一〕

人生聚散等兒戲，夢境紛然此一時。老去漸知爲客味，秋來長作送人詩。感君義色分心曲〔二〕，慰我年華兩鬢絲。想見故鄉霜菊後，屋頭千樹橘纍垂〔三〕。

【注釋】

〔一〕崇寧三年秋作於分寧縣龍安山。　隆上人：生平法系未詳。本集卷二六題自詩與隆上人謂「自長沙歸舍龍安山中」，「旁舍有道人隆公。隆字默翁，湘中清勝者也」。鍇按：時隆上人將歸長沙，惠洪作詩送之。本集卷八有送隆上人歸長沙，當作於同時。

〔二〕心曲：廓門注：「詩經：『亂我心曲。』卓氏藻林曰：『心中委曲之處，曰心曲。』」

〔三〕屋頭千樹橘纍垂：送隆上人歸長沙詩有「搓手新嘗橘洲橘」句，亦以橘言其故鄉。蓋長沙西南湘江中有橘洲，上多美橘，故以言之。千樹橘，亦暗用三國吳李衡種橘千株號「千頭木奴」之事。參見本集卷七和宵行注〔六〕。

次韻諒上人南軒避暑〔一〕

人間酷暑推不去〔二〕，愛此南軒一榻空。眼倦抛書成午睡，夢悠誰復羨王公。豈知塵土隨肥馬〔三〕，但覺熏風掠壞桐〔四〕。起步西園閒倚杖，石榴花出數枝紅。

【注釋】

〔一〕崇寧元年夏作於筠州高安縣。　諒上人：生平法系未詳。參見本集卷二高安會諒師出諸公所惠詩求予爲賦用祖原韻注〔一〕。

〔二〕人間酷暑推不去：黄庭堅和答外舅孫莘老：「西風挽不來，殘暑推不去。」此化用其意。

〔三〕塵土隨肥馬：杜甫奉贈韋左丞丈二十二韻：「朝扣富兒門，暮隨肥馬塵。」此借用其語。

〔四〕熏風：同「薰風」，夏日和暖之南風。雙關琴曲南風歌。孔子家語辯樂解：「昔者舜彈五絃之琴，造南風之詩。其詩曰：『南風之薰兮，可以解吾民之愠兮。南風之時兮，可以阜吾民之財兮。』」　壞桐：代指琴。後漢書蔡邕傳：「吴人有燒桐以爨者，邕聞火烈之聲，知其良木，因請而裁爲琴，果有美音，而其尾猶焦。故時人名曰焦尾琴焉。」

贈吴山人〔一〕

已得希夷旨趣深〔二〕，平生蹤跡任浮沉。壺中景待和煙卧〔三〕，海上山須帶鶴尋〔四〕。月裏一枝慵舉手〔五〕，人間萬事肯關心。出塵風骨憑誰識？且枕焦桐混世吟〔六〕。

【注釋】

〔一〕作年未詳。　吴山人：當爲學道之隱士，然姓名、籍貫、生平不可考。

〔二〕希夷旨趣：謂道家之旨趣。老子第十四章：「視之不見名曰夷，聽之不聞名曰希。」

〔三〕壺中景待和煙卧：指神仙之生活。後漢書方術傳下費長房傳：「費長房者，汝南人也。曾爲市掾，市中有老翁賣藥，懸一壺於肆頭，及市罷，輒跳入壺中。市人莫之見，唯長房於樓上覩之，異焉，因往再拜，奉酒脯。翁知長房之意其神也，謂之曰：『子明日可更來。』長房旦日復詣翁，翁乃與俱入壺中。唯見玉堂嚴麗，旨酒甘肴，盈衍其中，共飲畢而出。翁約不聽與人言之，後乃就樓上候長房，曰：『我神仙之人，以過見責，今事畢當去，子寧能相隨乎？』」李白下途歸石門舊居：「何當脱屣謝時去，壺中别有日月天。」

〔四〕海上山須帶鶴尋：此亦指神仙生涯，謂騎鶴尋海上仙山如蓬萊之類。

〔五〕月裏一枝慵舉手：謂無心於科舉之事。月裏一枝，指桂樹，月中折桂喻登科。

〔六〕焦桐：代指琴，即焦尾琴。已見前注。

東溪僧聽泉堂〔一〕

諸方游徧歸來晚，閒構虚堂贖世紛〔二〕。雷轉空山動林葉〔三〕，雪飛亂石濺溪雲。石橋舊處龍湫吼，漱玉曾看嶽色分〔四〕。拄策眼高雙耳聵，上方白塔却親聞〔五〕。

【注釋】

〔一〕建炎二年春作於廬山。東溪僧：即詩僧祖可，字正平，俗姓蘇，名序，堅子，庠弟。吕本中作江西宗派圖，黄庭堅下列二十五人，祖可居其一。因患惡疾，人稱癩可。通志卷七〇藝文略第八別集五著録釋祖可東溪集十二卷。苕溪漁隱叢話後集卷三七謂「癩可東溪集有詩云」，又謂「汪彦章龍溪集有霜餘溪上四絶，癩可東溪集亦有霜餘溪上五絶，内四絶即龍溪集中詩，但一絶不是」。本集卷三贈癩可詩有句云：「卧看東溪雲，懸瀑激窗牖。」皆可證東溪僧即祖可。鍇按：李彭日涉園集卷七不宿開先道中口占有「但飲東溪水，休看雙劍峰」之句，可知東溪在廬山開先寺旁，祖可當爲開先寺僧。　聽泉堂：祖可之庵堂，當在開先寺瀑布旁。直齋書録解題卷二〇稱「瀑泉集十二卷，僧祖可正平撰」，當爲東溪集之别稱，詩集亦以開先瀑泉命名。　廓門注：「東溪僧謂祖可者也。」其説甚是。

〔二〕「諸方游徧歸來晚」二句：此言祖可構聽泉堂之緣由，非惠洪自謂。

〔三〕雷轉空山動林葉：韋應物聽嘉陵江水聲寄深上人：「水性自云静，石中本無聲。如何兩相激，雷轉空山驚。」此借用其語。

〔四〕「石橋舊處龍湫吼」二句：廬山記卷三叙山南篇第三：「香爐峰與雙劍峰相連屬，在瀑水之傍。遷鶯谷在其東北。水源在山頂，人未有窮之者。或曰：西入康王谷爲水簾，東爲開先之瀑布。院東大悲亭及諸堂榭，往往隱几見之。澗中之石或含雲母，可坐可卧，可漱可濯。澗上有石橋，橋上有漱玉亭。此山南之絶致也。」蘇軾廬山二勝之開先漱玉亭詩，即詠此。　嶽色分：即徐凝詠廬山開先瀑布所云「今古長如白練飛，一條界破青山色」之意。

〔五〕「拄策眼高雙耳聵」二句：謂今日我年高眼花耳聾，難以聽泉觀瀑，而祖可之靈塔却能於此親聞瀑泉之聲。鍇按：祖可約卒於政和四年，惠洪重來廬山，可已卒多年。「上方白塔」當指其骨塔，亦當在瀑泉旁不遠。

送莊上人歸雲居〔一〕

青鎖曉開殘雨上〔二〕，煙鬟春解笑聲中〔三〕。叢林今日猶雌伏〔四〕，膺簡當年是法雄〔五〕。露盌憶嘗安樂味〔六〕，錦籠曾著瑞香風㊀〔七〕。何時玉鉢青林下，與子婆娑小立同〔八〕。

【校記】

㊀風：原闕，今補。武林本作「紅」。天寧本作「濃」，係妄補。參注〔七〕。

【注釋】

〔一〕作年未詳。莊上人：生平法系未詳。雲居：指南康軍建昌縣雲居寺。方輿勝覽卷一七江南西路南康軍：「雲居寺：在山之顛。諺云：『天上雲居，地下歸宗。』言其相亞云。」已見前注。

〔二〕青鎖曉開殘雨上：謂雲居寺之瑣窗高出雲雨之上。廓門注：「『鎖』當作『瑣』。」山谷詩十一卷注：『漢書：故事，黃門郎日暮入對青瑣門，故謂之夕郎。注云：刻爲連瑣文而青塗也。』

東坡詩二十一卷：『知道文君隔青瑣。』注：『青瑣，窗名。』」錯按：鎖，通「瑣」，青鎖即「青瑣」，刻鏤成格之窗户。本集卷二一潭州開福轉輪藏靈驗記：「翔空爲朱欄青鎖，間見層出，以象忉利宫闕。」

〔三〕煙鬟：喻雲霧繚繞之峰巒。已見前注。

〔四〕雌伏：喻不思進取，甘願屈服。東觀漢記卷二一趙温傳：「初爲京兆郡丞，歎曰：『大丈夫當雄飛，安能雌伏！』遂棄官而去。後官至三公。」

〔五〕膺簡：指唐高僧道膺與道簡，開法於雲居山。道膺禪師，幽州玉田人，俗姓王氏。造洞山良价禪師法席，領會玄旨，洞山許之爲室中領袖。初止三峰，其化未廣。後開雲居山，四衆臻萃。如是三十年，開發玄樴，徒衆常及千五百之數。唐天復二年卒，敕謚弘覺大師。事具景德傳燈録卷一七洪州雲居山道膺禪師、宋高僧傳卷一二唐洪州雲居山道膺傳。道簡禪師，范陽人，久入雲居道膺之室，密受真印，而分掌寺務，典司樵爨，以臘高居堂中，爲第一座。道膺將臨順寂，以道簡爲繼嗣，爲雲居山第二世。事具景德傳燈録卷二〇雲居山道簡禪師。法雄：佛門中之雄傑。

〔六〕露盌：茶盌之美稱，即甘露椀。盌，同「椀」「碗」。黄庭堅博士王揚休輾密雲龍同事十三人飲之戲作：「非君灌頂甘露椀，幾爲談天乾舌本。」

〔七〕瑞香：即瑞香花，花香濃烈。已見前注。錯按：底本「瑞香」後闕一字，天寧本作「濃」，無據。闕字當爲「風」，與上句「味」爲名詞相對，而「濃」之詞性不侔。又「風」與此詩韻脚「中」「雄」「同」，均屬廣韻上平聲一東韻，而「濃」屬上平聲二冬韻，出韻。蘇軾西江月真覺賞瑞香：「領巾飄下瑞香風，驚起謫仙春夢。」亦可證，今據補。

〔八〕婆娑：逍遥，閑散自得。文選卷九班彪北征賦：「登鄣隧而遥望兮，聊須臾以婆娑。」李善注：「婆娑，容與之貌也。」

上元宿百丈㊀〔一〕

上元獨宿寒巖寺，卧看篝燈映薄紗㊁〔二〕。夜久雪猿啼嶽頂，夢回清月在梅花㊂。十分春瘦緣何事㊃〔三〕？一掬歸心未到家㊄〔四〕。却憶少年行樂處㊅，軟紅香霧噴京華㊆〔五〕。

【校記】

㊀百丈：瀛奎律髓卷一六、宋藝圃集卷二二作「嶽麓寺」。

㊁篝：鳳墅帖、冷齋夜話卷五作「青」。　薄：瀛奎律髓、宋藝圃集作「絳」。

㊂清：冷齋夜話作「山」，瀛奎律髓、宋藝圃集作「明」。　在：鳳墅帖、冷齋夜話、瀛奎律髓、宋藝圃集作「上」。

㈣緣：鳳墅帖作「成」。

㈤歸：能改齋漫録卷一一、瀛奎律髓、宋藝圃集作「鄉」。

㈥行：瀛奎律髓、宋藝圃集作「閒」。

㈦京：鳳墅帖、冷齋夜話作「東」。

【注釋】

〔一〕崇寧五年上元作於洪州奉新縣百丈山。中國法帖全集第八册宋鳳墅帖載洪覺範與蕭郎論詩：「予昔宿山中，作詩曰：『上元獨宿寒巖寺，卧看青燈映薄紗。夜久雪猿啼岳頂，夢回清月上梅花。十分春瘦成何事，一掬歸心未到家。却憶少年行樂處，軟紅香霧噴東華。』政和五年上元復至京師，蔡子因約予于相國，久之，不至。有僧師元者，從予求元夕詩曰：『公嘗有山中上元句，甚懷京師，今當却憶山中可也。』予笑走筆曰：『北游爛熳看并川，重到皇州及上元。燈火風光記前事，管絃音節試新翻。期人不至情如海，穿市歸來月滿軒。記得寒巖曾獨宿，雪窗殘夜一聲猿。』予游巴丘，見蕭郎俊雅，方喜工詩，戲書以授之。」此帖作於政和八年，其内容後收入冷齋夜話，文字略異。冷齋夜話卷五上元詩：「予自并州還江南，過都下，上元逢符寶郎蔡子因，約相國寺，未至。有道人求詩，且曰：『覺範嘗有寒巖寺詩懷京師曰：「上元獨宿寒巖寺，卧看青燈映薄紗。夜久雪猿啼嶽頂，夢回山月上梅花。十分春瘦緣何事？一掬歸心未到家。却憶少年行樂處，軟風香霧噴東華。」今當爲作京師上元懷山中也。』予戲爲之曰：『北游爛熳看并山，重到皇州及上元。燈火樓臺思往事，管絃音律試新翻。期人未至情如海，穿市歸來月滿軒。却憶寒巖曾獨宿，雪窗殘夜一聲猿。』」本集卷一一有余昔居百丈元夕有詩後十年是夕過京師期子因不至，據鳳墅帖，正爲政和五年正月自太原過京師時，回應「上元獨宿寒巖寺」一詩而作。政和五年前推十年爲崇寧五年，時惠洪正住百丈山。瀛奎律髓卷一六載此詩題爲上元宿嶽麓寺，乃承吴曾能改齋漫録之誤。參見集評。廓門注：「上元，謂正月十五日也。百丈山，在南昌府。此詩玉屑二十一卷有評。」

〔二〕篝燈：置燈於竹籠中，即燈籠。參見本卷九峰夜坐注〔三〕。

〔三〕十分春瘦：此承上句而寫梅花。本集好爲「春花」之喻，春喻真如，花喻事相；春喻全體，花喻分身。「春瘦」既指上元春花尚瘦，亦雙關佛性尚未圓滿。

〔四〕一掬：雙手一捧。鍇按：人心之大小恰爲一掬，然歸心本爲意念，實不可掬。此言一掬者，化虚爲實也。此寫法似爲惠洪首創，本集卷一二二月大雨江漲晚晴作三首之一：「一掬幽懷收拾得。」亦同此。　到家：禪籍以之喻指心性覺悟。如楊岐方會禪師語録：「出門便作還鄉計，到家一句作麽生道？」林間録卷上：「今人説悟，正是見鬼，彼皆狂解未歇，何日到家去？」嘉泰普燈録卷一七太史黄庭堅居士載其與晦堂祖心禪師問答：「曰：『和尚得恁麽老婆心切？』心笑曰：『只要公到家耳。』」鍇按：此言「一掬歸心未到家」者，乃感歎未能找到心性之歸宿，非懷京師也。蓋惠洪本筠州新昌人，家非在京師，不得言「歸京師」。故

「浪子和尚」之説或爲誤讀。

〔五〕軟紅香霧：東坡詩集注卷一一次韻蔣穎叔錢穆父從駕景靈宫二首之一：「軟紅猶戀屬車塵。」注：「前輩戲語有『西湖風月，不如東華軟紅香土』。」　京華：冷齋夜話作「東華」，意同，指汴京開封府。錯按：汴京有東華門，故本集以「東華」代指京師，如卷五和曾逢原試茶連韻：「明年夜直趨東華，應有佳句懷煙霞。」卷一一送秦少逸：「來爲南嶽翛然别，去作東華爛熳游。」卷一四贈潙山湘書記二首之二：「東華軟紅縱好，無因飛到窗間。」卷一五道逢南嶽太上人游京師戲贈其行：「却將南楚登山脚，去踏東華没馬塵。」

【集評】

宋吴曾云：洪覺範有上元宿嶽麓寺詩，蔡元度夫人王氏，荆公女也，讀至「十分春瘦緣何事，一掬鄉心未到家」，曰：「浪子和尚耳。」（能改齋漫録卷一一浪子和尚詩）

宋胡仔云：冷齋夜話云：「予謫海外，上元椰子林中，漁火三四而已，中夜聞猿聲悽動，作詞曰：『凝祥宴罷聞歌吹，畫轂走，香塵起。冠壓花枝馳萬騎，馬行燈開，鳳樓簾卷，陸海鰲山對。當年曾看天顔醉，御盃舉，歡聲沸。時節雖同悲樂異，海風吹夢，嶺猿啼月，一枕思歸淚。』又有懷京師詩云：『十分春瘦緣何事，一掬歸心未到家。』」苕溪漁隱曰：忘情絶愛，此瞿曇氏之所訓。惠洪身爲衲子，詞句有「一枕思歸淚」及「十分春瘦」之語，豈所當然。又自載之詩話，矜衒其言，何無識之甚邪！（苕溪漁隱叢話前集卷五六）

元方回云：考韓子蒼覺範墓誌，熙寧四年辛亥生。崇寧三年甲申，山谷謫宜州，過長沙，覺範在湖西作此詩，時年三十四。前京師上元詩，（鍇按：此詩前載惠洪京師上元詩：「及時膏雨已闌珊，黄道春泥曉未乾。白面郎敲金鐙過，紅粧人揭綉簾看。管絃沸月喧和氣，燈火燒空奪夜寒。咫尺鳳樓開雉扇，玉皇傌仗紫雲端。」）年二十餘耳。又嘗僞作山谷贈己，其實非山谷詩也。「一掬鄉心」，胡元任詩話大譏之，然詩未嘗不佳，故取之。政和元年辛卯得罪，配朱崖，年四十一。五年乙未還，年四十五。建炎二年戊申卒，年五十八。（瀛奎律髓彙評卷一六洪覺範上元宿嶽麓寺評語）

清紀昀云：此首略可。（同上）

清紀昀云：吴曾能改齋漫録記其作上元宿嶽麓寺詩，有「十分春瘦緣何事，一掬鄉心未到家」句，爲蔡卞之妻所譏，有「浪子和尚」之目。則既役志於繁華，又溺情於綺語，於釋門戒律，實未精嚴，在彼教中，未必遽爲法器。（四庫全書總目卷一四五子部釋家類林間録提要）

清吴喬云：洪覺範，詩中名家，不當以僧論也。近體如上元宿百丈云：「夜久雪猿啼岳頂，夢回明月在梅花。」秀骨嶷然。（圍爐詩話卷五）

【附録】

元王旭云：一燈明處萬燈明，天上人間不夜城。前日惠林洪覺範，雪窗孤坐聽猿聲。（蘭軒集卷九箕和尚山中元夕懷京都）

日本雪村友梅云：南隣歌舞北隣絃，景物催人底更連。春到江城纔一日，燈觀林寺恰三年。冰魂夢月梅先老，凍眼悲霜柳未眠。有興不唫唫有愧，石門文字石橋禪。（五山文學全集第一卷岷峨集卷上乙丑立春後一夕錦城燈火因誦甘露滅軟紅香霧噴東華之句別成一章寄石橋）

次韻黄次山見寄〔一〕

君詩清絶似沅湘〔二〕，寫妙宣心氣味長〔三〕。地僻且爲三徑樂〔四〕，才高真是萬夫望〔五〕。隨流我自分涇渭〔六〕，賞駿誰能略牝黄〔七〕。自古豐城匿神物，斗牛應覺動光芒〔八〕。

【注釋】

〔一〕建炎二年作於建昌縣。黄次山：名彦平，洪州豐城人。建炎二年知筠州。嘉靖豐乘卷八人物列傳：「黄彦平，字季岑，號次山。登宣和進士。」參見本集卷八寄南昌黄次山注〔一〕。

〔二〕君詩清絶似沅湘：沅、湘爲湖南二水名。楚辭離騷：「濟沅湘以南征兮，就重華而陳詞。」杜甫祠南夕望：「湖南清絶地，萬古一長嗟。」此合而用之，以喻黄次山之詩風。

〔三〕寫妙宣心：蘇軾次韻答王定國：「每得君詩如得書，宣心寫妙書不如。」此借用其語。

〔四〕三徑：代指隱者之居。晉趙岐三輔決録逃名：「蔣詡歸鄉里，荆棘塞門，舍中有三徑，不出，唯求仲、羊仲從之游。」陶淵明歸去來兮辭：「三徑就荒，松菊猶存。」

〔五〕萬夫望：爲萬人所瞻望，指聲望卓著。易繫辭下：「君子知微知彰，知柔知剛，萬夫之望。」已見前注。

〔六〕隨流我自分涇渭：山谷内集詩注卷七次韻答王昚中：「俗裏光塵合，胸中涇渭分。」任淵注：「老杜詩：『濁涇清渭何當分。』」此化用其意。

〔七〕賞駿誰能略牝黄：世説新語輕詆：「謝安目支道林如九方皋之相馬，略其玄黄，取其儁逸。」劉孝標注：「支遁傳曰：『遁每標舉會宗，而不留心象喻，解釋章句，或有所漏。文字之徒，多以爲疑。謝安石聞而善之曰：「此九方皋之相馬也，略其玄黄，而取其儁逸。」』」列子曰：『伯樂謂秦穆公曰：「臣所與共儋纆薪菜者，有九方皋，此其於馬，非臣之下也。」公使行求馬，反曰：「得矣，牡而黄。」使人取之，牝而驪。公曰：「毛物牡牝之不知，何馬之能知也？」伯樂曰：「若皋之觀馬者，天機也，得其精，亡其麤，在其内，亡其外，見其所見，不見其所不見；視其所視，遺其所不視。若彼之所相，有貴於馬也。」既而，馬果千里足。』」鍇按：九方皋相馬事詳見列子説符。

〔八〕「自古豐城匿神物」二句：晉書張華傳：「初，吴之未滅也，斗牛之間常有紫氣。道術者皆以吴方彊盛，未可圖也。惟華以爲不然。及吴平之後，紫氣愈明。華聞豫章人雷煥妙達緯象，乃要煥宿，屏人曰：『可共尋天文，知將來吉凶。』因登樓仰觀，煥曰：『僕察之久矣，惟斗牛之間，頗有異氣。』華曰：『是何祥也？』煥曰：『寶劍之精，上徹於天耳。』華曰：『君言得之。吾少時有相者言：吾出六十，位登三事，當得寶劍佩之。斯言豈效與？』因問曰：『在何郡？』煥曰：『在豫章豐城。』華曰：『欲屈君爲宰，密共尋之，可乎？』煥許之。華大喜，即補煥爲豐城令。煥到縣，掘獄屋基，入地四丈餘，得一石函，光氣非常，中有雙劍，並刻題，一曰龍泉，一曰太阿。其夕，斗牛間氣不復見焉。」唐王勃秋日登洪府滕王閣餞別序：「物華天寶，龍光射牛斗之墟。」黄次山豐城人，故以其地寶劍喻之，謂今日暫爲隱居，日後必當大用。參見本卷鄧秀才就武舉作詩美之注〔一一〕。

卷十一

七言律詩

春日同祖賢二道人步雲歸亭忽憶東坡此日詩有懷其人次韻〔一〕

誰家楊柳欲遮門，依約東坡醉處村〔二〕。捶地不堪華屋句〔三〕，仰天空記刻舟痕〔四〕。尚餘千載風流在，乞與三人語笑温〔五〕。歸路松風吹凍耳，共追前事弔英魂。

【注釋】

〔一〕政和七年正月二十日作於新昌縣洞山。祖：即希祖，字超然。賢：賢禪師，法名生平未詳。本集卷一四扶杖而東渡五位橋曲折而北松下逢道人賢公喜爲之詩曰：「賢也嶔嶔歷落，軒然頤頰開張。松下偶然相值，立談愛子清狂。」即此僧。雲歸亭：在洞山，已不可考。東坡此日詩：指蘇軾分别於元豐四年、五年、六年正月二十日在黄州所作三首同韻詩，見附録。此詩憶蘇軾復次其韻。

〔二〕「誰家楊柳欲遮門」二句：謂見春日楊柳遮門，忽憶蘇軾當年此日詩中描寫之情景。蓋蘇詩中有「不知江柳已摇村」、「半瓶濁酒待君温」之句。

〔三〕捶地不堪華屋句：晉書謝安傳：「羊曇者，太山人，知名士也。爲安所愛重。安薨後，輟樂彌年，行不由西州路。嘗因石頭大醉，扶路唱樂，不覺至州門，左右白曰：『此西州門。』曇悲感不已，以馬策叩扉，誦曹子建詩曰：『生存華屋處，零落歸山丘。』慟哭而去。」此以謝安喻蘇軾，羊曇喻己，痛表哀悼之情。捶地：狀極爲悲傷之貌。

〔四〕仰天空記刻舟痕：吕氏春秋察今：「楚人有涉江者，其劍自舟中墜於水，遽契其舟，曰：『是吾劍之所從墜。』舟止，從其所契者入水求之，舟已行矣，而劍不行，求劍若此，不亦惑乎？」契，一作「刻」。此借以喻蘇軾已逝，今日空記其詩，而舊跡難尋。仰天：仰天長歎之意。

〔五〕三人：謂己與希祖、賢禪師。

【附録】

宋蘇軾云：十日春寒不出門，不知江柳已摇村。稍聞決決流冰谷，盡放青青没燒痕。數畝荒園留我住，半瓶濁酒待君温。去年今日關山路，細雨梅花正斷魂。（蘇軾詩集校注卷二一正月二

十日往岐亭郡人潘古郭三人送余於女王城東禪莊院）

又云：東風未肯入東門，走馬還尋去歲村。人似秋鴻來有信，事如春夢了無痕。江城白酒三杯釅，野老蒼顔一笑温。已約年年爲此會，故人不用賦招魂。（同上正月二十日與潘郭二生出郊尋春忽記去年是日同至女王城作詩乃和前韻）

又云：亂山環合水侵門，身在淮南盡處村。五畝漸成終老計，九重新掃舊巢痕。豈惟見慣沙鷗熟，已覺來多釣石温。長與東風約今日，暗香先返玉梅魂。（同上卷二二六年正月二十日復出東門仍用前韻）

與客論東坡作此〔一〕

東坡醉墨浩琳琅，千首空餘萬丈光〔二〕。雪裏芭蕉失寒暑〔三〕，眼中騏驥略玄黄〔四〕。機輪妙轉風雷舌〔五〕，春色濃纏錦繡腸〔六〕。可惜騎魚天上去〔七〕，斷絃空壁暗淒涼〔八〕。

【注釋】

〔一〕作年未詳。關於此詩之寫作背景，冷齋夜話卷四詩忌有言曰：「今人之詩，例無精彩，其氣奪也。夫氣之奪人，百種禁忌，詩亦如之。富貴中不得言貧賤事，少壯中不得言衰老事，康强中不得言疾病死亡事，脱或犯之，人謂之詩讖，謂之無氣。是大不然。詩者，妙觀逸想之所寓也，豈可限以繩墨哉？如王維作畫雪中芭蕉，自法眼觀之，知其神情寄寓於物，俗論則譏以爲不知寒暑。荆公方大拜，賀客盈門，忽點墨書其壁曰：『霜筠雪竹鍾山寺，投老歸歟寄此生。』坡在儋耳，作詩曰：『平生萬事足，所欠惟一死。』豈可與世俗論哉！予嘗與客論至此，而客不然予論，予作詩自誌，其略曰：『東坡醉墨浩琳琅，千首空餘萬丈光。雪裏芭蕉失寒暑，眼中騏驥略玄黄』云云。」鍇按：魏泰東軒筆録卷一二：「熙寧庚戌冬，荆公自參知政事拜同中書門下平章事、史館大學士。是日，百官造門奔賀者，無慮數百人。荆公以未謝恩，皆不見之，獨與余坐西廡之小閣。荆公語次，忽顰蹙久之，取筆書窗曰：『霜筠雪竹鍾山寺，投老歸歟寄此生。』放筆，揖余而入。後三年，公罷相知金陵……遂納節，辭平章事，又乞宫觀。久之，得會靈觀使，遂築第於南門外。元豐癸丑春，余謁公於第，公遽邀余同游鍾山，憩法雲寺，偶坐於僧房。余因爲公道平昔之事，及誦書窗之詩。公憮然曰：『有是乎？』微笑而已。」此即以詩讖論荆公詩，或爲惠洪所譏者。

〔二〕千首空餘萬丈光：韓愈調張籍：「李杜文章在，光燄萬丈長。」此化用其語。

〔三〕雪裏芭蕉失寒暑：沈括夢溪筆談卷一七：「書畫之妙，當以神會，難可以形器求也。世觀畫者，多能指摘其間形象位置彩色瑕疵而已。至於奥理冥造者，罕見其人。如彦遠畫評言，王維畫物，多不問四時，如畫花，往往以桃、杏、芙蓉、蓮花同畫一景。予家所藏摩詰畫袁安卧雪圖，有雪中芭蕉，此乃得心應手，意到便成，故其理入神，迥得天意，此難可與俗人論也。」此化用其意。鍇按：宋朱翌猗覺寮雜記卷上：「筆談云：『王維畫入神，不拘四時，如雪中芭蕉。』故惠洪云：『雪裏芭蕉失寒暑。』皆以芭蕉非雪中物。嶺外如曲江，冬大雪，芭蕉自若，紅蕉方開花。始知前輩雖畫史，亦不苟。洪作詩時未到嶺外，存中亦未知也。」謂王維畫雪裏芭蕉乃寫實，沈括、惠洪失考。

〔四〕眼中騏驥略玄黃：此用列子説符九方皋相馬事。世説新語輕詆：「謝安目支道林如九方皋之相馬，略其玄黃，取其儁逸。」騏驥：駿馬。參見本集卷一神駒行注〔二〕。

〔五〕機輪妙轉風雷舌：謂蘇軾談禪時，機鋒妙語圓轉如輪，舌端如風雷迅發，震撼人心。東坡詩集注卷一三和王斿二首之一：「異時長怪謫仙人，舌有風雷筆有神。」𥳑注：「退之詩：『舌作霹靂飛。』」本集卷七瞻張丞相畫像贈宫使龍圖：「平生風雷舌，咳唾作霖雨。」

〔六〕春色濃纏錦繡腸：謂極有文學才能，滿腹文章。李白冬日於龍門送從弟京兆參軍令問之淮南覲省序：「常醉目吾曰：『兄心肝五藏皆錦繡耶，不然，何開口成文，揮翰霧散？』」蘇軾王晉卿示詩欲奪海石錢穆父王仲至蔣穎叔皆次韻：「平生錦繡腸，早歲藜莧腹。」參見本集卷一贈許邦基注〔九〕。

〔七〕可惜騎魚天上去：騎鯨魚升天，本集多用作蘇軾去世之婉稱。本集卷三會蘇養直：「翰林謫仙人，隱顯吁莫測。正恐騎魚去，千里作一息。」同卷聞端叔有失子悲而莊復遭火焚作此寄之：「坡今騎魚去，衆客亦繽紛。」卷二七跋東坡與佛印帖：「東坡騎鯨上天去，十九白也。」錯按：「騎魚」語本杜甫送孔巢父謝病歸游江東兼呈李白：「南尋禹穴見李白，道甫問訊今何如。」杜詩詳注卷一仇兆鰲注：「『南尋』句，一作『若逢李白騎鯨魚』。按：騎鯨魚，出羽獵賦。俗傳李白醉騎鯨魚，溺死潯陽，皆緣此句而附會之耳。」

〔八〕斷絃空壁暗淒涼：狀物在人亡、痛失知音之慨。　斷絃：事見吕氏春秋本味：「鍾子期死，伯牙破琴絶絃，終身不復鼓琴，以爲世無足復爲鼓琴者。」蘇軾贈治易僧智周：「斷絃挂壁知音喪。」自注：「師與契嵩深相知，時已逝矣。」此化用其意。

【附録】

明釋智旭云：五十五年過未寡，鏡中徒歎頭顱光。觀音十句淨業苦，佛號一聲超驪黄。歷盡寒酸無片實，由來悲喜空縈腸。蓮華叢裏清魂逸，消盡人間炎與涼。（靈峰蕅益大師宗論卷一〇西窗自喻步寂音韻三首之二）

京師上元觀駕二首〔一〕

及時膏雨已闌珊〔二〕，黄道新泥曉未乾㊀〔三〕。白面郎敲金鐙過㊁〔四〕，紅粧人揭繡簾看。管絃叫月宣和氣㊂，燈火燒空奪暮寒㊃〔五〕。咫尺鳳樓開雉扇〔六〕，玉皇仙仗紫雲端〔七〕。

閣雨輕寒斂夕氛〔八〕，青牛畫轂已爭奔〔九〕。皇州浩蕩風光裏〔一〇〕，紫陌喧闐笑語温。冠壓花枝馳萬騎〔一一〕，簾垂繡箔卷千門。特傳詔語君恩重，凝睇天階謝至尊〔一二〕。

【校記】

㈠新：瀛奎律髓卷一六作「春」。

㈡鞺：瀛奎律髓作「鐙」。

㈢叫：瀛奎律髓作「沸」。

㈣暮：瀛奎律髓作「夜」。

【注釋】

〔一〕政和元年正月十五日作於開封府。　觀駕：此指觀看徽宗皇帝御駕。瀛奎律髓卷一六節序類惠洪上元宿嶽麓寺詩方回評語：「前京師上元詩，年二十餘耳。」錯按：惠洪二十餘歲在京師時，乃元祐年間，未得哲宗與宣仁高太后寵倖，絶無「特傳詔語」之可能，其説殊誤。大觀四年，惠洪赴京師，爲樞密都承旨郭天信門客，甚受寵信，並於是年十月十日天寧節奏賜紫衣師號。此詩所謂「特傳詔語」，當指政和元年上元由郭天信引薦、徽宗召見游幸之事。苕溪漁隱叢話前集卷五六引冷齋夜話：「余謫海外，上元，椰子林中，漁火三四而已。中夜聞猿聲悽動，作詞曰：『凝祥宴罷聞歌吹，畫轂走，香塵起。冠壓花枝馳萬騎。馬行燈鬧，鳳樓簾卷，陸海鼇山對。　當年曾看天顏醉，御盃舉，歡聲沸。時節雖同悲樂異。海風吹夢，嶺猿啼月，一枕思歸淚。』」惠洪詞作於政和三年，調寄青玉案，詞中所寫多與此二詩相近，乃回憶京師上元觀駕之事。詞中「凝祥」指凝祥池。汴京遺蹟志卷一〇：「宋朝會要：大中祥符八年五月，詔會靈觀池以凝祥爲名，園以奉靈爲名，觀以奉五岳帝。」

〔二〕闌珊：蕭疏，衰減。

〔三〕黄道：本指日之所行路線，以喻帝王出行所走之路。李太白集注卷四上之回：「萬乘出黄道，千騎揚彩虹。」王琦注：「蕭士贇曰：前漢天文志：日有中道，中道者，黄道也。日，君象，故天子所行之道亦曰黄道。」

〔四〕白面郎：九家集注杜詩卷二二少年行：「馬上誰家白面郎，臨階下馬坐人牀。」注：「趙云：白面郎，蓋言其富貴少年者耳。李白亦云：『白玉誰家郎。』」　金鐙：金馬鐙。唐釋齊己輕薄行：「玉鞭金鐙驊騮蹄，横眉吐氣如虹霓。」鍇按：明馮夢龍警世通言卷一四一窟鬼癩道人除怪化用惠洪此聯詩詠西湖蘇堤游春景象：「白面郎敲金鐙響，紅妝人揭繡簾看。」足見其句爲世俗所重。

〔五〕燒空：廓門注：「東坡詩七卷：『焰焰燒空紅佛桑。』此借用而言也。」鍇按：蘇詩句見正月二十六日偶與數客野步嘉祐僧舍東南野人家雜花盛開扣門求觀主人林氏媪出應白髮青裙少寡獨居三十年矣感歎之餘作詩記之。

〔六〕雉扇：即雉尾扇，帝王儀仗用具之一。五百家注昌黎文集卷九和庫部盧四兄曹長元日朝迴：「玉佩聲來雉尾高。」注：「孫曰：『雉尾，扇名，天子出，則御者持之，引於庭上。殷高宗有雉雊之祥，後章服多用翟羽，故有雉尾。漢乘輿服之，高舉也。』樊曰：『唐制，人君舉動，必以扇，雉尾障扇四，小團雉尾扇四，方雉尾扇十二。見儀衛志。』」

〔七〕玉皇仙仗紫雲端：喻徽宗皇帝儀仗車駕。廓門注：「仙仗，言天子儀衛也。」

〔八〕閣雨：含雨而未下。韓琦和御製賞花釣魚：「輕陰閣雨留天仗，寒色凝春送壽杯。」

〔九〕青牛畫轂已爭奔：梁簡文帝烏棲曲之三：「青牛丹轂七香車。」

〔一〇〕皇州：帝都，京城。

〔一一〕冠壓花枝馳萬騎：謂羣臣簪花於冠，縱馬驅馳。此乃宋時京都上元特有之景象。「萬騎」乃誇張之數，極言其多。宋孟元老東京夢華録卷六十四日車駕幸五嶽觀：「正月十四日，車駕幸五嶽觀迎祥池，有對御（謂賜羣臣宴也），至晚還内園子。親從官皆頂毬頭大帽、簪花、紅錦團荅戲獅子衫、金鍍天王腰帶、數重骨朵。」此句亦見於注〔一〕所引惠洪青玉案詞，蓋己詞襲用己詩之例。

〔一二〕至尊：廓門注：「至尊謂天子也。」

【集評】

元方回云：覺範，江西筠州人，姓彭，兩坐罪還俗，一爲張天覺丞相黥海外。有甘露滅詩集。此詩三、四（指「白面郎」一聯）俗人盛傳道之。僧徒爲此語，無恥之流也，取之以博粲耳。（瀛奎律髓彙評卷一六節序類惠洪京師上元二首取一評語）

清紀昀云：三、四極俗。（同上）

明郎瑛云：曾南豐有錢塘上元夜祥符寺燕席詩云：「月明如晝露華濃，錦帳名郎笑語同。金地夜寒消美酒，玉人春困倚東風。紅雲燈火浮滄海，碧水樓臺浸遠空。白髮蹉跎歡意少，强顔猶入少年叢。」又云：「金鞍馳騁屬兒曹，夜半喧闐意氣豪。明月滿街流水遠，華燈入望衆星高。風吹玉漏穿花急，人倚朱欄送目勞。自笑低心逐年少，祇尋前事拈霜毫。」僧惠洪覺範亦有京師上元詩云：「及時膏雨已闌珊……玉皇仙仗紫雲端。」按：覺範，江西筠州人，姓彭氏。嘗妄誕著其叔彭淵才之説，以爲「曾子固不能詩」。學者不察，隨聲附和，今以三詩較之，高下固已殊矣。且覺範首聯，爲僧而有此言，無恥甚矣。較之唐僧「但願鵝生四掌、鱉著雙裙」之説，此尤可責，宜其坐罪還俗也。不知南豐文名重于詩名，故爲之掩耳。（七修類稿卷三〇詩文類上元詩）

次韻天覺進喜雪〔一〕

萬馬天街聽啓關，曉光佳氣潑人寰。春生殿閣玲瓏外〔二〕，秀發園林頃刻間〔三〕。爲瑞懽聲浮動植〔四〕，爭妍詩句麗江山。從教飛上朱藍袂〔五〕，點綴彤墀玉筍班（斑）㊀〔六〕。

【校記】

㊀班：原作「斑」，誤，今從四庫本。

【注釋】

〔一〕政和元年正月作於開封府。　天覺：張商英，字天覺，號無盡居士。已見前注。大觀四年六月，商英拜尚書右僕射兼中書侍郎，政和元年八月罷相。商英所進喜雪，當爲應制詩，時在京師宰相任上。惠洪因商英特奏得度，復爲僧，故往來其門，賡酬其詩。

〔二〕春生殿閣玲瓏外：宋僧希晝懷廣南轉運陳學士：「春生桂嶺外，人在海門西。」傳誦甚廣，此借用其句法。　玲瓏：晶瑩明徹貌，代指雪。韓愈喜雪獻裴尚書：「照曜臨初日，玲瓏滴晚澌。」王安石次韻王勝之詠雪：「玲瓏翦水空中墮，的皪裝春樹上歸。」鍇按：元稹生春二十首之二：「何處生春早，春生漫雪中。」即此意。

〔三〕秀發園林頃刻間：謂雪綴園林草樹，如頃刻之間花朵盛開。此即唐岑參白雪歌送武判官歸京「忽如一夜春風來，千樹萬樹梨花開」之意。　頃刻：形容雪花開放短暫之狀。蘇軾謝人見和前篇二首之二：「也知不作堅牢玉，無奈能開頃刻花。」黃庭堅詠雪奉呈廣平公：「風回共作婆娑舞，天巧能開頃刻花。」

〔四〕爲瑞懽聲浮動植：唐王勃九成宫頌序：「詠時和於帝壤，動植咸驩；歌道泰於華封，昆蟲自樂。」　動植：動物與植物。

〔五〕從教飛上朱藍袂：東坡詩集注卷一一次韻王覿正言喜雪：「欲誇剪刻工，故上朱藍袂。」王注：「縯曰：國朝太宗皇帝言：唐朝學士，多衣緋緑，今之任職者，或以朱藍而加金帶之飾，亦士林之榮。」此用其語意。參見本集卷五次韻雪中過武岡注〔八〕。

〔六〕彤墀：即丹墀，宫殿赤色臺階或地面。宋書百官志上：「殿以胡粉塗壁，畫古賢烈士。以丹朱色地，謂之丹墀。」代指朝廷。韓愈歸彭城：「我欲進短策，無由至彤墀。」　玉筍班：喻朝士秀美，如玉筍班立。北夢瑣言卷五沈蔣人物：「唐末朝士中有人物者，時號玉笋班。」宋吳坰五總志：「唐末朝中有人物，號玉筍班。魯直謫涪，詩人高荷贈詩三十韻，内一聯云：『點檢金閨彦，淒涼玉筍班。』時人膾炙，以爲切對。」

別天覺左丞〔一〕

童頰清光已渾圓〔二〕，共驚玉骨解藏年〔三〕。庵中篆縷長凝帳，門外雲濤欲際天〔四〕。道眼從來無異見〔五〕，微蹤何幸預談禪。新詩滿篋江南去〔六〕，又作叢林盛事傳。

【注釋】

〔一〕崇寧三年夏作於峽州宜都縣。　天覺左丞：張商英，字天覺。據通鑑長編紀事本末卷一三一張商英事迹，崇寧二年四月，商英除尚書左丞。八月，出知亳州，尋改蘄州，入元祐黨籍，罷尚書左丞。九月，提舉靈仙觀。冬，還荆南。　錯按：崇寧三年夏，商英來書招惠洪住持峽州善谿天寧寺，惠洪辭讓再三，不得已前往，與之相見於善谿天寧寺慧照庵。此詩作於辭別商英時。

〔二〕童頰：猶童顔，謂年老而面色紅潤如兒童。

〔三〕玉骨：形容白皙頎長之身材。宋史張商英傳：「長身偉然，姿采如峙玉，負氣俶儻，豪視一世。」　藏年：謂其骨相藏匿年歲，看似年輕。唐徐凝寄玄陽先生：「顔貌只如三十，道年三百亦藏年。」　錯按：商英生於仁宗慶曆三年（一〇四三），至此崇寧三年（一一〇四），已六十二歲。

〔四〕「庵中篆縷長凝帳」二句：寫善谿慧照庵所見之情景。蘇軾秦太虚題名記：「西望武昌，山谷喬木蒼然，雲濤際天。」此借用其語。　錯按：本集卷一五初到善谿慧照庵寄張無盡五首之一：「明月洲頭一笛風，暮雲滅盡水吞空。」蓋庵在峽州宜都縣長江邊，故有是語。

〔五〕道眼從來無異見：謂以學佛之道眼觀世界萬物，本無差異。蘇軾怡然以垂雲新茶見餉報以大龍團仍戲作小詩：「聊將試道眼，莫作兩般看。」又送海印禪師偈：「禪師道眼了無分別，迺知法界海惠，照了萬殊，大小從横，不相留礙。」此化用其意。

〔六〕江南：此指江南西路。鍇按：惠洪別商英後，重返洪州分寧縣龍安山。

李德茂家有磈石如匡山雙劍峰求詩〔一〕

胸次能藏大千界，掌中笑看小重山〔二〕。飛來華嶽一峰失〔三〕，幻出匡廬雙劍閒。偶觸篆煙雲點綴，戲澆硯滴瀑潺顔〔四〕。莫將道眼生分別〔五〕，隨意聊安几案間。

【注釋】

〔一〕政和五年正月作於開封府。本集卷二三李德茂書城四友序：「政和五年，余自太原還南州，過都下。上元夕，宿故人李德茂之館。」此詩當作於是時。李德茂：名未詳，筠州人，生平仕履不可考。磈石：即塊石，此指假山。匡山：即廬山。雙劍峰：在開先寺瀑布旁。廬山記卷三叙山南：「香爐峰與雙劍峰相連屬，在瀑水之傍。」方輿勝覽卷一七南康軍：「雙劍峰，在開先院南。」

〔二〕小重山：花間集中有此詞牌名，此借其語寫磈石之狀。

〔三〕飛來華嶽一峰失：謂此磈石如西嶽華山飛來，而三峰失去一峰。太平寰宇記卷二九關西道五華州：「按名山記：華岳有三峰，直上數千仞，基廣而峰峻，疊秀迄於嶺表，有如削成。」

〔四〕硯滴：滴水入硯之具，亦稱水注。施注蘇詩卷二七夜直玉堂攜李之儀端叔詩百餘首讀至夜半書其後：「愁侵硯滴初含凍，喜入燈花欲鬬妍。」注：「西京雜記：漢廣川王去疾，好發冢。晉靈公冢得玉蟾蜍一枚，大如拳，腹空，容五合水，王取以盛硯滴。」　瀑潺顔：想象硯滴如瀑布伴魂石，以雙劍峰在開先瀑布旁，故有此語。潺顔，猶潺湲，水緩流貌。參見本集卷一〇晚步歸西崦注〔五〕。

〔五〕莫將道眼生分別：參見前詩別天覺左丞注〔五〕。廓門注：「維摩經觀衆生品曰：『是華無所分別，仁者自生分別想耳。』」

余昔居百丈元夕有詩後十年是夕過京師期子因不至〔一〕

北游爛熳看并川㊀〔二〕，重到皇州及上元。燈火風光記前事㊁，管絃音節試新翻㊂〔三〕。期人不至情如海㊃，穿市歸來月滿軒。忽憶寒巖曾獨宿，雪窗殘夜一聲猿。

【校記】

㊀川：冷齋夜話卷五作「山」。

㈡風光記前：冷齋夜話作「樓臺思往」。

㈢節：冷齋夜話作「律」。

㈣不：冷齋夜話作「未」。

【注釋】

〔一〕政和五年正月十五日作於開封府。　子因：蔡仍，字子因，號夢蝶居士，蔡卞子。參見本集卷三寄蔡子因注〔一〕。　鍇按：此詩本事見鳳墅帖：「予昔宿山中作詩曰：『上元獨宿寒巖寺……軟紅香霧噴東華。』政和五年上元，復至京師。蔡子因約予于相國寺，久之不至。有僧師元者，從予求元夕詩，曰：『公嘗有山中上元句，甚懷京師，今當却憶山中可也。』予笑走筆曰：『北游爛熳看并川……雪窗殘夜一聲猿。』」又見冷齋夜話卷五上元詩：「予自并州還江南，過都下，上元逢符寶郎蔡子因，約相國寺，未至。有道人求詩，且曰：『覺範嘗有寒巖寺詩懷京師……今當爲作京師上元懷山中也。』予戲爲之曰：『北游爛熳看并山，重到皇州及上元。燈火樓臺思往事，管絃音律試新翻。期人未至情如海，穿市歸來月滿軒。却憶寒巖曾獨宿，雪窗殘夜一聲猿。』」鳳墅帖文字與本集全同。冷齋夜話則略異，當爲後來改定者。參見本集卷一〇上元宿百丈注〔一〕。

〔二〕北游爛熳看并川：指政和四年冬遞解太原證獄之事。本集卷二三潛庵禪師序：「余政和四年冬證獄太原。」卷二四記福嚴言禪師語：「五（八）月二十八日，太原造大獄，來追對驗。」寂音自序：「（政和四年）十月，又證獄并門。」　并：并州。太平寰宇記卷四〇河東道一并州：「并州太原郡，舊理太原、晉陽二縣，今理陽曲縣。」　爛熳：放曠，任意。白居易代人贈王員外：「靜接殷勤語，狂隨爛熳游。」

〔三〕管絃音節試新翻：此指政和年間大晟新樂製成之事。據宋史樂志四，大觀四年八月，徽宗親製大晟樂記，「命太中大夫劉昺編修樂書爲八論」。此樂雖成，然尚未頒布，故「政和二年賜貢士聞喜宴於辟雍，仍用雅樂」。至政和三年五月，徽宗「詔有司以大晟樂播之教坊，試於殿庭」，「頒之天下，其舊樂悉禁」。同年九月，「詔大晟樂頒於太學辟雍，諸生習學」。故李昭玘樂靜集卷二八晁次膺墓誌銘曰：「政和癸巳，大晟樂既成，八音克諧，人神以和，嘉瑞繼至。」能改齋漫録卷一六並蔕芙蓉詞亦曰：「政和癸巳，大晟樂成。嘉瑞既至，蔡元長以晁端禮次膺薦於徽宗。」乃言其頒布之年，癸巳即政和三年。

【集評】

日本橫川景三云：天下垂鬚佛，記相國上元之游；儒中禿鬢翁，憶端門前年之宴。（五山文學新集第一卷薝蔔集元宵。錯按：「禿鬢翁」代指蘇軾，語本黄庭堅病起荆江亭即事十首之七：「玉堂端要真學士，須得儋州禿鬢翁。」）

都下送僧歸閩〔一〕

汴水悠悠去不回〔二〕，緑波垂柳眼初開。日邊無意事迎送〔三〕，海畔有山歸去來〔四〕。白却人頭忙日月，緇飄山衲亂風埃〔五〕。此行若到忘情處〔六〕，拂石猿聲後夜哀。

【注釋】

〔一〕政和元年春作於開封府。閩：福建代稱。

〔二〕汴水：即隋通濟渠、唐廣濟渠之東段，流經開封。廓門注：「按：汴州，今開封府是也。」

〔三〕日邊：代指京城，即都下。參見本集卷七次韻漕使陳公題萊公祠堂注〔九〕。

〔四〕海畔有山歸去來：王安石代陳景元書於太一宮道院壁：「野性豈堪此，廬山歸去來。」黄庭堅山谷詞撥棹子：「歸去來，歸去來，攜手舊山歸去來。」僧將歸閩，其地臨海，故有此語。

〔五〕緇：黑色。論語陽貨：「不曰白乎？涅而不緇。」此指黑色僧衣。

〔六〕此行若到忘情處：唐温庭筠題裴晉公林亭：「悠然到此忘情處，一日何妨有萬機。」此借用其語。

【附録】

明釋智旭云：緑水青山任往回，那堪睡眼未全開。十虚猶較微塵窄，一息非從曠劫來。才擬

辯真徒睒目，創觀唯識已亡埃。同仁欲和無生曲，但聽空山猿語哀。（靈峰蕅益大師宗論卷一〇西窗自喻步寂音韻三首之三）

夜雨歇懷淵才邦基〔一〕

劇笑無因見秀眉〔二〕，勞生會合恨難期。永懷京國舊游處，伏枕夢魂初破時。戰葉蕭蕭山雨後〔三〕，遶牀唧唧草蟲悲〔四〕。明年定復西歸去，船尾何妨載我隨〔五〕。

【注釋】

〔一〕作年未詳。　淵才：彭几，字淵才，一作淵材，筠州新昌人，惠洪叔父。參見本集卷一同彭淵才謁陶淵明祠讀崔鑒碑注〔一〕。　邦基：姓楊，字邦基，名未詳，生平無考。參本集卷二夏日陪楊邦基彭思禹訪德莊烹茶分韻得嘉字注〔一〕。

〔二〕劇笑：大笑。　秀眉：長眉。廓門注：「漢揚雄輶軒絶代語曰：『東齊曰眉言秀眉也。』」此或指彭淵才。墨客揮犀卷二：「（彭淵材）至廬山太平觀見狄粱公像，眉目入鬢，又前再拜贊曰：『有宋進士彭几謹拜謁。』又熟視久之，呼刀鑷者使剃其眉尾，令作卓枝入鬢之狀。」

〔三〕戰葉：戰抖之樹葉。東坡詩集注卷二九寶山新開徑：「棠梨葉戰暝禽呼。」李厚注：「白樂天詩：『天寒路曠何處宿，棠梨葉戰風颼颼。』」

〔四〕唧唧草蟲悲：歐陽修秋聲賦：「但聞四壁蟲聲唧唧，如助予之歎息。」

〔五〕船尾何妨載我隨：蘇軾贈葛葦：「欲將船尾載君行。」此借用其意。

寄權巽中〔一〕

摩雲標格久去眼〔二〕，傳得詩詞錦段新。雪玉在躬秋滿鬢〔三〕，風雷爲舌語驚人〔四〕。留連南浦西山雨〔五〕，棄擲鑪峰（鋒）繡谷春㊀〔六〕。何日詩肩擁寒帔，對牀聽我説京塵〔七〕。

【校記】

㊀峰：原作「鋒」，誤，今據寛文本、四庫本、廓門本、武林本改。參見注〔六〕。

【注釋】

〔一〕作年未詳。　權巽中：即詩僧善權，字巽中。已見前注。

〔二〕摩雲標格：以唐詩僧道標喻善權。宋高僧傳卷一五唐杭州靈隱山道標傳：「標經行之外，尤練詩章，辭體古健，比之潘、劉。當時吴興有晝，會稽有靈澈，相與詶唱，遞作笙簧。故人諺云：『霅之晝，能清秀；越之澈，洞冰雪；杭之標，摩雲霄。』」

〔三〕雪玉在躬：謂其身高潔如雪玉。躬，身體。禮記孔子閒居：「清明在躬。」此借用其語，化用其意。本集卷一三題壓波亭有「雪玉在躬賢令尹」之句。

〔四〕風雷爲舌：蘇軾和王斿二首之一：「異時長怪謫仙人，舌有風雷筆有神。」參見前與客論東坡作此注〔五〕。

〔五〕南浦西山雨：代指南昌。語本王勃滕王閣詩：「畫棟朝飛南浦雲，珠簾暮捲西山雨。」南浦：指南昌南浦亭。方輿勝覽卷一九隆興府：「南浦亭，在廣潤門外，往來艤舟之所，唐已有之。王介甫詩：『南浦隨花去，回舟路已迷。暗香無覓處，日落畫橋西。』」西山：在洪州新建縣。已見前注。

〔六〕鑪峰繡谷：即廬山錦繡谷。廬山記卷二叙山北：「由天池亘下山十五里，同名錦繡谷。舊録云：『谷中奇花異卉，不可殫述。三四月間，紅紫匝地，如被錦繡，故以爲名。』」鍇按：本集卷二六題廬山，謂政和五年，善權（真隱）嘗開石門、（應乾）法道於廬山北，故以錦繡谷言之。底本「峰」作「鋒」，涉形近而誤，今改。

〔七〕京塵：陸機爲顧彦先贈婦二首之一：「京洛多風塵，素衣化爲緇。」

書承天寺西齋壁〔一〕

半年客食毗陵寺〔二〕，頗厭塵埃污衲裙。雖有一身猶外物，且將萬事付浮雲。忽思放浪佳山水，要與頑麻散骨筋〔三〕。涼夜滿庭風露重，竹梢微月欲紛紛〔四〕。

【注釋】

〔一〕元符三年初秋作於常州。承天寺：在常州城内。宋鄒浩道鄉集卷二六承天寺大藏記：「毗陵郡城中名刹相望，而傳法者凡六院，惟承天據城之東南，實隋司徒陳杲仁之别圃。杲仁死非其所，其妻用浮屠法薦助之，遂捨以爲寺。唐長慶二年，賜號正勤。至真宗皇帝即位之初，改賜今額。」

〔二〕毗陵：古郡名，即常州。元豐九域志卷五兩浙路：「望，常州，毗陵郡，軍事。」

〔三〕頑麻：麻木，動作遲鈍。頑，麻木。宋唐庚冬雷行：「龍蛇尺蠖踞已久，亦欲奮迅舒頑麻。」本集卷七復次元韻：「爲散頑麻雙脚攣。」廓門注：「李白詩七卷豪士歌曰：『白骨相撑如亂麻。』注：『漢書天文志：死人如亂麻。』」其注殊誤。

〔四〕竹梢微月欲紛紛：杜甫陪鄭廣文游何將軍山林十首之九：「絺衣挂蘿薜，涼月白紛紛。」此借用其語。鍇按：鳳墅帖收惠洪浪淘沙詞曰：「層翠掃黄昏，對榻重論，竹軒涼夜月紛紛。」亦用杜詩。

靈隱送僧還南嶽〔一〕

海隅相識笑談餘，清境同疑在玉壺〔二〕。方作靈山棲小嶺〔三〕，又隨苕水出東吴〔四〕。

透鬢白雪驚衰老，脱手青春入歎吁〔五〕。懸想他年衡嶽寺〔六〕，雨窗相對話西湖〔七〕。

【注釋】

〔一〕元符三年春作於杭州。輿地紀勝卷二兩浙東路臨安府：「靈隱寺：元和郡縣志：『錢塘縣有靈隱山。』又晏公類要云：『在錢塘縣西一十二里，有巖石室、龍泓洞，西南臨浙江。』十三州記曰：『錢塘武林山，泉水原出焉，即此浦也。』晉咸和中，有西乾梵僧登此山，歎曰：『此武林山是中天竺國靈鷲山之小嶺，不知何年飛來？』乃創靈隱寺。」　南嶽：即衡山。

〔二〕玉壺：指仙境。後漢書方術傳下費長房傳：「長房旦日復詣翁，翁乃與俱入壺中。唯見玉堂嚴麗，旨酒甘肴。」李白對雪醉後贈王歷陽：「君看昔日汝南市，白頭仙人隱玉壺。」

〔三〕小嶺：即飛來峰。輿地紀勝卷二兩浙東路臨安府：「飛來峰：晏殊地志云：『晉咸和中，西天僧慧理歎曰：此是中天竺國靈鷲山之小嶺，不知何年飛來。故號。』」

〔四〕苕水：即苕溪。太平寰宇記卷九六江南東道六湖州安吉縣：「苕水，在縣治西南七十五里，北流。山海經曰：『句餘山東五百里，曰浮玉之山，苕水出其陰。』」

〔五〕脱手青春：謂春日短暫，轉瞬即逝，難以把握。以「脱手」喻時光短暫，似爲惠洪首創，本集屢用之，如卷四送文中北還：「相逢春脱手。」卷八晚歸自西崦復得再和二首之二：「年華脱手墮空盆。」卷一六琛上人所蓄妙高墨戲三首之一：「年年長恨春歸速，脱手背人收拾難。」不勝枚舉。

〔六〕衡嶽寺：明一統志卷六四衡州府：「衡嶽寺：在衡山縣集賢峰。唐韓愈宿衡嶽寺，有題門樓詩。」錯按：韓愈有謁衡嶽廟遂宿嶽寺題門樓詩。

〔七〕西湖：指杭州西湖。

宿靈山示月上人〔一〕

地靈形勝自天成，山色溪光潑眼明。北岫飛來么鳳落〔二〕，東鄰相去一牛鳴〔三〕。霜筠遶寺秋無數〔四〕，璧月臨軒夜更清。已約高人結蓮社，他年香火寄餘生〔五〕。

【注釋】

〔一〕元符二年深秋作於杭州。靈山：即靈隱山，亦稱靈鷲山。月上人：生平法系不可考。

〔二〕北岫飛來么鳳落：喻飛來峰山勢如么鳳飛落。北岫，指靈隱山，西湖遊覽志卷一〇將其歸於「北山勝蹟」。么鳳，五色小鳥。東坡詩集注卷三〇異鵲：「家有五畝園，么鳳集桐花。」趙次公注：「有彩羽之細禽，人謂其如鳳，名之曰么鳳。蜀有禽五色，桐花時來，集於桐上，名曰桐花鳳。」么，亦作「幺」，細，小。

〔三〕一牛鳴：佛教稱距離長度爲牛鳴聲所達處。大唐西域記卷二：「拘盧舍者，謂大牛鳴聲所極聞，稱拘盧舍。」王荆公詩注卷二九答張奉議：「五馬渡江開國處，一牛鳴地作庵人。」李壁注：「王維詩：『回看雙鳳闕，相去一牛鳴。』佛書：『尼車河側去人間五里，一牛鳴地。』」參見本集卷八和李令祈雪分韻得麓字注〔四〕。

〔四〕霜筠遶寺：冷齋夜話卷四詩忌：「荆公方大拜，賀客盈門，忽點墨書其壁曰：『霜筠雪竹鍾山寺，投老歸歟寄此生。』」此借用其語。

〔五〕「已約高人結蓮社」二句：山谷内集詩注卷九題伯時畫松下淵明：「遠公香火社，遺民文字禪。」任淵注：「高僧傳曰：『彭城劉遺民、豫章雷次宗等，依遠游山，遠乃於精舍無量壽像前，建齋立社，共期西方，乃令遺民著其文。』又陳舜俞廬山記曰：『遺民與什、肇二師，好揚榷經論，文章之華，一時所挹。』樂天詩：『本結菩提香火社。』」

送僧歸石門〔一〕

曾學雲庵逸格禪〔二〕，别來江柳幾春煙〔三〕。相逢水寺初嘗橘，忽憶風簷共擘蓮。遥想到山寒食後，却思分首上元前。與誰振策西湖路？清曉一聲啼杜鵑。

【注釋】

〔一〕崇寧元年正月作於杭州。石門：指洪州靖安縣寶峰禪院。輿地紀勝卷二六江南西路隆興府：「寶峰院，在靖安縣北石門山。唐貞元中，馬祖跏趺入滅，得舍利，藏於兹山，權德輿爲之記，唐宋詩篇不可勝紀。」

〔二〕雲庵：真淨克文禪師。寂音自序：「依真淨禪師於廬山歸宗，及真淨遷洪州石門，又隨以至。前後七年。」　逸格禪：格調超逸之禪。景德傳燈録卷二一福州大章山契如庵主：「預玄沙之宫，穎悟幽旨。玄沙記曰：『子禪已逸格，則他後要一人侍立也無？』師自此不務聚徒，不畜童侍，隱於小界山，刳大杇杉若小庵，但容身而已。」宋舟峰庵釋慶老補禪林僧寶傳南嶽石頭志庵主傳：「真淨曰：『子禪雖逸格，惜緣不勝耳。』」

〔三〕別來江柳幾春煙：宋釋曉瑩羅湖野録卷上：「寂音尊者洪公，初於歸宗參侍真淨和尚，而至寶峰。一日，有客問真淨曰：『洪上人參禪如何？』真淨曰：『也有到處，也有不到處。』客既退，洪殊不自安，即詣真淨求決所疑。真淨舉風穴頌曰：『五白貓兒爪距獰，養來堂上絶蟲行。分明上樹安身法，切忌遺言許外甥。且作麽生是安身法？』洪便喝。真淨曰：『這一喝也有到處，也有不到處。』洪忽於言下有省。翌日，因違禪規，遭删去。時年二十有九。」惠洪別石門，時在元符二年，至崇寧元年已四載。故言「幾春煙」。

至西湖招廓然游春〔一〕

別後西湖長在夢，相逢氣韻宛清真。劇談要使君頤脱〔二〕，大笑從教坐客瞋。淮海飄零方見友〔三〕，湖山秀絶更逢春。快當火急追清景〔四〕，莫厭尋幽散策頻〔五〕。

【注釋】

〔一〕崇寧元年春作於杭州。　廓然：法名思睿，後改名思慧，字廓然，號妙湛。嗣法大通善本禪師，屬雲門宗青原下十三世。據嘉泰普燈録卷八，思慧嘗參真淨克文，嘗與惠洪爲同學。參見本集卷一懷慧廓然注〔一〕。鍇按：此詩首句言「别後西湖長在夢」，可見爲重游杭州時所作。蓋惠洪元符二年冬嘗游杭州，此爲重游。

〔二〕劇談：猶暢談。漢書揚雄傳：「口吃不能劇談。」已見前注。　頤脱：即脱頤，因大笑而使下頷脱臼，今俗謂笑掉下巴。東坡詩集注卷一二答李邦直：「放懷語不擇，撫掌笑脱頤。」李厚注：「匡衡傳：『匡説詩，解人頤。』」宋周密齊東野語卷六解頤：「匡衡好學，精力絶人。諸儒爲之語曰：『無説詩，匡鼎來。匡説詩，解人頤。』蓋言其善於講誦，能使人喜而至於解頤也。至今俗諺以人喜過甚者，云：『兜不上下頦。』即其意也。本朝盛度以第二名登第，其父喜甚，頤解而卒。又岐山縣樊紀登第，其父亦以喜而頤脱，有聲如破甕。按醫經云：『喜則氣緩，能令人脱頤。』信非戲語也。」

〔三〕淮海：揚州别稱。方輿勝覽卷四四淮東路揚州：「事要：郡名廣陵、江都、淮海、維揚、蕪城、邗城。」

〔四〕快當火急追清景：蘇軾臘日游孤山訪惠勤惠思二僧：「作詩火急追亡逋，清景一失後難

　　摹。」此化用其意。

〔五〕散策：拄杖散步。杜甫鄭典設自施州歸：「北風吹瘴癘，羸老思散策。」

【附録】

　　明釋智旭云：初志何能不自新，每嗟涉世未忘真。行慈依舊還成愛，責善無端已墮瞋。萬古是非渾短夢，十方淨穢總長春。西窗對月披殘卷，獨向先賢語笑頻。（靈峰蕅益大師宗論卷一〇西窗自喻步寂音韻三首之一）

廓然得石門信歎其踵席非其人用韻酬之二首〔一〕

相對天涯歲月新，石門消息遠難真。乘閑且覓幾場笑，疾惡休生一念瞋。襯鷺芙蕖方破暖，藏鵶柳色又殘春〔二〕。光陰如此空搔首，行誦知歸倦鳥頻〔三〕。

頽綱安得見重新〔四〕，紅紫紛紛正亂真〔五〕。已矣無才吾自歎，慨然有志子宜瞋〔六〕。閑尋陳跡消磨日，强作新詩挽絆春〔七〕。振策蘇堤朝復暮〔八〕，路人應笑往來頻。

【注釋】

〔一〕崇寧元年春作於杭州。此二詩乃次前至西湖招廓然游春詩韻。石門：即靖安縣石門山寶峰禪院。錯按：時真淨克文已退居雲庵，繼其住持寶峰院者，當爲排擠惠洪之人，即本集卷三〇祭雲庵和尚文所言「今古一律，妬毁陷擠」之徒。全宋文卷二三三二張商英洪州寶峰禪院選佛堂記：「崇寧天子賜馬祖塔號慈應，謚曰祖印，歲度一牒，以奉香火。住山老福深即於祖殿後建天書閣，承閣爲堂，以選佛名之。……深，河東人也，甘粗糲，耐苦心，久從關西真淨游，孤硬卓立，必能宏其道。」福深嘗編雲庵真淨禪師語録，古尊宿語録及卍續藏經均採録。考福深住持寶峰禪院在崇寧間，當爲克文繼任者。福深爲惠洪師兄，然本集無一語道及，或因受其排擠，故惠洪詩有「頽綱安得見重新，紅紫紛紛正亂真」之歎。思睿因嘗至石門謁克文，故亦甚關心寶峰院之後繼者，而有「歎其踵席非其人」之憾。事不可考，姑誌於此。

〔二〕藏鵶柳色：梁簡文帝蕭綱金樂歌：「槐香欲覆井，楊柳正藏鵶。」鵶，同「鴉」。

〔三〕行誦知歸倦鳥頻：謂頻頻吟誦陶淵明歸去來兮辭中「鳥倦飛而知還」之句。

〔四〕頽綱安得見重新：謂禪宗日益衰敗之綱宗，何人能爲之重整。本集屢有此期待，如卷一秀上人出示器之詩：「藉渠一笑起，頽綱相拄撐。」卷八游龍王贈雲老：「頽綱已墜引手搴。」卷一八永明禪師真贊二首之一：「孰振頽綱，秀傑奇茂。」

〔五〕紅紫紛紛正亂真：論語陽貨：「惡紫之奪朱也。」何晏集解引孔安國曰：「朱，正色。紫，間色之好者。惡其邪好而奪正色。」此化用其意，謂叢林之邪禪亂正禪。

〔六〕慨然有志子宜瞋：嘉泰普燈録卷八福州雪峰妙湛思慧禪師：「靈山慧命，殆若懸絲；少室家風，危如疊卵。又安得箇慨然有志、扶豎宗乘底衲子出來，喝散大衆？非唯耳邊静辨，當使正法久住，豈不偉哉！」廓然即思慧禪師。

〔七〕挽絆：挽留繫絆。

〔八〕蘇堤：亦名蘇公堤，在杭州西湖中，元祐年間蘇軾知杭州時所築。宋史蘇軾傳：「杭本近海，地泉鹹苦，居民稀少。唐刺史李泌始引西湖水作六井，民足於水。白居易又浚西湖水入漕河，自河入田，所溉至千頃，民以殷富。湖水多葑，自唐及錢氏，歲輒浚治。宋興，廢之。葑積爲田，水無幾矣。漕河失利，取給江潮，舟行市中，潮又多淤，三年一淘，爲民大患，六井亦幾於廢。軾見茅山一河專受江潮，鹽橋一河專受湖水，遂浚二河以通漕。復造堰牐，以爲湖水蓄洩之限，江潮不復入市。以餘力復完六井，又取葑田積湖中，南北徑三十里，爲長堤，以通行者。吴人種菱，春輒芟除，不遺寸草，且募人種菱湖中，葑不復生。收其利以備修湖，取救荒餘錢萬緡、糧萬石，及請得百僧度牒，以募役者。堤成，植芙蓉楊柳其上，望之如畫圖。杭人名爲蘇公堤。」

廓然再和復答之六首〔一〕

獨立湖邊一笑新，紛紛世事信非真。竹林逢寺端須往，藜杖敲門不怕瞋。僮僕見人空自若，軒窗幽處亦藏春㊀。老僧那識閑來興，怪我時時過此頻。

與君藉草湖邊坐〔二〕，聽我論懷句句真。慵鬬睡魔强分怯〔三〕，懶酬詩債不須瞋〔四〕。亦知人壽一百歲〔五〕，已識老來三十春〔六〕。相見幾回開口笑〔七〕，憂愁風雨可勝頻〔八〕。

湖水行歌鴨緑新〔九〕，吴音清軟十分真〔一〇〕。但知客子幽情快，不管游人醉眼瞋㊁。戈昔曾聞能倒日〔一一〕，筆今猶喜解收春。剩將詩句藏深篋，歸去須知展玩頻。

處處山川俱勝絶，滿村風物自純真。横舟隔岸殊堪喚，吠犬隨人不識瞋。歸鳥獨飛當晚照，鳴鳩相應正深春。心期卜築藏幽隱〔一二〕，忽笑行行指劃頻〔一三〕。

湖山昔夢雖非實，開睫今游未必真〔一四〕。久客情多空自厭，故山歸晚欲誰填。聊將愁裹十分興，更賞湖邊一半春。君儻肯來尤所願，莫辜日日作詩頻。

繞舍初晴對意新，出門幽鳥語如真。催耕布穀殊堪聽〔一五〕，勸客提壺却莫瞋〔一六〕。壟麥約風遠有浪，海棠經雨忽添春。可憐好景無人共，回首斜陽太息頻。

【校記】

㊀幽：四庫本作「深」。

㊁管：廓門本作「日」，誤。

【注釋】

〔一〕崇寧元年春作於杭州。

〔二〕藉草：坐於草地上。北史王世充傳：「曉夜不解甲，藉草而坐。」

〔三〕睡魔：致人昏睡之魔鬼。宋高僧傳卷一六後唐天台山福田寺從禮傳：「念性殊乖，卒難捨本，往往睡魔相撓。禮忿其昏濁，作鐵錐刺額兼掌，由是流血，真逾半稔，方遂誦通。」山谷外集詩注卷三催公靜碾茶：「睡魔正仰茶料理。」任淵注：「石曼卿詩：『已爲物象添詩瘦，更被陰晴長睡魔。』」

〔四〕詩債：白居易晚春欲攜酒尋沈四著作先以六韻寄之：「顧我酒狂久，負君詩債多。」自注：「沈前後惠詩十餘首，春來多醉，竟未酬答，今故云爾。」

〔五〕人壽一百歲：文選卷五三嵇康養生論：「或云上壽百二十，古今所同。」李善注：「養生經：黃帝問天老曰：人生上壽一百二十年，中壽百年，下壽八十年，而竟不然者，皆夭耳。」

〔六〕老來三十春：惠洪生於熙寧四年（一〇七一），至崇寧元年（一一〇二）三十二歲，此舉其成數言之。

〔七〕相見幾回開口笑：莊子盜跖：「人上壽百歲，中壽八十，下壽六十。除病瘦死喪憂患，其中開口而笑者，一月之中，不過四五日而已矣。」杜牧九日齊山登高：「塵世難逢開口笑。」此化用其意。

〔八〕憂愁風雨可勝頻：蘇軾滿庭芳詞：「思量，能幾許，憂愁風雨，一半相妨。」此借用其語。

〔九〕鴨緑：即鴨頭緑，形容緑水之色，語本李白襄陽歌：「遥看漢水鴨頭緑，恰似葡萄初醱醅。」此形容西湖水色，本集卷四送訥上人游西湖：「一番雨過吞青空，萬頃無波鴨頭緑。」

〔一〇〕吴音清軟：吴地方言語音柔和温婉。本集卷五戲廓然亦謂：「温軟聞吴音，攀翻忽東向。」思睿爲錢塘人，屬吴地，故稱。

〔一一〕戈昔曾聞能倒日：淮南子覽冥：「魯陽公與韓搆難，戰酣，日暮，援戈而撝之，日爲之反三舍。」高誘注：「魯陽，楚之縣公也。楚僭號稱王，其守縣大夫皆稱公。酣，對戰合樂時也。撝，揮也。揮日令反却行三舍，舍，次宿也。」

〔一二〕卜築：占卜擇地建宅，即定居之意。梁書處士傳劉訏傳：「訏善玄言，尤精釋典，曾與族兄劉歊聽講於鍾山諸寺，因共卜築宋熙寺東澗，有終焉之志。」

〔一三〕指劃：蘇軾次韻和劉貢父登黄樓見寄并寄子由二首之二：「吟哦出新意，指畫想前樵。」自注：「子由初赴南京，送之出東門，登城上，覽山川之勝云：『此地可作樓觀。』於是始有改築之意。」此化用其意。

〔一四〕「湖山昔夢雖非實」二句：謂昔日夢游西湖既非真實，而今日睜眼游西湖亦爲夢境。錯按：惠洪以人生爲開睫之夢，本集屢言之。卷一大雪晚睡夢李德修插瓊花一枝與語甚久既覺作此詩時在洞山：「人生孰非夢，安有昏旦異。心知目所見，歷歷皆虚僞。他日或相逢，何殊開睫寐。」亦此意。

〔一五〕催耕布穀：九家集注杜詩卷四洗兵馬：「田家望望惜雨乾，布穀處處催春種。」注：「布穀，鳴鳩也。趙云：『楊惲云田家作苦，故對布穀催耕之鳥。』」

〔一六〕勸客提壺：山谷内集詩注卷一演雅：「提壺猶能勸沽酒。」任淵注：「提壺，鳥名。梅聖俞四禽言曰：『提壺蘆，沽美酒。風爲賓，樹爲友。山花撩亂目前開，勸爾今朝千萬壽。』」

明日欲往龍華瞻大士像廓然和前詩叙其事又用韻答之〔一〕

雙林大士不復見〔二〕，聞説龍華畫像真。要向冰霜識風骨，願求清冷洗貪瞋。空庭再拜儼如在，扣几重看喜勝春〔三〕。我亦鈍根期聽法〔四〕，質疑他日故應頻〔五〕。

【注釋】

〔一〕崇寧元年春作於杭州。　龍華：龍華寺，在杭州城南龍山。　大士：即傅翕，世稱傅大士，亦稱善慧大士。景德傳燈録卷二七婺州善慧大士：「善慧大士者，婺州義烏縣人也。齊建武四年丁丑五月八日降於雙林鄉傅宣慈家，本名翕。……晉天福九年甲辰六月十七日，錢王遣使發塔，取靈骨一十六片紫金色及道具，至府城南龍山，建龍華寺寘之，仍以靈骨塑其像。」宋高僧傳卷一三晉永興永安院善靜傳附靈照傳略曰：「杭州龍華寺釋靈照，本高麗國人也。忠獻王錢氏迎取金華梁傅翕大士靈骨道具寘於此寺，樹塔，命照住持焉。」參見本集卷一送元上人還桂陽建轉輪藏注〔一〕。

〔二〕雙林大士：即傅大士。續高僧傳卷二五隋東川沙門釋慧雲傳附傅大士傳：「陳宣帝時，東陽郡烏傷縣雙林大士傅弘者，體權應道，躡嗣維摩，時或分身，濟度爲任，依止雙林，導化法俗。……梁高撥亂弘道，偏意釋門，貞心感被，來儀賢聖。沙門寶誌，發迹金陵。然斯傅公雙林明道，時俗唱言，莫知其位。乃遣使齎書，贈梁武曰：『雙林樹下當來解脱善慧大士，敬白國主救世菩薩，今條上中下善，希能受持。其上善者，略以虛懷爲本，不著爲宗，亡相爲因，涅槃爲果。其中善，略以持身爲本，治國爲宗，天上人間，果報安樂。其下善，略以護養衆生。』帝聞之，延住建業，乃居鍾山下定林寺。」唐樓穎録善慧大士語録卷一：「大士姓傅名翕，字玄風，東陽郡烏傷縣稽停里人。烏傷，即今義烏縣也。父名宣慈，字廣愛。母王氏。世爲農。以齊建武四年丁丑歲五月八日生。端靖淳和，無所愛著。少不學問，時與里人漁，每得魚，常以竹籠盛之，沈深水中，祝曰：『欲去者去，止者留。』時人以爲愚。……普通元年，年二十四，泝水取魚於稽停塘下，遇一胡僧，號嵩頭陀，語大士曰：『我昔與汝於毗婆尸佛前發願度衆生，汝今兜率宫中受用悉在，何時當還？』大士瞪目而已。頭陀曰：『汝試臨水觀影。』大士從之，乃見圓光寶蓋，便悟前因，乃曰：『鑪鞴之所多鈍鐵，良醫門下足病人。當度衆生爲急，何暇思天宫之樂乎！』於是棄魚具，携行歸舍。因問修道之地，頭陀指松山下雙檮樹曰：『此可矣。』即今雙林寺是。大士於此結菴，自號雙林樹下當來解脱善慧大士。」

〔三〕扣几重看喜勝春：廓門注：「五燈會元善慧大士傳曰：『梁武帝請講金剛經。士纔陞座，以尺揮按一下，便下座。』」錯按：景德傳燈録卷二七婺州善慧大士録僅謂大士「登座，執拍板唱經，成四十九頌」，五燈會元所載乃後出公案，其始見於北宋禪籍，如白雲守端禪師語録卷下頌古：「傅大士因梁武帝請講經，士陞座，以尺拊案一下，便下座。帝愕然，誌公乃問：『陛下會麽？』帝云：『不會。』誌云：『大士講經竟。』（頌古云：）『大士何曾解講經，誌公方便且相成。一揮案上俱無取，直得梁王努眼睛。』且道努底是什麽？」又見於佛果圜悟禪師碧巖録卷七第六十七則大士講經竟。扣几，即以尺拊案。

〔四〕我亦鈍根期聽法：謂己亦如梁武帝，根性遲鈍，而期待能領悟傅大士「以尺拊案」而「講經竟」之妙諦。

〔五〕質疑：心有所疑，就正於人。景德傳燈録卷五吉州志誠禪師：「汝等諸人，無滯於此，可往曹谿質疑。」

又和前韻二首〔一〕

頭白逢人宛似新〔二〕，自嗟世態不容真。君才廓落宜無合〔三〕，我語剛强屢被瞋。千里來尋非愛雪〔四〕，一時行樂謾游春。鄰居冷淡應相笑〔五〕，數夕温然語話頻。篇篇俊逸間清新〔六〕，老閲羣才始見真。秀却採蓮溪畔態〔七〕，豪吞指璧（壁）柱邊瞋㊀〔八〕。肺腸舊信能纏錦〔九〕，文字今知解鬭春。筆力肯低容我和，詩成無惜寄來頻。

【校記】

㊀璧：原作「壁」，誤，今從廓門本。參見注〔七〕。

【注釋】

〔一〕崇寧元年春作於杭州。

〔二〕頭白逢人宛似新：謂相交雖久而如新識，並非知己。史記魯仲連鄒陽列傳載鄒陽獄中上梁王書：「諺曰：『有白頭如新，傾蓋如故。』何則？知與不知也。」司馬貞索隱：「案：服虔云：『人不相知，自初交至白頭，猶如新也。』」裴駰集解：「桓譚新論曰：『言内有以相知與否，不在新故也。』」

〔三〕君才廓落宜無合：謂思睿才大而無合於世。莊子逍遥遊：「剖之以爲瓢，則瓠落無所容。」郭象注：「瓠落，猶廓落。」廓落：廣大空虛、豁達寬宏貌。思睿字廓然，故以廓落譬之。

〔四〕千里來尋非愛雪：世説新語任誕：「王子猷居山陰，夜大雪，眠覺，開室，命酌酒。四望皎然，因起彷徨，詠左思招隱詩，忽憶戴安道。時戴在剡，即便夜乘小船就之，經宿方至，造門不前而返。人問其故，王曰：『吾本乘興而行，興盡而返，何必見戴。』」此化用其意。

〔五〕鄰居冷淡應相笑：黄庭堅徐孺子祠堂：「古人冷淡今人笑。」此化用其句法。

〔六〕篇篇俊逸間清新：杜甫春日憶李白：「白也詩無敵，飄然思不羣。清新庾開府，俊逸鮑參軍。」此借以贊思睿之詩。

〔七〕秀却採蓮溪畔態：謂思睿詩之秀如江南採蓮女，姿態美好。本集好以美女喻詩，如卷二次韻君武中秋月下：「故應奇韻自天成，此詩如女有正色。」又云：「自慚陋句類無鹽，敢並高人天下白。」卷四敦素坐誦公衮烏臼樹絶句歎愛不已成此寄之：「君看句中眼，秀却天下白。」卷五復次蔡元中韻：「君才比西子，果識天下白。我句陋無鹽，筆硯焚欲亟。」卷一三次韻王覺之裕之承務二首之二：「麗句重逢天下白。」

〔八〕豪吞指璧柱邊瞋：謂思睿詩之豪如藺相如持璧倚柱怒瞋。史記廉頗藺相如列傳：「秦王坐章臺見相如，相如奉璧奏秦王。秦王大喜，傳以示美人及左右，左右皆呼萬歲。相如視秦王無意償趙城，乃前曰：『璧有瑕，請指示王。』王授璧，相如因持璧却立，倚柱，怒髮上衝冠，謂秦王曰：『大王欲得璧，使人發書至趙王，趙王悉召羣臣議，皆曰秦貪，負其彊，以空言求璧，償城恐不可得。議不欲予秦璧。臣以爲布衣之交尚不相欺，況大國乎！且以一璧之故逆彊秦之驩，不可。於是趙王乃齋戒五日，使臣奉璧，拜送書於庭。何者？嚴大國之威以修敬也。今臣至，大王見臣列觀，禮節甚倨，得璧，傳之美人，以戲弄臣。臣觀大王無意償趙王城邑，故臣復取璧。大王必欲急臣，臣頭今與璧俱碎於柱矣！』相如持其璧，睨柱，欲以擊柱。秦王恐其破璧，乃辭謝固請，召有司案圖，指從此以往十五都予趙。」

〔九〕肺腸舊信能纏錦：喻胸中極有文學才華。李白冬日於龍門送從弟京兆參軍令問之淮南覲省序：「常醉目吾曰：『兄心肝五藏皆錦繡耶，不然，何開口成文，揮翰霧散？』」

偶讀和靖集戲書小詩卷尾云長愛東坡眼不枯解將西子比西湖先生詩妙真如畫爲作春寒出浴圖廓然見詩大怒前詩規我又和二首〔一〕

居士多情工比類〔二〕，先生詩妙解傳真〔三〕。只知信口從頭詠，那料高人作意瞋〔四〕。

雲墮鬢垂初破睡，山低眉促欲嬌春。何須夢境生分別，笑我忘懷歎愛頻〔五〕。

輕狂舉世誰非僞，遲鈍知余却甚真。未把僻懷投俗好，且將狂語博君瞋。已嗟心折垂垂老〔六〕，忍看花飛片片春〔七〕。滿眼閑愁圖不得，江南無奈到心頻〔八〕。

【注釋】

〔一〕崇寧元年春作於杭州。詩話總龜卷一六引冷齋夜話：「東坡愛西湖，詩曰：『若把西湖比西子，淡粧濃抹也相宜。』余宿孤山下，讀林和靖詩，句句皆西湖寫生，特天姿自然，不施鉛華耳。作詩書壁曰：『長愛東坡眼不枯，解將西子比西湖。先生詩妙真如畫，爲作春寒出浴圖。』」本集卷一六載此詩，題爲讀和靖西湖詩戲書卷尾。　和靖：林逋（九五七～一〇二八）字君復，杭州錢塘人。少孤力學，恬淡好古，結廬西湖之孤山，二十年足不及城市，自爲墓於廬側。卒，仁宗賜謚和靖先生。逋善行書，喜爲詩，多奇句，不娶無子，所居植梅蓄鶴，人因謂梅妻鶴子。有和靖詩集傳世。宋史有傳。　蘇軾飲湖上初晴後雨二首之一：「水光瀲灧晴方好，山色空濛雨亦奇。欲把西湖比西子，淡粧濃抹總相宜。」　春寒出浴圖：白居易長恨歌：「春寒賜浴華清池。」又宣和畫譜卷六著録唐周昉楊妃出浴圖。此喻西湖爲西子，故以楊妃出浴圖類比之。　鍇按：廓然見詩大怒，乃因美人出浴之喻爲涉及愛欲之綺語，有違佛教戒律。

〔二〕居士：蘇軾號東坡居士。

〔三〕先生：林逋賜謚和靖先生。　廓門注：「林逋字和靖。」不確。

〔四〕高人：指思睿，字廓然。　作意：決意。

〔五〕「何須夢境生分別」二句：林間録卷下：「净業障經曰：世尊謂無垢光曰：『寢夢犯欲，本無差別，一切諸法，本性情净。然諸凡夫愚小無智，於無有法不知，如故妄生分別。以分別故，墮三惡道。』古佛同聲説偈曰：『諸法同鏡像，亦如水中月。凡夫愚惑心，分別癡恚愛。諸法常無相，寂静無根本。無邊不可取，欲性亦如是。』」惠洪爲愛欲之綺語辯護本此。

〔六〕心折：心意摧折，猶言銷魂。九家集注杜詩卷三二冬至：「心折此時無一寸。」注：「别賦：『使人意奪神駭，心折骨驚。』」 垂垂老：釋貫休禪月集卷二〇陳情獻蜀皇帝：「一瓶一鉢垂垂老，千水千山得得來。」

〔七〕忍看花飛片片春：杜甫曲江二首之一：「一片花飛减却春，風飄萬點正愁人。」此化用其意。

〔八〕江南無奈到心頻：此言春色惹思鄉之閑愁，亦王安石泊船瓜洲「春風自緑江南岸，明月何時照我還」之意。蓋惠洪家在江南西路筠州，故本集多以江南代指家鄉。

錢濟明作軒於古井旁名冰華賦此〔一〕

刮地陰風剪玉塵〔二〕，那知此井解藏春。折膠墮指嗟時事〔三〕，秀骨温顔似主人。碧甃湛明堪數髮〔四〕，小軒深静可收身。超然高趣真難及，浪士愚溪一笑新〔五〕。

【注釋】

〔一〕大觀二年冬作於常州。 錢濟明：名世雄，常州晉陵人。嘗爲吴興尉，倅平江。元祐中爲瀛州防禦推官，權攝進奏院户部檢法官。晚以詩書自娱，有文集傳世。楊時龜山集卷二五冰華先生文集序：「冰華先生錢公，諱世雄，字濟明，常州晉陵人也。公年十六七時，其詩已爲名流所稱。比壯，游東坡蘇公之門，與之方軌並馳者，皆一時豪英。而東坡獨稱其『探道著書，雲升川增』，則其推與之意至矣。然公以是取重於世，亦以是得罪於權要，廢之終身，卒以窮死。公初在平江，雖爲郡貳，而政實在公出，老奸巨猾屏氣惕息，摧伏不敢逞，而善良有所怙。已而爲有力者所困，不得盡其所欲爲者。士論至今惜之，而邦人之思，愈久而不能忘也。公雖退休，益自刻厲，日以詩書自娛，無窮愁懟憾之氣，遇事感發，一見於詩。故其文，於詩爲多。公既没，其子詡集其遺文，屬予爲序。余竊謂東坡文妙天下，爲時儒宗，士有得其一言者，皆足以名世，況知之之深乎！則公之文，固世所願見，不待余言而傳也。然公之平生交游執友，凋喪略盡，晚學後進，無能知公者，故余不辭而爲之，因以著其出處之大略云。」

〔二〕玉塵：玉屑，喻雪。南朝梁何遜和司馬博士詠雪：「若逐微風起，誰言非玉塵。」白居易酬皇甫十早春對雪見贈：「漠漠復雰雰，東風散玉塵。」

〔三〕折膠墮指：形容極度寒冷。北周庾信擬詠懷之十五：「壯冰初開地，盲風正折膠。」蘇軾玉石偈：「當觀熱相無去來，寒至折膠熱流金。」又磨衲贊：「折膠墮指，此衲不寒；爍石流金，此衲不熱。」

〔四〕碧甃：碧緑之井壁，代指井。甃，磚瓦所砌井壁。唐盧照鄰樂府雜詩序：「紫樓金閣，雕石壁而鏤羣峰；碧甃銅池，俯銀津而横衆壑。」方干書吴道隱林亭：「橘枝亞路黄包重，井脉穿林碧甃深。」章孝標和顧校書新開井：「碧甃花千片，香泉乳百尋。」朱慶餘舜井：「碧甃磷磷不記年，青蘿鎖在小山顛。」

〔五〕浪士：謂唐元結。新唐書元結傳載結作自釋曰：「河南，元氏望也。結，元子名也。次山，結字也。世業載國史，世系在家諜。少居商餘山，著元子十篇，故以元子爲稱。天下兵興，逃亂入猗玗洞，始稱猗玗子。後家瀼濱，乃自稱浪士。及有官人以爲浪者，亦漫爲官乎，呼爲漫郎。」次山集卷六瀼溪銘序：「乾元戊戌，浪生元結始浪家瀼溪之濱。瀼溪蓋溢水，分稱瀼。水夏瀼江海，則百里爲瀼湖，二十里爲瀼溪。瀼溪，浪士愛之，銘之其濱。」愚溪：謂唐柳宗元。柳河東集卷二四愚溪詩序：「灌水之陽有溪焉，東流入於瀟水。或曰：『冉氏嘗居也，故姓是溪曰冉溪。』或曰：『可以染也，名之以其能，故謂之染溪。』余以愚觸罪，謫瀟水上，愛是溪，入二三里，得其尤絶者家焉。古有愚公谷，今予家是溪，而名莫能定，土之居者，猶齗齗然，不可以不更也。故更之爲愚溪。愚溪之上，買小丘爲愚丘。自愚丘東北行六十步，得泉焉，又買居之，爲愚泉。愚泉凡六穴，皆出山下平地。蓋上出也合流，屈曲而南，爲愚溝，遂負土累石，塞其隘，爲愚池。愚池之東爲愚堂，其南爲愚亭，池之中爲愚島，嘉木異石錯置，皆山水之奇者，以余故，咸以愚辱焉。」鍇按：此蓋以元結號浪士、柳宗元號愚溪喻錢世雄號冰華。

鍾山悟真庵西竹林間蒼崖千尺歲久折裂余與敦素行山中至此未嘗不徘徊庵僧爲開軒向之盡收其形勝名曰兩翁作此〔一〕

水邊脩竹纔堪數，竹外蒼崖已半頹。我輩自追方外樂，軒窗誰爲此間開？待邀山月三人共〔二〕，要聽松風萬壑哀〔三〕。坐久篆畦香遶遍〔四〕，碧消煙縷雪殘灰〔五〕。

【注釋】

〔一〕大觀二年秋作於江寧府。　鍾山悟真庵：輿地紀勝卷一七江南東路建康府：「悟真院：建康續志云：悟真庵在蔣山八功德水之南。有梅摯悟真院記、荆公自定林過悟真記。」敦素：王樸，字敦素，安國孫，安石侄孫。參見本集卷二贈王敦素兼簡正平注〔一〕。錯按：參見本集卷李之儀姑溪居士前集卷七和兩翁軒，用韻與此詩同，當爲和此詩而作，見附録。三王敦素李道夫游兩翁軒次敦素韻。

〔二〕待邀山月三人共：謂兩翁加山月共成三人。李白月下獨酌：「舉杯邀明月，對影成三人。」此用其語意。

〔三〕要聽松風萬壑哀：山谷内集詩注卷五次韻子瞻武昌西山：「萬壑松聲如在耳，意不及此文生哀。」任淵注：「萬壑松聲，何豫富貴者事。情因文生，自爾感慨。言東坡詩語之妙，足以動盪如此也。蓋東坡首章曰：『請公作詩寄父老，往和萬壑松聲哀。』」此化用蘇黄語意。

〔四〕篆畦：盤香迴曲如篆字，形製如田畦，故稱。已見前注。

〔五〕碧消煙縷：本集卷九題使臺後圃八首諦觀室：「篆畦凝碧縷。」雪殘灰：廓門注：「東坡詩十八卷：『火紅銷盡灰如雪。』」此借用其語。

【附録】

宋李之儀云：何處又傳金椀出，幾人爭看玉山頹。幽情不是風期舊，異境難從指顧開。猿鶴已回塵外駕，烟雲休造眼中哀（衰）。未妨一老同巾履，香火終年謝劫灰。（姑溪居士前集卷七和兩翁軒）

次韻敦素兩翁軒見寄〔一〕

識暗長嗟天燭微〔二〕，坐令歸夢遶巖扉。忽驚塵土登須鬢，已覺雲山負衲衣〔三〕。孤坐知君扶瘦策，此詩慰我脱危機〔四〕。天藏鍾阜一區勝〔五〕，乞與君儕爲發揮。

【注釋】

〔一〕大觀二年秋作於江寧府。敦素、兩翁軒，並見前詩注。

〔二〕識暗長嗟未燭微：謂己見識愚暗而不知禍患起於忽微之理。本集卷二〇明白庵銘序：「恨識不知微，道不勝習。」亦是此意。

〔三〕雲山負衲衣：倒裝句，謂著衲衣而辜負雲山之約。蘇軾以玉帶施元長老元以衲裙相報次韻二首之一：「欲教乞食歌姬院，故與雲山舊衲衣。」此借用其語。

〔四〕危機：東坡詩集注卷二三游淨居院：「不悟俗緣在，失身蹈危機。」程縯注：「晉書：諸葛長民云：『貧賤常思富貴，富貴必履危機。』」

〔五〕天藏鍾阜一區勝：意謂鍾山天然藏有一區勝景，等待開發。一區，一處宅院，語本漢書揚雄傳：「有田一壥，有宅一區。」此指兩翁軒。參見本集卷二同慶長游草堂注〔七〕。

大風夕懷道夫敦素〔一〕

病覺春寒花信重〔二〕，起來散策夕陽中。方收一霎挂龍雨㊀〔三〕，忽作千林攧鷂風㊁〔四〕。淮水粘天雪翻浪㊂〔五〕，吳山吐月鏡緣空〔六〕。二豪詩眼應驚□㊃〔七〕，覓句遙知我與同。

【校記】

㊀方：苕溪漁隱叢話前集卷五六作「已」。參見集評。

㈡作：苕溪漁隱叢話前集作「起」。　林：苕溪漁隱叢話前集作「巖」。

㈢雪翻：宋元詩會卷五九作「雲泛」。

㈣□：原闕一字，武林本作「歎」，天寧本作「駭」，宋元詩會作「絶」。

【注釋】

〔一〕大觀三年春作於江寧府。　道夫：李孝遵字道夫，一作字道甫，江寧人。參見本集卷三七夕卧病敦素報云道夫已至北山遲遲未入城其意耽酒用其説作詩促之注〔一〕。　敦素：已見前注。

〔二〕花信：即花信風。山谷外集詩注卷一二元翁坐中見次元寄到和孔四飲王夔玉家長韻因次韻率元翁同作寄溢城：「葉暗黄鳥時，風號報花信。」史容注：「東皋雜録云：『江南自初春至初夏，有二十四風信。梅花風最先，楝花風最後。』」

〔三〕挂龍雨：可使水車挂牆不用之雨，意謂雨足。山谷内集詩注卷三次韻曾子開舍人游籍田載荷花歸：「壁挂蒼龍骨。」任淵注：「龍骨謂水車。王介甫詩曰：『龍骨長乾挂梁梠。』」山谷外集詩注卷一七荆州即事藥名詩八首之八：「使君子百姓，請雨不旋復。守田意飽滿，高壁挂龍骨。」史容注：「龍骨，王荆公詩：『龍骨長乾挂梁梠。』又：『翛翛雨龍骨，豈得長挂壁。』前集詩云：『壁挂蒼龍骨。』意謂得雨感祈，不復車水溉田也。東南呼水車爲龍骨車。」

〔四〕擷鷂風：能令飛鷂擷跌之大風。　鷂：猛禽，似鷹而小。此或指紙鷂，即風箏。

〔五〕淮水：此當指秦淮水。

〔六〕吴山：此泛指吴地之山，或代指鍾山。　鏡緣空：謂月如明鏡攀緣天空。

〔七〕二豪：指李道夫、王敦素。東坡詩集注卷一六次韻范淳父送秦少章：「句法本黄子，二豪與揩磨。」注：「其兄少游與張文潛。」此借用其語。參見七夕卧病敦素報云道夫已至北山遲遲未入城其意耽酒用其説作詩促之注〔二〕。

【集評】

宋闕名云：洪覺範詩云：「已收一霎挂龍雨，忽起千巖擲鵠風。」挂龍對擲鵠，皆方言，古今人未嘗道。又云：「麗句妙於天下白，高才俊似海東青。」又云：「文如水行川，氣如春在花。」皆奇句也。（苕溪漁隱叢話前集卷五六引雪浪齋日記）

宿鹿苑書松上人房二首〔一〕

數峰煙翠疊黄昏，忽見松間窈窕門〔二〕。好境未將佳句寫，幽懷先與故人論。隔林每恨音容阻，此夕相逢笑語温。雪意不成應有月，夜深同看湧金盆〔三〕。

冷齋託宿自攜衾〔四〕，卧聽松風度栗林〔五〕。黄卷青燈紙窗下，白灰紅火地鑪深。夢回清響舂（春）巖溜㊀〔六〕，夜久幽香噴水沉〔七〕。慣作横刀眠下板〔八〕，爲君今有住庵心。

【校記】

㈠春：原作「春」，誤。今從廓門本、石倉本、武林本。

【注釋】

〔一〕崇寧元年冬作於長沙。　鹿苑：即鹿苑寺，在湘江西岸嶽麓山下。唐高僧景岑禪師嘗住此，爲鹿苑寺第一世。林間録卷上：「予游長沙，至鹿苑，見岑禪師畫像，想見其爲人，作岑大蟲贊并序。」　松上人：生平法系未詳。

〔二〕「數峰煙翠疊黄昏」二句：本集卷一三次韻寧鄉道中：「鐘聲有寺藏煙翠，忽見林間窈窕門。」亦同此景。　窈窕：深邃貌。廓門注：「人天寶鑑下卷：宏智嘗記之曰：『松徑森森窈窕門，到時微月正黄昏。』」錯按：宋釋道融叢林盛事卷上亦曰：「宏智禪師住圓通時，夜夢作一聯云：『松徑蕭森窈窕門，到時微月正黄昏。』」宏智即天童正覺禪師（一〇九一～一一五七），年少於惠洪二十歲，其詩當襲用惠洪此二句。

〔三〕金盆：喻月。杜甫贈蜀僧閭丘師兄：「夜闌接軟語，落月如金盆。」此用其語。

〔四〕冷齋：惠洪自稱。　託宿自攜衾：惠洪游方時常自帶被蓋借宿僧房或士人宅。

〔五〕栗林：廓門注：「栗林字出莊子。」錯按：莊子山木：「莊周游乎雕陵之樊，覩一異鵲自南方來者，翼廣七尺，目大運寸，感周之頽，而集於栗林。」考本集卷三次韻超然有「栗林暮過應銜虎」之句，亦崇寧元年冬作於湘西，則此句「栗林」當爲實寫，非用事。

〔六〕清響春巖溜：謂巖上瀑水響如夜春之聲。「春」與下句「噴」對仗，皆作動詞。唐方干題報恩寺上方：「巖溜噴空晴似雨，林蘿礙日夏多寒。」底本「春」作「春」，涉形近而誤。

〔七〕水沉：即沉香。

〔八〕横刀眠下板：謂睡於僧房連排板牀之末端。宋高僧傳卷一〇唐新吴百丈山懷海傳：「乃創意不循律制，別立禪居。又令不論高下盡入僧堂，堂中設長連床，施椸架挂搭道具。卧必斜枕牀脣，謂之帶刀睡，爲其坐禪既久，略偃亞而已。」白雲守端禪師語録卷下頌古：「飽來一任帶刀眠，誰問西來閑達磨。」湖州吴山端禪師語録卷上木魚歌：「長連牀上帶刀眠，火棒時時打我肚。」建中靖國續燈録卷一四廬州澄惠咸詡禪師：「良久云：『更有一般堪羨處，長連牀上帶刀眠。』」禪林僧寶傳卷二二雲峰悦禪師傳：「年十九，杖策徧游江淮，常默坐下板。」

李師尹以端硯見遺作此謝之〔一〕

歙珍先數刷絲紋〔二〕，那料端谿更逸羣〔三〕。已作退閑今似我，温然自重尚如君〔四〕。豈宜禪室埋聲價，合在文場著策勳〔五〕。忍垢風檽應有夢〔六〕，夢隨筆陣掃煙雲〔七〕。

【注釋】

〔一〕元祐八年秋作於湖南衡山下。　李師尹：名未詳，生平不可考。本集卷二四送秦少逸李師尹序：「余久厭大梁車馬之塵，而思江湖漁樵之樂。故自淮宋之郊，再游匡廬，南窮蒼梧，休于衡山之下。愛其洞壑深邃，願爲終焉之所。林間有人焉，望之如瓊林玉樹，恍然如行金明緑野之郊，見狂游貴公子。揖而問之，則此邦賢者秦少逸、李師尹輩也。徐扣其所蓄，蓋亦無所不觀，因結爲友，與之游，久而益敬。」

〔二〕歙珍先數刷絲紋：謂歙硯中以刷絲紋爲貴。歙珍，即歙硯，歙州婺源縣歙溪所産石硯。刷絲者，謂其石材紋理直如刷絲。苕溪漁隱叢話後集卷二九：「苕溪漁隱曰：新安龍尾石，性皆潤澤，色俱蒼黑，縝密可以敵玉，滑膩而能記墨，以之爲研，故世所珍也。石雖多種，惟羅紋者、眉子者、刷絲者最佳。汪彦章詩云：『冰蠶吐繭抽銀忽，仙女鳴機號月窟。雲綃裂斷擲殘繻，淪入空山作尤物。中書君老不任事，蛛網陶泓空俗骨。故令玉質傲松腴，萬縷秋毫聊出没。』此刷絲石也。」本集卷二〇歙硯銘二首之二：「體切玉潤，膚刷絲文。書城之友，歙谿之珍。」　端硯：端州高要縣端溪所産石硯。

〔三〕那料端谿更逸羣：能改齋漫録卷一端溪硯：「端州石，唐世已知名。許渾歲暮自廣江至新興詩云：『洞丁多斲石，蠻女半淘金。』自注云：『端州斲石。』李賀青花紫石硯歌云：『端州匠者巧如神。』柳公權論硯亦云：『端谿石爲硯至妙。』」猗覺寮雜記卷上：「唐人重端石硯，見劉夢得謝唐秀才惠端州紫石硯云：『端州石硯人間重。』李賀青花紫石硯歌云：『端州匠者巧如神，露天磨劍割紫雲。』柳公權論硯云：『端溪石爲硯至妙，益墨，青紫色者，可直千金。水中石其色青，山半石紫，山頂石尤潤，如猪肝色者佳。貯水處有赤白黃點，世謂鸜鵒眼。脉理黃者，謂之金線。』相眼之法盡於此。李賀青花紫石者，蓋硯之上品也。東坡論許敬宗硯，云是端石。敬宗，高宗時人，則唐重此硯，其來久矣。」

〔四〕温然自重：以端硯之品格喻李師尹。蓋硯石以温潤爲重，端溪硯譜曰：「凡有眼之石，在本巖中尤縝密温潤。」

〔五〕合在文場著策勳：謂端硯理當隨李師尹在科場上建立功勳。鍇按：送秦少逸李師尹序：「會天子詔下，將校藝於有司，送別於碧巖之阿，而告之曰：『……諸君勉之！吾將見君輩角立齒列，出於卑薄之地，仕而達。』」

〔六〕忍垢風櫺應有夢：黄庭堅周元翁研銘：「風櫺垢面，蛛網錯綜。游於物之儻然，吾與爾同夢。」此化用其意。風櫺：猶風窗。五百家注昌黎文集卷二答張徹：「暑夕眠風櫺。」注：「祝曰：櫺，窗櫺。郭璞遊仙詩：『回風流曲櫺。』櫺音靈。」

〔七〕夢隨筆陣掃煙雲：九家集注杜詩卷一醉歌行：「筆陣獨掃千人軍。」注：「杜補遺：王羲之筆陣圖云：『紙者，陣也。筆者，稍矛也。墨者，鍪甲也。硯者，城池也。本領者，將軍也。心意者，副將也。』掃千人軍，謂筆之快利也。」

次韻王節推安道見過雲蓋二首〔一〕

湘山名與故山齊，寺在沙村斷岸西。繫馬槐根秋雨歇，倚欄雲際暮（莫）猿啼㊀〔二〕。公宜談笑光臺閣，我合摧頹老澗谿。袖有新詩如瀉出，逼人駿氣不容羈㊁。

睡起春衫取次披〔三〕，髻雲隨從倚欄時〔四〕。生憎柳底鶯聲巧，不分花前日影移〔五〕。伊昔笑來憂易老〔六〕，而今思去恨難追。林梢懸挂團團日，無語東風玉箸垂〔七〕。

【校記】

㊀暮：底本、廓門本作「莫」，今從四庫本、石倉本。

㊁駿氣：石倉本作「神駿」。

【注釋】

〔一〕崇寧二年秋作於潭州善化縣雲蓋山。　王節推安道：王安道，時爲潭州長沙郡武安軍節度推官。　雲蓋：明一統志卷六三長沙府：「雲蓋山，在善化縣西六十里，峰巒秀麗，望之如蓋，一名靈蓋山。山有虎溪、蛇井。」參見本集卷九次韻王安道節推過雲蓋注〔一〕。　鍇按：第一首寫秋景，秋雨、暮猿，作於秋季。第二首寫春景，春衫、髻雲、鶯聲、玉箸諸語，風格旖旎，似與詩題無涉，疑誤繫於此題下。

〔二〕莫：同「暮」。

〔三〕取次：任意。

〔四〕髩雲：髮髩濃黑如雲，形容美人。歐陽修燕歸梁詞：「髩雲謾嚲殘花淡，和嬌媚、瘦嵓嵓。」

〔五〕「生憎柳底鶯聲巧」二句：九家集注杜詩卷二四送路六侍御入朝：「不分桃花紅勝錦，生憎柳絮白於綿。」注：「趙云：天廚禁臠者，洪覺範之書也。以『不分桃花紅勝錦，生憎柳絮白於綿』，謂之比興格。且曰：『錦綿，色紅白而適用。朝廷用真材，天下福也。惟真材者忠正，小人諂諛似忠，詐訐似正，故爲子美所不分而憎之。』不知於桃花柳絮何所據，而便比諂諛詐訐之小人乎！杜公造爲新語，其云『不分』、『生憎』，乃所以深言其紅白也。」趙注所引者，見於惠洪天廚禁臠卷中。又集千家注杜工部詩集卷九送路六侍御入朝注：「孫季昭曰：杜子美善以方言里諺點化入詩句中，詞人墨客口不絶談。其曰『不分桃花紅勝錦，生憎柳絮白於綿』，此類甚多。」錯按：此二句借用杜詩語，謂柳底鶯聲、花前日影惹人煩惱。　生憎：偏恨，最恨。　不分：不服，不平。

〔六〕伊昔：昔日，從前。文選卷二四陸機答賈長淵：「伊昔有皇，肇濟黎蒸。」李善注：「爾雅曰：『伊，惟也。』郭璞曰：『發語辭也。』」錯按：「伊昔」常與「而今」「如今」「于今」對舉，如宋之問謁禹廟：「伊昔力云盡，而今功尚敷。」杜甫九日登梓州城：「伊昔黄花酒，如今白髮翁。」高適宋中遇陳兼：「伊昔望霄漢，于今倦蒿萊。」

〔七〕玉箸：亦作「玉筯」，喻眼淚。李太白集注卷二五寄遠十二首之四：「玉筯落春鏡，坐愁湖陽水。」王琦注：「白帖：『甄后面白，淚雙垂如玉筯。』劉孝威詩：『誰憐雙玉筯，流面復流襟。』」高適燕歌行：「鐵衣遠戍辛勤久，玉箸應啼别離後。」

宿石霜山前莊夢拜普賢像明日到院見壁間畫如所夢有作〔一〕

十幅蛾眉紫翠寒〔二〕，何人逸想發毫端㊀〔三〕。忽驚瑞色雲間相〔四〕，曾向清宵夢裏看。影像不真心自寂，悟迷無隔指空彈。了然一念非新故，我與羣生入正觀〔五〕。

【校記】

㊀逸：武林本作「遐」，誤。

【注釋】

〔一〕元符三年冬作於潭州瀏陽縣。石霜山：詩話總龜卷一六留題門引湘中故事：「石霜山，寺在瀏陽縣南八十里，有崇勝禪寺。」參見本集卷三遇如無象於石霜如與睿廓然相好故贈之注〔一〕。普賢：即普賢菩薩，梵名 Samantabhadra，又譯作徧吉。主一切諸佛之理德、定德、行德，與文殊菩薩之智德、證德相對。故與文殊並稱爲釋迦牟尼佛之二脇士。寺院塑像，侍立於釋迦之右，乘白象。

〔二〕十幅：指普賢畫像之畫幅。　蛾眉：即峨眉山。太平寰宇記卷七四劍南西道三嘉州峨眉縣：「峨眉山：按益州記云：『峨眉山，在南安縣界，兩山相對，狀似蛾眉。』」山頂有光相寺，爲普賢菩薩示現之靈場。方輿勝覽卷五二嘉定府：「光相寺：自白水至寺，歷八十四盤山徑，如線可通，登躋如是者六十里，至峰頂，即普賢示現之處。寺屋皆以板爲之。」　紫翠：狀峨眉山色。蘇軾法惠寺横翠閣：「已泛平湖思濯錦，更看横翠憶峨眉。」寄黎眉州：「瓦屋寒堆春雪後，峨眉翠掃雨餘天。」秀州報本禪院鄉僧文長老方丈：「每逢蜀叟談終日，便覺峨眉翠掃空。」

〔三〕逸想發毫端：蘇軾洞庭春色賦：「宜賢王之達觀，寄逸想於人寰。」此借用其語。

〔四〕瑞色雲間相：指普賢像。鍇按：本集所言菩薩像，多現於雲間，如卷一五有詩題曰：「立上人游五頂南還，畫文殊雲間之相。」卷一八放光二大士贊序：「觀世音號普光功德寶如來，得大勢號善住功德寶王如來，皆以次補無量壽，故作雲間跏趺之像。」

〔五〕入正觀：隋智顗法華文句卷二上：「觀解者，三觀妙智，導一切行，不墜二邊，皆入正觀，故名導師。」

贈湧上人乃仁老子也〔一〕

照人風骨玉頎然〔二〕，來慰衰途亦自賢。肝膽秋光磨洞徹〔三〕，齒牙嶽色嚼芳鮮〔四〕。應傳畫裏風煙句〔五〕，更學詩中文字禪〔六〕。已作一燈長到曉，定能百衲不知年〔七〕。

【注釋】

〔一〕宣和二年冬作於長沙。湧上人：即阿湧，又稱湧師，亦作「涌師」，華光仲仁禪師弟子，屬臨濟宗黄龍派南嶽下十五世，生平不可考。仁老：即仲仁。本集卷三〇祭妙高仁禪師文：「已遣阿湧，先渡錢塘。」本集卷二六題華光鑑湖圖：「今觀鑑湖圖，如華光戲以蜜置舌本間耳。涌師俄收之而去。兒稚雖癡，然亦知蜜不可如飯嘗食之也。」卷二七跋東坡山谷墨蹟：「予自南來，流落山水，久不見偉人，便覺胸次勃土可掃。宣和二年冬，湧師於湘西古寺中出以爲示，如見蘇、黄連璧下馬，氣如吐霓也。」

〔二〕照人風骨玉頎然：世説新語容止：「裴令公有儁容儀，脱冠冕，粗服亂頭皆好。時人以爲『玉人』。見者曰：『見裴叔則如玉山上行，光映照人。』」此化用其意。

〔三〕肝膽秋光磨洞徹：喻其人心胸光明磊落如秋空明淨清澈。白居易游悟真寺詩：「淺深皆洞徹，可照腦與肝。」

〔四〕齒牙嶽色嚼芳鮮：謂眼欣賞南嶽山色如牙嚼美味新鮮之物。蘇軾雪後便欲與同僚尋春一病彌月雜花都盡獨牡丹在爾劉景文左藏和順闍黎詩見贈次韻答之：「知君苦寂寞，妙語嚼芳鮮。」此借用其語。鍇按：此言齒牙嚼嶽色，蓋以六根互用之故。

〔五〕畫裏風煙句：猶言畫中有詩。蘇軾書摩詰藍田煙雨圖：「味摩詰之詩，詩中有畫；觀摩詰之畫，畫中有詩。」

〔六〕詩中文字禪：以詩爲不離文字之禪。本集卷二〇懶庵銘：「以臨高眺遠未忘情之語爲文字禪。」參見本集卷九賢上人覓偈注〔三〕。

〔七〕百衲：指僧衣。衲，謂補綴。百衲，謂補綴之多。景德傳燈録卷三〇蘇溪和尚牧護歌：「一條百衲瓶盂，便是生涯調度。」

道林喜見故人〔一〕

十年一別今重見，風度依然照映人〔二〕。韻勝折松秋露骨〔三〕，氣和寒谷夜生春〔四〕。三都君已傳名譽〔五〕，萬事吾今付欠申㊀〔六〕。夢境樓鐘同此聽，獨尋陳跡記前身。

【校記】

㊀申：四庫本、武林本作「伸」。

【注釋】

〔一〕作年未詳。　道林：長沙道林寺，在嶽麓山下。已見前注。　故人：未詳所指。

〔二〕風度依然照映人：世説新語容止：「見裴叔則如玉山上行，光映照人。」見前詩注。

〔三〕韻勝：廓門注：「二字出頭陀寺碑文。」錯按：文選卷五九王巾頭陀寺碑文：「道勝之韻，虚往實歸。」非言「韻勝」。用此二字評人物蓋本自黄庭堅，山谷集卷二八題絳本法帖：「論人物，要是韻勝爲尤難得。」卷六贈惠洪：「韻勝不減秦少覿。」外集卷八湖州烏程縣主簿胥君夫人謝氏墓誌銘：「益知夫人之根惠而韻勝也。」別集卷一五與王立之承奉帖之一：「極歎足下韻勝也。」　折松秋露骨：喻其瘦勁之韻。

〔四〕氣和寒谷夜生春：黄庭堅贈送張叔和：「張侯温如鄒子律，能令陰谷黍生春。」此化用其意。參見本集卷一送雷從龍見宣守注〔一三〕。

〔五〕三都君已傳名譽：稱譽故人有賦作爲人所傳。晉書左思傳載：思作三都賦成，「司空張華見而歎曰：『班張之流也。使讀之者盡而有餘，久而更新。』於是豪貴之家競相傳寫，洛陽爲之紙貴」。

〔六〕萬事吾今付欠申：唐沈既濟枕中記載：盧生於邯鄲客店遇道士吕翁，生自歎窮困，翁探囊中枕授之曰：「枕此當令子榮適如意。」時主人正蒸黄粱，生夢入枕中，享盡富貴榮華。「盧生欠伸而寤，見方偃於邸中，顧吕翁在傍，主人蒸黄粱尚未熟。觸類如故，蹶然而興曰：『豈其夢寐邪？』翁笑謂曰：『人世之事亦猶是矣。』」此化用其意。　欠申：同「欠伸」，打呵欠，伸懶腰，睡初醒時之狀。

送日上人歸石門〔一〕

三界無家誰適從〔二〕，大千俱集笑談中。江南湖外夢到曉，宴坐經行月運空〔三〕。狐死懷生正丘首〔四〕，鳥棲知暖擇南風〔五〕。石門今日名天下，想見沿崖一徑通。

【注釋】

〔一〕作年未詳。　日上人：生平法系未詳，疑爲真淨克文弟子，然燈録未載。　石門：此指靖安縣石門山寶峰禪院。

〔二〕三界無家：唐釋普光俱舍論記卷一四分別業品：「蘇陀夷，此云善施。年始七歲，由聰明故，善答佛問，稱可佛心。雖年未滿二十，佛令衆僧羯磨受具足戒，由聰明故善巧酬答，別開一緣，非酬答時即發戒也。言酬答者，佛問彼言：『汝家在何？』蘇陀夷答言：『三界無家。』」又釋窺基大乘法苑義林章卷三大種造色章：「俱舍等云：善巧酬答所問，謂蘇陀夷。其年七歲，佛問言：『汝家何在？』彼答佛言：『三界無家。』佛嘆聰明善答所問，雖年未滿，令僧爲受，非由答時即便得戒。」釋貫休禪月集卷一九酬周相公見贈：「三界無家是出家。」

〔三〕宴坐經行：代指禪門日常修行工夫。宴坐：坐禪。維摩詰經卷上弟子品：「夫宴坐者，不於三界現身意，是爲宴坐。」經行：於一定之地旋繞往來，即坐禪而欲睡眠時，爲此防之，又爲養身療病。法華經卷一序品：「又見佛子，未嘗睡眠，經行林中，勤求佛道。」

〔四〕狐死懷生正丘首：喻不忘本或不忘故鄉。禮記檀弓上：「古之人有言曰：狐死正丘首，仁也。」孔穎達疏：「所以正首而嚮丘者，丘是狐窟穴根本之處，雖狼狽而死，意猶嚮此丘，是有仁恩之心也。」陳澔集説：「狐雖微獸，丘其所窟藏之地，是亦生而樂於此矣。故及死而猶正其首以向丘，不忘其本也。倍本忘初，非仁者之用心，故以仁目之。」

〔五〕烏棲知暖擇南風：亦喻不忘本。文選卷二九古詩十九首：「胡馬依北風，越鳥巢南枝。」李善注：「韓詩外傳曰：『詩曰：代馬依北風，飛鳥棲故巢。皆不忘本之謂也。』」鍇按：日上人嘗於石門參禪，今日重歸石門，故有此喻。

靈隱山次超然韻時超然歸南嶽住庵勸之〔一〕

君亦工詩苦入神，冥搜物象故應貧〔二〕。客兒亭下纔相見〔三〕，巾子峰前便卜鄰〔四〕。

夢裏筆期生蘂蕚〔五〕，胸中鏡懶拂埃塵〔六〕。何當鉏斧住山去，要看青原一角麟〔七〕。

【注釋】

〔一〕元符三年春作於杭州。　靈隱山：在杭州錢塘縣西。參見本卷靈隱送僧還南嶽注〔一〕。　超然：希祖字超然，惠洪法弟，已見前注。

〔二〕冥搜物象故應貧：戲謂超然詩極工，故應受窮。歐陽修梅聖俞詩集序：「予聞世謂詩人少達而多窮，夫豈然哉？蓋世所傳詩者，多出於古窮人之辭也。蓋愈窮則愈工。然則非詩之能窮人，殆窮者而後工也。」此用「詩能窮人」之意。參見本集卷一贈汪十四注〔一一〕。

〔三〕客兒亭：在靈隱山。輿地紀勝卷二杭州：「客兒亭：在武林山，又名夢謝亭。」咸淳臨安志卷二三山川二武林山：「夢謝亭：晏公輿地志：『晉謝靈運，會稽人，其家不宜子，乃寄養於錢塘杜明師。明師夜夢東南有賢人相訪，翌旦，靈運至，故號夢謝亭。』陸羽記云：『一名客兒亭。』在靈隱山間，盧刺史元輔靈隱寺詩云：『長松晉家樹，絕頂客兒亭。』」

〔四〕巾子峰：輿地紀勝卷二杭州：「巾子峰：在梵天寺後，形如巾幘。林逋有巾子山詩。郭祥正詩云：『吟客搖舡子，猶疑漉酒香。』」咸淳臨安志卷二三山川二：「巾子峰：在錢塘門外。舊志云：『在梵天院後，形如巾幘。』西湖勝蹟事實云：『在壽星寺後。』」林逋水亭秋日偶書：「巾子峰頭烏臼樹，微霜未落已先紅。」梅堯臣送馬行之都官：「錢塘湖上尋雲屋，巾子峰前種槿籬。」

〔五〕夢裹筆期生蘂蕚：喻才華橫溢，文思美妙。五代王仁裕開元天寶遺事卷二夢筆頭生花：

「李太白少時，夢所用之筆，頭上生花。後天才贍逸，名聞天下。」生蘂蕚，乃就生花而復具體形容之。

〔六〕胸中鏡懶拂埃塵：六祖大師法寶壇經行由品載：神秀偈曰：「身是菩提樹，心如明鏡臺。時時勤拂拭，勿使惹塵埃。」惠能反其意而作偈曰：「菩提本無樹，明鏡亦非臺。本來無一物，何處惹塵埃？」此化用其意，謂當記六祖「本來無一物」之教導。

〔七〕「何當鉏斧住山去」二句：景德傳燈録卷五吉州青原山行思禪師：「師令希遷持書與南嶽讓和尚曰：『汝達書了速迴。吾有箇鉏斧子，與汝住山。』遷至彼，未呈書，便問：『不慕諸聖、不重己靈時如何？』讓曰：『子問太高生，何不向下問？』遷曰：『寧可永劫沈淪，不慕諸聖解脱。』讓便休。遷迴至靜居，師問曰：『子去未久，送書達否？』遷曰：『信亦不通，書亦不達。』師曰：『作麽生？』遷舉前話了，却云：『發時蒙和尚許鉏斧子，便請取。』師垂一足，遷禮拜，尋辭往南嶽。」又曰：「遷又問曰：『曹谿大師還識和尚否？』師曰：『汝今識吾否？』曰：『識又爭能識得？』師曰：『衆角雖多，一麟足矣。』」此合二事而用之。鍇按：超然將往南嶽，故以石頭希遷禪師之事喻之。

湘山獨宿聞雨〔一〕

殷牀鐘靜自垂簾〔二〕，庭樹無聲欲雪天。山寺淒涼容我宿，地罏深暖枕肱眠〔三〕。銅瓶秋蚓爲誰泣〔四〕？蠟燭春花亦自妍〔五〕。夜半夢回聞驟雨，十年蹤跡一茫然。

【注釋】

〔一〕作年未詳。

〔二〕殷牀鐘：九家集注杜詩卷二大雲寺贊公房四首之一：「鐘殘仍殷牀。」注：「殷，上聲，而『殷其雷』之殷。」此化用其語。已見前注。

〔三〕枕肱眠：語本論語述而：「子曰：『飯疏食，飲水，曲肱而枕之，樂亦在其中矣。』」司馬光秋雨霽倏聞宗聖案伎應之飲酒詩呈宜甫：「自笑不歌仍不飲，昏昏只解枕肱眠。」

〔四〕銅瓶秋蚓爲誰泣：銅瓶燒水之聲如蚯蚓之泣。蘇軾次韻柳子玉二首地爐：「細聲蚯蚓發銀瓶。」此用其語意。秋蚓：即蚯蚓。歐陽修寄聖俞：「空腸時如秋蚓叫。」

〔四〕蠟燭春花亦自妍：喻燃燒之蠟燭爲妍麗之春花。蘇軾夜直玉堂攜李之儀端叔詩百餘篇讀至夜半書其後：「喜入燈花欲鬭妍。」此化用其意。

讀三國志〔一〕

無計酬勞夏簟涼，遺編枕上閱興亡。氣增髯竟從玄德〔二〕，笑裏瞞徒造子將〔三〕。漢鼎未移存北海〔四〕，蜀兵已挫失南陽〔五〕。莫將勝敗論人物，忠義千年有耿光〔六〕。

【注釋】

〔一〕作年未詳。　三國志：晉陳壽撰。全書共六十五卷，魏書三十卷，蜀書十五卷，吴書二十卷。晉承魏而得天下，陳壽爲晉臣，故尊魏爲正統，魏書有本紀、列傳，蜀書、吴書只有列傳。其書初以魏書、蜀書、吴書三書單獨流傳，至北宋咸平六年（一〇〇三）合併爲一書。惠洪所讀當爲合刻本。

〔二〕氣增髯竟從玄德：謂讀至關羽跟從劉備之事，令人豪氣大增。三國志蜀書關羽傳：「關羽字雲長，本字長生，河東解人也。亡命奔涿郡，先主於鄉里合徒衆，而羽與張飛爲之禦侮。先主爲平原相，以羽、飛爲别部司馬，分統部曲。先主與二人寢則同牀，恩若兄弟。而稠人廣坐，侍立終日，隨先主周旋，不避艱險。……建安五年，曹公東征，先主奔袁紹。曹公禽羽以歸，拜爲偏將軍，禮之甚厚。紹遣大將軍顔良攻東郡太守劉延於白馬，曹公使張遼及羽爲先鋒擊之。羽望見良麾蓋，策馬刺良於萬衆之中，斬其首還，紹諸將莫能當者，遂解白馬圍。曹公即表封羽爲漢壽亭侯。初，曹公壯羽爲人，而察其心神無久留之意，謂張遼曰：『卿試以情問之。』既而遼以問羽，羽歎曰：『吾極知曹公待我厚，然吾受劉將軍厚恩，誓以共死，不可背之。吾終不留，吾要當立效以報曹公乃去。』遼以羽言報曹公，曹公義之。及羽殺顔良，曹公知其必去，重加賞賜。羽盡封其所賜，拜書告辭，而奔先主於袁軍。左右欲追之，曹公曰：『彼各爲其主，勿追也。』」又曰：「羽聞馬超來降，舊非故人，羽書與諸葛亮，問超人才可誰比類。亮知羽護前，乃答之曰：『孟起兼資文武，雄烈過人，一世之傑，黥、彭之徒，當與益德並驅爭先，猶未及髯之絶倫逸羣也。』羽美鬚髯，故亮謂之髯。」玄德：三國志蜀書先主傳：「先主姓劉，諱備，字玄德，涿郡涿縣人，漢景帝子中山靖王勝之後也。勝子貞，元狩六年封涿縣陸城亭侯，坐酎金失侯，因家焉。」

〔三〕笑裏瞞徒造子將：謂讀至曹操拜訪許劭以求延名之事，頗覺可笑。三國志魏書武帝紀：「太祖武皇帝，沛國譙人也，姓曹，諱操，字孟德，漢相國參之後。」裴松之注引曹瞞傳曰：「太祖一名吉利，小字阿瞞。」又武帝紀：「太祖少機警，有權數，而任俠放蕩，不治行業，故世人未之奇也，唯梁國橋玄、南陽何顒異焉。玄謂太祖曰：『天下將亂，非命世之才不能濟也，能安之者，其在君乎！』」裴注引世語曰：「玄謂太祖曰：『君未有名，可交許子將。』太祖乃造子將，子將納焉，由是知名。」又引孫盛異同雜語云：「太祖嘗私入中常侍張讓室，讓覺之，乃舞手戟於庭，逾垣而出。才武絶人，莫之能害。博覽羣書，特好兵法，抄集諸家兵法，名曰接要。又注孫武十三篇，皆傳於世。嘗問許子將：『我何如人？』子將不答。固問之，子將曰：『子治世之能臣，亂世之姦雄。』太祖大笑。」後漢書許劭傳：「許劭，字子將，汝南平輿人也。少峻名節，好人倫，多所賞識，若樊子昭、和陽士者，並顯名於世，故天下言拔士者，咸稱許、郭。……曹操微時，常卑辭厚禮，求爲己目。劭鄙其人，而不肯對，操乃伺隙脅劭，劭不得已，曰：『君清平之姦賊，亂世之英雄。』操大悦而去。」

〔四〕漢鼎未移存北海：謂因孔融在，曹操終其身不得篡漢。三國志蜀書先主傳：「北海相孔融謂先主曰：『袁公路豈憂國忘家者邪？冢中枯骨，何足介意。今日之事，百姓與能，天與不取，悔不可追。』先主遂領徐州。」後漢書孔融傳論：「若夫文舉之高志直情，其足以動義槩而忤雄心，故使移鼎之迹，事隔於人存。」李賢注：「移鼎，謂遷漢之鼎也。人存，謂曹操身在，不得篡位也。」

〔五〕蜀兵已挫失南陽：謂蜀兵之所以受挫，乃在於諸葛亮病卒。廓門注：「南陽謂諸葛孔明也。」其説甚是。三國志蜀書諸葛亮傳載其出師表曰：「臣本布衣，躬耕於南陽，苟全性命於亂世，不求聞達於諸侯。先帝不以臣卑鄙，猥自枉屈，三顧臣於草廬之中，諮臣以當世之事，由是感激，遂許先帝以驅馳。」

〔六〕「莫將勝敗論人物」二句：蘇軾孔北海贊叙曰：「世以成敗論人物，故操得在英雄之列，而公見謂才疏意廣，豈不悲哉！」此化用其意。

妙高老人卧病遺侍者以墨梅相迓〔一〕

萬（高）絲纔歇轉輕雷㊀〔二〕，無數晴峰笑靨開〔三〕。大士已聞方卧疾〔四〕，小空端遣出山來〔五〕。寶坊（方）世路如無隔㊁〔六〕，俗駕山靈故勒回〔七〕。多謝高情餞春色，十分渾在一枝梅〔八〕。

【校記】

㈠萬：原作「高」，今據聲畫集卷五改。

㈡坊：原作「方」，今據聲畫集改。

【注釋】

〔一〕宣和元年秋作於長沙。　妙高老人：即仲仁禪師，因住衡州華光山妙高寺，故世稱華光長老，亦稱妙高老人。　相迓：相迎接。　據本集卷三〇祭妙高仁禪師文，宣和元年中秋惠洪嘗至華光山，此詩當作於其前仲仁遣侍者出山相迎時。　鍇按：聲畫集卷五收此詩，繫於張敬夫（張栻）名下，乃誤收，當從本集屬惠洪。　參見本集卷一華光仁老作墨梅甚妙爲賦此注〔一〕。

〔二〕萬絲纔歇轉輕雷：秦觀春日五首之二：「一夕輕雷落萬絲，霽光浮瓦碧參差。」此借用其語。　萬絲：形容雨絲。　吳融池上雙鳧二首之二：「萬絲春雨眠時亂。」張耒晚歸寄无咎二首之二：「遠雨萬絲白。」底本「萬」作「高」，涉形近而誤。　廓門注：「高絲，謂雨也。」「高」字無據，乃爲訛字所誤。

〔三〕無數晴峰笑靨開：擬山爲人，有喜樂之情，山晴則如人開笑靨。　參見本集卷三乾上人會余長沙注〔一三〕。

〔四〕大士已聞方卧疾：維摩詰經卷上方便品：「(維摩詰)其以方便，現身有疾。以其疾故，國王大臣、長者居士、婆羅門等，及諸王子并餘官屬，無數千人，皆往問疾。其往者，維摩詰因以身疾，廣爲説法。」釋智顗維摩經略疏卷一〇釋阿閦國品：「方丈卧疾，託病興教，即是同佛應身方便引接。」此借以喻仲仁卧病。大士，尊稱仲仁。參本集卷三七夕卧病敦素報云道夫已至北山遲遲未入城其意耽酒用其説作詩促之「維摩卧疾毗耶城」句注。

〔五〕小空：代指侍者。景德傳燈録卷八潭州華林善覺禪師：「一日，觀察使裴休訪之，問曰：『師還有侍者否？』師曰：『有一兩箇。』裴曰：『在什麽處？』師乃唤『大空、小空』，時二虎自庵後而出。裴覩之驚悸。師語二虎曰：『有客且去。』二虎哮吼而去。」

〔六〕寶坊：寺院之美稱。已見前注。底本「坊」作「方」，涉音近而誤。

〔七〕俗駕山靈故勒回：南朝齊孔稚圭北山移文：「鍾山之英，草堂之靈，馳煙驛路，勒移山庭。」又曰：「請回俗士駕，爲君謝逋客。」蘇軾次韻子由書王晉卿畫山水二首之二：「山人昔與雲俱出，俗駕今隨水不回。」

〔八〕「多謝高情餞春色」二句：謝仲仁所贈墨梅，謂一枝梅中含無邊春色。太平御覽卷九七〇引南朝宋盛弘之荆州記曰：「陸凱與范曄爲友，在江南寄梅花一枝，詣長安與曄，并贈詩云：『折梅逢驛使，寄與隴頭人。江南無所有，聊贈一枝春。』」蘇軾書鄢陵王主簿所畫折枝二首之一：「誰言一點紅，解寄無邊春。」

別李公弱〔一〕

殘紅换得緑陰成，隨分閑愁取次生〔二〕。須信百年終有别，未能一日便無情。何時嶽色君同看？後夜湘晴我獨行。好在西園行樂處〔三〕，爲誰依舊月華清。

【注釋】

〔一〕宣和五年暮春作於長沙。李公弱：名允武，筠州人。正德瑞州府志卷八選舉志科第：「李允武公弱，官至承議郎。」據江西通志卷四九選舉志，李允武政和二年壬辰莫儔榜進士及第。據建炎以來繫年要録卷一二〇，李允武紹興八年嘗知蘄州。政和四年惠洪自海南北歸，嘗與允武相逢於衡陽，本集卷四有次韻公弱寄胡强仲詩紀其事。宣和五年正月，惠洪與允武重逢於湖南，本集卷三喜會李公弱有「十年契闊挂夢寐」之句。此詩作於再别允武時。

〔二〕取次：依次。

〔三〕好在西園行樂處：司馬光北京留守太師王公挽辭二首之二：「西園行樂處，引領但霑巾。」此借用其語。鍇按：曹植公讌詩：「清夜游西園，飛蓋相追隨。」後世遂以西園代指公讌游樂之處。

贈關西温上人〔一〕

鐵面關西氣逸羣㊀〔二〕，平生蹤跡付浮雲。瓜洲（州）渡口曾同泛㊁〔三〕，石廩峰前又見君〔四〕。茘子招呼閩嶺外㊂〔五〕，白粳留滯汝江濆〔六〕。拄藤更入西川去㊃〔七〕，要讀豐碑未見文。

【校記】

㊀ 逸羣：詩話總龜卷二八作「送勤」。

㊁ 洲：原作「州」，誤，今從詩話總龜。泛：詩話總龜作「載」。

㊂ 呼：詩話總龜作「邀」。

㊃ 入：詩話總龜作「欲」。

【注釋】

〔一〕大觀元年作於撫州臨川縣景德寺。關西温上人：生平法系未詳。詩話總龜卷二八寄贈門下引冷齋夜話：「温關西，解州人。余渡丹陽，温荷布囊，如世所畫布袋和尚，其豐碩如此。來附舟，好談蘇黄，大訝之。余住臨汝景德，温來謁曰：『吾食茘子於閩，飽飫而還。過此，春白粳米，欲入西川看未見碑。』余贈詩曰：『鐵面關西氣送勤，平生蹤跡付浮雲。瓜洲渡口曾同載，石廩峰前又見君。荔子招邀閩嶺外，白粳留滯汝江濆。拄藤更欲西川去，要讀豐碑未見文。』」本卷有温上人自廬山見過，可參見。

〔二〕鐵面關西：圓通法秀禪師，叢林號秀鐵面，又因其爲秦州隴城人，故亦號秀關西。禪林僧寶傳卷二六法雲圓通秀禪師傳：「全椒笑曰：『秀鐵面乃不識自己乎？』」注：「叢林號秀爲鐵面。」冷齋夜話卷一〇魯直悟法雲語罷作小詞：「法雲秀關西，鐵面嚴冷，能以理折人。」此借鐵面關西之號譽温上人。

〔三〕瓜洲渡：在江都縣瓜洲鎮，與丹徒縣隔江相望。方輿勝覽卷四四淮東路揚州：「瓜洲渡：在江都縣南四十里江濱。昔爲瓜洲村，蓋揚子江中之沙磧也。沙漸漲出，其狀如瓜，接連揚子江口，民居其上。唐爲鎮，今有石城三面。瓜洲爲渡，介於江淮之間，南之瀟湘，北走秦隴。」王荆公詩注卷四三泊船瓜洲：「京口瓜洲一水間。」李壁注：「瓜洲在丹徒之對。」底本「洲」作「州」，誤，今改。

〔四〕石廩峰：太平寰宇記卷一一〇江南西道八撫州：「石廩：在縣東三十九里。狀似倉廩，其内可容千斛。按：荀伯子臨川記云：『廩口開則歲豐，閉則歲歉。』」廓門注：「一統志衡州府：『石廩峰在衡山，形如倉廩，有二户，一開一闔。』」其注不確。

〔五〕閩嶺：福建北部山嶺，泛指福建。宋高僧傳卷一三後唐福州長慶院慧稜傳：「登戒已，聞南方有禪學，遂游閩嶺，謁雪峰，提耳指訂，頓明本性。」禪林僧寶傳卷七筠州九峰玄禪師傳：「又嘗問僧：『近自何處來？』曰：『閩嶺。』玄曰：『遠涉不易。』」廓門注：「福州府土産荔枝。」

〔六〕白粳：粳稻春出之米。梅堯臣送傅越石都官歸越州代闕：「緑橘黄柑帶葉收，白粳紫蟹侵霜饋。」 汝江：即臨川汝水。臨川，東漢至晉爲臨汝縣，蓋以臨汝水而得名。方輿勝覽卷二一江西路撫州：「汝水，在臨川東北六里。」參見本集卷二贈黄得運神童注〔九〕。 濆：岸邊，水邊。

〔七〕西川：唐於成都置劍南西川節度使，故稱蜀爲西川。廓門注：「蜀，四川之西川也。」

將登南嶽絶頂而志上人以小團鬬夸見遺作詩謝之〔一〕

堥源獨步寶帶夸〔二〕，官焙無雙小月團〔三〕。未作濃甘生齒頰，先飛微白上眉端〔四〕。

湯聲蜂穉秋窗晚〔五〕，乳面鵝兒春甕寒〔六〕。飲罷爲君登絶頂，俯臨落日看跳丸〔七〕。

【注釋】

〔一〕崇寧元年冬十月作於南嶽衡山。 志上人：即懷志禪師，號石頭志庵主，真淨克文法嗣，惠洪師兄。事具宋釋慶老補禪林僧寶傳南嶽石頭志庵主傳。參見本集卷三贈石頭志庵主注〔一〕。 小團：貢茶之名品。歐陽修歸田録卷二：「茶之品莫貴於龍鳳，謂之團茶，凡八餅重一斤。慶曆中，蔡君謨爲福建路轉運使，始造小片龍茶以進。其品絶精，謂之小團，凡二十餅重一斤，其價直金二兩。然金可有，而茶不可得。」　鬭夸：比勝誇耀。梅堯臣答宣城張主簿遺雅山茶次其韻：「吴人與越人，各各相鬭夸。」蓋宋人有鬭茶之習。

〔二〕壑源：指壑源所産之名茶。苕溪漁隱叢話後集卷一一：「建安北苑茶，始于太宗朝，太平興國二年，遣使造之，取像於龍鳳，以別庶飲，由此入貢。惟壑源諸處私焙茶，其絶品亦可敵官焙。自昔至今，亦皆入貢，其流販四方，悉私焙茶耳。蘇、黄皆有詩稱道壑源茶，蓋壑源與北苑爲鄰，山阜相接，纔二里餘。其茶甘香，特在諸私焙之上。」　寶帶夸：形製似腰帶扣版之建茶。廓門注：「夸，當作銙。銙，帶銙。」其説甚是。銙，同「䩷」，音垮，附於腰帶之扣版，作方形或橢圓形。梅堯臣得福州蔡君謨密學書并茶：「茶開片銙碾葉白，亭午一啜驅昏慵。」蘇詩補注卷一一和錢安道寄惠建茶：「葵花玉䩷不易致，道路幽險隔雲嶺。」查慎行注：「葵花玉䩷：建安貢茶，方者爲䩷，葵花乃其形製也。」趙汝礪北苑茶録造茶：「故茶堂有東局西局之名，茶銙有東作西作之號。凡茶之初出，研盆盪之欲其匀，揉之欲其膩，然後入圈製銙，隨笪過黄，有方銙，有花銙，有大龍，有小龍。品色不同，其名亦異。」

〔三〕小月團：即詩題中「小團」，如月形之小龍鳳團茶。唐盧仝走筆謝孟諫議寄新茶：「開緘宛見諫議面，手閲月團三百片。」王安石寄茶與和甫：「綵絳縫囊海上舟，月團蒼潤紫煙浮。」秦觀秋日三首之二：「月團新碾瀹花甆，飲罷呼兒課楚詞。」

〔四〕「未作濃甘生齒頰」二句：蘇軾道者院池上作：「井好能冰齒，茶甘不上眉。」此反其意而用之。

〔五〕湯聲蜂穉秋窗晚：謂秋窗下烹茶之水聲如穉蜂之鳴聲。廓門注：「列子天瑞篇：『其名穉蜂。』注：『穉，小也。蜂在房，只咒化。』此借用。」

〔六〕乳面鵝兒春甕寒：謂茶之乳花如春甕之美酒。乳面，指烹茶時所起乳白泡沫。蘇軾送南屏謙師：「道人曉出南屏山，來試點茶三昧手。忽驚午盞兔毛斑，打作春甕鵝兒酒。」此化用其意。鍇按：苕溪漁隱叢話後集卷一一：「苕溪漁隱曰：東坡詩：『春濃睡足午窗明，想見新茶如撥乳。』又云：『新火發茶乳。』此論皆得茶之正色矣。至贈謙師點茶則云：『忽驚午盞兔毫斑，打作春甕鵝兒酒。』蓋用老杜詩：『鵝兒黃似酒，對酒愛鵝兒。』若是，則其色黃，烏得爲佳茗矣。今東坡前集不載此詩，想自知其非，故删去之。」惠洪用鵝兒黃酒喻茶之白乳，亦承蘇軾之失。

〔七〕跳丸：喻落日或出日，因其運行之疾，恍如丸之跳動。韓愈秋懷詩之九：「憂愁費晷井，日月如跳丸。」蘇軾送楊傑：「天門夜上賓出日，萬里紅波半天赤。歸來平地看跳丸，一點黃金鑄秋橘。」

題草衣巖〔一〕

鉏頭當枕草爲氈〔二〕，曾與高人説任緣。豈料太（大）嫌沾世價㊀〔三〕，未應虛費買山錢〔四〕。閑編木葉輕於紙，細葺蘆花軟勝綿。石室至今增壯觀〔五〕，可知千載得人傳。

【校記】

㊀ 豈：重刊貞和類聚祖苑聯芳集卷三作「已」。　太：原作「大」，今從祖苑聯芳集。

【注釋】

〔一〕崇寧元年冬作於南嶽衡山。　草衣巖：明一統志卷六三長沙府：「草衣巖，在湘潭縣西一百里。巖似月輪，五代周時，有蜀僧奉初結草爲衣，居此。宋張天覺有詩，刻於石。」又南嶽總勝集卷上「三十八巖」中有「草衣巖」。未知孰是。

〔二〕鉏頭當枕草爲氈：語本唐釋玄覺禪宗永嘉集勸友人書第九婺州浦陽縣佐溪山朗禪師召大師山居書：「鋤頭當枕，細草爲氈。」

〔三〕沽世價：獲取世人好評，猶言沽名釣譽。黄庭堅小山集序：「平生潛心六藝，玩思百家，持論甚高，未嘗以沽世。」

〔四〕買山錢：雲溪友議卷上襄陽傑：「又有匡廬符載山人，遣三尺童子，齎數幅之書，乞買山錢百萬，公(于頔)遂與之。」此借用其語。參見本集卷六贈周廷秀注〔一三〕。

〔五〕石室：南嶽總勝集卷上：「東有石室。又草衣和尚曰定名，後遷妙高峰，結草爲衣，因而呼之。」或指此。又景德傳燈録卷一九有潭州石室善道和尚，嘗從石頭希遷大師問道。參見本集卷一七題草衣巖注〔五〕。

與僧游石頭庵〔一〕

我攜骨面潛谿子〔二〕，來訪西山鈯斧庵〔三〕。夢蝶人驚猶栩栩〔四〕，藏鴉柳暗已毶毶〔五〕。峰連小閣宜春望，水遶重城隔夜談。欲喚扁舟尋熟路，與君支策上千巖。

【注釋】

〔一〕作年未詳。　石頭庵：在南嶽衡山。景德傳燈録卷一四南嶽石頭希遷大師：「師於唐天寶初，薦之衡山南寺。寺之東有石狀如臺，乃結庵其上，時號石頭和尚。」南嶽總勝集卷中：「（南臺寺）至唐天寶初，有六祖之徒希遷禪師游南寺，見有石狀如臺，乃庵居其地，故寺號南臺。」鍇按：惠洪崇寧元年冬嘗游石頭庵，見石頭志庵主，此爲重游，故詩有「尋熟路」之語。

〔二〕骨面：骨相面容。或指清瘦有骨之相。　潛谿：本集卷一八六世祖師畫像贊三祖：「潛谿海山，麻衣風帽。」蓋三祖僧璨嘗隱居潛山，故稱。　潛谿子：指題中之僧，或因其爲潛山人，而承禪宗祖師之衣鉢，故稱。

〔三〕鈯斧庵：即石頭庵，應爲希遷禪師遺跡。「鈯斧」語本景德傳燈録卷五吉州清原山行思禪師：「師令希遷持書與南嶽讓和尚，曰：『汝達書了速迴。吾有箇鈯斧子，與汝住山。』」

〔四〕夢蝶人驚猶栩栩：莊子齊物論：「昔者莊周夢爲胡蝶，栩栩然胡蝶也，自喻適志與！不知周也。俄然覺，則蘧蘧然周也。不知周之夢爲胡蝶與？胡蝶之夢爲周與？周與胡蝶則必有分矣。此之謂物化。」栩栩，歡暢適意貌。

〔五〕藏鴉柳暗：南朝梁王筠春游：「蘗蘭已飛蝶，楊柳半藏鴉。」已見前注。毿毿：垂拂紛披貌。唐施肩吾春日錢塘雜興二首之一：「酒姥溪頭桑嫋嫋，錢塘郭外柳毿毿。」

題還軒〔一〕

老去情枯道自肥〔二〕，大刀破鏡露全機〔三〕。山邊湖水無行路〔四〕，枝上春禽亦倦飛〔五〕。半夜舟移空壑在〔六〕，故鄉家是昔人非〔七〕。炷香閱徧楞嚴義〔八〕，坐看煙消一縷微。

【注釋】

〔一〕作年未詳。還軒：未知所在，軒名當取自楞嚴經「八還」義。

〔二〕道自肥：謂道自充裕豐厚。韓非子喻老：「子夏見曾子，曾子曰：『何肥也？』對曰：『戰勝故肥也。』曾子曰：『何謂也？』子夏曰：『吾入見先王之義，則榮之；出見富貴之樂，又榮之。兩者戰於胸中，未知勝負，故臞。今先王之義勝，故肥。』」黄庭堅次韻師厚病間十首之十：「身病心輕安，道肥體癯瘦。」蘇轍至池州贈陳鼎秀才：「二頃躬耕道自肥。」此借用其語。

〔三〕大刀破鏡：此以古詩隱語雙關「還」字。南朝陳徐陵玉臺新詠卷一〇古絶句四首之一：「藁砧今何在？山上復有山。何當大刀頭，破鏡飛上天。」許顗彦周詩話：「古樂府云『藁砧今何在』，言夫也；『山上復有山』，言出也；『何當大刀頭，破鏡飛上天』，言月半當還也。」苕溪漁隱叢話前集卷九引學林新編云：「中秋月詩曰：『滿目飛明鏡，歸心折大刀。』注詩者曰：『古詩：「藁砧今何在？山上復有山。何當大刀頭，破鏡飛上天。」謂殘月也。』按：古詩乃樂府所載藁砧詩也。藁砧者，鈇也。『藁砧今何在』，問夫何在也。『山上復有山』，言夫出也。大刀頭者，環也。『何當大刀頭』者，何日當還也。破鏡者，月半也。『破鏡飛上天』者，言月半當還也。子美詩云『歸心折大刀』者，言雖有歸心，而大刀折，則未能還也。注詩者初不曉其意，乃訓爲殘月，則誤矣。唐李義山擬意詩云：『空看小垂手，忍問大刀頭。』亦用此事也。」　露全機：言展露全體機鋒。本集卷七弔性上人真：「展開覿體露全機，偪塞虚空何處避。」

〔四〕山邊湖水無行路：宋高僧傳卷一五唐會稽雲門寺靈澈傳：「歸湘南作，則有『山邊水邊待月明，暫向人間借路行。如今還向山邊去，唯有湖水無行路』句。」此化用其語意，表明别人間而還山水之「還」意。

〔五〕枝上春禽亦倦飛：此借陶淵明歸去來兮辭「鳥倦飛而知還」之語以言當還，以扣合「還軒」之義。

〔六〕半夜舟移空壑在：謂萬物無時不在變化之中，去者不可挽留。莊子大宗師：「夫藏舟於壑，藏山於澤，謂之固矣。然而夜半有力者負之而走，昧者不知也。」已見前注。

〔七〕故鄉家是昔人非：化用僧肇物不遷論記梵志出家白首而歸事，參見本集卷一〇次韻睿廓然送僧還東吴注〔四〕。

〔八〕楞嚴義：此亦釋「還軒」之義。楞嚴經卷二：「阿難，汝咸看此諸變化相，吾今各還本所因處。云何本因？阿難，此諸變化，明還日輪。何以故？無日不明，明因屬日，是故還日。暗還黑月，通還户牖，壅還牆宇，緣還分别，頑虚還空，鬱𡋯還塵，清明還霽。則諸世間一切所有不出斯類。汝見八種見精明性，當欲誰還？」謂之「八還」。參見本集卷一〇余居百丈天覺方注楞嚴以書見邀作此寄之二首注〔一一〕。

送曉上人歸西湖白閣所居〔一〕

我憶錢塘雪鬢新，三年東望肺生塵〔二〕。那知南浦清湘岸〔三〕，忽見西湖白閣人。熟視音姿疑夢寐，便驚風物有精神。倏然又入千峰去，惆悵孤雲野鶴身〔四〕。

【注釋】

〔一〕崇寧三年春作於長沙。　曉上人：生平法系未詳。　西湖白閣：在杭州孤山。乾道臨安志卷二閣：「白公竹閣，在孤山，與柏堂相連，有唐刺史白居易祠堂。蘇軾有竹閣、柏堂二詩。」東坡詩集注卷一二竹閣見憶：「不須更畫樂天真。」程縯注：「孤山有白居易竹閣，僧志詮作柏堂相連。見孤山二詩。」閣爲白居易所建，故亦稱白閣。

〔二〕三年東望肺生塵：山谷外集詩注卷三用前韻戲公靜：「兔月龍團不當惜，長卿消渴肺生塵。」史容注：「司馬相如傳：『常有消渴疾。』盧仝詩：『渴心歸去生塵埃。』」此用其語，表憶思渴望之心。　鍇按：惠洪於崇寧元年春離杭州，至此三年，故曰「三年東望」。

〔三〕南浦：代指送別之地。　楚辭九歌河伯：「子交手兮東行，送美人兮南浦。」　清湘：湘江之美稱。　柳宗元漁翁：「漁翁夜傍西巖宿，曉汲清湘然楚竹。」

〔四〕孤雲野鶴：比喻閑散高逸之生活。　唐劉長卿送方外上人：「孤雲將野鶴，豈向人間住。」宋徐鉉和元少卿送越僧：「遥羡高賢吟望處，孤雲野鶴是親朋。」

法輪齊禪師開軒於薝蔔叢名曰薝蔔二首〔一〕

人世百年蝴蝶夢，紛紛栩栩逐春繁〔二〕。　觀根戲掃旃檀座〔三〕，隨意爲開薝蔔園。　君每據梧深有味〔四〕，我來欲問自忘言〔五〕。叢林何必猶迷照〔六〕，香在枝頭不在軒〔七〕。

響石岣嶁峰下寺〔八〕，小軒開處近山房。苾芻來問宗風事〔九〕，薝蔔爲熏知見香〔一〇〕。

聊復淡然成獨坐，從教此語徧諸方。鈍根不識金輪轉〔一一〕，摘葉尋枝謾嗅芳〔一二〕。

【注釋】

〔一〕政和四年春作於南嶽衡山。　法輪齊禪師：法名景齊，黃龍晦堂祖心禪師法嗣，屬臨濟宗黃龍派南嶽下十三世。建中靖國續燈録卷二〇潭州南嶽雙峰景齊禪師載其機語。蓋景齊嘗住南嶽雙峰禪寺，後住法輪禪寺。鄒浩道鄉集卷一四示法輪長老景齊：「問碑碑已化爲塵，却得同生庚子人。」據此，則鄒浩與景齊同生於仁宗嘉祐五年庚子（一〇六〇）。山谷別集詩注卷下贈法輪齊公題下史季温注曰：「法輪，即南嶽岣嶁峰龍雲寺。山谷有重書法輪古碑跋云：『大明，本名惠遠，思大禪師之孫，與虞世南、李百藥、岑文本爲方外之友。三人皆爲作碑銘，幸岑中書之文僅存。又爲不解事僧傳於石刻，敗剥之後，幾不可讀矣。而法輪寺住持禪師景齊來求予刊定，且乞書而刊之。師，金陵蔣山中人，嘗入予方外之師晦堂心公之室，謂我爲同門。蓋嘗參字説於王荆公。其人通達辨識，欲有所立，人不能傾也。故欣然爲之書。法輪寺自晉至唐貞觀中，雖既廢，復興。皆號龍雲寺，中間改號金輪，而無文記可尋。意武后時所改耳。其號法輪，則太平興國五年敕書也。崇寧三年二月丙寅修水黃庭堅書。』即貶宜州經行時也。」南嶽總勝集卷中：「法輪禪寺：在嶽之西南七十里，隸衡陽，岣嶁峰下。晉咸和年建，號雲龍寺。隋大業末，高僧大明居之。至唐末，遷移山下，馬氏更名金輪寺。或云：即馬氏之莊也。本朝太平興國中，改賜今額。環寺杉松數萬，每至風激林響，聲若海濤。寺有記石，唐岑文本撰，及韓愈有岣嶁山詩碑在焉。傳云：禹碑在此峰尖之上。樞密折公留題云：『路轉崎嶇嶺，水藏委曲田。茂林深似海，古刹湛如淵。岣嶁未可到，禹碑真謾傳。西林歸恐暮，欲去又茫然。』寺有普容泉、道人亭。」史季温作龍雲寺，南嶽總勝集作雲龍寺，未知孰是。　薝蔔，花名。梵語音譯，義譯爲鬱金花。酉陽雜俎卷一八廣動植木：「陶貞白（弘景）言，梔子翦花六出，刻房七道，其花香甚，相傳即西域薝蔔花也。」梔子仲春開花。惠洪政和四年仲春北歸時道經南嶽岣嶁峰，此詩當作於是時。參見本集卷二四薝蔔軒序。廓門注：「按宗派，南嶽法輪齊添嗣法於泐潭洪英，英嗣法於黃龍慧南也。」錯按：宋人習慣省稱僧人法名第二字，故法輪齊禪師，當指景齊，若省稱齊添，當稱添禪師，廓門注殊誤。

〔二〕「人世百年蝴蝶夢」二句：語本莊子齊物論：「昔者莊周夢爲胡蝶，栩栩然胡蝶也。」

〔三〕觀根：諦觀根性。唐李通玄新華嚴經論卷二：「應物觀根，名之曰智。」　旃檀座：華嚴經卷六八入法界品：「善男子！於此南方，有城名善度，中有居士，名鞞瑟胝羅，彼常供養栴檀座佛塔。汝詣彼問：『菩薩云何學菩薩行，修菩薩道？』」

〔四〕據梧：莊子德充符：「今子外乎子之神，勞乎子之精，倚樹而吟，據槁梧而瞑。」郭象注：「夫神不休於性分之内，則外矣；精不止於自生之極，則勞矣。故行則倚樹而吟，坐則據梧而睡，言有情者之自困也。」

〔五〕我來欲問自忘言：陶淵明飲酒二十首之五：「此中有真意，欲辨已忘言。」此化用其語。

〔六〕迷照：迷於觀照，不見真相。語本黄庭堅漁家傲江寧江口阻風戲效寶寧勇禪師作古漁家傲王環中云廬山中人頗欲得之試思索始記四篇之二頌靈雲志勤禪師：「三十年來無孔竅，幾回得眼還迷照。一見桃花參學了，呈法要，無絃琴上單于調。」以靈雲志勤見桃花悟道事喻法輪齊禪師見薝蔔事。

〔七〕香在枝頭不在軒：廓門注：「雲濤詩話曰：一尼僧題一詩云：『到處尋春不見春，芒鞋踏破曉山雲。歸來自撚梅花嗅，春在枝頭已十分。』」鍇按：尼僧詩見羅大經鶴林玉露卷六：「有尼悟道詩云：『盡日尋春不見春，芒鞵踏遍隴頭雲。歸來笑撚梅花嗅，春在枝頭已十分。』亦脱灑可喜。」然其詩見於南宋人記載，當爲點化惠洪之句。

〔八〕響石峋嶁峰下寺：即法輪寺。　響石：唐鄭常洽聞記：「南嶽峋嶁峰有響石，呼喚則應，如人共語，而不可解也。」

〔九〕苾芻：比丘之異譯。本西域草名，梵語以喻佛弟子之已受具足戒者。　來問宗風事：景德傳燈録卷一三汝州風穴延沼禪師：「上堂。僧問：『師唱誰家曲？宗風嗣阿誰？』師曰：『超然迥出威音外。』」同卷郢州興陽歸靜禪師：「僧問：『師唱誰家曲？宗風嗣阿誰？』師曰：『少室山前無異路。』」禪籍多載僧徒問祖師宗風之事，已成套路，不勝枚舉。

〔一〇〕薝蔔爲熏知見香：黄庭堅次韻答叔原會寂照房呈稚川：「坐有稻田衲，頗薰知見香。」參見本集卷四次韻彦由見贈注〔一一〕。鍇按：葉夢得石林詩話卷中：「荆公詩用法甚嚴，尤精於對偶。嘗云：『用漢人語，止可以漢人語對，若參以異代語，便不相類。』如『一水護田將緑遶，兩山排闥送青來』之類，皆漢人語也。此惟公用之，不覺拘窘卑凡。如『周顒宅在阿蘭若，婁約身隨窣堵波』，皆以梵語對梵語，亦此意。」惠洪仿荆公遺法，此處以「薝蔔」對「苾芻」，以及上文以「薝蔔園」對「旃檀座」，皆以梵語對梵語。

〔一一〕鈍根：根機愚鈍，不能領悟佛法者。金輪轉：景齊住持法輪寺，舊名金輪寺，故以薝蔔之香可轉金輪喻之。本集卷二四薝蔔軒序：「克家之子又以清芬轉法輪，非縱非横，非同非異，如伊之字，摩醯之目，非化變諸幻而開幻衆者乎！」

〔一二〕摘葉尋枝謾嗅芳：廓門注：「證道歌曰：『直截根源佛所印，摘葉尋枝我不能。』此借用也。」鍇按：此謂鈍根不知景齊禪師所示乃「如月標指」之象徵意義，而執著於薝蔔之枝葉芳香。

南嶽法輪寺與西林比居長老齊公築堂於丈室之西名曰雪堂作此寄之〔一〕

法道陵夷賴典刑〔二〕，此堂真有救時心。坐令衡嶽爲嵩嶽，便覺西林近少林〔三〕。面壁高風知獨振〔四〕，薝花細雨爲誰深〔五〕？故應弟子分皮髓〔六〕，未愧駒兒善古今〔七〕。

【注釋】

〔一〕政和四年春作於南嶽衡山。南嶽總勝集卷中：「法輪禪寺，在嶽之西南七十里。」又曰：「西林禪寺，去衡陽五十里，在嶽西南五十里。」則法輪寺距西林寺不遠，可稱比鄰而居。長老齊公：即法輪景齊禪師。雪堂：廓門注：「慧可大師立雪中，故名雪堂。」其説可從。鍇按：慧可立雪事見景德傳燈録卷三第二十八祖菩提達磨：「時有僧神光者，曠達之士也，久居伊洛，博覽群書，善談玄理。每歎曰：『孔老之教，禮術風規，莊易之書，未盡妙理。近聞達磨大士住止少林，至人不遥，當造玄境。』乃往彼晨夕參承。師常端坐面牆，莫聞誨勵。光自惟曰：『昔人求道，敲骨取髓，刺血濟飢，布髮掩泥，投崖飼虎。古尚若此，我又何人？』其年十二月九日夜，天大雨雪，光堅立不動。遲明，積雪過膝。師憫而問曰：『汝久立雪中，當求何事？』光悲淚曰：『惟願和尚慈悲，開甘露門，廣度群品。』師曰：『諸佛無上妙道，曠劫精勤，難行能行，非忍而忍，豈以小德小智、輕心慢心，欲冀真乘，徒勞勤苦！』光聞師誨勵，潛取利刀，自斷左臂，置于師前。師知是法器，乃曰：『諸佛最初求道，爲法忘形。汝今斷臂吾前，求亦可在。』師遂因與易名曰慧可。」又蘇軾於黄州嘗築室，名曰雪堂，此或慕而效之。

〔二〕陵夷：衰頽，衰落。漢書成帝紀：「帝王之道日以陵夷。」顔師古注：「陵，丘陵也；夷，平也。言其頽替若丘陵之漸平也。」　賴典刑：詩大雅蕩：「雖無老成人，尚有典刑。」此用其意。

〔三〕「坐令衡嶽爲嵩嶽」二句：謂雪堂以二祖慧可立雪事爲名，故使得南嶽衡山亦如中嶽嵩山，臨近西林寺之法輪寺亦如少林寺，可爲禪門求法之典刑。蓋慧可立雪在嵩山少林寺，故稱。廓門注：「一統志河南府：『嵩山，在登封縣北一十五里，五嶽之中嶽也。其山三尖峰，東曰太室，西曰少室。』」又注：「河南府：『少林寺，在登封縣西少室山北麓，後魏時建。梁時達磨居此，面壁九年。唐宋以來多有名賢題詠。』」

〔四〕面壁高風：指菩提達磨精勤堅忍之禪風。景德傳燈録卷三第二十八祖菩提達磨：「是月十九日潛迴江北。十一月二十三日届於洛陽，當後魏孝明太和十年也。寓止於嵩山少林寺，面壁而坐，終日默然，人莫之測，謂之壁觀婆羅門。」

〔五〕薝花：薝蔔花之略稱。薝蔔即梔子花，色白而六出，故以喻雪花，以扣雪堂之名。此亦暗示雪堂如維摩方丈。維摩詰經卷中觀衆生品：「如人入瞻蔔林，唯嗅瞻蔔，不嗅餘香。」全遼文卷一〇故花嚴法師刺血辨經碑：「既而啜以檀乳，服若薝花，熏之以戒香，澡之以禪水。」南宋葉適贈瑞鹿瑩老化緣鑄鐘：「寺寺薝花院院鐘。」明高濂遵生八牋卷七：「杜祁公別墅起薝蔔館，室形亦六，器用亦六角，以象簷花之六出焉。」錯按：稱薝蔔爲薝花者，惠洪之前未見其例，且本集稱「薝蔔」者十餘處，稱「薝花」者僅此孤例。考杜甫醉時歌有「燈前細雨簷花落」之句，宋人多祖述之，「細雨」與「簷花」組合之詩例甚夥，如呂本中初抵曹南四首之四：「細雨簷花夜，長江楓葉秋。」許綸次常之韻：「細雨簷花昨夜鳴。」虞儔太守送酒詩：「何似老虔春夜酌，簷花細雨洗愁端。」方岳次韻趙同年贈示進退格之二：「簷花細雨從容夜，待發華鯨鏗鉅鐘。」不勝枚舉。疑此處「薝花細雨」當有意借用杜詩，改「簷花」爲「薝花」，如此則語言典雅有出處，亦能雙關雪花之六出。而景齊長老有薝蔔軒，故亦可由雪堂而聯想到薝蔔。詞人之狡獪，於斯甚矣。又社會科學輯刊一九八五年第四期載今人李漢超先生杜甫醉時歌簷花考辨一文，謂杜詩「簷花」乃「薝花」之訛略，「薝花」即薝蔔花之簡化，其説甚雄辯，姑識於此。

〔六〕故應弟子分皮髓：景德傳燈録卷三第二十八祖菩提達磨：「迄九年已，欲西返天竺，乃命門人曰：『時將至矣。汝等蓋各言所得乎？』時門人道副對曰：『如我所見，不執文字，不離文字，而爲道用。』師曰：『汝得吾皮。』尼總持曰：『我今所解，如慶喜見阿閦佛國，一見更不再見。』師曰：『汝得吾肉。』道育曰：『四大本空，五陰非有，而我見處，無一法可得。』師曰：『汝得吾骨。』最後慧可禮拜後依位而立，師曰：『汝得吾髓。』」

〔七〕未愧駒兒善古今：景德傳燈録卷五南嶽懷讓禪師：「祖曰：『只此不污染諸佛之所護念，汝既如是，吾亦如是。西天般若多羅讖：汝足下出一馬駒，蹋殺天下人。並在汝心，不須速説。』師豁然契會。」江西道一禪師俗姓馬，故讖記稱其爲「馬駒」，即「駒兒」。同卷又曰：「師入室弟子總有六人，師各印可云：『汝等六人，同證吾身，各契一路。一人得吾眉，善威儀（常浩）；一人得吾眼，善顧盼（智達）；一人得吾耳，善聽理（坦然）；一人得吾鼻，善知氣（神照）；一人得吾舌，善譚説（嚴峻）；一人得吾心，善古今（道一）。』

送覺先大師覺先參佛照圓通二老〔一〕

浮玉道人雷電舌〔二〕，法雲老師冰雪顔〔三〕。後來事聽諸方外，先數君游二老間。只把黑甜酬世味〔四〕，從教螺鬢有詩斑〔五〕。乘秋曳杖歸何處，萬疊匡廬是故山。

【注釋】

〔一〕政和五年秋作於筠州新昌縣。覺先大師：法名淨因，字覺先，號佛鑑。本集卷二四送因覺先序：「覺先，佛照禪師高弟也。」卷二六題佛鑑僧寶傳：「（佛鑑大師淨因）以父事佛照，以大父事雲庵，而視余爲季父也。因生廬山之陽，游方飽叢林，參道有知見。」參見本集卷八送因覺先注〔一〕。佛照：即惠杲禪師，賜號佛照，初住廬山歸宗寺，後住東京法雲寺。真淨克文法嗣，惠洪師兄。建中靖國續燈録卷二三載廬山歸宗杲禪師機語。又嘉泰普燈録卷七東京法雲佛照杲禪師：「自妙年游方，謁圓通璣禪師。入室次，璣舉：『僧問投子：大死底人却活時如何？子云：不許夜行，投明須到。意作麽生？』師曰：『恩大難酬。』

璣大喜，命師首衆。至晚，爲衆秉拂，機遲而訥，衆笑之，師有赧色。次日，於僧堂點茶，師慚甚，因觸茶瓢墜地，見瓢跳，乃得應機三昧。後依真淨。一日，讀祖師偈曰：『心同虚空界，示等虚空法。證得虚空時，無是無非法。』豁然大悟。後謂人曰：『我於紹聖三年十一月二十一日悟得方寸禪。』出住歸宗。久之，詔居淨因。」淨因參杲禪師，當在其住歸宗寺時。　圓通：當指圓璣禪師，福州人，俗姓林氏。爲黄龍慧南法嗣，真淨克文法弟。元祐間，住洪州翠巖。又十年，移住廬山圓通。崇寧二年，移住金陵保寧。建中靖國續燈録卷一二載廬山圓通圓璣禪師機語，事具禪林僧寶傳卷三〇保寧璣禪師傳。淨因參圓璣，當在其住圓通寺時。廓門注：「圓通，言圓通居納，嗣法延慶榮禪師。又按，雲居佛印了元住金山，似言之，未知的當，後人須再思也。」鍇按：居納，當作居訥，卒於熙寧四年。其住圓通寺在仁宗、英宗時，與惠洪、淨因游方參禪之時代相去甚遠。圓通非指居訥甚明，廓門注殊誤。又佛印了元嘗先後住持江州承天、淮山斗方、廬山開先、歸宗、丹陽金山、焦山、江西大仰，四住雲居，而無住圓通之經歷，僧史亦無稱了元爲圓通禪師之例。廓門注推測不當。

〔二〕浮玉道人雷電舌：指佛印了元禪師。浮玉山，即金山。太平寰宇記卷八九江南東道一潤州：「金山澤心寺，在城東南揚子江。按圖經云：本名浮玉山，因頭陀開山得金，故名金山寺。」元豐九域志卷五兩浙路鎮江府：「金山寺，在揚子江中。寺記云：金山舊名浮玉山，唐時有頭陀挂錫於此，因爲頭陀岩。後斷手以建伽藍，忽一日，於江獲金數鎰，尋以表聞，因賜名金山。」佛印了元嘗住金山，故稱浮玉道人。蘇軾金山妙高臺：「臺中老比丘，碧眼照窗几。巉巉玉爲骨，凛凛霜入齒。機鋒不可觸，千偈如翻水。何須尋德雲，即此比丘是。」禪林僧寶傳卷二九雲居佛印元禪師傳贊曰：「佛印種性，從横慧辯，敏速如新生駒，不受控勒。蓋其材足以御侮，觀其臨事，護法之心深矣。」

〔三〕法雲老師冰雪顔：指法雲法秀禪師，賜號圓通，叢林號爲秀鐵面。禪林僧寶傳卷二六法雲圓通秀禪師傳贊曰：「余至京師，秀化去已逾月，觀法雲叢林，其遺風餘烈，尚可想已。及拜瞻其像，面目嚴冷，怒氣噀人，平生以駡爲佛事，又自謂叢林一害，非虚言哉！」錯按：佛照杲禪師雖亦住法雲寺，然送因覺先序則稱：「佛照者，裙纔及脛。吉貝纏其脛，趨迎權貴，不韻甚矣。」其人不足當「冰雪顔」之稱。要之，首聯所寫浮玉、法雲二老，似與詩題中覺先所參之佛照、圓通二老有牴牾之處，俟考。

〔四〕黑甜：謂睡美。冷齋夜話卷一詩用方言：「詩人多用方言。南人又謂睡美爲黑甜，謂飲酒爲軟飽，故東坡詩曰：『三杯軟飽后，一枕黑甜餘。』」

〔五〕螺鬟：螺狀鬟髮，猶言螺髻。佛祖肉髻如青螺，故稱。此代指僧人。詩斑：東坡詩集注卷一三次韻道潛留别：「已喜禪心無别語，尚嫌剃髮有詩斑。」任居實注：「唐僧詩云：『髮爲作詩斑。』」此借用以譽稱詩僧。

宿慈雲〔一〕

門前便是小曹谿，只欠孤猿嶺上啼〔二〕。水磨自鳴當潧澮〔三〕，漁舟閑泊近沙堤。經游況是閑心遠，富覽誰能與物齊〔四〕？一宿少留終未足〔五〕，會須移錫向高棲。

【注釋】

〔一〕崇寧二年作於湘陰縣。　慈雲：明一統志卷六三長沙府：「慈雲寺，在湘陰縣治南。」惠洪崇寧年間嘗兩度過湘陰縣慈雲寺，本集卷一六有過湘江題慈雲寺壁、再游讀舊題二詩。揆此詩詩意，當作於初游時。

〔二〕「門前便是小曹谿」二句：謂慈雲寺如同六祖道場曹谿寶林寺，惟少大庾嶺之猿聲而已。蓋曹谿在大庾嶺下，而慈雲在湘江邊。

〔三〕潧：疏通水道。　澮：田間排水溝。書益稷：「予決九川，距四海。潧畎澮，距川。」周禮地官司徒稻人：「以列舍水，以澮寫水。」鄭玄注：「澮，田尾去水大溝。」

〔四〕富覽：豐富之覽觀。　與物齊：即齊物，視宇宙間萬事萬物等無差別。

〔五〕一宿少留終未足：景德傳燈録卷五温州永嘉玄覺禪師：「丱歲出家，遍探三藏，精天台止觀圓妙法門，於四威儀中常冥禪觀。後因左谿朗禪師激勵，與東陽策禪師同詣曹谿。初到，振錫攜瓶，繞祖三匝。祖曰：『夫沙門者，具三千威儀，八萬細行。大德自何方而來？生大我慢。』師曰：『生死事大，無常迅速。』祖曰：『何不體取無生，了無速乎？』曰：『體即無生，了本無速。』祖曰：『如是如是。』于時大衆無不愕然。師方具威儀參禮，須臾告辭。祖曰：『返太速乎？』師曰：『本自非動，豈有速耶？』祖曰：『誰知非動？』曰：『仁者自生分別。』祖曰：『汝甚得無生之意。』曰：『無生豈有意耶？』祖曰：『無意誰當分別？』曰：『分別亦非意。』祖歎曰：『善哉善哉！』少留一宿，時謂『一宿覺』矣。策公乃留，師翌日下山，迴温江，學者輻湊，號真覺大師。著證道歌一首。」此詩以慈雲比曹谿，故以玄覺禪師「一宿覺」喻之。

和答素首座〔一〕

勘破諸方剩得閑〔二〕，歸來嶽寺掩深關。我行淺麓鶩回地，君在翔鸞杳靄間〔三〕。契闊獨期當再見〔四〕，峻嚴爭説不容攀〔五〕。勿矜出岫無心久，弱羽銜風亦欲還〔六〕。

【注釋】

〔一〕作年未詳。素首座：南嶽僧人，法名法系不可考。

〔二〕勘破諸方：謂勘驗窺破禪林各派之宗旨。勘破：禪門熟語，猶看穿，看破。參見本集卷一〇寄龍安照禪師注〔五〕。

〔三〕翔鸞：喻指山峰。本集好用此喻，如卷九宿本覺寺：「青山猶不老，千疊似翔鸞。」卷一五無盡見和復次其韻五首之二：「窗外雲閑如去鶴，門前山好似翔鸞。」

〔四〕契闊：久别。已見前注。

〔五〕峻嚴爭説不容攀：喻其禪法孤高難以參學，如峻峭之山峰難以攀登。蘇軾病中獨游淨慈謁本長老周長官以詩見寄仍邀游靈隱因次韻答之：「我與世疏宜獨往，君緣詩好不容攀。」郭祥正次韻孫亨甫見寄：「欲和佳篇寄相憶，韻嚴詞峭不容攀。」此借用其語意。錯按：本集屢用「不容攀」稱譽他人高尚品德，如卷一二次韻自清修過大溈亂山間作：「愛公高韻不容攀。」卷一三余至清修别希一禪師津發如老媪扶女升車其義風可以起頽俗將發作此：「孤峰標格不容攀。」卷一五寄道夫三首之三：「孤風聞説不容攀。」

〔六〕「勿矜出岫無心久」二句：此化用陶淵明歸去來兮辭「雲無心以出岫，鳥倦飛而知還」之意，進而謂即便羽翼未豐而力弱之小鳥亦當如此。弱羽：東坡詩集注卷一八次韻答子由：「平生弱羽寄衝風。」趙次公注：「文選：『衝風起兮橫波。』」林子仁注：「傳云：『衝風之末，不能舉弱羽。』」此借用其語。

道林送鴻禪者江陵乞食〔一〕

一篙湘水碧於螺〔二〕，瑩淨無痕不受磨。曉霧有情呵素鏡〔三〕，東風作惡卷纖羅〔四〕。

老來談笑追隨少，歲晚別離頭緒多。浦口送君聊倚杖，會看歸棹掠晴波。

【注釋】

〔一〕約宣和年間作於長沙。道林：即長沙道林寺，在湘江西岸嶽麓山下。鴻禪者：法名法系不可考。本集卷九龍山亦名隱山余宣和五年十一月中澣日過焉有淛道人鴻公乞偈爲作：「鴻禪效古者，當效此生涯。」詩所言淛道人鴻公、鴻禪，或即此僧。江陵：江陵府治江陵縣，宋屬荆湖北路。

〔二〕碧於螺：謂水色深碧勝於螺青。然碧螺多喻山，此喻水，或因趁韻之故。

〔三〕曉霧有情呵素鏡：冷齋夜話卷一〇詩忌深刻：「黃魯直使余對句，曰：『呵鏡雲遮月。』對曰：『啼妝露著花。』」此化用黃魯直句。

〔四〕東風作惡：后山詩注卷四春興：「東風作惡不成寒，野水穿沙自作灘。」任淵注：「王介甫詩：『睡過東風作惡時。』」　卷纖羅：王荆公詩注卷四三游城東示深之德逢二首之二：「麗澤門西日未俄，水明沙淨卷纖羅。」李壁注：「韓詩：『山淨江空水見沙。』又：『江作青羅帶。』」此借用其語。

還太首座詩卷〔一〕

料理詩情難復難〔二〕，縈心結思傾毫端。奪回天地英秀氣，坐令落紙生風寒。老猿夜月叫蒼壁，孤鶴曉霜疏羽翰。精神清韻知幾許，付與後來能者看。

【注釋】

〔一〕政和四年春作於南嶽衡山。太首座：即法太禪師，字希先，時爲南嶽方廣寺首座。本卷有海上初還至南嶽寄方廣首座一詩，即爲法太而作。參見本集卷二次韻權巽中送太上人謁道鄉居士注〔一〕。

〔二〕料理：收拾，安排，整理。

送秦少逸〔一〕

秦郎毛骨玉壺秋〔二〕，望見令人忘百憂〔三〕。便覺宗之未瀟灑〔四〕，肯容如晦獨風流〔五〕。來爲南嶽倏然別〔六〕，去作東華爛熳游〔七〕。想見醉圍紅粉處，雪牋佳句挽銀鉤〔八〕。

【注釋】

〔一〕元祐八年秋作於南嶽衡山。秦少逸：衡山人，生平不可考，其時將赴京師應次年春禮部試。參見本集卷二四送秦少逸李師尹序。

〔二〕毛骨玉壺秋：喻其骨相氣質之高潔清明。

〔三〕望見令人忘百憂：蘇軾送文與可出守陵州：「壁上墨君不解語，見之尚可消百憂。」此化用其意。

〔四〕便覺宗之未瀟灑：杜甫飲中八仙歌：「宗之蕭灑美少年，舉觴白眼望青天，皎如玉樹臨風前。」此反其意而用之。送秦少逸李師尹序：「林間有人焉，望之如瓊林玉樹，恍然如行金明緑野之郊，見狂游貴公子。揖而問之，則此邦賢者秦少逸、李師尹輩也。」

〔五〕肯容如晦獨風流：新唐書杜如晦傳：「如晦少英爽，喜書，以風流自命，内負大節，臨機輒斷。」

〔六〕翛然：無拘無束貌。莊子大宗師：「翛然而往，翛然而來而已矣。」成玄英疏：「翛然，無係貌也。」

〔七〕東華：代指汴京開封府。宋史地理志：「宮城周迴五里，南三門，中曰乾元，東曰左掖，西曰右掖。東西面門曰東華、西華。」參見本集卷一〇上元宿百丈注〔三〕。

〔八〕「想見醉圍紅粉處」二句：山谷内集詩注卷七往歲過廣陵值早春嘗作詩云春風十里珠簾捲髣髴三生杜牧之紅藥梢頭初繭栗揚州風物鬢成絲今春有自淮南來者道揚州事戲以前韻寄王定國二首之一：「想得揚州醉年少，正圍紅袖寫烏絲。」任淵注：「醉年少，謂定國。」開元天寶遺事曰：『申王冬月令宮女密圍而坐，謂之妓圍。』異聞集霍小玉傳云：『取朱絡縫繡囊中，出越姬烏絲欄素段三尺，以授李生。生素多才思，援筆成章。』」此化用其意。廓門注：「雪牋，謂白紙。銀鈎，謂寫字，銀鈎鐵畫也。」

送僧歸筠〔一〕

西津渡口唐朝寺〔二〕，到眼瀟湘厭飫看。誰遣松聲環坐榻，更令嶽色墮欄干。君如鳥倦今知返〔三〕，我與鷗盟久已寒〔四〕。想見若耶溪上路〔五〕，正嘗盧（蘆）橘帶甘酸㊀〔六〕。

【校記】

㊀ 盧：原作「蘆」，今據四庫本、武林本改。

【注釋】

〔一〕宣和年間作於長沙。筠：筠州，屬江南西路，惠洪故鄉。

〔二〕西津渡口唐朝寺：當指長沙水西南臺寺，在湘江西岸，宣和二年三月惠洪移住此。本集卷二八化供三首之一：「當寺依湘上，瀕楚水，基於隋朝，盛於唐季。有道俊禪師者，雲門之高弟，聚徒於其間，語句播於叢林，號爲水西南臺。皇祐間廢爲律，然古格尚存。……今年春，州郡易以禪者領之，於是明白老自鹿苑移居此，而衲子追逐而至，遂成叢席。」廓門注：「按：西津渡在一統志鎮江府府城四九里。按詩，此『西津』在長沙府者歟？須知。」鍇按：

此西津渡乃泛指水西渡口，非專有地名。

〔三〕君如鳥倦今知返：用陶淵明歸去來兮辭「鳥倦飛而知還」之意。

〔四〕我與鷗盟久已寒：謂久未與江南故鄉之白鷗相狎。山谷内集詩注卷七奉同子瞻韻寄定國：「老驥心雖在，白鷗盟已寒。」任淵注：「文選謝朓詩：『翻浪揚白鷗。』列子曰：『海上有人好鷗鳥者，旦而之海上，從鷗鳥游，鷗鳥至者百數。其父曰：吾聞鷗從汝游，試取來吾從玩之。曰：諾。明旦之海上，鷗鳥舞而不下。』文選江文通雜體詩曰：『亹亹玄思清，胸中去機巧。物我俱忘懷，可以狎鷗鳥。』而李白鳴皋歌曰：『白鷗兮飛來，長與君兮相親。』山谷詩諸多用此意。左傳曰：『盟若可尋，亦可寒也。』」又山谷外集詩注卷一一登快閣：「萬里歸船弄長笛，此心吾與白鷗盟。」此化用其意。參見本集卷一〇器之示巽中見懷次韻注〔一〕。

〔五〕若耶溪：輿地紀勝卷二七江南西路瑞州：「若耶溪，在新昌縣，一名鹽溪。自分寧縣界發源，出零江，入上高，東流入蜀江。」

〔六〕正嘗盧橘帶甘酸：蘇軾贈惠山僧惠表：「客來茶罷空無有，盧橘楊梅尚帶酸。」參見本集卷八再和復答注〔八〕。盧橘：本集指枇杷。

宿臨川禪居寺書方丈壁〔一〕

雨過沙村繫客船，行間樓殿帶晴煙。夜深霜月涼於水〔二〕，門外雲濤遠際天〔三〕。禾稻豐登如棄土〔四〕，菱蓮甘美不論錢〔五〕。好峰不住猶行役，忽憶鍾山掬澗泉〔六〕。

【注釋】

〔一〕大觀元年初冬作於撫州臨川縣。禪居寺：在臨川，無考。

〔二〕夜深霜月涼於水：冷齋夜話卷四詩句含蓄引宫詞：「天街夜色涼於水，卧看牽牛織女星。」又本集卷二七跋李成德宫詞：「唐人工詩者，多喜爲宫詞：『天階夜月涼於水，卧看牽牛織女星。』」此借用其語。

〔三〕門外雲濤遠際天：蘇軾秦太虚題名記：「西望武昌，山谷喬木蒼然，雲濤際天。」本卷别天覺左丞：「庵中篆縷長凝帳，門外雲濤欲際天。」

〔四〕禾稻豐登如棄土：此即白居易六年寒食洛下宴游贈馮李二少尹「米價賤如土」之意。棄土謂賤。杜甫貧交行：「君不見管鮑貧時交，此道今人棄如土。」此借用其語。

〔五〕菱蓮甘美不論錢：九家集注杜詩卷二九峽隘：「朱橘不論錢。」注：「以其多而賤也。」蘇軾六月二十七日望湖樓醉書五絶之三：「烏菱白芡不論錢。」又寄蔡子華：「白魚紫筍不論錢。」此借用其語意。

〔六〕忽憶鍾山掬澗泉：高僧傳卷八齊上定林寺釋僧遠傳：「遠時歎曰：『我剃頭沙門，本出家求道，何關於帝王。』即日謝病，仍隱迹上定林山。遠蔬食五十餘年，澗飲二十餘載，游心法苑，緬想人外，高步山門，蕭然物表。以齊永明二年正月卒於定林上寺，春秋七十有一。」參見本集卷六聽道人諳公琴注〔六〕。錯按：元符三年惠洪嘗游江寧府鍾山定林寺。

朱世英守臨川新開軒而軒有槐高數尺因名之作此〔一〕

聖朝賢佐蔚如林〔二〕，天獨於君著意深。喜氣欲傳黄閣信，夏窗先露緑槐陰〔三〕。望雲忽起懷親念〔四〕，隱几難忘濟世心〔五〕。他日此軒成故事，壁間應載野僧吟。

【注釋】

〔一〕大觀元年作於撫州臨川縣。　朱世英：朱彥（？—一一一三），字世英，南豐人。神宗熙寧九年進士。調舒州司法參軍。哲宗元祐間除太常博士，元祐七年權通判博州，改知江寧府。紹聖中除江西轉運判官。未幾，移江東。徽宗建中靖國元年，除左司郎官。崇寧元年以變法罪貶官，出知常州。二年，復知江寧府。五年，以顯謨閣待制知撫州。大觀元年知洪州，旋改知杭州。大觀二年徙知潁昌府。丁父憂。服除，大觀四年起知通州。政和元年召爲刑部侍郎。張商英罷相，出知濠州，政和三年卒於任。其事散見續資治通鑑長編、禪林僧寶傳、咸淳臨安志、明弘治撫州府志、溪堂集、竹友集、道鄉集及本集。　守臨川：即知撫州。錯按：撫州府志卷八公署志二職官撫州知州：「朱彥，朝散大夫、顯謨閣待制，崇寧五年任。薦謝逸。」謝逸溪堂集卷七應夢羅漢記：「顯謨閣待制朱公制撫之二年，革北景德律寺爲叢林，敦請真淨法子惠洪，委以禪席。」朱彦制撫之二年，即大觀元年，此詩作於是時。

〔二〕聖朝賢佐蔚如林：陳師道和寇十一同登寺山：「衣冠蔚如林，從我才一二。」此用其語。

〔三〕「喜氣欲傳黄閣信」二句：謂夏窗之槐陰已先露朱彦將升遷三公之吉兆。蘇軾三槐堂銘敘：「（王祐）蓋嘗手植三槐於庭曰：『吾子孫必有爲三公者。』已而其子魏國文正公相真宗皇帝於景德、祥符之間，朝廷清明天下無事之時，享其福禄榮名者十有八年。」邵伯温邵氏聞見録卷六：「初，祐笑曰：『某不做，兒子二郎必做。』二郎者，文正公旦也。祐素知其必貴，手植三槐於庭曰：『吾子孫必有爲三公者。』已而果然，天下謂之三槐王氏。」此暗用其事。　黄閣：漢以後三公官署之別稱。九家集注杜詩卷一九奉贈嚴八閣老：「扈聖登黄閣，明公獨妙年。」注：「扈，扈從也。宋忠曰：『三公黄閣。』禮記鄭玄注云：『朱門洞啓當陽，兆正色，三公之與天子禮秩相亞，故黄其閣。』師云：『唐郭承嘏爲給事中，文宗謂宰相曰承嘏久在黄扉是也。』趙云：『徐堅於三公事，載沈約宋書云：三公黄閣，前史無義。臣按禮記云：士韠與天子同，公侯大夫即異。鄭玄注云云，疑是漢末制也。本朝楊侃撰職林，作宋忠所云，未知孰是。』」鍇按：歷代佛祖通載卷一九謂「給事中朱彦知撫州」，未知所據。或此言黄閣乃指門下省，唐開元時稱黄門省，給事中屬門下省，故稱。

〔四〕望雲忽起懷親念：新唐書狄仁傑傳：「親在河陽，仁傑登太行山，反顧，見白雲孤飛，謂左右曰：『吾親舍其下。』瞻悵久之，雲移乃得去。」

〔五〕隱几：倚几案。莊子齊物論：「南郭子綦隱机而坐。」其事又見徐无鬼，「郭」作「伯」，「机」作「几」。本集多借以形容官吏閑適無事。已見前注。

世英梅軒〔一〕

平生忠孝兩難忘，乞得鄰州近故鄉〔二〕。清白夜晴千里月，肅嚴秋迴一天霜。數行經徹臨清曉〔三〕，半印香消倚夕陽〔四〕。記取東軒談笑處，庭梅他日似甘棠〔五〕。

【注釋】

〔一〕大觀元年作於撫州臨川縣。世英：朱彥字世英，已見前注。

〔二〕「平生忠孝兩難忘」二句：謂朱彥以奉養其父朱軾之故，乞爲撫州知州。朱軾（？～一一〇八），字器之，南豐人。嘗從曾鞏學，仕爲房州司户。事具清王梓材宋元學案補遺卷四，參見本集卷三〇祭朱承議文。鍇按：南豐縣屬建昌軍，與撫州相鄰。

〔三〕數行經徹：讀透數行經書。徹，透徹。

〔四〕半印香：謂印香之半。印香：即篆香。調和多種香粉，用模具壓爲印篆回環之形，亦稱香印。唐王建香印：「閑坐燒印香，滿户松柏氣。」釋貫休題簡禪師院：「思山海月上，出定印香終。」蘇軾有爲子由生日以檀香觀音像及新合印香銀篆槃爲壽詩。廓門注：「半印，謂香印也。避宋藝祖匡胤諱。故劉貢父詩話曰：『京師人貨香印者，皆擊鐵盤以示衆人。父老云：以國初香印字逼近太祖諱，故託物默諭。』」

〔五〕庭梅他日似甘棠：恭維朱彦之庭梅如召公之甘棠，遺愛於民。詩召南甘棠：「蔽芾甘棠，勿翦勿伐，召伯所茇。蔽芾甘棠，勿翦勿敗，召伯所憩。蔽芾甘棠，勿翦勿拜，召伯所説。」

送琳上人〔一〕并序

孔子之門弟子三千人〔二〕，咸曰：「孔子自生民以來未有〔三〕。」獨宋司馬桓魋害之，欲殺者數矣。未濟其欲，猶至於伐樹削跡〔四〕。自是觀之，則能賢者固難，而知賢者亦未易得者。琳能口山谷〔五〕，又畜其像，别余訪了翁〔六〕，豈可多得哉！作此送之。然琳曰：「明年當過谷山〔七〕，游南嶽諸刹也〔八〕。」

髯琳身小膽崔嵬〔九〕，嚴冷中藏熱肺懷。京洛歸來嘗自説，湘山游徧與誰偕。解將骨董藏涪叟〔一〇〕，又負籚篙訪了齋〔一一〕。更説開春南嶽去，要尋浯水看磨崖〔一二〕。

【注釋】

〔一〕作年未詳。琳上人：生平法系不可考。

〔二〕孔子之門弟子三千人：史記孔子世家：「孔子以詩書禮樂教弟子，蓋三千焉。」

〔三〕孔子自生民以來未有：孟子公孫丑上：「自生民以來，未有夫子也。」又曰：「出於其類，拔乎其萃，自生民以來，未有盛於孔子也。」

〔四〕「獨宋司馬桓魋害之」四句：史記宋微子世家：「孔子過宋，宋司馬桓魋惡之，欲殺孔子。孔子微服去。」又孔子世家：「孔子去曹適宋，與弟子習禮大樹下。宋司馬桓魋欲殺孔子，拔其樹。孔子去，弟子曰：『可以速矣。』孔子曰：『天生德於予，桓魋其如予何！』」伐樹削跡：語本莊子山木：「孔子問子桑雽曰：『吾再逐於魯，伐樹於宋，削迹於衛，窮於商、周，圍於陳、蔡之間。吾犯此數患，親交益疏，徒友益散，何與？』」又見天運、讓王諸篇，此借用莊子語合史記事而言之。

〔五〕能口山谷：意謂能談論黄庭堅。詩話總龜卷二八引冷齋夜話：「温闕西，解州人。余渡丹陽，温荷布囊，如世所畫布袋和尚，其豐碩如此。來附舟，好談蘇黄，大訝之。」琳上人亦如温闕西，僧人而能口言山谷，故爲惠洪所賞。鍇按：此句「口」字後疑有脱字。

〔六〕了翁：即陳瓘，字瑩中，號了翁。參見本集卷二饒德操瑩中客世與淵才友善有詩送之予偶讀想見其爲人時聞已薙髮出家矣因次其韻注〔一〕。

〔七〕谷山：明一統志卷六三長沙府：「谷山，在府城西七十里，山有靈谷深邃，名梓木洞，其下有龍潭，禱雨輒應。」萬曆湖廣總志卷四五寺觀：「（長沙府長沙縣附）谷山寺，縣西北二十里。

寶寧寺，縣谷山□十里。」

〔八〕南嶽諸刹：據南嶽總勝集及本集，南嶽衡山有福嚴寺、南臺寺、法輪寺、方廣寺、上封寺、雲峰寺、萬壽寺、勝業寺、衡嶽寺、彌陀寺、大明寺諸名刹。

〔九〕身小膽崔嵬：猶言膽大於身。韓愈送無本歸范陽：「無本於爲文，身大不及膽。吾嘗示之難，勇往無不敢。」此化用其意。崔嵬：高大貌。

〔一〇〕骨董藏涪叟：謂其骨董箱中畜藏黄庭堅畫像及手跡之類。骨董：指骨董箱，收藏瑣雜物品之箱，亦稱骨董袋，僧人游方荷之。景德傳燈録卷一九韶州雲門山文偃禪師：「若是一般掠虚漢，食人涎唾，記得一堆，一擔骨董到處逞。」禪林僧寶傳卷二一慈明禪師傳：「嘗橐骨董箱，以竹杖荷之，游襄沔間。」本集卷二七跋山谷字：「道雖一杖一鉢，求實於己者無有，然骨董箱有此軸，殆可與連城照乘爭價也。」跋三學士帖：「太希先倒骨董箱，得此三帖，讀之爲流涕。」張邦基墨莊漫録卷二：「予在揚州，一日獨游石塔寺，訪一高僧，坐小室中。僧於骨董袋中取香如芡許，注之，覺香韻不凡，與諸香異。」明劉績霏雪録卷上：「骨董乃方言，初無定字。東坡嘗作骨董羹，用此二字。晦菴先生語類只作汨董。」又張萱疑耀卷五：「骨董二字乃方言，初無定字。東坡嘗作骨董羹，用此二字。朱晦菴語類乃作汨董。今人作古董字，其義不可曉。」鍇按：蘇軾仇池筆記卷下：「羅浮穎老取凡飲食雜烹之，名谷董羹。」曾慥高齋漫録：「禪林有食不盡物，皆投大釜中煮之，名谷董羹。東坡所用乃此事也，亦前人所未用。」綜上，則骨董、谷董、汨董，皆取雜物之義。　涪叟：即涪翁，黄庭堅别號。山谷内集詩注卷二〇戲答歐陽誠發奉議謝余送茶歌：「老來抱璞向涪翁。」任淵注：「後漢方術郭玉傳：『有老父漁釣涪水，因號涪翁。』山谷謫涪州别駕，亦嘗以自稱，或云涪皤。」

〔二〕籚篅：即蘆圌，指蒲團。高僧傳卷一〇宋京師杯度傳：「唯荷一蘆圌子，更無餘物。」本集卷四次韻天錫提舉注〔九〕。廓門注：「籚，筐也。篅，盛穀具。」殊誤。　了齋：即陳瓘，號了翁，亦號了齋。有了齋易説傳世，郡齋讀書志卷四下著録陳瑩中了齋集三十卷。廓門注：「了齋，謂了翁家也。」錯按：此「了齋」爲别號，非家之謂。

〔三〕要尋浯水看磨崖：元豐九域志卷六永州零陵郡：「浯溪石崖上有元結中興頌碑。」山谷内集詩注卷二〇書磨崖碑後：「春風吹船著浯溪，扶藜上讀中興碑。」任淵注：「浯溪在今永州。中興頌，元結次山所作，顔魯公書，磨崖鐫刻。蓋言安禄山亂、肅宗復兩京事。」參見本集卷一同景莊游浯溪讀中興碑注〔一〕。

次韻信民教授謝無逸游南湖〔一〕

春游每覺客愁消，最愛晴湖漲柳橋。鴨緑皺寒初拍岸，鵝黄照影自垂條〔二〕。惱人風物今如許，著意春光已不撩。但得與君同一醉，何辭日日作詩招。

【注釋】

〔一〕紹聖五年春作於撫州臨川縣。　信民教授：汪革（一〇七一～一一一〇），字信民，一字伯更，臨川人。自號青溪，詩入江西宗派，有青溪類稿。明程敏政新安文獻志卷七七載宋周彦約青溪汪先生（革）傳：「先生名革，字信民，臨川人（先生本越國公之後，自歙遷臨川）。性孝友，家貧好學，三舉於鄉。紹聖四年，試禮部第一甲科。常以爲科舉壞平生志氣。分教長沙，帥張公芸叟待以異禮，從而受學。丁外艱，同寮醵金爲賻，辭不受，令家人毋持官下一物。行見其妻所置錫水壺，愀然曰：『以是污我。』投之江中。及爲宿州教授，滎陽吕公希哲見之，以比黄憲、茅容。與其孫本中琢磨，尤莫逆。傍溪築室，取少陵移居詩，扁青溪堂。蔡氏當國，欲得知名士附己。以周王宫教召，不就，曰：『吾異時不欲附名姦臣傳。』復爲楚州教官，卒，年四十。生平深厚不伐，無辭色可見，稠衆中似不能言，赒親友之急，解衣推食無難色。嘗謂：『人能咬菜根，何事不可爲。』其學欲明善惡，别是非，張右史耒、陳司諫瓘、游漢陽皆愛敬之。及卒，滎陽公哭之慟，且銘其墓。詩在江西派，有青溪類藁、論語直解行於世。」　謝無逸：謝逸（一〇六八～一一一二）字無逸，臨川人，號溪堂居士。詩入江西派，有溪堂集傳世。參見本集卷八了翁有書與謝無逸云覺範真是比丘注〔一〕。　鍇按：溪堂集卷四同信民出城南訪正叔共約南湖之游至今不果信民即有長沙之行恐遂爽約戲作詩以督之：「初見南湖凍未消，只今流水又平橋。驅除臘雪煩梅蕊，收拾春風倩柳條。豈有故人行在别，不將尊酒慰無聊。府中諸吏皆英俊，早晚相從幸見招。」長沙之行指汪革「分教長沙」即赴官潭州教授事，時當在紹聖五年春。惠洪詩乃次其韻，亦當作於是時。謝逸原詩頸聯韻脚爲「聊」，惠洪次韻詩則爲「撩」，略異。

〔二〕「鴨緑皺寒初拍岸」二句：鴨緑喻湖水，鵝黄喻柳條。冷齋夜話卷四詩言其用不言其名：「用事琢句，妙在言其用，不言其名耳。此法唯荆公、東坡、山谷三老知之。荆公曰：『含風鴨緑鱗鱗起，弄日鵝黄褭褭垂。』此言水、柳之用，而不言水、柳之名也。」蓋初生鵝兒其絨毛色黄，故以喻初抽條之柳色。廓門注：「又言酒也，老杜舟前小鵝兒詩曰：『鵝兒黄似酒，對酒愛新鵝。』東坡詩十八卷：『洗盞酌鵝黄。』又十一卷：『應傾半熟鵝黄酒。』又十七卷：『小舟浮鴨緑，大杓瀉鵝黄。』皆言酒也。」其注實屬蛇脚。

思禹兄生日〔一〕

文章瑞世本奇豪〔二〕，風鑒霜天夜月高。且袖玉堂批誥手，戲來山邑試牛刀〔三〕。意長千里奔頳尾〔四〕，恩重三山壓巨鼇〔五〕。滿薦壽觴何所祝，祝公親見折蟠桃〔六〕。

【注釋】

〔一〕作年未詳。思禹兄：彭以功，字思禹，惠洪宗兄。參見本集卷二夏日陪楊邦基彭思禹訪德莊烹茶分韻得嘉字注〔一〕。

〔二〕文章瑞世：黄庭堅贈高子勉四首之一：「文章瑞世驚人，學行刳心潤身。」此借用其語。

〔三〕「且袖玉堂批詔手」二句：謂暫且放置批詔草制之才能，游戲於小邑施行絃歌之教化。彭思禹時爲崇仁縣知縣，故稱。　批詔手：猶言批敕手。門下省給事中有駁正敕書之權。　試牛刀：論語陽貨：「子之武城，聞弦歌之聲。夫子莞爾而笑曰：『割雞焉用牛刀？』」錯按：此二句爲恭維下層官員之套語，如本集卷五余游侯伯壽思孺之間久矣而未識季長昨日見之夜歸作此寄之：「且置袖中批詔手，下簾絃歌聊爾耳。」

〔四〕意長千里奔赬尾：謂情意深長，故千里寄書信問候。　赬尾：赤色魚尾。詩周南汝墳：「魴魚赬尾，王室如燬。」　鄭門注：「此言通信也。」其説甚是。錯按：文選注卷二七樂府二首飲馬長城窟行：「客從遠方來，遺我雙鯉魚。呼兒烹鯉魚，中有尺素書。」此以赬尾代指鯉魚，復以鯉魚代指尺素書。

〔五〕恩重三山壓巨鼇：極言恩重如山。唐任華寄李白：「雲垂大鵬飛，山壓巨鰲背。」宋陳襄觀海：「天柱支南極，蓬山壓巨鼇。」　三山：指海中三神山。晉王嘉拾遺記：「三壺，則海中三山也。一曰方壺，則方丈也。二曰蓬壺，則蓬萊也。三曰瀛壺，則瀛洲也。形如壺器。此三山上廣中狹下方，皆如工制，猶華山之似削成。」　巨鼇：楚辭章句天問：「鼇戴山抃，何以安之？」王逸注：「鼇，大龜也。擊手曰抃。列仙傳曰：『有巨靈之鼇，背負蓬萊之山而抃舞，戲滄海之中。』獨何以安之乎？」廓門注：「巨鼇戴山，出於列子湯問篇。」鍇按：列子湯問：「其中有五山焉，一曰岱輿，二曰員嶠，三曰方壺，四曰瀛洲，五曰蓬萊。……而五山之根無所連著，常隨潮波上下往還，不得蹔峙焉。仙聖毒之，訴之於帝，帝怒，流於西極，失羣聖之居。乃命禺彊使巨鼇十五，舉首而戴之，迭爲三番，六萬歲一交焉。五山始峙而不動。而龍伯之國有大人，舉足不盈數步，而暨五山之所，一釣而連六鼇，合負而趣歸其國，灼其骨以數焉。於是岱輿、員嶠二山流於北極，沈於大海。」

〔六〕蟠桃：仙桃，亦曰壽桃。太平御覽卷九六七引漢舊儀曰：「山海經稱東海之中度朔山，山上有大桃，屈蟠三千里，東北間百鬼所出入也。」又引神異經曰：「東北有樹焉，高五十丈，其葉長八尺，廣四五尺，名巨桃。其子徑三尺二寸，小狹核，食之令人壽。」太平廣記卷三漢武內傳：「又命侍女更索桃果，須臾以玉盤盛仙桃七顆，大如鴨卵，形圓青色，以呈王母。母以四顆與帝，三顆自食。桃味甘美，口有盈味，帝食，輒收其核。王母問帝，帝曰：『欲種之。』母曰：『此桃三千年一生實，中夏地薄，種之不生。』帝乃止。」

崇仁縣與思禹閑游小寺啜茶聞棊〔一〕

平生閱世等虛舟〔二〕，臨汝重來又少留〔三〕。攜弟來逃三伏暑㊀，入門拾得一軒秋㊂〔四〕。隔牆晝永聞棊響，陰屋涼生見樹幽。又值能詩王主簿〔五〕，飯餘春露啜深甌〔六〕。

【校記】

㊀來：石倉本作「共」。

㊁拾：石倉本作「先」。

【注釋】

〔一〕政和四年夏作於撫州崇仁縣。思禹：彭以功，字思禹。已見前注。

〔二〕平生閱世等虛舟：謂與世無犯。莊子山木：「方舟而濟於河，有虛船來觸舟，雖今有惼心之人不怒。人能虛己以游世，其孰能害之？」虛舟：指無人駕駛之船。

〔三〕臨汝：即臨川，代指撫州。輿地廣記卷二五江南西路撫州臨川縣：「東漢永元八年置臨汝縣，屬豫章郡。吴孫亮分置臨川郡，晉以後因之。隋置撫州，改臨汝縣爲臨川，唐因之。」明一統志卷五四撫州府：「形勝，瀕汝水以爲郡。宋謝逸文集序：『臨川在江西，瀕汝之水以爲郡。』」同卷又曰：「汝水，其源上接盱江，流經金谿縣南，曲折行百餘里，東流合豫章水。其上流之分派，自千金陂西流至郡城東，抱城而北，合宜黄、崇仁二縣溪水，流至南昌界，合豫章水入鄱陽湖。」崇仁縣屬撫州，其水系屬汝水，故稱。

〔四〕「攜弟來逃三伏暑」二句：本集卷一〇寄李大卿：「睡起忽殘三月夏，朝來拾得一簾秋。」此句法與之相同。　弟：惠洪自稱。蓋因思禹爲惠洪宗兄之故。

〔五〕又值能詩王主簿：黄庭堅觀王主簿家酴醾：「輸與能詩王主簿，瑶臺影裏據胡牀。」此借用其語以譬崇仁縣之王主簿。然此王主簿姓名生平失考。

〔六〕春露：春日之露牙，此代指茶。已見前注。

余居臨汝與思禹和酬甌字韻數首後寓居湘山思禹復和見寄又答之〔一〕

涔蹄小邑著吞舟〔二〕，未起風雷更少留。饌客酒酣顒玉纈〔三〕，侍兒歌送眼波秋〔四〕。詩成槲葉江村處〔五〕，想見楊花院落幽。綺席憶曾蒙設醴〔六〕，預聞談笑把空甌。

【注釋】

〔一〕約宣和二年作於長沙。　臨汝：即臨川，已見前注。　思禹：彭以功。　甌字韻：錯指前崇仁縣與思禹閑游小寺啜茶聞棊詩，末句爲「飯餘春露啜深甌」，此復次其韻。按：宣和元年冬，惠洪寓居長沙湘西鹿苑寺，二年春三月移居水西南臺寺，此詩當作於是時。

〔二〕涔蹄小邑著吞舟：謂思禹作小邑縣令，如牛蹄跡中之積水暫容吞舟之魚。淮南子氾論：「夫牛蹏之涔，不能生鱣鮪。」漢書賈誼傳載其弔屈原賦曰：「彼尋常之汙瀆兮，豈容吞舟之魚。」此反其意而用之。已見前注。

〔三〕頳玉：猶言玉腮，面容如玉。　纈：花紋，形容眼花醉態。庾信夜聽擣衣：「花鬟醉眼纈，龍子細文紅。」李賀蝴蝶飛：「楊花撲帳春雲熱，龜甲屏風醉眼纈。」蘇軾會客有美堂周邠長官與數僧同泛湖往北山湖中聞堂上歌笑聲以詩見寄因和二首之二：「歌喉不共聽珠貫，醉面何因作纈紋。」此化用其語意。

〔四〕眼波秋：暗送秋波。黄庭堅浣溪沙：「新婦磯頭眉黛愁，女兒浦口眼波秋。」此借用其語。

〔五〕槲葉：温庭筠商山早行：「槲葉落山路，枳花明驛牆。」

〔六〕設醴：漢書楚元王傳：「初，元王敬禮申公等。穆生不耆酒，元王每置酒，常爲穆生設醴。」顔師古注：「耆讀曰嗜。醴，甘酒也，少麴多米，一宿而熟，不齊之。」鍇按：惠洪爲僧人，不當飲酒，故彭以功於宴席上特爲惠洪另設飲品。醴爲甜酒，此言設醴，蓋用楚元王敬禮穆生事，或非實指醴酒。

次韻蔡儒效見寄〔一〕

獨宿圓廬意自清〔二〕，夜涼林木寂無聲。鏡中白髮今慵剃，夢裏浮華已懶爭。故國别來空好境，舊游誰共讀題名㈠〔三〕。遥知他日重相見，握手應驚太瘦生〔四〕。

【校記】

㈠共：四庫本作「與」。

【注釋】

〔一〕作年未詳。 蔡儒效：蔡康國，字儒效，筠州新昌人，惠洪故友。參見本集卷一贈蔡儒效注〔一〕。

〔二〕圓廬：圓形草屋，即圓庵。釋名釋宫室：「寄上曰廬。廬，慮也，取自覆慮也。草圓屋曰蒲。蒲，敷也，總其上而敷下也。又謂之庵。庵，奄也，所以自覆奄也。」武林梵志卷三引米芾方圓庵記：「釋子之寢，或爲方丈，或爲圓廬。而是庵也，胡爲而然哉？」此指禪僧居室。廓門注：「圓廬，謂獄。見前。」殊誤。其意蓋誤以「圜扉」爲「圓廬」也。參見本集卷四獄中暴寒凍損呻吟注〔六〕。

〔三〕舊游誰共讀題名：謂嘗與蔡儒效同游且題名，而今則更與誰共。廓門注：「謂諫院題名記。」殊誤。鍇按：諫院題名記乃司馬光所作，與此迥不相關。

〔四〕太瘦生：歐陽修六一詩話：「李白戲杜甫云：『借問別來太瘦生，總爲從前作詩苦。』太瘦生，唐人語也。至今猶以生爲語助，如『作麽生』、『何似生』之類是也。」蘇軾次韻答頓起二首之二：「十二東秦比漢京，去年古寺共題名。早衰怪我遽如許，苦學憐君太瘦生。」此化用其語意。

金陵初入制院〔一〕

依然收付建康獄〔二〕，拴索瓏璁驚市人〔三〕。寄語小兒休魍相〔四〕，未妨大士戲分身〔五〕。懶於夢境分能所〔六〕，枉把情緣比客塵〔七〕。笑視死生無可揀（楝）㊀，目前刀鋸若爲神〔八〕。

【校記】

㊀ 揀：原作「楝」，誤，今據寛文本、四庫本、廓門本、武林本改。

【注釋】

〔一〕大觀三年秋作於江寧府制獄。廓門注：「一統志應天府：『郡名：金陵，楚名；建康，晉名。』」寂音自序：「運使學士吴幵正仲請住清涼。入寺，爲狂僧誣以爲僞度牒，且旁連前狂僧法和等議訕事，入制獄一年。」僧寶正續傳卷二明白洪禪師傳：「未閲月，爲狂僧誣以度牒冒名，旁連訕謗事。入制獄，鍛煉久之。」前狂僧法和，指清涼法和禪師，劉弇龍雲集卷八有清涼法和禪師，賀鑄慶湖遺老詩集有東華馬上懷寄清涼和公兼簡社中玉拙居士、答孫休兼簡清涼和上人、同王克愼宿清涼寺兼示和上人孫安之、再酬訥師兼簡清涼和上人、寄清涼和上人二首、懷寄清涼和上人二首、梅花寄清涼和上人、和別清涼和上人詩多首，即此僧。蘇軾紹聖元年南遷惠州，過金陵，嘗作詩贈清涼寺和長老。建中靖國元年北歸，過金陵，又次舊韻贈清涼長老。法和議訕事，疑與交往蘇軾等元祐黨人有關。蓋惠洪住清涼院，故與前清涼院僧法和相牽連。　制院：即制勘院，亦稱制獄、詔獄，皇帝特命監禁罪人之處。宋史刑法志二：「詔獄本以糾大奸慝，故其事不常見。初，羣臣犯法，體大者多下御史臺獄，小則開封府、大理寺鞫治焉。神宗以來，凡一時承詔置推者，謂之制勘院，事出中書，則曰推勘院，獄已乃罷。」

〔二〕依然收付建康獄：此以南朝梁高僧寶誌自比，故曰「依然」。寶誌，高僧傳作保誌，世稱誌公，或稱寶公。參見本集卷四別潛庵源禪師注〔二〕。高僧傳卷一〇梁京師釋保誌傳：「齊建元中，稍見異迹，數日不食，亦無飢容。與人言語，始若難曉，後皆效驗。時或賦詩，言如讖記。京土士庶，皆共事之。齊武帝謂其惑衆，收駐建康。」本集卷三〇鍾山道林真覺大師傳：「建元間，異迹甚著。丞相高嵩爲武帝言之，以禮自皖山迎至都，舍於陳征虜之家。輒自釐其面，分披之，出十二首觀世音，慈嚴妙麗，傾都聚觀，欲爭尊事之。武帝忿其惑衆，收付建康獄。」

〔三〕拴索：拴縛犯人之繩索。本集卷四次韻公弱寄胡强仲：「念昔謫海南，路塵吹瘴風。未即棄溝壑，尚在拴索中。」卷一六至海昏三首之三：「天公無計奈此老，時復致之拴索間。」

瓏璁：紛披貌。

〔四〕嬲：戲弄，煩擾。音鳥。一切經音義卷九道行般若經「詭嬲」引三蒼：「音諾了反。嬲，弄也，惱之也。」同書卷五四佛説鴦掘摩經「嬲觸」引考聲：「嬲，相戲弄也。或作嬈也。」

〔五〕未妨大士戲分身：梁京師釋保誌傳：「齊武帝謂其惑衆，收駐建康。明旦，人見其入市，還檢獄中，誌猶在焉。……建康令吕文顯以事聞武帝，帝即迎入，居之後堂。一時屏除内宴，誌亦隨衆出。既而景陽山上猶有一誌，與七僧俱。帝怒，遣推檢，失所在。閽吏啓云：『誌久出在省，方以墨塗其身。』時僧正法獻欲以一衣遺誌，遣使於龍光、罽賓二寺求之，並云：『昨宿旦去。』又至其常所造厲侯伯家尋之，伯云：『誌昨在此行道，旦眠未覺。』使還以告獻，方知其分身三處宿焉。」

〔六〕懶於夢境分能所：謂夢境本無差别，何必分主觀之能與客觀之所。佛教謂二法對待之時，自動之法謂之能，不動之法謂之所。景德傳燈録卷三〇五臺山鎮國大師澄觀答皇太子問心要：「是非兩亡，能所雙絶，斯絶亦寂，則般若現前。」宗鏡録卷三八：「所依既寂，能依亦亡，能所俱空，邪正雙泯，即正修行矣。」

〔七〕客塵：楞嚴經卷一：「一切衆生不成菩提及阿羅漢，皆由客塵煩惱所誤。」

〔八〕「笑視死生無可揀」二句：謂既置生死於度外，則地獄中之刀鋸酷刑亦無可奈何。本集卷一五瑩中南歸至衡陽作六首寄之之三：「勝熱婆羅大火聚，無厭足王刀鋸場。聞道飽參俱透過，來尋初友見清涼。」即此意。

寄超然弟〔一〕

深掩圜扉夜向闌〔二〕，夢驚清境慰辛酸。卧聞瓦壟集微霰〔三〕，起覺衾裯壓薄寒。憂患飽經心老大，雲泉歸晚鬢凋殘。書空偶爾成詩句〔四〕，寄與西林阿永看〔五〕。

【注釋】

〔一〕大觀三年冬作於江寧府制獄中。超然：僧希祖，字超然。已見前注。廓門注：「萬姓統譜曰：『彭超然，覺範之弟。』」鍇按：超然修水人，爲惠洪法弟，同出真淨克文禪師門下，非同宗族弟。萬姓統譜殊誤。

〔二〕圜扉：指牢獄。釋名釋宫室：「獄，又謂之圜土。築其表牆，其形圜也。」六臣注文選卷四六王融三月三日曲水詩序：「稀鳴桴於砥路，鞠茂草於圜扉。」李善注：「周禮曰：以圜土教罷民。」吕向注：「圜扉，獄也。言時無犯罪者，獄皆久空，故養盛草於獄中。」參見本集卷四獄中暴寒凍損呻吟注〔六〕。

〔三〕瓦壟集微霰：謂獄中瓦溝上雪珠撒落之聲。蘇軾王伯敭所藏趙昌畫四首梅花：「行人已愁絶，日暮集微霰。」

〔四〕書空：世説新語黜免：「殷中軍被廢，在信安，終日恒書空作字。揚州吏民尋義逐之，竊視，唯作『咄咄怪事』四字而已。」惠洪住持清涼寺未閲月，便入制獄，亦自以爲「咄咄怪事」，故用此事。

〔五〕西林阿永：指東晉高僧慧永，此喻指超然。東林十八高賢傳：「西林法師慧永，河内潘氏。年十二出家，事沙門竺曇現。初習禪於恒山，與遠師同依安法師，期結宇羅浮。及遠師爲安公所留，師乃欲先度五嶺。太元初，至尋陽，刺史陶範素挹道風，乃留憩廬山，舍宅爲西林，以奉師。布衣蔬食，精心克己，容嘗含笑，語不傷物。峰頂别立茅室，持往禪思。至其室者，常聞異香，因號香谷。一虎同居，人至輒驅去。遠師來之龍泉，桓伊爲立東林，三十年影不出山。師居西林，亦如之。嘗因法事至近邑，還山，薄暮，烏橋營主醉騎馬當道，遮師，不聽去。師以杖指馬，馬驚走，營主仆地。師捧慰之，遂還。營主病，往寺誨罪。師曰：『非貧道意。』爲禱之，尋愈。鎮南將軍何無忌鎮尋陽，至虎溪，請遠公及師。遠公持名望，從徒百餘，高言華論，舉止可觀。師衲衣半脛，荷錫捉鉢，松下飄然而至。無忌謂衆曰：『永公清散之風，乃多於遠師也。』」鍇按：慧永爲慧遠之法弟，惠洪故以之喻法弟超然，隱然以慧遠自居。廓門注：「阿永，謂彭思永字季長者歟？又言廬山西林慧永者歟？讀者須味。」殊未了了。

初至海南呈張子修安撫〔一〕

南來稍復召驚魂〔二〕，知有留侯異代孫〔三〕。未即解衣甘九死〔四〕，試令倚（騎）馬賦千言㊀〔五〕。瓊山有月光相射〔六〕，玉海無風浪自翻。戲下應傳獲羅什〔七〕，禿頭爭看載（戴）華軒㊁〔八〕。

【校記】

㊀倚：原作「騎」，誤，今改。參見注〔五〕。

㊁載：原作「戴」，誤，今改。參見注〔八〕。

【注釋】

〔一〕政和二年春作於海南瓊州。寂音自序：「政和元年十月二十六日配海外，以二年二月二十五日到瓊州。」　張子修：名不可考，生平未詳。本集卷二三送李仲元寄超然序：「余至海南，留瓊山，太守張公憐之，使就雙井養病。」可知張子修時知瓊州。安撫：安撫都監之略稱。輿地紀勝卷一二四廣南西路瓊州：「又以瓊州守臣提舉儋、崖、萬安等州水陸轉運事。後罷轉運，改瓊管安撫都監，監昌化、萬安、吉陽三軍隸焉。」廓門注：「萬姓統譜曰：『張子修，字德夫。』」鍇按：萬姓統譜卷三九：「張子修，字德夫，父防禦使勳，開封人，建炎隨張魏公入蜀。生於簡池，受遺澤入仕。」蓋此詩子修爲字，萬姓統譜子修爲名，且生於建炎以後，時代迥不相屬，本非同一人，廓門注殊誤。

〔二〕召驚魂：柳宗元與蕭翰林俛書：「然後收召魂魄，買土一廛爲耕甿。」蘇軾黄州安國寺記：「閉門却掃，收召魂魄。」

〔三〕留侯異代孫：謂張子修當爲漢張良的後裔。廓門注：「史記張良傳曰：『乃封張良爲留侯。』張子修以同姓言也。」其説甚是。

〔四〕未即解衣甘九死：廓門注：「解衣，字出于史記淮陰侯傳。楚辭曰：『雖九死其猶未悔。』」鍇按：史記淮陰侯列傳：「韓信謝曰：『臣事項王，官不過郎中，位不過執戟，言不聽，畫不用，故倍楚而歸漢。漢王授我上將軍印，予我數萬衆，解衣衣我，推食食我，言聽計用，故吾得以至於此。夫人深親信我，我倍之不祥，雖死不易。幸爲信謝項王。』」此借其事言張子修之厚愛，當誓死報答。

〔五〕試令倚馬賦千言：世説新語文學：「桓宣武北征，袁虎時從，被責免官。會須露布文，唤袁倚馬前令作。手不輟筆，俄得七紙，殊可觀。」李白與韓荆州朝宗書：「必若接之以高宴，縱之以清談，請日試萬言，倚馬可待。」此用其語意。本集卷五次韻思禹思晦見寄二首之一：「草制千言倚馬待。」卷六送廓然：「倚馬草十制，膽氣見眉宇。」郭祥正青山集卷一三奉和廣帥蔣穎叔留題石室：「倚馬千言未嘗改。」均用其語。底本「倚」作「騎」，語無所本，乃涉形近而誤，今改。

〔六〕瓊山：縣名，瓊州州治。方輿勝覽卷四三瓊州：「瓊山，在本縣。有瓊山、白玉二村，其石皆白似玉而潤，種藷其上，特美，所産檳榔，其味尤佳。州以此山而得名。」廓門注：「瓊山，即瓊州之山也。」

〔七〕戲下應傳獲羅什：此借前秦將軍呂光獲鳩摩羅什事自比。高僧傳卷二晉長安鳩摩羅什傳：「符堅建元十三年歲次丁丑正月，太史奏云：『有星見於外國分野，當有大德智人入輔中國。』堅曰：『朕聞西域有鳩摩羅什，襄陽有沙門釋道安，將非此耶？』即遣使求之。至十七年二月，善善王、前部王等，又説堅請兵西伐。十八年九月，堅遣驍騎將軍呂光、陵江將軍姜飛，將前部王及車師王等，率兵七萬，西伐龜兹及烏耆諸國。臨發，堅餞光於建章宫，謂光曰：『夫帝王應天而治，以子愛蒼生爲本，豈貪其地而伐之乎？正以懷道之人故也。朕聞西國有鳩摩羅什，深解法相，善閑陰陽，爲後學之宗，朕甚思之。賢哲者，國之大寶。若剋龜兹，即馳驛送什。』光軍未至。什謂龜兹王白純曰：『國運衰矣，當有勍敵。日下人從東方來，宜恭承之，勿抗其鋒。』純不從而戰，光遂破龜兹，殺純，立純弟震爲主。光既獲什，未測其智量，見年齒尚少，乃凡人戲之，强妻以龜兹王女。什距而不受，辭甚苦到。光曰：『道士之操，不逾先父，何可固辭。』乃飲以醇酒，同閉密室。什被逼既至，遂虧其節。或令騎牛及乘惡馬，欲使墮落。什常懷忍辱，曾無異色，光慚愧而止。」戲下：同「麾下」，在主將大旗之下。史記淮陰侯列傳：「不至十日，而兩將之頭可致於戲下。」

〔八〕秃頭爭看載華軒：高僧傳卷五晉長安五級寺釋道安傳：「會堅出東苑，命安升輦同載。僕射權翼諫曰：『臣聞天子法駕，侍中陪乘，道安毁形，寧可參廁。』堅勃然作色曰：『安公道德可尊，朕以天下不易，輿輦之榮，未稱其德。』即敕僕射扶安登輦。」底本「載」作「戴」，誤，蓋華軒謂華美之車，不可「戴」。廓門注：「『戴』當作『載』字。」其説甚是。本集卷二四潁孺字序有「彌天之俱載」句，亦用此事作「載」，今據改。

抵瓊夜爲颶風吹去所居屋〔一〕

貪看長鯨吸舟楫〔二〕，忽驚蛟(嶠)蜃吐樓臺㊀〔三〕。矇朧醉憶王城別，汗漫游從海國來〔四〕。夜半颶風攜屋去，朝來瘴霧放天回。會須横笛騎雲背〔五〕，笑嚮從教落九垓〔六〕。

【校記】

㊀蛟：原作「嶠」，誤，今改。參見注〔三〕。

【注釋】

〔一〕政和二年作於瓊州。　颶風：今謂之颱風。柳河東集卷四二嶺南江行：「颶母偏驚旅客船。」注：「嶺表志云：『南海秋風，雲物有暈如虹者，謂之颶母，必有颶風。』嶺南録異記云：

『嶺嶠夏秋雄風曰颶，發日午，至夜半止，仆屋僵樹，颶屋瓦若飛蝶。累年一發，或一歲再三。』」

〔二〕貪看：蘇軾澄邁驛通潮閣二首之一：「貪看白鷺橫秋浦。」此借用其語。　長鯨吸舟楫：文選卷五左思吴都賦：「長鯨吞航，修鯢吐浪。」李善注：「航，船之别名。異物志云：『鯨魚長者數十里，小者數十丈，雄曰鯨，雌曰鯢。』」杜甫飲中八仙歌：「飲如長鯨吸百川。」此借用其語。

〔三〕蛟蜃吐樓臺：史記天官書：「海旁蜄氣象樓臺。」夢溪筆談卷二一異事：「登州海中，時有雲氣，如宫室、臺觀、城堞、人物、車馬、冠蓋，歷歷可見，謂之海市。或曰蛟蜃之氣所爲。」陸佃埤雅卷二蜃：「蜃形如蛇而大，腰以下鱗盡逆。一曰狀似螭龍，有耳有角，背鬣作紅色，嘘氣成樓臺，望之丹碧隱然，如在煙霧。高鳥倦飛，就之以息，喜且至，氣輒吸之而下。今俗謂之蜃樓，將雨即見。史記曰：『海旁蜄氣成樓臺，野氣成宫闕。』即此是也。」釋齊己白蓮集卷三湘江漁父：「門前蛟蜃氣，蓑上蕙蘭香。」底本「蛟蜃」作「嬌蜃」，無據，乃涉音近而誤，今改。

〔四〕汗漫游：指世外之游。汗漫，渺茫廣大，漫無邊際。淮南子道應：「吾與汗漫期於九垓之外，吾不可以久住。」杜甫奉送王信州崟北歸：「復見陶唐理，甘爲汗漫游。」已見前注。

〔五〕橫笛：廓門注：「老杜詩：『虚橫馬融笛。』注：『馬融好笛，迨死，客弔之，詣靈以橫笛。』此借用。」

〔六〕九垓：指九重天。文選卷四八司馬相如封禪文：「上暢九垓，下泝八埏。」李善注：「垓，重也。言其德上達於九重之天，流於地之八際。」

出朱崖驛與子修〔一〕

投老南來雪滿顛〔二〕，羈囚不自意生全〔三〕。久爲白骨今重肉〔四〕，已卧黄泉復見天〔五〕。報德定應追結草〔六〕，效忠那肯愧餐氈〔七〕。此詩清絶如冰雪，乞與江山洗瘴煙。

【注釋】

〔一〕政和三年夏作於海南。寂音自序：「三年五月二十五日，蒙恩釋放。」雲卧紀談卷上載靖康元年惠洪詣刑部陳詞曰：「特配吉陽軍（即朱崖軍），後來因患，不堪執役，蒙恩放令逐便。」宋史徽宗本紀三：「（政和三年）五月乙酉，慮囚。」慮囚，謂訊察記録囚犯情狀。惠洪蒙恩釋放，或以慮囚而得知其「因患不堪執役」。安撫都監知瓊州張子修當爲海南慮囚之主事人，故此詩有「報德」「效忠」之語。朱崖驛：指朱崖軍。元豐九域志卷九廣南西路：「同下州，朱崖軍。」輿地廣記卷三七廣南西路下：「同下州，朱崖軍。隋珠崖郡地。唐武德五年，立振州臨振郡，又曰寧遠郡。天寶元年，曰延德郡。五代爲南漢所有。皇朝開寶五年，改爲崖州。熙寧六年，廢州爲朱崖軍。」廓門注：「『朱』當作『珠』。一統志瓊州府：『郡名珠崖，漢名。』」錯按：此詩「朱崖」用宋名，廓門注不確。

〔二〕雪滿顛：謂滿頭白髮。山谷外集詩注卷九次元明韻寄子由：「脊令各有思歸恨，日月相催雪滿顛。」史容注：「杜詩：『干戈況復塵隨眼，鬢髮還應雪滿頭。』言彼此皆有兄弟之思，如脊令在原也。」此借用其語。

〔三〕羈囚不自意生全：謂囚徒自己未料到能保全性命。蘇軾提舉玉局觀謝表：「七年遠謫，不自意全；萬里生還，適有天幸。」惠洪流配海南，其遭遇與蘇軾謫海南近似，故借用其語意。錯按：蘇軾謝表語本漢書吴王濞傳：「七國反，吾乘傳至此，不自意全。」顔師古注：「意不自言得安全至雒陽也。」

〔四〕久爲白骨今重肉：極言遇赦之恩，有死而復生之喜。後漢書趙壹傳：「後屢抵罪，幾至死，友人救得免，壹乃貽書謝恩曰：『……乃收之於斗極，還之於司命，使乾皮復含血，枯骨復被肉，允所謂遭仁遇神，真所宜傳而著之。』」唐羅隱廣陵妖亂志：「駢泣謝守一曰：『蒙仙公再生之恩，真枯骨重肉矣。』」蘇轍謝復官表二首之一：「遂使死灰再然，朽骨重肉。」本集卷三〇祭幻住庵明師弟文：「我竄萬里，白骨重肉。」

〔五〕已卧黄泉復見天：此亦謂死而復生。左傳隱公元年：「遂寘姜氏于城潁，而誓之曰：『不及黄泉，無相見也。』」杜預注：「地中之泉，故曰黄泉。」

〔六〕報德定應追結草：謂定當如老人結草以報答朝廷恩德。左傳宣公十五年：「魏顆敗秦師于輔氏，獲杜回，秦之力人也。初，魏武子有嬖妾，無子，武子疾，命顆曰：『必嫁是。』疾病則曰：『必以爲殉。』及卒，顆嫁之，曰：『疾病則亂，吾從其治也。』及輔氏之役，顆見老人結草以亢杜回。杜回躓而顛，故獲之。夜夢之曰：『余，而所嫁婦人之父也。爾用先人之治命，余是以報。』」

〔七〕效忠那肯愧餐氈：謂定將無愧於齧雪餐氈之蘇武，報效朝廷。漢書蘇武傳：「單于愈益欲降之，迺幽武置大窖中，絶不飲食。天雨雪，武卧齧雪，與旃毛并咽之，數日不死。」

別子修二首〔一〕

疆埸探騎斷犇埃〔二〕，院落棠陰暗緑苔〔三〕。上疏乞閑追鮑靚（艶）㊀〔四〕，載書歸老繼吴恢〔五〕。爭懷父母三年化〔六〕，愁見風帆十幅開〔七〕。勿剪青青堤下柳，念公遺愛手親栽〔八〕。

飄泊孤蹤一轉蓬〔九〕，語音雖在變形容〔一〇〕。瘴鄉猿鳥今爲伍〔一一〕，蟻穴王侯昔夢封〔一二〕。海闊盲龜登木孔，山高纖芥落鍼鋒〔一三〕。公歸不得參行馭，心折淮南紫翠重〔一四〕。

【校記】

㊀ 靚：原作「艶」，誤，今改。参見注〔四〕。

【注釋】

〔一〕政和三年夏作於瓊州。　別子修：據詩意，其時張子修任滿將北歸淮南。

〔二〕疆場探騎斷奔埃：意謂疆場太平，久無探騎奔馳，此稱贊子修治邊有方。　探騎：邊疆打探消息之騎兵。唐張喬塞上：「雪晴迴探騎，月落控鳴弦。」

〔三〕棠陰：喻官員惠政，此譽子修。東坡詩集注卷一二沈諫議召游湖不赴明日得雙蓮於北山下作一絶持獻沈既見和又別作一首因用其韻：「湖上棠陰手自栽。」程縯注：「召公奭治陜以西，巡行鄉邑，有棠樹，決獄其下，人各得所懷，棠樹不敢伐，遂作甘棠之詩。」

〔四〕上疏乞閑追鮑靚：「靚」底本原作「艶」。廓門注：「『艶』當作『靚』。鮑靚，晉人。閲晉書並列僊傳，無有上疏乞閑之事。老病乞閑，晉郄超也。後人須考知。」鍇按：此似言子修上疏乞閑，欲追隨鮑靚學仙道，非謂靚上疏。晉書鮑靚傳：「鮑靚字太玄，東海人也。年五歲，語父母云：『本是曲陽李家兒，九歲墜井死。』其父母尋訪得李氏，推問皆符驗。靚學兼内外，明天文、河洛書，稍遷南陽中部都尉，爲南海太守。嘗行部入海，遇風，飢甚，取白石煮食之以自濟。王機時爲廣州刺史，入厠，忽見二人著烏衣，與機相捍，良久，擒之，得二物，似烏鴨。靚曰：『此物不祥。』機焚之，徑飛上天。機尋誅死。靚嘗見仙人陰君，授道訣，百餘歲卒。」蓋子修安撫海南，知瓊州，故以南海太守鮑靚喻之。

〔五〕載書歸老繼吳恢：後漢書吳祐傳：「吳祐字季英，陳留長垣人也。父恢，爲南海太守。祐年十二，隨從到官。恢欲殺青簡以寫經書，祐諫曰：『今大人逾越五領，遠在海濱，其俗誠陋，然舊多珍怪，上爲國家所疑，下爲權戚所望。此書若成，則載之兼兩。昔馬援以薏苡興謗，王陽以衣囊徼名，嫌疑之間，誠先賢所慎也。』恢乃止，撫其首曰：『吳氏世不乏季子矣。』」此反其意而用之。

〔六〕爭懷父母三年化：謂海南人將懷念子修爲官三年之教化。父母，即父母官。詩大雅泂酌：「豈弟君子，民之父母。」詩小雅南山有臺：「樂只君子，民之父母。」宋制，官員三年一磨勘，故稱。

〔七〕風帆十幅開：唐國史補卷下：「舟船之盛，盡於江西，編蒲爲帆，大者或數十幅。自白沙泝流而上，常待東北風，謂之潮信。」杜荀鶴贈友人罷舉赴辟命：「連天一水浸吳東，十幅帆飛二月風。」已見前注。

〔八〕「勿剪青青堤下柳」二句：詩召南甘棠：「蔽芾甘棠，勿翦勿伐，召伯所茇。蔽芾甘棠，勿翦勿敗，召伯所憩。蔽芾甘棠，勿翦勿拜，召伯所説。」此化用其意。

〔九〕轉蓬：蓬草隨風飄轉，喻身世飄零。廓門注：「駱丞集注：『蓬狀若皤蒿，細葉，蔓生於沙漠中，風吹則根斷，隨風轉移。』」

〔一〇〕語音雖在變形容：東坡詩集注卷一八子由將赴南都與余會宿於逍遥堂作兩絶句讀之殆不可爲懷因和其詩以自解之一：「猶勝相逢不相識，形容變盡語音存。」程縯注：「後漢黨錮傳：夏馥以黨魁亡命，隱匿名姓，爲冶家傭，親突烟炭，形貌毁瘁。弟静遇之，不識，聞其言聲，乃覺而拜之。」冷齋夜話卷四詩言其用不言其名：「東坡别子由詩：『猶勝相逢不相識，形容變盡語音存。』此用事而不言其名也。」

〔一一〕瘴鄉猿鳥今爲伍：新唐書吴武陵傳載其遺工部侍郎孟簡書曰：「獨子厚與猿鳥爲伍，誠恐霧露所嬰，則柳氏無後矣。」此借用其語。

〔一二〕蟻穴王侯昔夢封：山谷外集詩注卷八題落星寺四首之一：「蜜房各自開牖户，蟻穴或夢封侯王。」史容注：「用異聞集淳于棼夢入大槐安國事。」此化用其詩句。

〔一三〕「海闊盲龜登木孔」二句：喻生世逢佛世之難。大般涅槃經卷二：「芥子投針鋒，佛出難於是。我以具足檀，度人天生死。佛不染世法，如蓮花處水。善斷有頂種，永度生死流。生世爲人難，值佛世亦難。猶如大海中，盲龜遇浮孔。」隋釋灌頂大般涅槃經疏卷四：「海底盲龜，千年一出，值浮木孔，入孔中居，此事甚難。若在人中，值世有佛，難復過此。仰鍼於地，梵宫投芥，墮在鍼鋒，此事甚難。值佛生信，復難於是；生信聞法，復難於是；辦最後供，復難於是。」隋釋智顗摩訶止觀卷五：「佛去世後，如是之師，甚爲難得。盲龜何由上值浮孔，墜芥豈得下貫針鋒。難！難！」盲龜之喻參見本集卷七和宵行注〔四〕。

〔一四〕心折：心意摧折，言傷心之極。杜甫冬至：「心折此時無一寸。」

蔡州道中〔一〕

北來行盡關山道，梁宋郊墟眼力微〔二〕。飲食甘酸雜淮甸〔三〕，語音清軟近京畿。黄塵又向九天去〔四〕，槁項新從萬里歸〔五〕。投老不堪行役苦，手遮西日想巖扉。

【注釋】

〔一〕政和四年秋作於蔡州。蔡州，宋屬京西北路，治汝陽縣，故治在今河南汝南縣。李綱梁谿集卷八八乞差軍馬劄子：「臣竊見江西路環數千里……去淮南、京西，道里不遠。平時商旅由獨木渡江，自光、蔡以趨汴都，最爲徑捷。」寂音自序：「（政和四年）十月，又證獄并門。」此詩作於北上太原證獄途中。

〔二〕梁宋：指東京開封府、南京應天府一帶。九家集注杜詩卷一贈李白：「亦有梁宋游，方期拾瑶草。」趙次公注：「梁謂汴州，今之東京；宋謂宋州，今之南京。」

〔三〕淮甸：泛指淮南西路。方輿勝覽卷四八淮西路廬州：「題詠：沃壤欲包淮甸盡。」

〔四〕黄塵又向九天去：赴太原將途經東京。九天：喻皇宫，此代指京城。王維和賈舍人早朝大明宫之作：「九天閶闔開宫殿，萬國衣冠拜冕旒。」

〔五〕槁項新從萬里歸：指政和四年春從海南回故鄉筠州之事。寂音自序：「（政和）三年五月二十五日蒙恩釋放，十一月十七日北渡海。以明年四月到筠，館於荷塘寺。」槁項：枯槁之頸項，形容窮窘蒼老。語本莊子列禦寇：「宋人有曹商者，爲宋王使秦。其往也，得車數乘。王説之，益車百乘。反於宋，見莊子曰：『夫處窮閭阨巷，困窘織屨，槁項黄馘者，商之所短也。一悟萬乘之主，而從車百乘者，商之所長也。』」

余號甘露滅所至問者甚多作此〔一〕

老儼化身甘露滅〔二〕，不妨須髮著伽梨〔三〕。虚舟閲世鴟夷子〔四〕，彗箒掃除王伯齊㈠〔五〕。香火共修心老大，樓鐘重聽意淒迷〔六〕。餘生未覺全無累，折脚鐺猶手自提〔七〕。

【校記】

㈠掃：底本、四庫本闕，今據廓門本補。參見注〔五〕。

【注釋】

〔一〕政和四年春作於南嶽衡山。本集卷九初過海自號甘露滅：「本是甘露滅，浪名無垢稱。欲知遭鎖禁，正坐忽規繩。海上垂鬚佛，軍中有髮僧。生涯何所似，崖略類騰騰。」惠洪初至海南不久即自號甘露滅，而友人多對此不解，如冷齋夜話卷六稱甘露滅：「陳了翁罪予不當稱甘露滅，近不遜，曰：『得甘露滅覺道成者，如來識也。子凡夫，與僕輩俯仰，其去佛地如天淵也。奈何冒其美名而有之耶？』予應之曰：『使我不得稱甘露滅者，如言蜜不得稱甜，金不得稱色黄。世尊以大方便曉諸衆生，令知根本，而妙意不可以言盡，故言甘露滅。滅者，寂滅。甘露，不死之藥。如寂滅之體而不死者也，人人具焉，而獨僕不得稱，何也？公今閑放，且不肯以甘露滅名我，脱爲宰相，寧能飾予以美官乎？』瑩中愕然，思所爲折難予不可得，乃笑而已。」本集卷一七有偈頌題曰：「余日渡海，即號甘露滅，所至問者尤多，時作偈答，益不解，乃告之曰：涅槃經云：『甘露之性，食之令人不死。若合異物，亦能不死。』維摩經亦曰：『得甘露滅覺道成。』又爲之偈。」又卷二〇甘露滅齋銘序：「政和四年春，余還自海外，過衡嶽，謁方廣譽禪師。館于靈源閣之下，因名其居曰甘露滅。道人法太請曉其説。」此詩有「樓鐘重聽」之句，與本集卷四次韻公弱寄胡强仲詩中「今日復何日，嶽寺聞樓鐘」相類似，當作於同時。

〔二〕老儼：惠洪自號。智證傳：「予政和元年十月謫海外，明年三月館於瓊州之開元寺儼師院。」因自號儼師，或稱老儼，如本集卷一三禪首座自海公化去見故舊未嘗忘追想悼嘆之情：「閑尋老儼臺南寺，更過史髯湖上居。」卷一五三月二十三日心禪餉余新麨白蜜作二首：「要看十字開籠餅，寄與菴頭老儼嘗。」又曰：「老儼年來百不忺，最嫌苦淡不嫌甜。」卷一七陳處士爲予畫像求頌戲與之：「吴儂戲入筆三昧，老儼分身縑素間。」參見卷一〇超然自見軒注〔三〕。

〔三〕須髮著伽梨：此即「垂鬚佛」「有髪僧」之狀態，雖蓄鬚髪，而著僧人伽梨，不著儒生縫掖。伽梨：僧衣，即袈裟。

〔四〕虚舟閱世：謂與世無犯。參見前崇仁縣與思禹閑游小寺啜茶聞棊注〔二〕。鴟夷子：史記越王句踐世家：「范蠡浮海出齊，變姓名，自謂鴟夷子皮。耕于海畔，苦身戮力，父子治産，居無幾何，致産數千萬。」司馬貞索隱：「范蠡自謂也。以吴王殺子胥而盛以鴟夷，今蠡自以有罪，故爲號也。韋昭曰：『鴟夷，革囊也。或曰生牛皮也。』」

〔五〕彗箒掃除王伯齊：後漢書第五倫傳：「自以爲久宦不達，遂將家屬客河東，變名姓，自稱王伯齊。載鹽往來太原、上黨，所過輒爲糞除而去，陌上號爲道士。親友故人莫知其處。」李賢注：「糞除，猶掃除也。」彗箒：掃帚。史記孟子荀卿列傳：「如燕，昭王擁彗先驅。」索隱：「彗，帚也。謂爲之掃地，以衣袂擁帚而却行，恐塵埃之及長者，所以爲敬也。」

〔六〕「香火共修心老大」二句：本集卷九投老庵讀雲庵舊題拜次其韻二首之一：「三世樓鐘舊，一生香火心。」即此意。參見該詩注〔三〕、〔四〕。

〔七〕折脚鐺：言生活貧寒簡樸。參見本集卷三游南嶽福嚴寺注〔三七〕。

海上初還至南嶽寄方廣首座〔一〕

天風吹笑落人間，白髮新從死地還〔二〕。往事暗驚如昨夢，此生重復見名山。倦禪想見堆危坐〔三〕，知法應抛放縱閑。初嚼芳鮮動詩思〔四〕，一篇先寄倩君删。

【注釋】

〔一〕政和四年春作於南嶽衡山。方廣首座：即法太禪師，時爲南嶽方廣寺首座。本集卷二〇甘露滅齋銘序：「政和四年春，余還自海外，過衡嶽，謁方廣譽禪師。館於靈源閣之下，因名其居曰甘露滅。道人法太請曉其説。」此詩作於抵達方廣寺之前，時從譽禪師爲方廣寺住持，本卷有還太首座詩卷，可知法太爲方廣寺首座。參見卷二次韻權巽中送太上人謁道鄉居士注〔一〕。

〔二〕白髮新從死地還：指從海南流放地遇赦而歸。寂音自序：「（政和）三年五月二十五日蒙恩釋放，十一月十七日北渡海。以明年四月到筠。」廓門注：「『死地』字出孟子。老杜詩：『死地脱斯須。』」錯按：孟子梁惠王上：「王曰：『舍之！吾不忍其觳觫，若無罪而就死地。』」杜甫大曆三年春白帝城放船出瞿唐峽久居夔府將適江陵漂泊有詩凡四十韻：「生涯臨臬兀，死地脱斯須。」此用杜詩意。

〔三〕堆危：坐禪貌，跏趺端坐貌。此詞或爲方俗語，首見於本集，又卷一二次韻宿黃沙亦曰：「自圍紅火堆危坐。」後出之禪籍則頗有用此詞者，如南宋釋慧空撰雪峰空和尚外集送化主：「堆堆危危是什麽？」又釋慧弼編雪峰慧空禪師語録煨芋：「天寒堆危火邊坐。」釋修義等編西巖和尚語録卷上：「師頌云：『面壁堆危引客過，問誰那更問如何。』」明釋真可紫柏尊者全集卷一七釋迦佛雪山像贊：「堆危巖畔，宛死模樣。」清釋元規等編遠菴僼禪師語録卷九：「堆堆危危，疊足寒蒲。」辭書未收，姑識於此。

〔四〕嚼芳鮮：喻指品嘗清新之自然。蘇軾雪後便欲與同僚尋春一病彌月雜花都盡獨牡丹在爾劉景文左藏和順闍黎詩見贈次韻答之：「知君苦寂寞，妙語嚼芳鮮。」此借用其語。

陳生攜文見過〔一〕

海外歸來兩鬢秋，自嗟無地可逃羞〔二〕。攜筇肯過驚時聽，炊黍能爲信宿留〔三〕。睡觸屏風譏富貴〔四〕，笑分虀社致公侯〔五〕。遺編家世丹青著，鐵硯磨穿未肯休〔六〕。

【注釋】

〔一〕政和四年作於筠州。陳生：名字生平未詳。

〔二〕無地可逃羞：謂甚爲羞愧，無處可逃。文苑英華卷五七五錢珝爲中書崔相公讓官第六表：

「兢憂慙歎，無地可逃。」此化用其意。本集卷二二思古堂記：「使寔不死，登此堂，將逃羞無地。」

〔三〕信宿：連宿兩夜。參見本集卷三七夕卧病詩注〔一五〕。

〔四〕睡觸屏風譏富貴：漢書陳萬年傳：「萬年嘗病，命咸教戒於牀下。語至夜半，咸睡，頭觸屏風，萬年大怒，欲杖之，曰：『乃公教戒汝，汝反睡，不聽吾言，何也？』咸叩頭謝曰：『具曉所言，大要教咸讇也。』萬年迺不復言。」顔師古注：「大要，大歸也。讇，古諂字也。」

〔五〕笑分臠社致公侯：漢書陳平傳：「里中社平爲宰，分肉甚均。里父老曰：『善，陳孺子之爲宰。』平曰：『嗟乎！使平得宰天下，亦如此肉矣。』」鍇按：此贈陳生詩，故用二陳姓古人事。

〔六〕鐵硯磨穿：新五代史桑維翰傳：「人有勸其不必舉進士，可以從佗求仕者，維翰慨然，乃著日出扶桑賦以見志。又鑄鐵硯以示人曰：『硯弊則改而佗仕。』卒以進士及第。」參見本集卷五復和答之注〔二〕。

至筠二首〔一〕

乞漿問路到筠溪〔二〕，天氣清和得所宜〔三〕。父老相逢班草坐〔四〕，風光初過採茶時。摩挲禪榻營春睡，想像齋廚辦晚炊。白首不知舟壑走〔五〕，壁間來讀舊題詩。

偶喚歸舟隔亂谿，春山偏與晚相宜。自尋熟路懸崖去，正是新秧剌水時〔六〕。身健已如秋社燕，夢回猶看客亭炊〔七〕。雨窗燈火清相對，畫出淵明五字詩〔八〕。

【注釋】

〔一〕政和四年四月作於筠州新昌縣。寂音自序：「（政和三年）十一月十七日北渡海。以明年四月到筠。」

〔二〕乞漿：東坡詩集注卷二八泗州南山監倉蕭淵東軒二首之一：「竹屋松扉試乞漿。」李厚注：「太平廣記：裴航經藍橋驛，求漿於老嫗家。嫗咄曰：『雲英，擎一盃水來，郎君要飲。』」趙次公注：「朝野僉載云：『太歲在酉，乞漿得酒。』」筠溪：本集卷二二寶峰院記：「余家筠谿，谿出新吳車輪峰之陽。」考其源出奉新縣百丈山之南車輪峰，南流經新昌縣，入錦江。已見前注。

〔三〕天氣清和：陶淵明游斜川序：「辛丑正月五日，天氣澄和，風物閑美。」

〔四〕班草：鋪草坐地。後漢書逸民列傳陳留老父傳：「守外黃令陳留張升去官歸鄉里，道逢友人，共班草而言。」

〔五〕舟壑走：謂時光流逝，不可挽留。莊子大宗師：「夫藏舟於壑，藏山於澤，謂之固矣。然而夜半有力者負之而走，昧者不知也。」已見前注。

〔六〕新秧刺水：新發芽之稻秧如緑針刺水，故稱。蘇軾東坡八首其四：「種稻清明前，樂事我能數。毛空暗春澤，針水聞好語。分秧及初夏，漸喜風葉舉。」自注：「蜀人以細雨爲雨毛。稻初生時，農夫相語：『稻針出矣。』」參見本集卷三游南嶽福嚴寺注〔六〕。

〔七〕夢回猶看客亭炊：謂人生虚幻如夢。廓門注：「客亭炊，謂黄粱夢。引枕中記。」錯按：唐沈既濟枕中記，文苑英華卷八三三載其全文，略謂盧生於邯鄲客店中遇道者吕翁。生自嘆窮困，翁乃授之枕，使入夢。生夢中歷盡富貴榮華。及醒，主人炊黄粱尚未熟。參見本集卷二次韻汪履道注〔四〕。

〔八〕畫出淵明五字詩：謂清境即畫，所畫即陶淵明詩中所寫。本集卷一四寄巽中三首之一：「簾卷一場春夢，窗含滿眼新詩。」體現「風景即詩」之觀念。而此詩則將「風景即詩」具體化爲陶淵明五言詩。錯按：據上句「雨窗燈火清相對」之描寫，應是韋應物示全真元常詩中「寧知風雨夜，復此對牀眠」之清境，淵明詩中無此景。本集卷一四贈誠上人四首之二：「畫出韋郎五言。」疑此處「淵明」當作「韋郎」。

示超然〔一〕

秋光滿鬢萬事死，慚愧眼明牙齒牢〔二〕。野寺閑眠聽風雨，海山猶夢渡雲濤。事非白傅方鷲鼎㊀〔三〕，跡隱庖丁已善刀〔四〕。一徑莓苔三十載，未容此老獨奇豪㊁。

【校記】

㊀傅：武林本、石倉本作「傳」，誤。

㊁未：石倉本作「偏」。　獨：石倉本作「擅」。

【注釋】

〔一〕政和四年秋作於筠州。　超然：釋希祖，字超然，惠洪法弟。

〔二〕慚愧：難得，有幸喜、僥倖之意。　牙齒牢：韓愈贈劉師服：「羨君齒牙牢且潔，大肉硬餅如刀截。」蘇軾送劉攽倅海陵：「休誇舌在牙齒牢。」此借用其語。

〔三〕事非白傅方鷲鼎：廓門注：「白傅謂白樂天。東坡詩十四卷：『白傅閑游空誦句。』『鷲鼎』事未詳，更俟後人。」鍇按：白居易答四皓廟：「秦皇肆暴虐，二世遘亂離。先生相隨去，商嶺採紫芝。君看秦獄中，戮辱者李斯。劉項爭天下，謀臣竟悅隨。先生如鸞鶴，去入冥冥飛。君看齊鼎中，燋爛者酈其。」又詠史：「秦磨利刀斬李斯，齊燒沸鼎烹酈其。可憐黃綺入商洛，閑卧白雲歌紫芝。彼爲菹醢几上盡，此作鸞皇天外飛。去者逍遥來者死，乃知禍福非天爲。」疑此即「鷲鼎」所本，謂白居易驚懼於史上謀臣遭鼎烹之慘劇，欲逍遥避禍。

〔四〕跡隱庖丁已善刀：廓門注：「庖丁解牛，出於莊子。」鍇按：莊子養生主：「文惠君曰：『譆，善哉！技蓋至此乎！』庖丁釋刀對曰：『臣之所好者，道也，進乎技矣。始臣之解牛之時，所見無非牛者。三年之後，未嘗見全牛也。方今之時，臣以神遇而不以目視，官知止而神欲行，依乎天理，批大郤，導大窾，因其固然，技經肯綮之未嘗，而況大軱乎！良庖歲更刀，割也；族庖月更刀，折也。今臣之刀十九年矣，所解數千牛矣，而刀刃若新發於硎。彼節者有間，而刀刃者無厚，以無厚入有間，恢恢乎其於游刃必有餘地矣。是以十九年而刀刃若新發於硎。雖然，每至於族，吾見其難爲，怵然爲戒，視爲止，行爲遲，動刀甚微，謋然已解，如土委地。提刀而立，爲之四顧，爲之躊躇滿志，善刀而藏之。』文惠君曰：『善哉！吾聞庖丁之言，得養生焉。』」

九日〔一〕

去歲重陽瘴海濱，病拈霜蘂嗅清晨。身閑已斷思歸夢，山好仍逢稱意人。卯飯露葵欣旋摘〔二〕，夜窗風栗共嘗新〔三〕。妙年衲子應相笑〔四〕，癡鈍耽源老應真〔五〕。

【注釋】

〔一〕政和四年九月九日作於廬山。此詩稱「去歲重陽瘴海濱」，「去歲」當爲政和三年，故詩當作於政和四年重九。「山好仍逢稱意人」，指廬山逢詩僧善權事。本集卷二六題廬山：「後二十五年，余還自海外，過此，而山川增勝，樓閣如幻出，大鐘橫撞，淨侶戢戢，而真隱方開石門法道於此。余乃服其老且衰矣。重九前三日，秋陰，皆當時清絶之象，而有今日適悦之情，遂書此。」善權號真隱。

〔二〕卯飯：猶卯食，指卯時之飯。宋高僧傳卷八唐鄆州安國院巨方傳附智封傳：「中年學道，勵操謹躬，行頭陀之行，卯食之後，水漿不度齒焉。」同卷唐郢州大佛山香育傳：「勁節安禪，卯前一食。」同書卷二八唐鎮州大悲寺自覺傳：「唯拾果采蔬，卯時一食。」錯按：依禪林十二時之作息，應爲辰時食，如林間録卷上惠洪載己作禪和子十二時偈曰：「食時辰，齒生津。輪肚皮，虧口唇。」卯在辰前，故卯食乃苦行者所爲。

〔三〕風栗：經風之栗子。釋貫休禪月集卷一〇桐江閑居作十二首之八：「霜櫸如蜜裹，風栗似鹽苞。」

〔四〕妙年衲子：指善祐、本忠諸禪師，時陪惠洪游山。參見本集卷五仙廬同巽中阿祐忠禪山行。

〔五〕癡鈍眈源老應真：此自嘲兼自詡。景德傳燈録卷一三吉州眈源山應真禪師：「爲國師侍者時，一日，國師在法堂中，師入來，國師乃放下一足。師見便出，良久却回。國師曰：『適來意怎麽生？』師云：『向阿誰説即得？』國師曰：『我問爾。』師云：『什麽處見某甲？』師又問：『百年後有人問極則事，如何？』國師曰：『幸自可憐生。須要覓箇護身符子作麽？』異

露葵：即冬葵。王維積雨輞川莊作：「松下清齋折露葵。」李白贈閭丘處士：「野酌勸芳酒，園蔬烹露葵。」

日，師携籃子歸方丈。國師問：『籃裏什麽物？』師曰：『青梅。』國師曰：『將來何用？』師曰：『供養。』國師曰：『青在，爭堪供養？』師曰：『以此表獻。』國師曰：『佛不受供養。』師曰：『某甲只恁麽，和尚如何？』國師曰：『我不供養。』師曰：『爲什麽不供養？』國師曰：『我無果子。』百丈海和尚在溈潭山牽車次，師曰：『車在遮裏，牛在什麽處？』海斫額，師乃拭目。麻谷問：『十二面觀音豈不是聖？』師曰：『是。』麻谷與師一摑。師曰：『想汝未到此境。』國師諱日設齋，有僧問曰：『國師還來否？』師曰：『未具他心。』曰：『又用設齋作麽？』師曰：『不斷世諦。』」

二十日偶書二首〔一〕

春林院落曲欄東，小立初迎到面風。冰齒寒生花坼信〔二〕，濕梅煙重雨毛空〔三〕。病衰老去登臨倦，節物年時氣味同。却掩爐煙閉深閣，忽驚西日借窗紅。

此生早衰坐世故，末路易歸驚嶮艱。臨事無疑知道力〔四〕，讀書有味覺身閑〔五〕。解醫憂患臂三折〔六〕，難隱文章豹一斑〔七〕。永媿峴山赤頭璨，不令姓氏落人間〔八〕。

【注釋】

〔一〕作年未詳。

〔二〕花坼信：猶言花信，開花之消息。坼，裂開。花坼，即花開。唐元稹琵琶歌：「暫輟歸時尋著作，著作南園花坼萼。臙脂耀眼桃正紅，雪片滿溪梅已落。」李德裕憶春耕：「郊外杏花坼，林間布穀鳴。」宋釋重顯祖英集卷下答天童新和尚：「松凋不死枝，花坼未萌草。」

〔三〕雨毛空：謂毛毛細雨當空。參見本集卷一仁老以墨梅遠景見寄作此謝之二首注〔三〕。

〔四〕臨事無疑：宋方聞一編大易粹言卷六九引横渠先生曰：「精義入神，要得盡思慮，臨事无疑。」　道力：指修道之功力。楞嚴經卷一：「阿難見佛，頂禮悲泣，恨無始來，一向多聞，未全道力。」

〔五〕讀書有味：黄庭堅與徐師川書四首之一：「杜門讀書有味，欣慰無量。」

〔六〕解醫憂患臂三折：謂因人生屢遭挫折，故而漸獲排解憂患之方。左傳定公十三年：「齊高彊曰：『三折肱知爲良醫。』」黄庭堅寄黄幾復：「治病不蘄三折肱。」

〔七〕難隱文章豹一斑：謂最終難以隱退避禍，爲文章所害。劉向列女傳卷二陶答子妻：「妾聞南山有玄豹，霧雨七日而不下食，何也？欲以澤其毛而成文章也，故藏而遠害。」此反其意而用之。

〔八〕「永媿皖山赤頭璨」二句：本集卷二〇甘露滅齋銘序：「因名其居曰甘露滅。道人法太請曉其説。余曰：『三祖，北齊天平二年，得法於少林，隱于皖山，終身不言姓氏。老安，隋文帝開皇七年，括天下私度僧尼驗勘。安曰：本無名。遂遁于嵩山。二大老厭名迹之累，而精一其道蓋如此，余寔慕之。』」錯按：宋釋契嵩傳法正宗記卷六震旦第三十祖僧璨尊者傳：「初璨尊者以風疾出家，及居山谷，疾雖愈而其元無復黑髮。故舒人號爲赤頭璨。」景德傳燈録卷三第三十祖僧璨大師：「不知何許人也。初以白衣謁二祖，既受度傳法，隱于舒州之皖公山。屬後周武帝破滅佛法，師往來太湖縣司空山，居無常處，積十餘載，時人無能知者。」祖庭事苑卷八釋名讖辨：「『初首不稱名，風狂又有聲。人來不喜見，白寶初平平。』此偈讖三祖也。師初以白衣謁二祖，竟不稱名氏，示有風疾，來繼祖位。人所不喜，以赤頭璨名之。白寶，師名僧璨也。初平平，師雖已傳二祖之道，初不顯赫，已當周武滅教之時也。」

陳瑩中左司自丹丘欲家豫章至湓浦而止余自九峰往見之二首〔一〕

雁蕩天台看得足㊀〔二〕，却搬兒女寄蓬窗㊁〔三〕。徑來漳水謀三頃㊂〔四〕，偶愛廬山家九江。名節逼真如醉白㊃〔五〕，生涯領略類湘龐㊄〔六〕。向來萬事都休理，且聽樓鐘噎夜撞㊅〔七〕。

與公靈鷲曾聽法〔八〕，游戲人間知幾生？夏口甕中藏畫像〔九〕，孤山月下認歌聲〔一〇〕。翳消已覺華無蔕㊆〔一一〕，鑛盡今知珠自明〔一二〕。遠壑夕陽殘雨後㊇，一番飛絮滿江城。

【校記】

㈠得：詩話總龜後集卷四六、苕溪漁隱叢話前集卷五六引冷齋夜話、宋元詩會卷五九作「不」。

㈡却：冷齋夜話卷一〇、詩話總龜、苕溪漁隱叢話作「盡」。

㈢徑：詩話總龜、苕溪漁隱叢話作「往」。　三：冷齋夜話、詩話總龜、苕溪漁隱叢話作「二」。

㈣逼：詩話總龜、苕溪漁隱叢話作「適」。

㈤類湘：冷齋夜話、詩話總龜作「似襄」，苕溪漁隱叢話作「似湘」。

㈥噎：冷齋夜話作「一」，苕溪漁隱叢話、宋元詩會作「咽」，詩話總龜作「宴」。

㈦華無蔕：詩話總龜作「境無滯」。

㈧遠壑夕陽殘雨後：冷齋夜話、詩話總龜、苕溪漁隱叢話作「數抹夕陽殘雨外」。

【注釋】

〔一〕政和六年春作於江州。　廓門注：「宋史：陳瓘字瑩中。徽宗即位，召爲右正言，遷左司諫。丹丘，在台州府也。豫章，即南昌府。湓浦，在九江府。九峰，在瑞州府。」其説甚是。　丹丘：代指台州。方輿勝覽卷八浙東路台州山川：「丹丘：孫綽天台賦：『仍羽人於丹丘。』」　豫章：代指洪州。方輿勝覽卷一九隆興府事要：「郡名豫章、南昌、洪都。」　湓浦：代指江州。方輿勝覽卷二二江西路江州：「湓浦，在德化西一里。郡國志：『有人於此洗銅盆，墮水，取之，見一龍而出。』晉志作『盆』，隋志作『湓』。」　九峰：輿地紀勝卷二七江南西路瑞州：「九峰山，在上高縣西五十里，其峰有九，奇秀峻聳，因以名之。」　錯按：本集卷四追和帛道猷一首序：「政和六年正月十日，余已定居九峰。」據陳了翁年譜，政和六年，陳瓘復叙宣教郎，主管江州太平觀，遂攜家自台州至九江。時惠洪正居九峰，故此詩當作於是時。然冷齋夜話卷一〇作詩准食肉例則曰：「明年，予還自朱崖，館於高安大愚。瑩中自台州載其家來漳浦，過九江，愛廬山，因家焉。督予兼程來。予以三日至湓城。瑩中曰：『自此公可禁作詩，無益於事。』予曰：『敬奉教。然予兒時好食肉，母使持齋，予叩頭乞先飫餐肉一日，母許之。今亦當准食肉例，先吟兩詩，喜吾二人死而復生，如何？』瑩中許之。予詩曰：『雁蕩天台看得足……一番飛絮滿江城。』瑩中喜而謂曰：『此詩如岐下豬肉也，雖美，無多食。』」謂其見陳瓘在政和四年初還筠州時。然據此詩詩題，惠洪時在上高九峰，而非高安大愚。疑冷齋夜話所記有省略，當從本集追和帛道猷一首序與陳了翁年譜，繫於政和六年春。

〔二〕雁蕩：夢溪筆談卷二四雜誌一：「温州雁蕩山，天下奇秀，然自古圖牒未嘗有言者。予觀雁蕩諸峰，皆峭拔嶮怪，上聳千天，穹崖巨谷，不類他山，皆包在諸谷中。自嶺外望之，都無所見，至谷中則森然干霄。」　天台：方輿勝覽卷八浙東路台州：「天台山，在天台縣西一百一十里。臨海記：『天台山超然秀出，山有八重，視之如一。高一萬八千丈，周迴八百里，又有飛泉垂流，千仞似布。』洞天福地記：『天台山，名上清玉平之天，即桐柏真人所理，亦名桐柏山。』」

〔三〕蓬窗：當作「篷窗」，即船窗。黄庭堅貴池：「何曾閉篷窗，卧聽寒雨滴。」

〔四〕漳水：即贛江，此代指豫章。參見本集卷二送濟上人歸漳南注〔一〕。　三頃：疑當從泠齋夜話作「二頃」。東坡詩集注卷二四新居：「俯仰可卒歲，何必謀二頃。」宋援注：「史記：蘇秦：『使我有負郭田二頃，豈能佩六國相印乎？』」同書卷二〇借前韻賀子由生第四孫斗老：「蚤謀二頃田，莫待八州督。」錯按：「二頃」語有所本，義更勝。然依詩之格律，此字當爲平聲，或以此故作「三頃」以合律。

〔五〕醉白：指白居易。韓琦安陽集卷三醉白堂：「戇老新成池上堂，因憶樂天池上篇。樂天先識勇退早，凛凛萬世清風傳。」蘇軾醉白堂記：「故魏國忠獻韓公作堂於私第之池上，名之曰醉白，取樂天池上之詩，以爲醉白堂之歌，意若有羡於樂天而不及者。」錯按：白氏長慶集卷六九池上篇序：「每至池風春，池月秋，水香蓮開之旦，露清鶴唳之夕，拂楊石，舉陳酒，援崔琴，彈姜秋思，頹然自適，不知其他。酒酣琴罷，又命樂童登中島亭，合奏霓裳散序，聲隨風飄，或凝或散，悠揚於竹烟波月之際者久之，曲未竟，而樂天陶然已醉睡於石上矣。」此即「醉白」之義。廓門注：「醉白，謂李白也。」殊誤。

〔六〕領略：約略，大略。　湘龐：景德傳燈録卷八稱：「襄州居士龐藴者，衡州衡陽縣人也。」以襄州居士論，當作「襄龐」。然元和郡縣志卷三〇江南道五衡州：「秦屬長沙郡，漢爲酃縣地，吴分長沙之東部爲湘東郡，晉以郡屬湘州。隋開皇九年罷郡爲衡州，以衡山爲名。」則衡州本屬湘州，龐蘊亦可稱「湘龐」。參見本集卷五次韻明應仲宗傳送供注〔四〕。

〔七〕樓鐘噎夜撞：蘇軾送楊孟容：「子歸治小國，洪鐘噎微撞。」此借用其語。

〔八〕與公靈鷲曾聽法：續高僧傳卷一七隋國師智者天台山國清寺釋智顗傳：「又詣光州大蘇山慧思禪師，受業心觀。思又從道於就師，就又受法於最師。此三人者，皆不測其位也。思每歎曰：『昔在靈山，同聽法華，宿緣所追，今復來矣。』即示普賢道場，爲説四安樂行。顗乃於此山行法華三昧，始經三夕，誦至藥王品心緣苦行至『是真精進』句，解悟便發，見共思師處靈鷲山七寶淨土，聽佛説法。故思云：『非爾弗感，非我莫識。』此法華三昧前方便也。」此借慧思、智顗同聽法華事，喻己與陳瓘前世有同學佛法之宿緣。

〔九〕夏口甕中藏畫像：蘇軾觀宋復古畫序：「舊説，房琯開元中嘗宰盧氏，與道士邢和璞出游，過夏口村，入廢佛寺，坐古松下。和璞使人鑿地，得甕中所藏婁師德與永禪師畫。笑謂琯曰：『頗憶此耶？』琯因悵然，悟前生之爲永禪師也。」參見本集卷五同游雲蓋分韻得雲字注〔一五〕。

〔一〇〕孤山月下認歌聲：即釋圓觀與李源三生石上事。始見於唐袁郊甘澤謠，又見於宋高僧傳卷二〇唐洛京慧林寺圓觀傳：「李常念杭州之約，至期，到天竺山寺。其夜桂魄皎然，忽聞葛洪井畔有牧童歌竹枝者，乘牛扣角，雙髻短衣，徐至寺前，乃觀也。李趨拜曰：『觀公健否？』曰：『李公真信士。我與君殊途，慎勿相近。君俗緣未盡，但且勤修不墮，即遂相見。』

李無由序語，望之潸然。觀又歌竹枝，杳褭前去，詞切調高，莫知所謂。」蘇軾改作圓澤傳。參見本集卷五同游雲蓋分韻得雲字注〔一〇〕。

〔二〕翳消已覺華無蔕：圓覺經：「譬彼病目，見空中華及第二月。善男子，空實無華，病者妄執。翳眼觀空裏無華，妄見華。捏目望月輪，月邊別見月。空華幻月，皆喻妄見。衆生一念迷心，翳自圓明覺性，而於圓明體上，妄見生滅身心。故曰空實無華，病者妄執。」此化用其意。

〔三〕鑛盡今知珠自明：隋釋智顗維摩經略疏卷一〇釋菩薩行品：「譬如金石，漸漸融冶，稍稍消磨，鑛盡金現。思議之真，亦復如是。」古尊宿語録卷四五寶峰雲庵真淨禪師偈頌下中禪定軒十偈其二：「瑕銷成白玉，鑛盡得黄金。」此借用其喻。

次韻李端叔見寄〔一〕

一官游戲且同塵〔二〕，夢寐江湖亦可人〔三〕。軒冕久知身是寄，魚蝦纔説口生津〔四〕。解嘲鏡裏蕭疏髮〔五〕，時吐毫端浩蕩春。自古姑（浯）溪好風月㊀〔六〕，買山終欲與君鄰。

【校記】

㊀姑：原作「浯」，誤，今改。參見注〔六〕。

【注釋】

〔一〕大觀二年春作於江寧府。　李端叔名之儀，崇寧元年，編管太平州，居當塗，號姑溪居士。參見本集卷三聞端叔有失子悲而莊復遭火焚作此寄之注〔一〕。其姑溪居士前集卷五有和友人見寄三首，用韻與此詩全同，其第一首當爲寄惠洪之原唱，後二首爲復次惠洪詩韻，見附録。

〔二〕一官游戲：楊億武夷新集卷一九謝門下李相公啓：「恭惟相公，以無礙辯才，住第一義諦。千方游戲，聊現宰官之身；萬行圓成，自是法王之子。」此用其意。　同塵：與世沉浮，混同衆人。語本老子四章：「和其光，同其塵。」

〔三〕亦可人：山谷内集詩注卷一一戲答晁深道乞消梅二首之二：「磨錢和蜜誰能許，去蔕供鹽亦可人。」任淵注：「蜀志費禕傳曰：『君信可人，必能辦賊者也。』字出禮記，此借用，謂悦可人意。」

〔四〕魚蝦纔説口生津：山谷内集詩注卷一一戲答晁深道乞消梅二首之二：「北客未嘗眉自顰，南人誇説齒生津。」任淵注：「世説又載：魏武帝行失道，三軍皆渴。帝令曰：『前有大梅林，饒子，甘酸可以解渴。』士卒聞之，口皆水出。」錯按：陳衍宋詩精華録卷四據此句謂惠洪「又嗜食葷」，恐誤解，蓋此聯「軒冕」「魚蝦」云云，皆寫李之儀之旨趣，非謂自己。

〔五〕解嘲：廓門注：「解嘲，見揚雄傳。」錯按：此「解嘲」乃能嘲、會嘲之義，非揚雄所作排解爲人所嘲之解嘲。

〔六〕姑溪：即姑孰溪。方輿勝覽卷一五江東路太平州：「姑孰溪，在（當塗）縣南二里，西入大江。李白詩：『愛此溪水閒，乘流興無極。漾楫怕鷗驚，垂竿待魚食。波翻曉霞影，岸疊春山色。何處浣紗人，紅顔未相識。』」姑溪居士前集卷首吴芾序：「端叔名之儀，其先景城人。既謫而南，始居姑溪，自號姑溪居士，今以名其集。」底本「姑溪」作「浯溪」，然浯溪在湖南永州祁陽縣，李之儀一生未至其地，此詩作於江寧府，尤與浯溪無涉也。此當涉形近而誤，今據之儀行實改。

【集評】

民國陳衍云：宋詩鈔以爲宋僧之冠，允矣。近體不如也。異在爲僧而常作艷體詩。又嗜食葷，句云：「魚蝦纔説口生津。」（宋詩精華録卷四）

【附録】

宋李之儀云：明月平時敢自因，特高蘭玉信吾人。便從緱嶺如無媿，更許毗耶約問津。每見似醺千日酒，不言常備四時春。妙雲豈獨南游契，又喜鍾山近得鄰。

又云：俗駕難回固有因，勒移終愧北山人。不辭冒雨投歸步，始信忘形是要津。一笑未容披軟語，十分先覺報新春。定應偏契王郎便，消得從來願卜鄰。

又云：除却吟詩總是塵，道人應笑可憐人。固知參請能成佛，未到升騰且咽津。村落風煙常

似臘，禪房燈火已如春。會須隨例餐䭔子，聊借明窗暫作鄰。（姑溪居士前集卷五和友人見寄三首）

赴太原獄別上藍禪師〔一〕

平昔巾盂共空壁（璧）㈠〔二〕，只今樓觀礙層霄。道心針水妙應在〔三〕，俗眼雲泥謾覺遥〔四〕。道路爲家身是寄〔五〕，死生如夢意全消〔六〕。明年五頂東游徧〔七〕，來聽吴音發海潮〔八〕。

【校記】

㈠ 壁：原作「璧」，誤，今據四庫本、廓門本。參見注〔二〕。

【注釋】

〔一〕政和四年八月作於南昌。　赴太原獄：寂音自序：「十月又證獄并門。」　上藍禪師：即上藍師忠禪師。本集卷二三潛庵禪師序：「上藍忠禪師，雲蓋智公之子，於公爲叔姪，移公居寺之東堂，事之如其師，叢林高其誼。余政和四年冬證獄太原，拴縛在旅邸，人諱見之，而公冒雨步至撫慰，爲死訣。」嘉泰普燈録目録卷六雲蓋守智禪師法嗣中有隆興府上藍師中禪師，當即此僧，爲臨濟宗黄龍派南嶽下十三世，乃惠洪同輩法兄。「忠」或作「中」。

〔二〕巾盂：代指僧人衣食之具。陸游飯昭覺寺抵暮乃歸：「聊憑方外巾盂淨，一洗人間匕箸羶。」宋釋寶曇橘洲文集卷五寶雲院長生庫記：「住持瑩公坐席未温，首斂巾盂，以估於衆，得錢一十萬。」　空壁：底本作「空璧」，不辭，乃涉形近而誤。本集卷三秀江逢石門徽上人將北行乞食而予方南游衡嶽作此送之：「獨歸江上寺，杖笠倚空壁。」本卷與客論東坡作此：「可惜騎魚上天去，斷絃空壁暗凄涼。」卷一四履道書齋植竹甚茂用韻寄之十首之六：「月華潑空壁，露顆壓庭莎。」皆作「空壁」，今據改。

〔三〕道心針水妙應在：謂己與上藍禪師道心相契。景德傳燈録卷二第十五祖迦那提婆：「西天竺國人也，姓毗舍羅。初求福業，兼樂辯論。後謁龍樹大士，將及門，龍樹知是智人，先遣侍者以滿鉢水置於坐前。尊者覩之，即以一鍼投之而進，欣然契會。」針，同「鍼」。

〔四〕雲泥：喻地位懸殊，道路迥異。九家集注杜詩卷一八送韋書記赴安西：「夫子歘通貴，雲泥相望縣。」注：「雲泥，猶貴賤之遠，如雲之與泥。趙云：……詳公詩意，則韋君亦貧困矣，忽然通貴，遂有雲泥之隔。揚雄解嘲：『當塗者入青雲，失路者委溝渠。』吴蒼與矯慎書遂有『乘雲行泥』之語。晉丁彬書：『雲泥異途，邈矣懸絶。』」

〔五〕道路爲家：蘇軾祭吴子野文：「道路爲家，惟義是歸。」此借用其語。

〔六〕死生如夢：王安石擬寒山拾得二十首之三：「死生如覺夢，此理甚明白。」此借用其語。

〔七〕五頂：指五臺山。文殊師利寶藏陀羅尼經：「爾時世尊復告金剛密迹主菩薩言：『我滅度後，於此贍部洲東北方，有國名大振那，其國中間有山，號爲五頂。文殊師利童子游行居住，爲諸衆生於中説法。』」此文殊菩薩所居五頂即代州五臺山，參見宋釋延一廣清涼傳卷上。惠洪北上太原，故想象順道游覽五臺山。參見本集卷四余將北游留海昏而餘祐禪者自靖安馳來覓詩注〔一〕。

〔八〕吴音發海潮：喻上藍禪師説法誦經之聲。楞嚴經卷二：「佛興慈悲，哀愍阿難，及諸大衆，發海潮音，遍告同會。」

太原還見明於洪州（水）上藍問明別後嘗寓則曰十年客雲居感歎其高遁作此㊀〔一〕

清軟吴音笑展眉，芳鮮猶在雪霜姿。十年不下歐峰頂〔二〕，一旦肯來漳水湄〔三〕。湘巘春深重記處〔四〕，風颭雨歇對聞時〔五〕。紅塵未可因藏跡，要卜雲泉結後期。

【校記】

㊀州：原作「水」，誤，今改。參見注〔一〕。

【注釋】

〔一〕政和五年春作於南昌。太原還：本集卷二三潛庵禪師序：「余政和四年冬證獄太原，拴縛在旅邸，人諱見之，而公冒雨步至撫慰，爲死訣。明年南歸，幸復見之。」明：當指慧明禪師，號解空，雲蓋守智法嗣，上藍師忠同門，屬臨濟宗黃龍派南嶽下十三世，爲惠洪同輩師弟。嘉泰普燈録卷六載有雲蓋守智禪師法嗣紹興府石佛解空慧明禪師機語，即此僧。惠洪崇寧三年嘗寓居潭州雲蓋山，與慧明當相識於雲蓋，故詩有「湘巘春深重記處」之句。二人別後至此已十二年，詩題謂「問明別後嘗寓，曰：十年客雲居」，時亦相合。慧明後嘗住温州江心寺，五百家播芳大全文粹卷七八楊祐甫請解空長老住江心疏：「喝下承當，妙得雲蓋之骨髓；棒頭薦取，推開臨濟之眉毛。」本集卷一〇送淨心大師住温州江心寺詩有「掃除臨濟實頭謗，稱賞黃龍的骨孫」之句，亦當爲慧明而作。洪州上藍：輿地紀勝卷二六江南西路隆興府：「上藍院，在府城，唐大曆中，馬祖道一禮師嘗建道場於此，號江西馬祖。」底本「洪州」作「洪水」，涉形近而誤，蓋因「州」字之草書近「水」字之故，今改。雲居：寺名，在建昌縣歐山，已見前注。廓門注：「明，未知何人。按雲卧紀談曰：『洪明一祖，洪，覺範，祖即超然。』愚曰：一即一書記，明未見所出。洪水，謂南昌府洪井者歟？」鍇按：雲卧紀談所言「洪明一祖」，分別指惠洪覺範、本明無塵、一萬回、希祖超然，參見本集卷一上巳日有懷昔從雲庵老人此日山行注〔一〕。惠洪自海南歸來，本明已盲，住荷塘寺幻住庵，參見本集卷一同超然無塵飯柏林寺分題得柏字注〔一〕。此詩言明上人「十年客雲居」，故絶非「洪明一祖」之「明」。

〔二〕歐峰：指雲居山。方輿勝覽卷一七江南西路南康軍：「歐山，在建昌，相傳有歐岌得道此山。」雲居寺在山之頂。參見本集卷九贈成上人之雲居注〔一〕、〔二〕。

〔三〕漳水湄：此指洪州南昌縣，因瀕臨漳水，故稱。漳水即贛江，已見前注。

〔四〕湘巘：此指雲蓋山，在湖南潭州，故稱。

〔五〕風甌：懸於殿閣塔簷之瓷質風鈴。蘇軾雨中過舒教授：「坐依蒲褐禪，起聽風甌語。」

温上人自廬山見過〔一〕

雀羅門巷榻凝塵〔二〕，千里相尋駭四鄰。好事真誠虹貫日〔三〕，照人清氣水含春㊀。忽驚我禍今無比㊁〔四〕，高笑君癡亦絕倫〔五〕。此别遥知想標格㊂，淺雲東崦對冰輪㊃〔六〕。

【校記】

㊀清：詩話總龜卷二八引冷齋夜話作「情」。

㊁忽驚我禍：詩話總龜作「忽言我淨」。

㊂想：詩話總龜作「對」。

㊃淺雲東崦對：詩話總龜作「斷雲殘處擁」。

【注釋】

〔一〕政和四年夏作於筠州新昌縣。詩話總龜卷二八引冷齋夜話：「温關西，解州人。……余謫海外，中間傳余死，温誦華嚴經，泣拜薦福。已而聞未死，又喜。余還自南荒，館石門山寺，温來省，余作詩曰：『雀羅門巷榻凝塵，千里相尋駭四鄰。好事真誠虹貫日，照人情氣水含春。忽言我淨今無比，高笑君癡亦絶倫。此别遥知對標格，斷雲殘處擁冰輪。』」參見本卷贈關西温上人。

〔二〕雀羅門巷：謂門庭冷落，來客極少。史記汲鄭列傳：「始翟公爲廷尉，賓客闐門；及廢，門外可設雀羅。」　榻凝塵：山谷外集詩注卷六二十八宿歌贈别无咎：「室中凝塵散髮坐。」史容注：「唐楊綰凝塵滿席。」此借用其語。續高僧傳卷二〇唐益州空慧寺釋慧熙傳：「有講便聽，夜宿本房，但坐牀心，兩頭塵合。」此暗用其事。

〔三〕虹貫日：謂精誠義氣感動上天。史記魯仲連鄒陽列傳載鄒陽獄中上梁王書曰：「昔者荆軻慕燕丹之義，白虹貫日，太子畏之。」裴駰集解：「應劭曰：燕太子丹質於秦始皇，遇之無禮。丹亡去，故厚養荆軻，令西刺秦王。精誠感天，白虹爲之貫日也。」

〔四〕我禍今無比：寂音自序：「寂音之禍，奇禍也。」

〔五〕君癡亦絶倫：癡拙至極，不合流俗。世説新語文學劉孝標注引宋明帝文章志：「桓温云：『顧長康體中癡黠各半，合而論之，正平平耳。』世云有三絶：畫絶，文絶，癡絶。」

〔六〕冰輪：喻月。蘇軾宿九仙山：「半夜老僧呼客起，雲峰缺處湧冰輪。」

荷塘暑雨過涼甚宜之見訪作此〔一〕

居近池塘春意在，路穿空翠夕陽多。隔林放鹿哀怨語，掠水幽禽撲摝過〔二〕。得雨村囂覺風味〔三〕，分秧天氣愛清和〔四〕。莫辭坐穩相尋數，酣戰難回指日戈〔五〕。

【注釋】

〔一〕作年未詳。宜之：疑指宜公，即宜禪師，字誼叟，號出塵庵，筠州新昌人，嘗住逍遥山。參見本集卷八用韻寄誼叟注〔一〕。「宜之」或爲「宜公」之誤。

〔二〕撲摝：象聲詞，形容鳥拍翅聲。亦作「撲鹿」、「撲漉」。參見本集卷三奉陪王少監朝請游南澗宿山寺步月二首注〔二〇〕。

〔三〕村囂：村中喧鬧。本集卷九早登澄邁西四十里宿臨臯亭補東坡遺：「村囂聞捉拗，岸汁忽西流。」

〔四〕分秧天氣：謂初夏時分。蘇軾東坡八首之四：「分秧及初夏，漸喜風葉舉。」

〔五〕酣戰難回指日戈：淮南子覽冥：「魯陽公與韓搆難，戰酣，日暮，援戈而撝之，日爲之反三舍。」

重會言上人乞詩〔一〕

海外歸來五見春，梨衣兩識帝京塵〔二〕。此身（生）已覺渾無累㊀，爲累空驚尚有身〔三〕。厚善最憐山解事，歲寒更愛月情親。鷲峰峰下重相見〔四〕，雪作飛花一笑新。

【校記】

㊀身：原作「生」，今據武林本改。

【注釋】

〔一〕政和八年初春作於新昌縣。言上人：疑即新昌洞山擇言禪師，爲洞山梵言法嗣，真淨克文法孫，惠洪法姪。屬臨濟宗黄龍派南嶽下十四世。嘉泰普燈録卷一〇、續傳燈録卷二三、五燈會元卷一八載其機語。

〔二〕「海外歸來五見春」二句：惠洪政和四年春海外歸來，「五見春」當爲政和八年。「兩識帝京塵」指赴太原獄往返兩次途經京師。梨衣：伽梨僧衣，即袈裟。

〔三〕「此身已覺渾無累」二句：詩人玉屑卷七屬對記唐上官儀語曰：「詩有八對……七曰回文對，『情新因意得，意得逐情新』是也。」此二句亦爲「回文對」，故當作「此身已覺渾無累，爲累空驚尚有身」，蓋上下聯「身」與「累」回文也。老子十三章：「何謂貴大患若身？吾所以有大患者，爲吾有身。及吾無身，吾有何患？」

〔四〕鷲峰：指黄蘗山。輿地紀勝卷二七江南西路瑞州：「黄蘗山，在新昌縣西一百里廣賢鄉，一名鷲峰山。舊傳昔一僧自西土來，謂此山似吾佛國靈鷲山，故以名。」正德瑞州府志卷一地理志山川：「黄蘗山，（新昌）縣西百里，山之絶頂也，有寺曰鷲峰。」

誠心二上人見過〔一〕

破夏來尋甘露滅〔二〕，快人如對水晶輪。煙雲掃盡詞傳意，知見不生情透塵〔三〕。旋縛茅茨吞遠壑，偶臨簷隙見歸人。露芽便覺如浮雪〔四〕，品坐同分一盞春〔五〕。

【注釋】

〔一〕政和七年夏作於新昌縣洞山。　誠心二上人：本集卷二五題雲庵手帖三首之三：「右雲庵寄張惠淵偈一首。惠淵，予不見二十年，聞其精進日新，真能遵受雲庵之言者也。誠上人來自宣梵，問其師洎惠淵健否，偶記前偈，遂書以授誠，歸舉似惠淵，使較當日之本異同也。」惠洪元符元年在寶峰寺與惠淵同參真淨克文，下推二十年，爲政和七年。誠上人爲惠淵弟子，惠洪法姪，屬臨濟宗黄龍派南嶽下十四世。心上人，生平法系不可考，疑亦爲惠淵弟子。

〔二〕破夏：不守坐夏安居禁足之制，出山而外游。　甘露滅：惠洪自號。

〔三〕知見不生：梁朝傅大士頌金剛經有「知見不生分」。　透塵：穿透塵勞，猶言超越煩惱污染。黄庭堅山谷集卷一五白蓮庵頌：「入泥出泥聖功，香光透塵透風。君看根元種性，六窗九竅玲瓏。」

〔四〕露芽：茶之美稱。已見前注。

〔五〕品坐：三人品字形對坐。合己與誠、心二上人爲三，故稱。　一盞春：指一碗春茶。本集卷一〇贈許秀才：「飲君一味武林春。」

秋夕示超然〔一〕

殿閣知誰燒夜香，矮窗燈火試新涼。草蟲對語僧臨砌，露葉翻光月轉廊〔二〕。補綴高風三隻韈㊀〔三〕，破除□夢一匡牀㊁〔四〕。與君游徧人間世，折脚鐺中味最長〔五〕。

【校記】

㊀三隻韈：原作「三韈□」，有脱誤，武林本作「三韈綫」，天寧本作「三韈已」，乃妄補。今從廓門本補，參見注〔三〕。

㊁□夢：原闕一字，廓門本作「夢事」，武林本作「清夢」，天寧本作「午夢」，皆不可從。疑當作「殘夢」。

【注釋】

〔一〕作年未詳。超然：僧希祖。

〔二〕月轉廊：蘇軾海棠：「東風嫋嫋泛崇光，香霧霏霏月轉廊。」此借用其語。

〔三〕三隻韈：陶穀清異録卷上三隻韈：「去習者雲行，至峨眉山而隱，蓄三隻韈，常穿二補一。歲久裂帛交雜，望之茸茸焉。自呼爲獅子韈。」吴則禮北湖集卷二有懷介然偶作因記之：「介然平生三隻襪，意行跛跛復挈挈。」本集卷一七題淡軒：「少年嘗編諸方禪，邇來解毳三隻韈。」韈，同「襪」、「韤」。

〔四〕匡牀：安適之牀。淮南子主術：「匡牀蒻席，非不寧也。」高誘注：「匡，安也。蒻，細也。」杜甫觀李固請司馬弟三水圖三首之一：「簡易高人意，匡牀竹火爐。」

〔五〕折脚鐺：言生活貧寒簡樸。已見前注。

鞦韆〔一〕

畫架雙裁翠絡偏，佳人春戲小樓前。飄揚血色裙拖地〔二〕，斷送玉容人上天。花板潤霑紅杏雨〔三〕，綵繩斜挂緑楊煙〔四〕。下來閑處從容立，疑是蟾宫謫降仙〔五〕。

【校記】

㈠ 揚：宋高僧詩選續集作「飆」。

㈡ 挂：宋高僧詩選續集、千家詩選卷一八菊坡叢話卷七作「擘」。

㈢ 謫降：千家詩選作「降謫」。

【注釋】

〔一〕作年未詳。　廓門注：「開元遺事曰：天寶宫中至寒食節，競竪鞦韆，令宫嬪輩戲矣，以爲宴樂。帝呼爲半仙戲，都中士民因呼之。愚按：此詩載于千家詩，又事文類聚載可平叔作，非也。」錯按：陳起宋高僧詩選續集、劉克莊千家詩選、方回瀛奎律髓、單宇菊坡叢話、陳焯宋元詩會、張豫章四朝詩收録此詩，作者皆署名惠洪（洪覺範）。四庫本祝穆古今事文類聚前集卷八、謝維新事類備要前集卷一六收録此詩，作者署名「何正平」，無據。祖可字正平，時稱可正平，「何正平」者，乃四庫本抄寫之誤。古今事文類聚、事類備要因祖可亦詩僧，遂誤署。

〔二〕血色裙：白居易琵琶行：「血色羅裙翻酒污。」

〔三〕花板：廓門注：「千家詩注：『花板，所踏之架板也。』」

〔四〕緑楊煙：歐陽修浣溪沙：「緑楊樓外出鞦韆。」

〔五〕蟾宫：月宫。　謫降仙：蓋宫中呼鞦韆爲半仙戲，故云。